KNAUR

STEPHANIE BUTLAND

Fünfzehn Arten eines Wunders

ROMAN

Aus dem Englischen
von Heike Reissig

KNAUR

Die englische Originalausgabe erschien 2018 unter dem Titel
»The Curious Heart of Ailsa Rae« bei Zaffre Publishing, London.

Besuchen Sie uns im Internet:
www.knaur.de

FSC
www.fsc.org
MIX
Papier aus verantwortungsvollen Quellen
FSC® C083411

Deutsche Erstausgabe Februar 2020
Knaur Taschenbuch

Redaktion: Nadine Lipp
Covergestaltung: Franzi Bucher, München
Coverabbildung: iStock/marabird, Creative Market/Wowtiful
Illustration im Innenteil: Michaela Lichtblau unter Verwendung
von Shutterstock: Karolina 3 und Mr Doomits
Satz: Adobe InDesign im Verlag
Druck und Bindung: CPI books GmbH, Leck
ISBN 978-3-426-52470-1

2 4 5 3

Für Ned und Joy –
danke für eure Ehrlichkeit und Warmherzigkeit

ERSTER TEIL

Oktober 2017
Die Nacht hat ihre Kerzen ausgebrannt

BLUEHEART-BLOG

6. Oktober 2017

Kaum zu ertragen

Es ist drei Uhr morgens, hier auf der Herz-Thorax-Station. Momentan kann ich nur dösen, grübeln und wieder dösen. Mein Herz wird immer schwächer, mein Körper immer blauer. Leute, die ich lange nicht gesehen habe, schauen plötzlich vorbei. (Schön, euch zu sehen, Emily, Jacob, Christa! Bald trinken wir wieder Martinis!) Wir tun alle so, als käme ein Abschied nicht infrage. So scheint es am leichtesten. Aber wenn meine Mutter glaubt, dass ich schlafe, weint sie. Vielleicht ist es doch an der Zeit, mir einzugestehen, dass ich wohl ziemlich bald das Zeitliche segne.

Ich sollte dankbar sein. Wäre ich ein paar Jahre früher zur Welt gekommen, hätte ich als Baby mit Hypoplastischem Linksherzsyndrom nur wenige Tage überlebt. Doch inzwischen bin ich achtundzwanzig Jahre alt, und die meiste Zeit war ich sogar bei vollem Bewusstsein. (Ich hatte viel mehr OPs als Normalsterbliche wie ihr und entsprechend viele Narkosen. Da könnt ihr nicht mithalten, ha!) Okay, ich wohne noch immer bei meiner Mutter, war noch nie arbeiten und laufe ständig blau an, weil mein Körper nicht genug Sauerstoff bekommt. Aber …

Nein. Kein aber. Falls ihr heute Abend damit gerechnet habt, dass BlueHeart im Angesicht der Katastrophe ihre üblichen Witzchen reißt, müsst ihr euch leider eine andere Bloggerin suchen.

Mein Herz wird bald versagen. Ich kann geradezu spüren, wie es in meiner Brust zittert. Manchmal warte ich nervös, ob es noch einmal schlägt. Seit vier Monaten bin ich fast nonstop in der Klinik, weil es zu Hause nicht mehr geht. Ich hänge an einem Tropf, der Elektrolyte in mein Blut pumpt, und ich habe einen Sauerstoffschlauch im Gesicht. Ich werde rund um die Uhr von Leuten versorgt, die versuchen, mich so weit stabil zu halten, dass mir ein Herz transplantiert werden kann, falls eines auftaucht. Ich achte auf jedes Zucken, selbst auf das kleinste Anzeichen von Schmerz oder Erschöpfung in meinem Körper, weil es bedeuten könnte, dass sich die Lage verschlimmert. Ja, ich lebe, und ja, es gibt noch immer die Hoffnung, dass ich gerettet werden könnte, aber heute Abend fällt es mir sehr schwer, daran zu glauben. Denn die Wahrscheinlichkeit ist wirklich gering. Und ich weiß nicht, ob ich noch genug Energie habe, weiter zu warten.

Vielleicht sollte ich wütender sein, aber für Wut ist heute Abend kein Platz (mein Einkammerherz hält das nicht aus). Ich habe Angst.

Es ist nur eine Frage der Zeit, bis ich zu schwach sein werde, um eine Transplantation zu überleben, und kein Herz mehr bekommen darf, weil es nicht verschwendet werden soll. Jemand, der etwas fitter ist als ich und mehr davon hätte, wird mich von meinem Spitzenplatz auf der Liste verdrängen, und ich werde auf die Palliativstation verlegt. (Sie ist gut und hat ein Superteam, aber ich will nicht dahin. Vielleicht, wenn ich achtundneunzig bin. Oder achtundvierzig. Aber doch nicht mit achtundzwanzig.)

Vielleicht kehrt mein Optimismus ja zurück, wenn die Sonne aufgeht. Wir sind hier allerdings in Edinburgh, und es ist Oktober. Die Wahrscheinlichkeit, dass die Sonne aufgeht, ist also ungefähr so groß wie die Chance, dass ich ein neues Herz bekomme.

Meine Mutter redet nicht über Wahrscheinlichkeiten. Sie sagt: »Wir brauchen bloß das passende Herz. Das ist alles.« So, wie sie es sagt, klingt es, als wollte sie es dem erstbesten Fremden, der ihr draußen über den Weg läuft, persönlich aus der Brust reißen. Irgendwie ist es auch unpassend, von Wahrscheinlichkeiten zu sprechen, denn selbst wenn meine Überlebenschance bei zwanzig Prozent liegt, wird das, was mit mir passiert, ja zu hundert Prozent passieren. Mit anderen Worten: Nächste Woche um diese Zeit bin ich vielleicht zu hundert Prozent tot.

Gute Nacht.

BlueHeart xxx

PS: Ich fände es wirklich total klasse, wenn jemand von euch sich zwei Goldfische, Kätzchen, Hundewelpen oder meinetwegen auch Pferde anschafft und sie Herz und Thorax nennt. Hundewelpen fände ich am schönsten. Denn falls ich Weihnachten nicht mehr erleben sollte, gefällt mir die Vorstellung, dass irgendwo da draußen in der Winterlandschaft jemand seine zwei hechelnden Spaniels von der Leine lässt und »Herz! Thorax!« ruft, wenn sie davonrasen und hinter einem Hügel verschwinden, um irgendein armes Schaf aufzuscheuchen. Es würde mir gefallen, so in Erinnerung zu bleiben.

9. Oktober 2017

Ailsa ist allein, als es passiert.

»Wir haben ein Herz für dich.« Bryony, die Transplantationskoordinatorin, strahlt. Das tut sie sonst nie. Kein Wunder, denn bisher konnte sie immer nur verkünden, dass es leider nichts Neues gibt.

Ailsa legt unwillkürlich die Hände vor die Brust, als wollte sie das, was darin ist, schützen, es halten, bevor es stirbt. Sie zwingt sich, die Hände zurück in den Schoß zu legen. Sie zittern. Ihre Stimme zittert auch.

»Ein neues Herz?« Und dann spürt sie auf einmal, wie das kranke, zusammengeflickte Herz, das sie hat, die Kraft aufbringt, sich hoffnungsvoll zu weiten, als wäre es einverstanden.

Ein Wirrwarr von sachlichen, aber auch schrecklichen Gedanken schießt ihr durch den Kopf. Sie muss nüchtern sein – wann hat sie zuletzt gegessen? Wo steckt ihre Mutter? Ein neues Herz – das heißt zugleich, dass irgendwo jemand gestorben ist.

Da taucht auch schon Ailsas Mutter hinter Bryony auf; sie ist ganz außer Atem und hat einen Schwall von kalter Luft und Zigarettenrauch im Gefolge, der sich einen Moment lang gegen die Stickigkeit des Zimmers auflehnt, bevor er von ihr absorbiert wird. »Die Schwestern haben mir gesagt, ich soll sofort herkommen. Was ist denn passiert?« Sie eilt zu ihrer Tochter ans Bett und nimmt ihre Hand. Ailsa kann ihr nur zunicken und ihren Händedruck erwidern, weil ihr Mund trockener als sonst ist und ihre Kehle wie zugeschnürt. Sie würde ihr so gern sagen: Ich wünschte, du wärst dabei gewesen, als Bryony hereinkam. Du hättest es zusammen mit mir erfahren sollen. Aber das ist albern und unwichtig, und außerdem kann man sich solche Dinge ohnehin nicht aussuchen. Man kann sie nur nehmen, wie sie sind.

»Die OP ist in drei Stunden«, sagt Bryony. »Du hast noch genug Zeit, dich vorzubereiten.« Sie nimmt die Krankenakte, die am Fußende von Ailsas Bett befestigt ist, und heftet sie in den Ordner, den sie mitgebracht hat. Und so fängt es an.

Oder so hört es auf, je nachdem, aus welchem Blickwinkel man es betrachtet.

BLUEHEART-BLOG

9. Oktober 2017

Der Countdown läuft!

Es ist da! Das Herz ist da! Jetzt werdet ihr eine Weile nichts mehr von mir hören. (Keine Panik. In den kommenden Wochen ist das ein gutes Zeichen.)
Gleich werde ich mich in meine Kompressionsstrümpfe zwängen und irgendetwas zu meiner Mutter sagen, das auf gar keinen Fall nach Abschied klingt. Ich werde euch nicht verraten, wie mir zumute ist, wenn ich an den bevorstehenden Eingriff, die Risiken, die Angehörigen des Spenders oder meine Mutter denke, weil ich keine Ahnung habe, was passieren würde, wenn ich auch nur einen kurzen Blick auf diese Gefühle werfe – ich weiß nur, dass es nicht gut wäre.
Vor einem Monat habe ich mir eine Umfrage ausgedacht. Ich habe sie aber bisher nicht gepostet, weil ich das Schicksal nicht herausfordern wollte. Doch eben sind die Würfel gefallen, und deshalb ist jetzt der richtige Zeitpunkt gekommen. Also, ihr Lieben, hier kommt die erste Umfrage für mein neues Leben. Wir sehen uns wieder, Hand aufs Herz! Vielen Dank schon jetzt fürs Mitmachen, für eure Kommentare und für eure tolle Unterstützung.
Was soll ich machen, wenn es mir gut geht?

1. Irgendwo hochsteigen. Nicht auf eine Leiter, sondern auf einen Hügel oder Berg. Einen, der mindestens tausend Meter hoch ist. Einen, von dessen Gipfel aus ich meilenweit sehen kann, wo es Wolken und Felsen gibt und hier und da ein Schaf. Manchmal, wenn es mir

richtig schlecht geht, schließe ich die Augen und stelle mir diesen Ausblick vor.
2. Einen Schreck bekommen. Ins kalte Wasser springen! Achterbahn fahren! Einen fiesen Horrorfilm anschauen! Bungeejumping! Mein neues Herz wird vor nichts Angst haben. Das Herz, das ich jetzt habe, kriegt dagegen schon die Flatter, wenn ich bloß an das Wort »Achterbahn« denke.
3. Tanzen lernen. Seit ich zum ersten Mal *Strictly Ballroom* gesehen habe, träume ich davon, Tango zu lernen.
4. Mein Handy ausschalten. Mal stundenlang ohne Telefon sein. Wenn ich voll funktionsfähig bin, braucht sich ja niemand mehr Sorgen um mich zu machen. Versteht mich nicht falsch, Handys sind super. Aber bevor ich in die Klinik kam, musste ich rund um die Uhr erreichbar sein, für den Fall, dass ein Herz reinkommt.
5. Für irgendetwas Schlange stehen. Ich könnte zum Beispiel nach London fahren und mich sechs Stunden für Wimbledon-Tickets anstellen. Ich wäre bestimmt die Einzige, die sich überhaupt nichts aus Tennis macht und nur wegen des Anstehens käme. Weil ich dann ein Herz habe, das so stark ist, dass es mich stundenlang auf den Beinen hält.

Ich dachte, mir fallen bestimmt tausend Sachen ein, die ich gern machen würde, wenn ich körperlich dazu imstande bin, inklusive Eiffelturm und Taj Mahal. Aber das erscheint mir gerade doch zu weit hergeholt. Ich habe ja noch nicht mal einen Reisepass.
Am wichtigsten ist eigentlich, dass ich dann endlich tun kann, wozu ich Lust habe! Ich brauche mir keine Sorgen mehr darüber zu machen, ob ich dazu in der Lage bin, was

alles schiefgehen könnte oder worauf ich alles achten muss. Ich werde spontan sein. Frei! (So weit jemand, der Medikamente gegen Abstoßungsreaktionen nehmen muss, spontan und frei sein kann.) Ich werde endlich normal sein.

Meine Frage an euch lautet: Wobei werde ich mich am lebendigsten fühlen?
1. beim Bergsteigen
2. wenn ich einen Schreck bekomme
3. beim Tanzen, Tanzen, Tanzen
4. wenn ich mein Handy ausschalte
5. wenn ich in einer langen Schlange anstehe

Ich lasse die Umfrage eine Woche lang offen und schaue mir das Ergebnis an, wenn ich von meiner Transplantationsreise zurück bin. Hand aufs Herz!
Bis bald,
BlueHeart xxx

32 Mal geteilt
256 Kommentare

Ergebnisse:
1. *beim Bergsteigen 25 %*
2. *wenn ich einen Schreck bekomme 19 %*
3. *beim Tanzen, Tanzen, Tanzen 36 %*
4. *wenn ich mein Handy ausschalte 14 %*
5. *wenn ich in einer langen Schlange anstehe 6 %*

12. Oktober 2017

Das Bewusstsein ist wie Flüssigkeit hinter Glas; es schwappt herum, lässt sich nicht greifen. Wenn Ailsa die Augen schließt, geht der starke Schwindel zwar nicht weg, aber er ist leichter zu ertragen. Sie schläft wieder ein.

»Wie geht es dir?«, wird sie alle paar Sekunden gefragt, oder zumindest kommt es ihr so vor. »Ailsa? Ailsa? Kannst du mich hören? Wie fühlst du dich?«

Sie möchte sagen: Ich fühle mich, als hätte mich ein Pferd ins Herz getreten. Ich will hier raus. Gebt mir meine Schuhe. Gebt mir meinen Kajalstift. Gebt mir einen Kalender, der für die nächsten fünf Jahre reicht.

Aber ihre Zunge ist schwer wie Blei, und ihre Zähne kleben zusammen, sie bekommt sie einfach nicht auseinander. Irgendetwas tut ihr im Hals weh. Ein Schlauch? Sie befiehlt ihrem Arm, sich zu bewegen, um zu ertasten, ob sie einen Schlauch im Mund hat. Doch ihr Arm gehorcht ihr nicht.

Sie öffnet die Augen. Sie sieht lächelnde oder fragende Gesichter, aber der Gedanke, sich auf sie zu konzentrieren und einzuordnen, welche Augen wem gehören, oder zu verstehen, was die Münder sagen, erscheint noch unmöglicher als fliegen. Obwohl: Ans Fliegen erinnert sie sich; sie könnte fliegen, wenn es ihr nur gelänge, sich von der Bettdecke und den Geräuschen zu befreien, dann könnte sie schweben. Eben hat sie doch geschwebt, oder?

Ihre Finger haben sich in Babyfinger zurückverwandelt, die bei jeder Berührung unwillkürlich zugreifen.

Und dann schläft sie wieder ein, aber die Zeit scheint gar nicht zu vergehen, und wenn sie aufwacht, geht alles von vorn los.

15. Oktober 2017

»Na endlich«, sagt Hayley, Ailsas Mutter, als ihre Tochter zum ersten Mal die Augen öffnet und sie nicht sofort von allein wieder zugehen. »Ich dachte schon, du wachst überhaupt nicht mehr auf.« Hayley lächelt, aber sie ist kreidebleich und hat diesen schrecklich vertrauten Ich-hab-geheult-aber-wenn-du-mich-drauf-ansprichst-streite-ich-es-ab-Blick. Ailsa kann nur Hayleys Gesicht sehen, ihr Haar und den goldgelben Seidenschal, den sie um den Hals trägt. Einer ihrer Lieblingsschals; Ailsa hat ihn ihr vorletztes Jahr zu Weihnachten geschenkt.

»Hat es …?« Mehr kriegt sie nicht heraus. Ihre Stimme ist so kratzig wie Schmirgelpapier.

»Alles ist gut«, sagt Hayley. »Die OP ist sechs Tage her. Die ersten vierzig Stunden warst du völlig hinüber, aber seitdem geht es langsam aufwärts.«

Ailsa nickt beziehungsweise, sie will es, aber ihr Kopf spielt nicht mit. Ihre Haare scheinen am Kissen festzukleben. »Mum«, krächzt sie.

»Ich bin hier, Schatz. Ich war die ganze Zeit über bei dir.« Ihrer Mutter kommen die Tränen, und sie redet hastig weiter, um sie zu unterdrücken. »Ich hab allen gesagt, dass sie nicht kommen sollen, aber natürlich hat niemand auf mich gehört; hier ging es zeitweise zu wie im Taubenschlag. Du hast ganz viel Post bekommen und Schokolade, sogar eine Flasche Gin, aber damit wirst du wohl noch ein Weilchen warten müssen …«

»Mum«, sagt Ailsa wieder. Sie sind hier. Nach all den Jahren mit der Krankheit, nach dieser Ära der Atemnot, Schmerzen und Sorgen, nach all den Untersuchungen, Operationen und

Gesprächen über die Unausweichlichkeit einer Transplantation, nach all den Einschränkungen, die sie ihr Leben lang hinnehmen mussten, weil Ailsa so wenig machen konnte, sind sie nun endlich hier, am Ziel ihrer Träume. Am liebsten würde sie auch weinen, aber sie traut sich nicht, weil sie Angst hat, dass das neue Herz ihr Schluchzen nicht aushält. Aber Hayley ist bei ihr, sie nimmt Ailsas Hand, und dann beugt sie sich zu ihr und drückt ihr einen Kuss auf die Stirn, und alles ist da: der ganze Schmerz, den sie miteinander geteilt haben, die Angst, die Hoffnung.

Die Krankenschwester kommt. Hayley tritt zur Seite. Die Schwester leuchtet Ailsa in die Augen, prüft ihre Reflexe, stellt Fragen, befeuchtet ihr den Mund. Der Schlauch ist weg.

»Hatte ich keinen Schlauch im Hals?«, flüstert Ailsa.

»In den ersten Tagen«, sagt Hayley.

»Mir tut der Hals weh«, flüstert Ailsa. Die Untertreibung des Jahres, denn ihr tut buchstäblich alles weh. Ihre Knöchel sind wie Blei, die Beine ganz steif. Die Bettdecke liegt tonnenschwer auf ihren Zehen. Ihr Magen fühlt sich an, als wäre er bis oben voll mit irgendeiner dicken, dunklen Pampe, Teer oder verdorbenem Joghurt; sobald sie sich rührt, muss sie garantiert kotzen. Ihr Nacken ist völlig verspannt, sie hat stechende Kopfschmerzen, ihre Augen vertragen kein Licht mehr. Und was ihren Brustkorb angeht – an den will sie lieber gar nicht denken. Er fühlt sich nämlich genauso an, wie man sich das vorstellen muss, wenn einem das Brustbein durchtrennt, das Herz rausgenommen und ein anderes eingesetzt, die Knochen dann zurückgebogen und die Haut obendrüber wieder zugenäht wurde.

Nur dass die Realität die Vorstellung noch weit übertrifft. Denn zu den Schmerzen kommt die Verwirrung. Eine Erinnerung an etwas, das sie mal gelesen hat, schwebt vorbei: Bei einem der ersten Transplantationsversuche wurde der Kopf eines

Hundes auf den Körper eines anderen Hundes verpflanzt. Genauso kommt sie sich vor. Das Herz in ihr spürt, dass irgendetwas passiert ist, weiß aber nicht, was – und dieses Gefühl der Verwirrung pulsiert jetzt mit jedem Herzschlag durch ihren Körper. Und ihr Brustkorb schreit: Das hätte nicht passieren sollen! Das wollte ich nicht! Ich bin eine Festung. Ich darf nicht geöffnet werden. Ich bin dazu da, das, was in mir ist, zu beschützen. Ihr könnt doch nicht einfach ein anderes Herz in mich reinstecken!

»Versuch, dich nicht zu bewegen, Ailsa«, sagt Hayley und legt ihr die Hand auf die Stirn. »Atme einfach nur. Du bist jetzt in Sicherheit. Du hast es geschafft.«

Doch das Atmen ist ja auch mit Bewegung verbunden, und es tut höllisch weh. Jedes Mal, wenn sie Luft holt, hat sie das Gefühl, dass die Nähte ihrer OP-Narbe sich überdehnen und gleich platzen. Sie versucht, so flach wie möglich zu atmen, aber die Monitore verraten sie sofort.

»Ich glaube, ich breche gleich auseinander«, krächzt sie. Ihre Mutter und die Krankenschwester lachen leise. Die Schwester heißt Nuala, und der Rosenduft ihres Parfüms ist so stark, dass er sogar den beißenden Geruch des Desinfektionsmittels überdeckt. Vielleicht sollte sie den beiden erklären, dass sie keinen Witz gemacht hat, aber sie will das bisschen Kraft, das sie hat, nicht vergeuden. Sie macht lieber die Augen zu.

»Alles ist genauso, wie es sein sollte«, sagt jemand in der Dunkelheit. Ailsa weiß, dass es einer der Krankenpfleger ist, Frankie; sie erkennt ihn an seinem Highlands-Akzent. Doch ihr ist, als hörte sie Lennox – den geliebten, schmerzlich vermissten Lennox, der vergeblich auf Rettung wartete. Sie denkt an die sechs Tage, die sie verloren hat. Oder besser gesagt: die sie eingetauscht hat gegen ein halbwegs normales Leben. Nur noch wenige Wochen, und sie wäre auch gestorben. Doch jetzt hat sie wie fast jeder andere Mensch die Chance, sechzig zu werden. Oder zumindest fünfzig. Es ist, als hätte sie plötzlich die Erlaubnis bekommen, aus einem Fenster zu schauen, das vorher tabu für sie war – und sie kann gar nicht fassen, wie weit der Blick reicht und wie herrlich die Aussicht ist.

Am nächsten Morgen setzt Ailsa sich im Bett auf und isst eine Banane. Ihre Mutter strahlt. Bis sie die Banane wieder auskotzt.

»Mach dir nichts draus«, sagt ihre Mutter. »Es kann nicht alles auf einmal klappen.«

BLUEHEART-BLOG

1. November 2017

Eine neue Freundin

Gestern hat Mum mir beim Packen geholfen, und dann haben wir das Krankenhaus verlassen und sind ins Auto meiner Ehrentante gestiegen, um mein neues Herz nach Hause zu fahren. Ich durfte vorher auch schon tagsüber raus; das Krankenhaus ist ja kein Gefängnis, auch wenn sie einen manchmal an Maschinen fesseln, sodass man nicht entkommen kann. Aber gestern wurde ich offiziell entlassen. Und das fühlte sich richtig gut an! Ich bin zwar noch nicht über den Berg und muss weiterhin dreimal pro Woche in die Klinik, aber ich will nicht meckern.
Als wir an der Wohnung ankamen, haben wir uns alle drei angeschaut und geseufzt, und es fühlte sich ein bisschen so an, als hätten wir den Atem angehalten – keine Ahnung, wie lange. Eigentlich wollten wir uns was zu essen bestellen, aber ich habe dann nur meine Medikamente genommen und bin ins Bett gegangen. Mum und Tante T haben Wein getrunken und so viel gelacht, dass ich dauernd aufgewacht bin. Aber es hörte sich gut an. (Als sie an der Uni waren, haben sie zusammengewohnt, und manchmal scheinen sie zu vergessen, dass das alles längst vorbei ist.)
Nun bin ich also wieder zu Hause. Der Krankenhausteil meines alten und neuen Lebens liegt hinter mir.
Jetzt kann das Leben endlich richtig losgehen.
Danke, dass ihr das mit mir durchgestanden habt! (Und dafür, dass ihr mir bei der Umfrage, was ich essen soll, Wackelpudding erspart habt.) Ihr seid mir sogar treu

geblieben, als ich darüber berichtet habe, wie seltsam sich mein Körper nach der OP benimmt und wie komisch es ist, dass mir jetzt ein Bart wächst. Gut, dass es Gesichtshaarentferner gibt! Die Krankenschwester hat mir versichert, dass der Bart nur eine vorübergehende Nebenwirkung der Medikamente ist, genauso wie das Mondgesicht und der extrem launische Darm. Es gibt also Hoffnung. Aber wundert euch nicht, falls ich euch um Tipps gegen Verstopfung bitte.

In den Tagen nach der OP, als ich völlig hinüber war, habt ihr bei der Umfrage mit dem Titel »Bei was werde ich mich am lebendigsten fühlen?« mitgemacht. Tanzen und einen Berg besteigen haben die meisten Stimmen bekommen. (Was habe ich mir da nur eingebrockt?) Natürlich werde ich das auch machen. Aber es dauert leider noch ein Weilchen, weil ich noch zu sehr mit Fitwerden beschäftigt bin.

Fitwerden ist zum Teil ganz einfach. Genug Schlaf. Etwas Sport, natürlich nicht übertreiben. Gesunde Ernährung. (Letzteres ist allerdings nicht ganz so leicht, um die Wahrheit zu sagen. Eine der häufigsten Nebenwirkungen von Steroiden ist nämlich Heißhunger auf Kuchen.)

Zum Teil ist Fitwerden allerdings eine echte Herausforderung. Das ist schwer zu erklären. Wie soll ich es ausdrücken? Vielleicht muss das neue Herz noch lernen, wie es mit mir umgehen soll, so wie ich lernen muss, mit ihm umzugehen.

Das klingt natürlich absurd. Und es ist auch nicht wissenschaftlich erwiesen. Andererseits waren Forscher früher felsenfest davon überzeugt, dass sauerstoffarmes Blut blau ist. Ist es aber nicht. Die Adern sehen blau aus (ich sah blau aus), weil Licht auf die Haut darüber trifft und nur die Wellenlänge des Lichts reflektiert wird, die wir als blau wahrnehmen. So ist das. Nur weil etwas heute als wahr gilt, heißt das nicht, dass es morgen noch immer wahr ist. Ich … ich kann diesem Herzen einfach nicht trauen. Vielleicht liegt es ja daran, dass es mir wie ein neuer, ungewohnter Muskel vorkommt, den ich noch nicht benutzen und testen konnte und den ich deshalb erst dann richtig anstrengen will, wenn ich wirklich sicher sein kann, dass er das auch aushält. Über die Person, von der ich das Herz bekommen habe, weiß ich nichts. Mum und ich reden fast täglich über sie, aber meistens beschränkt sich das auf Äußerungen wie »Wenn dieser Mensch nicht gewesen wäre« oder »Ich wünschte, dieser Mensch könnte das Wunder, das er vollbracht hat, miterleben«. Ich frage mich oft, wie es dem Herzen dieser Person wohl damit geht, jetzt in einem neuen Körper zu sein.

Auch heute Morgen habe ich darüber nachgedacht, als ich spazieren war. Ich spaziere jetzt nämlich jeden Tag durch Edinburgh, und zwar bei jedem Wetter. Im Moment sind es zehn Minuten, fünf hin, fünf zurück. Nächste Woche erhöhe ich auf fünfzehn. (Fünfzehn Minuten in Edinburgh können eine echte Herausforderung sein. Für die Geologiefans unter euch: Die Stadt war früher ein Vulkan.) Und als ich so vor mich hin lief, dachte ich: Vielleicht sollte ich mich mit diesem Herz anfreunden. Und Freundschaften beginnen mit einem Namen.

Ich habe zwei ausgesucht, aber die endgültige Entscheidung überlasse ich euch.

Ihr habt drei Tage Zeit.

Apple: Äpfel sind rot, knackig und angeblich sehr gesund. Eigentlich der perfekte Name für ein Herz.
Amber: Bernstein besitzt heilende Kräfte und leuchtet, wie eine gelbe Ampel, die einen daran erinnert, achtzugeben. Und ich muss sehr auf dieses Herz achtgeben, sonst kann es böse für uns beide enden.

102 Kommentare

Ergebnisse:
APPLE: 64 %
AMBER: 36 %

2. November 2016

Letztes Jahr um diese Zeit

»Gewonnen! Meine Hand hat eindeutig mehr Farbe als deine«, sagt Lennox. Wenn Ailsa ihn besucht, fangen sie immer mit diesem kleinen Wettbewerb an, aber Ailsa würde am liebsten damit aufhören, weil Lennox von Tag zu Tag gelber wird.

»Na gut, diese Runde geht an dich«, sagt Ailsa. »Aber den Gesamtsieg trage ich davon, weil ich dir Jahre voraushabe.« Ihre Fingernägel sind schon seit Langem bläulich verfärbt, und manchmal wird sogar die Haut ihrer Fingerspitzen blau. Ihre Hand liegt neben seiner auf der Bettdecke, zum Vergleich. Sie nimmt ihre Hand wieder von der Decke, Lennox seine auch, ihre Handflächen küssen sich, gehen auseinander.

Er wird immer schmaler und gelber, sein athletischer Körper stetig schwächer, er hat keinen Appetit mehr. Sie versucht, sich nicht anmerken zu lassen, dass es ihr auffällt. Er rückt auf seinem Bett zur Seite, damit sie sich neben ihn setzen kann, und legt den linken Arm um sie.

»Und, was treibst du so? Du darfst nur Sachen erwähnen, die nichts mit der Klinik zu tun haben.«

Ailsa lacht. »Ich habe mir *West Side Story* angeschaut«, sagt sie.

»Ich vergaß: Alles, was mit *West Side Story* zu tun hat, ist ebenfalls tabu.«

»Du bist gemein«, sagt sie und blickt auf seine rechte Hand. Sie hat eine sehr ungesunde Farbe, und auf dem Handrücken ist eine Kanüle befestigt. Sie schaut weg. Langsam versteht sie, wie es für ihre Mutter und ihre Freundinnen und Freunde sein muss, wenn es ihr so schlecht geht, dass sie in die Klinik muss, und sie sie dann besuchen kommen. Sie ertappt sich dabei, Lennox genau das sagen zu wollen, was sie selbst nie hören will: Bald geht es dir wieder besser. Halt durch. Du schaffst das. Am liebsten würde sie ihn umarmen und ihm sagen, dass sie ihn liebt. Nein, am liebsten würde sie Sex mit ihm haben, nur um zu sehen, ob sie sich dann beide besser fühlen. Die üblichen Regeln für Ex-Pärchen gelten hier sowieso nicht.

»Ich weiß«, sagt er und lehnt seinen Kopf an ihren. »Was macht dein Blog?«

»Oh.« Stimmt, den Blog gibt's ja auch noch. »Inzwischen habe ich über zehntausend Aufrufe.«

»Wow, das ist ja toll!« Trotz seiner Erschöpfung klingt er aufrichtig begeistert. »Und das nach wie vielen Monaten? Sechs? Du kannst echt stolz auf dich sein.«

»Sieben«, sagt sie. »Ich habe damit angefangen, als ich auf die Transplantationsliste kam. Aber irgendwie ist es komisch. Die Leute hinterlassen zwar Kommentare, und ich weiß, dass sie den Blog lesen, aber das Ganze ist trotzdem ziemlich einseitig. Ich habe schon darüber nachgedacht, wie ich das Ganze irgendwie anders gestalten könnte …«

»Interaktiver?«, fragt Lennox.

»Ja, genau.« Ailsa schmiegt sich an ihn, atmet seinen Geruch ein. Er trägt noch immer das gleiche Aftershave wie früher und duftet auch danach, aber dazu mischt sich der seltsam süßliche Geruch seiner Krankheit. »Die Sache ist die: Was ich denke, mache oder mir wünsche, spielt im Grunde keine Rolle, denn alles hängt davon ab, ob ich ein Herz bekomme. Oder nicht. Das will ich den Leuten klarmachen.«

»Und willst du den Blog anonym lassen?«

»Klar, das ist besser. Ich will meine Hochs und Tiefs nur dann mit Leuten teilen, wenn sie keine Ahnung haben, wer ich bin.«

Lennox rückt ein bisschen näher, damit er seinen anderen Arm auch noch um sie legen kann. »Ich weiß genau, was du meinst«, sagt er. »Uns bleibt schließlich nichts anderes übrig, als durchzuhalten und weiter zu hoffen. Und das fühlt sich scheiße an. Weil wir null Einfluss darauf haben. Hm. Wie wär's denn, wenn du Umfragen einbaust?«

Es fühlt sich gut an, so nah bei ihm zu sein, auch wenn sie eigentlich kein Paar mehr sind. »Du meinst, um den Leuten noch mehr Entscheidungen zu überlassen, die ich eigentlich lieber selbst treffen würde? Haha. Das passt ja wie die Faust aufs Auge.«

Lennox muss lachen. Er beugt sich zu ihr und gibt ihr einen Kuss. Er hat ein bisschen Mundgeruch. »Rae, du bist genial«, sagt er, und er grinst noch genauso wie damals, als sie sich zum ersten Mal begegneten; als Sechzehnjährige bei einem Projekt in der Gemeinde. »Ich wette, nächstes Jahr um diese Zeit räumst du mit deinem Blog schon Preise ab.«

ZWEITER TEIL

Februar 2018
Ich bleibe gern:
zum Gehn bin ich verdrossen

BLUEHEART-BLOG

3. Februar 2018

Soll die Maske fallen?

Heute muss Apple damit klarkommen, dass ich mich vor lauter Begeisterung gar nicht mehr einkriege.
Mum geht jetzt wieder arbeiten, weil sie ja nicht mehr in ständiger Herz-Alarmbereitschaft sein muss, was wiederum bedeutet, dass ich die Wohnung die meiste Zeit für mich habe. Ich vertreibe mir die Zeit damit, Blog-Beiträge zu schreiben oder mich an Online-Diskussionen über Transplantationen und Wartelisten zu beteiligen. Oder ich denke darüber nach, auf welche Stellen ich mich bewerben könnte, wenn ich den magischen Sechs-Monats-Meilenstein erreicht habe – nach dieser Zeitspanne sollten Apple und ich uns so gut kennen, dass ich sie in der Welt da draußen gut beschützen kann und sie nicht gleich bei jedem Keim oder Virus einen Herzkasper bekommt. (Wobei ich fairerweise sagen muss, dass Apple gar nichts dafür könnte. Ich darf eben nicht vergessen, meine Immunsuppressiva einzunehmen.)
Als ich heute Morgen von meinem Spaziergang zurückkam (achttausend Schritte, unglaublich!) und den Laptop hochfuhr, dachte ich, es wird ein ganz normaler Tag. Aber wie sich herausstellte, ihr Lieben, habt ihr diesen Blog bei den Britischen Gesundheitsblog-Awards als besten Patienten-Blog nominiert!
Wow.
Ich danke euch. (Heult hier gerade jemand? *Nein!*)
Das ist wirklich der absolute *Hammer!* Nur für den unwahrscheinlichen Fall, dass mein Blog der einzige ist,

den ihr lest: Es gibt ja mehr Blogs als Sterne am Himmel (wenigstens kommt es mir so vor). Das heißt: Wenn man ausgewählt wird, ist das wirklich eine große Ehre. Ich kann gar nicht in Worten ausdrücken, wie viel mir das bedeutet! Allein die Tatsache, dass ich überhaupt lebe, ist wie fünfzehn Arten eines Wunders. Und das schließt auch schon die Zeit vor der Transplantation mit ein. Diejenigen unter euch, die regelmäßig hier vorbeischauen, wissen, dass das Hypoplastische Linksherzsyndrom bis Mitte der Achtziger für jedes davon betroffene Neugeborene das Todesurteil bedeutete; das Baby starb praktisch vor den Augen der Mutter. Als ich vier wurde, hatte ich schon drei Operationen hinter mir, und damals hätte niemand für möglich gehalten, dass ich es schaffen würde, die Achtundzwanzig zu erreichen, mit oder ohne Spenderherz.
Aber ich lebe noch, dank einer außergewöhnlichen Verkettung von Umständen, die mit dem tragischen Tod eines anderen Menschen verknüpft sind. Und es vergeht kein einziger Tag, an dem ich nicht daran denke.
Noch immer staune ich darüber, dass andere Menschen diesen Blog lesen, viele von ihnen regelmäßig, und sogar bei Umfragen mitmachen, die sich um dieses Leben drehen, das mir eigentlich gar nicht gehört. Ich dachte, dass meine Art und Weise, mit allem umzugehen, anderen vielleicht bei ihrer eigenen Bewältigung hilft, und dass andere Leute mit HLHS, die mit dem sogenannten Patientenpfad noch nicht so vertraut sind, von meinen Erfahrungen vielleicht profitieren und nach dem Eingriff nicht so wie ich sechs Tage lang völlig platt sind, oder zumindest besser darauf vorbereitet. Ich hatte gehofft (und ich hoffe es noch immer), dass dieser Blog den Angehörigen und Freunden von HLHS-Patienten helfen könnte,

besser zu verstehen, wie das ist. Krank zu sein ist schon schlimm genug. Aber krank zu sein und es der Welt auch noch erklären zu müssen, macht einen erst recht fertig. Also, falls ich behilflich sein konnte, bin ich froh.
Ich danke euch sehr. Wirklich. BlueHeart ist zutiefst gerührt.
Leider kann ich nicht zu der Preisverleihung gehen. Den Grund erzähle ich euch ein anderes Mal. Wenn ich es schaffe. Die Organisatoren sind echt nett, sie haben mir erlaubt, ein Video aufzunehmen für den Fall, dass ich gewinne.
Ich möchte das Video auch aufnehmen. Aber wenn ich das mache, werde ich nicht mehr BlueHeart sein. Dann ist es mit der Anonymität vorbei. Und wenn ich im Video mein wahres Gesicht zeige, dann muss ich es im Blog natürlich auch tun und als die Person auftreten, die ich im wirklichen Leben bin. (Und die im Gegensatz zu BlueHeart übrigens nicht mehr blau angelaufen ist.) Das macht mir allerdings Angst. Und es gibt noch etwas, womit ich überhaupt nicht gerechnet habe. Seit Apple in mein Leben getreten ist, weiß ich nämlich nicht mehr genau, wer ich bin.
Ihr ahnt natürlich, was jetzt kommt, oder?
Die Umfrage schließt in zwei Tagen.
Soll ich das Video aufnehmen und der Welt zeigen, wer hinter BlueHeart steckt?

Ja – Du bist jetzt in einer neuen Phase deines Lebens, und Veränderung ist gut, sie gehört dazu.

Nein – Es ist besser, wenn du dich noch eine Weile schützt, körperlich und seelisch. Schick eine Nachricht, um dich zu bedanken, aber halte deine wahre Identität noch geheim.

Bis zum nächsten Mal,
BlueHeart xxx

2 Mal geteilt
10 Kommentare

Ergebnisse:
JA 87 %
NEIN 13 %

6. Februar 2018

»Soll ich vielleicht ein paar Karten zum Hochhalten machen, von denen du ablesen kannst? Wie heißen die Dinger doch gleich?«

Ailsa lacht. »Idiotentafeln? Nein, ich schaff es auch ohne. Ich weiß ja, was ich sagen will.«

Nachdem sie und Hayley die letzte Stunde damit verbracht haben, einen geeigneten Platz mit gutem Licht und neutralem Hintergrund für die Videoaufnahme zu finden, sitzt Ailsa nun auf dem Wohnzimmersessel neben dem Fenster und Hayley mit dem iPad auf dem Beistelltisch. Auf dem Boden vor Ailsas Füßen liegt ein Mini-Mikrofon, das mit dem Audioanschluss des iPads verbunden ist. Sie hebt es auf und legt es sich auf den Schoß.

»Du filmst nur meinen Kopf und meine Schultern, okay?«

»Ja, bis hier«, sagt Hayley und zieht eine Linie von ihrer linken zur rechten Achselhöhle.

»Gut.« Die Testaufnahme zeigte Ailsa bis zur Hüfte und sah furchtbar aus. Natürlich war ihr klar, dass sie zugenommen hat; sie muss jeden Morgen auf der Waage checken, ob sie über Nacht drei Kilo zugenommen hat, denn das könnte auf eine Abstoßung hindeuten. Aber dass ihre Taille inzwischen aus Speckrollen besteht, hat sie dennoch ein wenig schockiert. Immer noch besser, als die Radieschen von unten zu betrachten, sagt Hayley. Das Aussehen ist nicht so wichtig.

»Von mir aus kann's losgehen, Schatz.«

»Okay. Drück auf den Knopf.«

Tief einatmen. Lächeln!

Hayley reckt den Daumen hoch und schaut auf das Display. Ailsa wendet lieber den Blick von ihr ab, damit sie nicht schon wieder beide in Tränen ausbrechen, wie vorhin.

»Hallo. Mein Name ist Ailsa Rae, aber Sie kennen mich vor allem als BlueHeart. Ich fühle mich sehr geehrt und bin ganz überwältigt, dass mir dieser Preis verliehen wird. Vielen Dank an alle, die mir ihre Stimme gegeben haben! Ebenso möchte ich mich bei allen bedanken, die meinen Blog gelesen und an meinen Umfragen teilgenommen haben.

Wer auf ein Spenderorgan wartet, fühlt sich vollkommen machtlos. Das möchte ich durch meinen Blog verdeutlichen. Zwei Tage nach meiner Geburt wurde mir zum ersten Mal durch eine Operation das Leben gerettet, eine weitere folgte knapp zwei Jahre später. Meine Kindheit und Jugend verliefen mehr oder weniger normal, doch vieles, was für andere selbstverständlich war, ging bei mir nicht. Trotzdem habe ich mich immer bemüht, alles, was ich machen wollte, zu erreichen. Ich studierte und machte meinen Abschluss, auch wenn ich dafür ein Jahr länger brauchte als die anderen, weil ich mehrmals ins Krankenhaus musste. Doch ich spürte, dass mein Herz zunehmend schwächer wurde. In den folgenden vier Jahren verschlechterte mein Zustand sich so weit, dass ich schließlich auf die Warteliste für eine Transplantation kam. Und dann hatte ich Glück.

Zu der Freude darüber mischt sich aber auch Trauer, denn der Mensch, der mir dabei geholfen hat, diesen Blog auf die Beine zu stellen, ist vor knapp einem Jahr gestorben. Er hat auch auf ein Spenderorgan gewartet – leider vergeblich. Es wäre so schön, wenn er jetzt …« Hayley macht sich bereit, die Aufnahme anzuhalten, aber Ailsa fängt sich wieder. Sie holt tief Luft – oh, wie herrlich sich das jetzt anfühlt –, bevor sie weiterredet. »Er ist tot. Ich wünschte, er würde noch leben. Wenn mehr Menschen sich als Organspender registrieren ließen und ihre Angehörigen rechtzeitig darüber informieren würden, wäre er vielleicht noch am Leben.

Danke, dass Sie für mich gestimmt haben. Ich heiße Ailsa Rae und hatte das Glück, ein Spenderherz zu bekommen. Bitte lassen auch Sie sich als Organspender registrieren. Und falls Sie einen geliebten Angehörigen verlieren, respektieren Sie bitte seinen Wunsch, im Todesfall Organe zu spenden. Denn damit können Sie Leben retten.«

10. Februar 2018

Heute geht es um Lennox – und darum, den Tag, der sein Geburtstag gewesen wäre, zu überstehen. Die E-Mail-Einladung seiner Mutter ist deutlich formuliert: Lasst uns zusammen die schönen Erinnerungen feiern. Theoretisch ganz einfach, doch als Ailsa mit Hayley ein Taxi nimmt, um zu Lennox' Familie zu fahren, ist ihr schwindelig und übel, aber auf eine andere Weise als von den Medikamenten. Ihr geht all das durch den Kopf, was sie normalerweise verdrängt, weil sie wegen ihres neuen Herzens nicht daran denken will: die wiederentdeckte Liebe, das Klammern an die Hoffnung, die überwältigende Trauer, die sie verspürt, seit Lennox gestorben ist.

»Bist du bereit?«, fragt Hayley, als sie aus dem Taxi steigen. Sie sind etwas spät dran. Ailsa hat den leisen Verdacht, dass ihre Mutter das absichtlich eingefädelt hat.

»Ich weiß nicht.«

»Lass dir Zeit, Schatz«, sagt Hayley. Sie wühlt in ihrer Handtasche und fischt eine Packung Marlboro und ihr Zippo-Feuerzeug heraus, das wahrscheinlich älter als Ailsa ist. »Ich rauch solange noch eine.«

Das Haus der Familie Douglas liegt in Portobello, einem Vorort von Edinburgh, ein Stück hinter der Strandpromenade, abseits vom Trubel. Ein großer, friedlich aussehender Bungalow mit Erkerfenstern an der Vorderseite, die zum Meer hinausgehen, obwohl Ruthie meinte, sie hätten ihn vor allem wegen des großen Gartens dahinter gekauft, der früher mal eine Obstplantage war. Das Grundstück wirkt sehr gepflegt, im Vorgarten sprießt nirgends Unkraut, das Zauntor glänzt in makellosem

Schwarz. Es muss viel Zeit kosten, all das in Schuss zu halten, aber es füllt den Tag, wenn man trauert.

Ailsa holt tief Luft. Dann nochmals. Redet sich ein, dass zumindest ein Teil der Trauer zusammen mit ihrem alten Herzen aus ihrem Körper herausgeschnitten worden sein muss. Das neue Herz weiß ja nicht, wie es war, Lennox zu lieben und ihn dann zu verlieren. Aber Apple scheint gut aufgepasst und gelernt zu haben; es fühlt sich an, als wolle sie vor Liebe und Trauer zerspringen.

Das letzte Mal war Ailsa am Tag von Lennox' Beerdigung hier; ein so furchtbarer Tag, dass ihr schon bei der kleinsten Erinnerung daran die Tränen in die Augen steigen. Damals trug sie Schwarz. Aber was soll man auf einer Geburtstags-Schrägstrich-Gedenkfeier tragen? Das schwarze Kleid von damals passt jedenfalls nicht mehr. Wenn sie sich im Spiegel sieht, erkennt sie sich vor lauter Doppelkinn kaum wieder.

Aber sie lebt. Das ist die Hauptsache.

Hayley tritt ihre Zigarette mit dem Absatz ihrer Doc Martens aus. Sie sind aus lilafarbenem Lackleder. Ailsa hatte selbst mal welche in Rot, ihre Lieblingsstiefel, aber als Rot ihre Unglücksfarbe wurde, warf sie sie weg.

Hinter den Fenstern bewegen sich Leute. Es ist drei Uhr nachmittags, aber es dämmert schon; drinnen brennt Licht. Ailsa öffnet das Tor, blickt auf den Weg. Ihre Füße zaudern, ihn zu betreten.

»Wie heißen die Schwestern noch mal?«, fragt Hayley. Sie kann sich jedes Gesicht merken, aber mit den Namen ist das so eine Sache. Als Ailsa noch ein Baby war, lernte Hayley die Namen aller Krankenschwestern auswendig, um sie persönlich anzusprechen und sie so auf ihre Seite zu ziehen.

»Die ältere heißt Lucy und die jüngere Libby. Und Lucys Tochter heißt Louisa. Alle fangen mit L an.«

Hayley legt den Arm um ihre Tochter und drückt sie, und auf einmal spürt Ailsa eine stille Verbundenheit zu ihr. Früher war diese Verbundenheit ständig da.

Jemand winkt ihnen von drinnen zu. Jetzt gibt es kein Entrinnen mehr. Ailsa sagt leise: »Das kann nicht sein. Dass er nicht hier ist.« Diese Worte bringen noch nicht einmal ansatzweise zum Ausdruck, wie ihr zumute ist, aber mehr traut sie sich nicht zu sagen. Sonst bräche sie zusammen, obwohl ihre Mutter sie stützt.

»Ich weiß«, sagt Hayley. »Ich hab Ruthie und Dennis nicht mehr gesehen, seit du aus dem Krankenhaus bist.« Für einen Moment herrscht Stille. Dann greift Ailsa nach der Hand ihrer Mutter und drückt sie fest. Sie denken beide daran, wie fest entschlossen Lennox' Eltern waren, ihnen weiter beizustehen, obwohl sie um ihren eigenen Sohn trauerten und es sich für alle wie eine stumme, schmerzhafte Bestrafung anfühlte, wenn sie Ailsa im Krankenhaus besuchten.

Sie setzt ihr bestes Lächeln auf und sucht nach einer schönen Erinnerung an Lennox. Die erste, die ihr einfällt: Er legt ihre Hand auf seine nackte Brust und sagt: »Wenn ich könnte, würde ich dir mein Herz geben. Sofort. Und es von mir zu dir fliegen lassen.« Die nächste Erinnerung: Sie sind siebzehn, stehen am Strand von Portobello, als er plötzlich losrennt, direkt ins Meer, mit Turnschuhen und Jeans, bis die Wellen ihm bis an den Hintern reichen, und dann schaut er sich um und ruft ihr zu: »Das ist toll! Komm rein!« Und noch eine Erinnerung taucht auf: Sie sitzen im Garten der Klinik und bringen sich mit dem Spielbrett und den Figuren aus dem Tagesraum gegenseitig Schach bei. Die Springer fehlen; stattdessen nehmen sie zwei Pfefferminzbonbons aus Ailsas Handtasche als weiße und zwei dunkle, welke Blütenblätter als schwarze Springer.

Diese Erinnerungen genügen; mehr erträgt sie jetzt nicht.

»Ailsa! Hayley! Wie schön, dass ihr gekommen seid!« Ruthie umarmt sie beide gleichzeitig. Seit ihrer letzten Begegnung ist sie noch schmaler und grauer geworden. Hinter ihr kommt Dennis angeschlendert, er lächelt, aber er wirkt irgendwie kleiner. Doch seinen Humor hat er nicht verloren; plötzlich kniet er vor Ailsa nieder, breitet die Arme aus und schmettert den alten Gene-Pitney-Song.

»Something's gotten hold of my heart, tearing my soul and my senses apart!«

»Lass das, Dennis!«, ruft Ruthie, halb genervt, halb belustigt. »Er ist wie ein kleines Kind«, sagt sie zu Ailsa. »Jeder Witz wird ausgeschlachtet, bis es nicht mehr geht.«

»Ach, komm schon. Das ist doch auch witzig.« Dennis steht wieder auf, um Ailsa zu umarmen. Sie lehnt den Kopf an seine Brust. Er klopft ihr sanft auf den Rücken. Einmal sagte er zu ihr, sie sei wie eine Tochter für ihn. Ist er wie ein Vater für sie?

Das kann sie nicht sagen.

Auf jeden Fall ist er ein beständiger Teil ihres Lebens, seit sie Lennox damals kennenlernte. Dennis nimmt ihre Hände, tritt einen Schritt zurück und mustert sie von oben bis unten.

»Siehst gut aus, Kleine«, sagt er. »Hast endlich mal Fleisch auf den Knochen, so wie ich.« Er tätschelt sich den Bauch.

»Dennis! Das reicht jetzt!«, ruft Ruthie. »Entschuldige bitte, Ailsa«, fügt sie verlegen hinzu.

Ailsa schaut Dennis an und zwinkert ihm zu. Er versucht bloß, sie zum Lachen zu bringen, auch wenn er sich ziemlich ungeschickt dabei anstellt. Das verdient Unterstützung, besonders heute.

»Schon in Ordnung, Ruthie«, sagt sie. »Das sind die Steroide. Ich versuche abzunehmen, aber es scheint ein aussichtsloser Kampf zu sein.« Sie wirft Hayley einen Blick zu, die verständnisvoll nickt. Heute ist nicht der richtige Tag, um von aussichtslosen Kämpfen zu reden. »Aber wenigstens der Bartwuchs ist unter Kontrolle«, fügt sie hinzu.

»Sicher gibt es auch viel, wofür du dankbar sein kannst«, sagt Ruthie. »Du bist eine junge Frau, die Glück gehabt hat, und wir freuen uns für dich.«

»Ja, sie hat wirklich Glück gehabt,« sagt Hayley. »Das weiß sie auch.«

Dennis umarmt Hayley ebenfalls zur Begrüßung. »Meine kleine Highlanderin. Trotzt allen Stürmen.«

»Getränke sind in der Küche«, sagt Ruthie, als hätte sie Text aus einem Stück namens *Wie wir den Tag überleben* auswendig gelernt. Hayley folgt ihr durch den Flur.

Dennis lächelt Ailsa zu, aber seine Augen lächeln nicht mit, sie sind heute zu traurig. »Für meine Bemerkung kriege ich später noch mein Fett weg, keine Sorge«, sagt er. »Komm mit. Du siehst auch so aus, als könntest du einen Drink vertragen.«

Rund vierzig Gäste tummeln sich in der Küche, im Wohnzimmer und im Wintergarten. Libby und Lucy sind da, einige Krankenhausmitarbeiter, ein paar Studienfreunde von Lennox, die inzwischen woanders wohnen, alle gut in ihrem Leben eingerichtet; sie haben bestimmt einen weiten Weg auf sich genommen, um heute hier zu sein. Sogar der Direktor der Schule, an der Lennox Sport unterrichtete, ist gekommen, und auch der Lehrerkollege, den Lennox immer »Rakete« nannte, doch Ailsa kann sich nicht mehr erinnern, warum. Die Gewissheit, dass sie Lennox nie wieder fragen kann, schmerzt wie ein Messerstich.

Alle haben etwas Buntes an und geben sich große Mühe, fröhlich zu sein, aber es fühlt sich gezwungen an, so wie damals, als sie Weihnachten im Krankenhaus verbringen musste: Jeder lächelte nonstop, aus Angst, dass die Festtagsstimmun sonst in sich zusammenbrechen und sie alle erschlagen würde.

Ailsa überlegt, ob sie einen Wein trinken soll, lässt es dann aber lieber, weil sie sich wirklich zusammenreißen muss, um den Nachmittag zu überstehen. Außerdem macht Wein dick. Sie schnappt sich eine Diätlimo und schaut sich um; vielleicht entdeckt sie ja jemanden in der Menge, mit dem sie gern reden würde. Nach Jahren der Atemnot kann sie noch immer kaum fassen, dass sie jetzt so viel sprechen kann, wie sie will. Sie kann die Worte einfach aus dem Mund sprudeln lassen, solange sie Lust hat, ohne ihre Kräfte einteilen zu müssen.

Aber zuerst will sie in den Garten hinausgehen und sich auf eine der beiden Bänke in der Ecke setzen, neben den eingetopften Apfelbaum. Draußen ist es kalt, aber der Baum strahlt vielleicht trotzdem Wärme aus. Sie legt ihre Hand auf den Stamm und schaut hinauf zu den Zweigen. Apple schlägt sofort ein bisschen schneller. Das ist Lennox' Baum, seine Asche ist in dem Topf begraben. Der Stamm ist tatsächlich warm.

An den kahlen Zweigen hängen Überreste von dunkelgrünen Karten an Bändern derselben Farbe. Bald werden dort hellgrüne Knospen erscheinen. Lieber daran denken als an jetzt oder damals. Bei der Beerdigung sollte jeder eine Erinnerung von Lennox auf eine Karte schreiben und sie dann an den Baum hängen. Doch wenn sie das getan hätte, wäre sie zusammengebrochen. Also schrieb sie stattdessen etwas anderes auf. Drei Worte: »Bitte komm zurück.«

»Darf ich mich zu dir setzen?« Lucy ist in den Garten gekommen, die schlummernde Louisa im Arm.

»Natürlich.«

»Ich will dich nicht stören, aber es war ein bisschen stickig da drin. Und laut.« Sie stützt Louisas Lockenkopf an ihrer Schulter, während sie vorsichtig auf der Bank Platz nimmt.

Ailsa nimmt die Hand vom Baumstamm und legt sie zurück in den Schoß. Sie kommt sich vor, als wäre sie bei etwas sehr

Privatem ertappt worden. Mit Lennox zusammen war es leicht gewesen, dem Tod nah zu sein. Bei anderen Leuten weiß sie nie, ob sie ihnen vielleicht zu nah tritt.

»Du hast ihm alles bedeutet«, sagt Lucy mit leiser, trauriger Stimme. »Wie geht es dir?«

Ailsa schluckt. »Ich fühle mich …«, setzt sie an, doch mehr bringt sie nicht heraus. Fast hätte sie »verloren« gesagt; das ist ihr als Erstes eingefallen. Aber sie kann unmöglich sagen, dass sie sich verloren fühlt, wenn sie lebt und es ihr gut geht und sie zudem neben einer Schwester sitzt, die ihren wunderbaren, klugen jüngeren Bruder verloren hat, von dem jetzt nur noch ein Apfelbaum übrig ist, an dem Karten mit Erinnerungen hängen, die sich langsam in ihre Bestandteile auflösen. Eigentlich sollte sie überhaupt nicht hier sein, weder in diesem Garten noch woanders. Jemand anders hätte Apple bekommen sollen; jemand, der es mehr verdient hätte. Wenn sie als Erste gestorben wäre, hätte das Schicksal es sich vielleicht anders überlegt und Lennox dafür leben lassen. Aber das kann sie Louisa nicht sagen. Stattdessen sagt sie: »Er hat mir auch alles bedeutet.«

Die Februarkälte und die zunehmende Dunkelheit treiben sie schließlich wieder ins Haus, und Ailsa wird von Craig, einem der Intensivpfleger, der Lennox in seinen letzten Tagen begleitet hat, in ein Gespräch verwickelt. Schon bald leistet Suze ihnen Gesellschaft, eine alte Freundin der Douglas-Familie. Craig fragt, wie Lennox war, bevor er krank wurde, und Suze und Ailsa wechseln sich mit Anekdoten ab, die sie alle zum Lachen bringen. Suze' Erinnerungen gehen sogar noch weiter zurück als Ailsas. Sie erzählt, dass Lennox als Zehnjähriger einmal mit einem Hund nach Hause kam, den er vor einem Geschäft losgebunden hatte; er behauptete, der Besitzer hätte ihm das Tier geschenkt. Sie erzählt von den Schwimmwettkämpfen, die er gewann, und wie er seine Eltern zur Verzweiflung trieb, weil er nie still sitzen konnte, um seine Hausaufgaben zu machen. Ailsas Erzählungen beginnen erst, als sie sich mit sechzehn bei einem Ferienprojekt für benachteiligte Kinder trafen. Lennox leitete eine Spielgruppe, Ailsa machte bei der Hausaufgabenbetreuung mit. Es funkte zwischen ihnen, sie lernten sich kennen, und als das Projekt nach ein paar Wochen endete, gingen sie Händchen haltend zur Bushaltestelle. Aber den Teil erzählt sie Craig und Suze nicht. Den behält sie für sich.

Und dann fühlt sie sich plötzlich erschöpft. Sie ist dankbar dafür, dass Craig so einfühlsam und freundlich versucht hat, sie und Suze von diesem Verlust, der noch immer unfassbar ist, abzulenken. Trotzdem entschuldigt sie sich und macht sich auf die Suche nach ihrer Mutter. Hayley unterhält sich gerade mit Dennis. Als Ailsa näher kommt, schnappt sie das Wort »Betablocker« auf und muss unwillkürlich lächeln. Hayley ist Apothekerin, und jeder, der das weiß, bombardiert sie unweigerlich mit Fragen zu Medikamenten. Ailsa tauscht einen Blick mit ihr aus und zupft sich am linken Ohrläppchen – das alte Signal für »Mir reicht's«, das sich schon oft bewährt hat, wenn sie im Krankenhaus Besuch bekam, aber auch sonst. Hayley nickt und unterbricht Dennis bei seinem Monolog: »Eigentlich vertragen sich diese beiden Medikamente gut, also vermute ich, dass deine Verdauungsprobleme eine andere Ursache haben, aber rede besser mit deinem Hausarzt, Dennis, okay?«

Sie beginnen, sich zu verabschieden. Ruthie will sich bald mit Hayley treffen, damit sie »aus dem Haus kommt«. Libby sagt, dass sie sich demnächst noch meldet, weil die Familie eine Spendenaktion in Lennox' Namen plant, und Ailsa bietet ihre Hilfe an. Das geplante Wiedersehen mit Lennox' Familie macht es leichter, zu gehen.

Als sie gerade in den Flur wollen, ruft Ruthie: »Oh, eine Sache noch, bevor ihr geht! Erinnert ihr euch noch an die Stoffmuster, die ich euch in der Klinik gezeigt habe? Ich wollte euch nur sagen, dass ich euren Rat beherzigt habe. Ailsa, hattest du nicht gemeint, das blaue wäre zu dunkel und das graue mit dem Silberstreifen würde zu allem passen?«

»Ja, ich glaube schon«, sagt Ailsa, obwohl sie es nicht mehr weiß. Sie erinnert sich nur an lange Nachmittage, an denen sie immer wieder eindöste, und daran, dass Ruthie ihrer Mutter oft Gesellschaft leistete und sie irgendwann völlig verzweifelt über Gardinen redeten – als könnten sie dem Schicksal dadurch Einhalt gebieten. So verdrängten sie ihre Ohnmacht; Lennox war tot, und sie lag im Sterben.

Ruthie führt sie und Hayley einen Korridor entlang und öffnet die letzte Tür auf der linken Seite. Sie kommen in ein Arbeitszimmer; ein Schreibtisch steht dort, dahinter ein Stuhl. Ach, da liegt ja der Teppich, auf dem Ailsa einmal Sex mit Lennox hatte, als sie eigentlich für ihre Abiprüfung lernen sollten. Libby war gerade zu einer Freundin gegangen, und Lennox meinte, sie hätten zehn Minuten, bevor seine Mum nach Hause käme. *Konzentrier dich auf die Gardinen, Ailsa.*

»Schön«, sagt Hayley. »Die sind wirklich hübsch, oder?«

Ailsa nickt, obwohl sie ihr nicht gefallen. Sie mag lieber die Bambusrollos bei ihnen zu Hause, die an den Kanten schon etwas lädiert sind; die Schnur zum Rauf-und-runter-Ziehen ist inzwischen an so vielen Stellen verknotet, dass sie wie eine Perlenkette aussieht.

Dieses Haus fühlt sich düster und still an. Ailsa will nach draußen an die frische Luft. Hayley nimmt sie am Arm.

»Also dann …«, sagt sie.

»Moment noch«, sagt Ruthie, geht zurück in den Flur und bedeutet ihnen, ihr zu folgen. Hayley schaut Ailsa fragend an. Ailsa zuckt mit den Schultern, und sie gehen Ruthie hinterher.

Ruthie öffnet eine weitere Tür, und sie treten ein. Ruthie sagt: »Ich dachte, ihr möchtet vielleicht gern Lennox' Zimmer sehen.«

Zum Glück ist es kein Schrein. Als Lennox mit seiner Familie von Tollcross nach Portobello in dieses Haus zog, war er schon neunzehn. Er hat eigentlich nie richtig in dem Zimmer gewohnt, nur in den Semesterferien.

Das Zimmer sieht schlicht und ordentlich aus. Das Bett ist dunkelblau bezogen, die Vorhänge haben dieselbe Farbe, die Wände sind weiß; es gibt einen Kleiderschrank, eine Eichenkommode und einen weißen Schreibtisch mit einem schwarzen Drehstuhl, der ordentlich an den Tisch geschoben ist. Der Schrank stand schon in seinem Zimmer in Tollcross, aber die übrigen Möbel kennt Ailsa nicht. Sie will nicht wissen, was in dem Kleiderschrank ist; vielleicht Lennox' gebügelte Hemden, oder ein Sammelsurium aus alten Brettspielen und Fotoalben, oder gar nichts.

Über dem Schreibtisch hängt eine Pinnwand mit Ticketschnipseln (von Rugby-, Cricket- und Fußballspielen), Boardingpässen, Eintrittskarten für Museen und buddhistische Tempel, Postkarten und Streckenplänen. Ein Puzzle von Lennox' Leben nach dem Studium, als er durch die Welt reiste, bevor er schließlich Lehrer wurde und in den Schulferien Pilgerfahrten zu diversen Sportevents unternahm. Auf einem Regal daneben stehen gerahmte Fotografien. Eine Aufnahme zeigt ihn bei seiner Absolventenfeier, eine andere, als er vor zwei Jahren Libby besuchte; die Fotos wirken, als wären sie in derselben Woche entstanden, er sieht auf beiden gleich aus, breitschultrig, lächelnd.

Bei seinem Anblick wird Ailsa qualvoll bewusst, wie sehr sie ihn vermisst. Jede Faser ihres Körpers zieht sich zusammen, als wollte sie sich zu einer Faust ballen.

Auf Lucys Hochzeit blinzelt er sonnengebräunt und mit Bart in die Kamera. Er war dafür extra aus Thailand gekommen. Das vierte Bild ist das kleinste und zugleich das traurigste, ein

Schnappschuss: Es zeigt ihn, wie er mit hochgereckten Armen und halb lächelnder, halb schmerzverzogener Miene über die Zielgerade des einzigen Marathons lief, an dem er je teilnahm, 2015 in London. Er schaffte ihn in vier Stunden und zwanzig Minuten, aber er brauchte ungewöhnlich lange, um sich davon zu erholen; das erste Anzeichen, dass irgendetwas nicht in Ordnung war.

Ailsa hat keine Ahnung, was sie jetzt machen soll oder was von ihr erwartet wird. Sie will Ruthie nicht ansehen; vielleicht weint sie oder spekuliert darauf, dass Ailsa in Tränen ausbricht. Und sie steht wirklich kurz davor, loszuheulen und nie wieder aufzuhören. Sie spürt, wie Hayley ihr die Hand auf den Rücken legt.

Sie schließt die Augen und holt tief Luft.

Merkwürdig. Apple kannte Lennox gar nicht, aber trotzdem weiß sie an diesem Nachmittag genau, wie sie sich vor Trauer um ihn zusammenziehen muss, sodass es sich anfühlt, als würde sie zerreißen.

Und plötzlich, wie aus dem Nichts, steigt Ailsa der Duft von Lennox' Aftershave in die Nase; es hieß Driftwood, Treibholz. Er bekam es erstmals an seinem achtzehnten Geburtstag von seinen Schwestern geschenkt. Er sagte immer, egal, wo in der Welt er sich gerade befand, es erinnerte ihn jederzeit an zu Hause. Es gäbe ihm ein Gefühl von Verbundenheit. Und als Ailsa den Duft von Salbei, Patschuli und Mandarine einatmet, spürt sie es auch. Verbundenheit.

Sie hatte den Duft gar nicht bemerkt, als sie ins Zimmer kam. Wie kann es überhaupt sein, dass er hier ist? Der Rest des Hauses riecht nach geschmackvollem Raumerfrischer und Ruthies Parfüm; ein melancholischer Duft, Jasmin und Walderde. Eigentlich kann es unmöglich nach Driftwood riechen. Und dennoch hüllt der Duft von Lennox' Aftershave sie ein.

»Ich glaube, wir müssen jetzt wirklich los«, sagt Hayley. »Das ist alles ein bisschen viel für Ailsa. Aber trotzdem danke.« Sie berührt ihre Tochter am Arm. Ailsa öffnet die Augen, und der Duft verschwindet.

Ruthie sitzt auf dem Bett. »Ich bleibe noch ein Weilchen hier, wenn es für euch okay ist«, sagt sie leise.

»Natürlich«, sagte Hayley.

»Soll ich Dennis hochschicken?«, fragt Ailsa. Sie legt ihre Hand auf Ruthies Schulter, ganz behutsam, denn sie will sie nicht erschrecken, falls sie auch gerade das Aftershave ihres Sohnes in der Nase hat.

Doch Ruthie schüttelt kaum merklich den Kopf, und Hayley und Ailsa gehen leise hinaus, ziehen die Zimmertür hinter sich zu und schleichen aus dem Haus, als hätten sie Angst, ein schlafendes Kind zu wecken. Schweigend gehen sie durch den Vorgarten und dann die Straße entlang, bis hinter die nächste Kurve, wo das Haus nicht mehr zu sehen ist. Erst dort bleibt Hayley stehen, streckt die Arme aus, und Ailsa lässt sich von ihr umarmen, klammert sich geradezu an sie. Sie braucht eine Weile, bis sie ihr Gleichgewicht wiedergefunden hat und bereit ist, loszulassen.

»Verdammt, tut mir leid, Ailsa. Du siehst aus, als hättest du einen Geist gesehen«, sagt Hayley. Sie ist selbst kreidebleich.

»Das war wirklich etwas zu viel«, sagt Ailsa. Sie wollte sich heute an Lennox erinnern, der Tag sollte auf keinen Fall so vergehen, als hätte Lennox ihr nichts bedeutet. Aber das heißt trotzdem nicht, dass sie das Schlafzimmer, die Fotos und diesen geisterhaften Duft wollte, den sie sich offenbar eingebildet hat.

»Das kann man wohl sagen«, erwidert Hayley.

»Sie wollte bloß nett sein«, sagt Ailsa.

»Klar. Was könnte netter sein, als zu sagen: Hey, lasst uns mal eben fünf Minuten im Zimmer meines toten Sohnes chillen.«

Kurze Stille, während sie sich weiter an den Händen halten. Dann lachen sie beide los, aber es klingt freudlos, wie Gebell.

Und dann hören sie wieder auf zu lachen, und es ist dunkel und kalt.

»Ich könnte jetzt ’nen Drink vertragen«, sagt Hayley. »Wie wär’s? Bevor wir heimfahren? Ich hatte eben nur Tee. Ich brauch dringend was Stärkeres.«

»Gute Idee, Mum.« Es ist erst halb sechs, aber es kommt ihr viel später vor.

Hayley zündet sich eine Zigarette an, nimmt einen tiefen Zug und stößt eine große Rauchwolke aus. Ailsa tritt ein Stückchen beiseite, weil sie noch den Duft von Lennox’ Aftershave in der Nase hat und nicht will, dass er weggeht. Aber da kommt eine frische Meeresbrise und vertreibt auch den letzten Hauch Driftwood. Früher hat Ailsa oft blumige Düfte getragen; ihre Tante Tamsin fand, dass sie wie ein wandelnder Frühlingsstrauß roch, aber nun, da sie die Krankenhausgerüche und das Krankheitsaroma, das von ihr selbst auszugehen schien, nicht mehr zu überdecken braucht, verzichtet sie lieber auf Parfüm.

Hayley raucht zwei Zigaretten, während sie schweigend die Straße hinuntergehen. Sie raucht zwar nicht Kette, aber fast. Als sie die Portobello High Street erreichen, laufen sie wortlos weiter, bis sie auf einen Pub stoßen.

Sie gehen rein, und Hayley steuert geradewegs zur Bar. »Hast du vorhin schon was getrunken?«, fragt sie.

»Nur Limonade.«

»Gut«, sagte Hayley und wendet sich dem Barkeeper zu. »Eine Flasche Pinot Grigio, bitte. Dazu zwei Gläser und zwei Packungen normale Chips, nichts Exotisches.«

Der Barkeeper nickt, als wäre er solche Bestellungen gewohnt. »Nehmen Sie Platz. Ich bring es Ihnen rüber.«

»Danke.«

Neben dem Schieferkamin ist noch ein Tisch mit zwei Sesseln frei. Sie setzen sich und warten stumm auf den Wein. Ailsa checkt ausgiebig ihr Handy, obwohl sie keine neuen Nachrichten hat, nur die aktuellste Blog-Statistik. Seit sie nicht mehr im Krankenhaus ist, sind die Seitenaufrufe allmählich zurückgegangen. Die Situation ist ja auch nicht mehr so dramatisch, seit klar ist, dass sie den nächsten Tag auf jeden Fall überleben wird. (Na, vielleicht nicht auf jeden Fall. Aber Tod durch Herzversagen ist erst mal vom Tisch.) Die Gewinner der Blog Awards sollen später bekannt gegeben werden. Als Ailsa daran denkt, pocht Apple sofort ein bisschen schneller. Sie scheint ebenfalls gespannt zu sein.

Der Barkeeper stellt ihnen zwei große Gläser hin und füllt sie zu einem Viertel mit Wein. Als er wieder weg ist, gießt Hayley nach, bis sie halb voll sind. »Das hier ist für dich, okay?«, sagt sie und reicht ihrer Tochter ein Glas.

»Okay«, sagt Ailsa. Was Alkohol und Zigaretten angeht, gelten eigentlich andere Regeln für sie. Hayley trinkt und raucht, weil sie so besser mit dem Stress als alleinerziehende Mutter einer schwer kranken Tochter klarkommt. Doch Ailsa muss auf sich achten. Meistens ärgert sie sich darüber. Aber heute nimmt Hayley es wohl nicht so genau wie sonst.

Der Barkeeper bringt die Chips, Sorte Meersalz. Er grinst, als er die nachgefüllten Gläser sieht, und fragt Hayley, ob die Chips in Ordnung seien. (»Welche mit normalem Salz würden vollkommen reichen, aber von mir aus.«)

»Prost!«, sagt sie und stößt mit Ailsa an. »Auf Lennox. Und auf dich.«

Klirr. »Auf uns«, sagt Ailsa. Auf dem Weg zum Pub ist die Anspannung des Nachmittags von ihr abgefallen; sie wird müde. »Lass uns bitte über irgendwas anderes reden als über …« Sie macht eine Kopfbewegung Richtung Douglas-Haus. »Nichts für ungut, aber …«

»Antrag angenommen«, sagt Hayley. »Wir müssen uns dringend ablenken, sonst bricht uns schon wieder das Herz.« Sie stellt ihr Glas ab, öffnet die erste Chipstüte und reicht sie ihrer Tochter.

»Eigentlich sollte ich darauf verzichten«, sagt Ailsa, nimmt sich jedoch trotzdem eine Portion, obwohl sie heute bereits mehr als genug gegessen hat.

»Wieso? Nimm dir Dennis' Bemerkung bloß nicht zu Herzen. Du willst doch nicht etwa, dass die Frauenrechtlerinnen umsonst gekämpft haben, oder?«

»Darum geht's gar nicht. Ich muss wirklich anfangen, mich gesünder zu ernähren.«

Hayley nickt. »Da magst du recht haben. Schaden kann's jedenfalls nicht. Schwebt dir schon was vor?«

Ailsa zuckt mit den Schultern und nippt an ihrem Glas. Sie ahnt schon, wie Hayley auf ihre Antwort reagieren wird. »Zuerst recherchiere ich ein bisschen, und dann mach ich eine Blog-Umfrage.« Der Wein ist kühl und frisch, wie die Luft an dem Tag, als sie und Apple aus der Klinik entlassen wurden.

Hayleys Glas klackt wie ein Stiletto, als sie es hinstellt. »Ailsa«, sagt sie. »Ich verstehe ja, dass du dich wegen der Nebenwirkungen unwohl fühlst, aber willst du dir die Entscheidung, wie du dich ernähren sollst, wirklich abnehmen lassen?«

»Ja. Wieso auch nicht?«

Hayley schaut sie entgeistert an. »Das kann doch wohl nicht dein Ernst sein, dass du dir von wildfremden Leuten verbieten lassen willst, Käse zu futtern!«

Ailsa muss unwillkürlich lachen. Hayley auch. »Den Leuten, die meinen Blog lesen, machen die Umfragen aber Spaß, Mum. Vielleicht bekomme ich sogar einen Preis dafür.«

Hayley nickt. »Wenn jemand einen Preis für Tapferkeit, Cleverness und Ehrlichkeit verdient, dann du, Schatz. Aber du hast jetzt ein neues Herz. Und das bedeutet, dass du viel mehr machen kannst als früher, und natürlich auch viel mehr entscheiden kannst. Überlass das nicht anderen. Nimm die Zügel selbst in die Hand!«

Ailsa seufzt. »Du hast ja recht. Aber seit Apple da ist, habe ich irgendwie die Orientierung verloren. Vorher wusste ich immer, was ich wollte.«

»Was wolltest du denn?«

»Na das, worüber wir immer gesprochen haben. Einen ganz normalen Job. Einen Mistkerl als Freund …«

Hayley lacht. »Na, das dürfte kein Problem sein, Schatz; die Welt ist voll von Mistkerlen! Dein Erzeuger war ja auch einer, leider.«

Wer nicht wagt, der nicht gewinnt, denkt Ailsa. »Wo wir gerade beim Thema sind …«

»Was?« Hayley hört auf zu lachen.

»Als ich noch dachte, dass ich bald sterben muss, war das Leben zu kurz, um mir über einen Vater Gedanken zu machen, den ich gar nicht kenne.«

»Erzeuger«, sagt Hayley automatisch. So reagiert sie immer, wenn das Gespräch auf »Vater« beziehungsweise »Dad« beziehungsweise den Mann kommt, der sich vor Ailsas Geburt aus dem Staub machte.

»Erzeuger. Aber inzwischen denke ich, dass vielleicht … keine Ahnung, Mum. Ich will jetzt nicht sagen, dass ich ihn treffen will oder so …«

»Da bin ich aber froh!«

»Okay, Themenwechsel«, sagt Ailsa. »Wir hatten doch Pläne, richtig? Wenn es mit der Transplantation klappt, wollte ich mir Arbeit suchen, und du wolltest ausziehen.«

»Ja, stimmt. Tante T und ich machen noch mal so richtig einen drauf: lassen uns Tattoos stechen, erleben ein paar flotte Dreier, holen uns Filzläuse …«

»Mum!«, sagt Ailsa. Hayley schenkt sich noch etwas Wein nach und lacht sich schlapp. Wahrscheinlich müssen sie nach dem anstrengenden Nachmittag beide auf ihre Art Dampf ablassen: Ailsa, indem sie das Tabuthema Erzeuger zur Sprache bringt; Hayley, indem sie alles sagt, was ihr gerade durch den Kopf schießt.

»Keine Sorge, Schatz«, sagt Hayley. »Wir verkalken zwar allmählich, aber wie man Kondome benutzt, wissen wir noch. Also, Tamsin jedenfalls. Kann sein, dass ich es inzwischen verlernt habe, ist schon so lange her bei mir.«

»MUM!«

»Schon gut, schon gut«, sagt Hayley. »Aber du hast recht. Wir hatten gesagt, dass wir sechs Monate abwarten, und dann ziehe ich zu Tamsin nach Glasgow. Damit du mehr Freiraum kriegst und ich es mit Tamsin so richtig krachen lassen kann.«

»Stimmt, das hatten wir gesagt. Dann ziehst du aus …« An den langen, stillen Nachmittagen, als ihre Mutter arbeitete und sie allein in der Wohnung war, hatte Ailsa viel Zeit zum Nachdenken gehabt und beschlossen, dass dies ihr Wunsch war. Wenn sie in der Wanne lag, stellte sie sich vor, wie sie die Wohnung renovieren und wen sie zu sich einladen wollte, und wie es überhaupt sein würde, endlich das Leben zu leben, das für eine Achtundzwanzigjährige normal war. Niemand aus ihrem Freundeskreis wohnte noch bei seinen Eltern. Sie holt tief Luft. »Ja, ich denke, die Zeit ist reif dafür. Die OP ist zwar erst vier Monate her, aber es geht mir schon wesentlich besser.«

Hayleys Blick wandert zur Bar. »Ich weiß, Schatz. Aber glaub mir, leicht wird das nicht. Mir kommt es gerade vor wie damals, als du noch klein warst. Als müsstest du noch sehr viel lernen. Ich will sichergehen, dass es dir wirklich gut geht. Und Arbeit sollst du dir auch erst dann suchen, wenn die sechs Monate vorbei sind. Bis du diesen Meilenstein erreicht hast, musst du dich noch an vieles gewöhnen.«

»Ich weiß«, sagt Ailsa, bemüht, nicht ungeduldig zu klingen, damit ihre Mutter sich nicht aufregt. »Aber mir wird es erst dann richtig gut gehen, wenn ich lerne, auf eigenen Füßen zu stehen. Mir ist klar, dass das nicht leicht sein wird, aber ich muss es zumindest versuchen. Verstehst du, was ich meine?«

»Du willst dich also von mir trennen?« Hayley hebt die Augenbrauen und lächelt, aber es ist kein echtes Lächeln.

Ailsas Versuch, das Lächeln zu erwidern, wirkt genauso aufgesetzt. *Nächster Anlauf.* »Ich muss herausfinden, wie das jetzt ist. Ich zu sein. Zu leben. Als wir vorhin … als wir dort waren und ich an Lennox dachte, hatte ich das Gefühl, als ob …«

Hayley nickt. »Er hat diese Chance nicht bekommen, aber das heißt doch nicht, dass du jetzt alles überstürzen musst«, sagt sie. Dann fügt sie hinzu: »Wir waren doch bisher immer füreinander da«, und ihre Stimme zittert fast unmerklich, als ob ihr etwas im Hals feststeckt.

»Daran wird sich auch nichts ändern«, sagt Ailsa so sanft, wie sie nur kann; jetzt redet sie schon wie einer dieser Ärzte, die schlechte Nachrichten in Watte packen. »Für mich wäre es auch in Ordnung, wenn du nicht zu Tante Tamsin ziehst. Vielleicht findest du ja eine Wohnung um die Ecke. Oder ich suche mir ein Zimmer zur Miete. Eine Wohnung kaufen geht nicht, das ist klar. Ich will einfach nur herausfinden, wer ich überhaupt bin. Jetzt, wo ich nicht mehr damit rechnen muss, bald zu sterben.«

Beim S-Wort verzieht Hayley wie üblich das Gesicht. »Wenn es das ist, was du willst, lass uns weiter darüber reden«, sagt sie und trinkt ihr Weinglas aus. Dann lächelt sie und berührt Ailsas Hand. »Aber du könntest doch auch unabhängig sein, wenn ich dableibe. Wenn du deinen Freund mitbringst, hätt ich überhaupt nichts dagegen, und ich würd auch nicht meckern, wenn du laut Musik hörst. Das hab ich ja noch nie getan.«

»Ich weiß, Mum. Ich will einfach nur … normal sein. So wie Achtundzwanzigjährige halt sind.«

Hayley lacht, und es klingt, als dächte sie daran zurück, wie sie selbst als Achtundzwanzigjährige mit einer fünfjährigen, schwer herzkranken Tochter in einem Viertel von Edinburgh wohnte, wo damals noch keiner hinziehen wollte. Doch sie verkneift sich eine Bemerkung, auch wenn es ihr sichtlich schwerfällt.

»Sollen wir uns langsam ein Taxi suchen?«, fragt sie stattdessen. »Wenn wir zu Hause sind, bekommst du bestimmt die Nachricht, dass du den Preis gewonnen hast.«

Ailsa nickt. »Danke, Mum.« Sie liebt ihre Mutter wirklich über alles. Aber Apple hat ein Leben verdient, das ihr gerecht wird. Sie legt sich die Hand auf die Stelle, wo ihr neues Herz sitzt. Wenn sie die Handfläche fest genug aufs Brustbein drückt, kann sie die Bewegung des Herzmuskels spüren. Oder zumindest glaubt sie das, und manchmal reicht das ja auch.

Als sie nach draußen gehen, holt Ailsa tief Luft. Diesmal riecht sie nur Wein, Salz und Rauch.

BLUEHEART-BLOG

11. Februar 2018

ICH HABE GEWONNEN!
Und muss dringend abnehmen

Hallo, liebe Freundinnen und Freunde,
wow. Danke. Vielen Dank.
Ich bin offiziell die Beste Gesundheitsbloggerin des Vereinigten Königreichs im Bereich Patientenerfahrungen. Ich kann gar nicht in Worte fassen, was das für mich bedeutet. Doch ich habe es versucht. Klickt *hier*, wenn ihr das Video sehen wollt, das ich aufgenommen habe.
Gestern war ein schwieriger, trauriger Tag für mich. Eure Unterstützung hat mir mehr geholfen, als ihr euch vorstellen könnt. In dem Video erfahrt ihr, dass ich Ailsa heiße und wie ich aussehe.
Und wie ihr sehen könnt, bin ich ziemlich pummelig. Wenn ihr bereits öfter hier wart, wisst ihr ja schon, dass ich Steroide schlucken muss und das Leben langsam angehen soll, und dass ich dadurch zugenommen habe. In den knapp vier Monaten seit der Transplantation habe ich fast zwölf Kilo zugelegt, vor allem an den Hüften. (Keine Sorge. Wenn mein Herz abgestoßen würde, nähme ich ungefähr ein Kilo pro Tag zu, weil ich Ödeme bekäme. Dann hätte ich Beine wie Baumstämme und ein siebenfaches Doppelkinn und wäre im Krankenhaus, bevor ihr Black-Pudding-Sandwich sagen könnt.)
Leider lässt es sich nur schwer vermeiden, dass man nach einer Transplantation dicker wird. Ich werde für den Rest meines Lebens Steroide und Immunsuppressiva einnehmen müssen. Im Lauf der Zeit soll die Dosis zwar gesenkt

werden, aber eine Nebenwirkung der Medikamente ist Heißhunger, und den habe ich momentan ständig. Meine Gewichtszunahme liegt definitiv nicht an der Zuckerpaste, die ich benutze, um den Damenbart loszuwerden.

Aber Scherz beiseite, ich will ehrlich sein, denn hier geht es um Ehrlichkeit. Wenn ich Hunger habe, könnte ich ja einen Apfel oder etwas Porridge essen. Aber ich habe Appetit auf Donuts oder Fritten, mit ordentlich Salz und Sauce. Ganz in der Nähe ist ein schönes Café, wo es nachmittags so ruhig ist, dass ich keine Angst haben muss, mir eine Infektion einzufangen. Meine Mutter und ich bestellen dort gerne Pfannkuchen. Da ich mich vor Orten, wo viel los ist, in Acht nehmen muss, kommen meine Freundinnen oft zu uns nach Hause, und sie bringen natürlich immer etwas mit.

In den vergangenen vier Monaten habe ich gelernt, was Steroide bewirken und dass ich mich besser ernähren muss, statt in Juchhu-ich-bin-nicht-tot-Makronenriegeln zu schwelgen.

Ich muss fit werden. Und ich muss Gewicht verlieren.

Das Fitwerden ist unter Kontrolle (denke ich zumindest). Apple und ich gehen jeden Tag spazieren. Und da ihr entschieden habt, dass ich tanzen soll (ihr meint es wirklich gut mit mir!), habe ich mich für einen Tangokurs angemeldet, der nächste Woche anfängt. Was das angeht, bin ich schon startklar.

Aber in puncto Abnehmen brauche ich wieder eure Hilfe. Ich habe noch nie eine Diät gemacht, weil ich bisher noch nie Gewichtsprobleme hatte. Und wenn man viel Zeit im Krankenhaus oder zu Hause verbringt, weil es einem nicht gut geht, trägt man meistens Pyjamas und Schlabbershirts, und da fallen überflüssige Pfunde gar nicht so auf. Ich

habe ein bisschen gegoogelt und das Ganze eingegrenzt, und jetzt seid ihr dran.
Ihr wisst ja, wie es geht. Die Umfrage ist in einer Woche zu Ende. Das gibt mir genug Zeit, meine Schränke auszumisten und mich auf die Ernährungsumstellung vorzubereiten.
Welche Diät soll ich machen?

~ Paleo-Diät: Ernähre dich wie ein Steinzeitmensch. Keine industriell verarbeiteten Nahrungsmittel, kein Getreide, keine Milchprodukte (schluck).
~ 5:2-Diät: An zwei Tagen pro Woche wird gefastet, an den übrigen Tagen kann man essen, was man will. (Diese Diät habe ich ehrlich gesagt nicht besonders gründlich recherchiert, aber soweit ich weiß, läuft sie darauf hinaus.)
~ Sei nicht albern, Ailsa. Diäten funktionieren nicht. Gewöhn dir eine gesunde Lebensweise an: Lass die Kekse weg, bleib in Bewegung und hab Geduld.
~ Geh zu den Weight Watchers oder einer anderen Abspeckgruppe. Mach dir eine Liste der Nahrungsmittel, die erlaubt und tabu sind, und stell dich jede Woche auf die Waage.

4 Mal geteilt
39 Kommentare

Ergebnisse:
Paleo: 32 %
5:2: 17 %
Lebensweise ändern: 29 %
Abspeckgruppe: 22 %

14. Februar 2017

Letztes Jahr um diese Zeit

»Hey, BlueHeart, ich hab ein paar rote Herzen für dich.« Lennox reicht Ailsa ein Blatt, das er vorsichtig aus einem Notizbuch gerissen hat. Es ist mit kleinen roten Filzstiftherzen übersät. »Alles Gute zum Valentinstag.«

Ailsa zwingt sich zu einem Lächeln. »Ich dachte, wir machen das nicht.« Sie fühlt sich ihm so nah, dass es ihr Angst macht. Weil es nicht die gewohnte Art von Liebe ist; das kann nicht sein. Sie empfindet noch genauso für Lennox wie damals, als sie sich kennenlernten und Mittwochnachmittags nach der Schule, wenn sie ehrenamtlich bei dem Projekt geholfen hatten, zusammen zur Bushaltestelle liefen. Sie freut sich noch immer genauso darauf, ihn zu sehen, ist gespannt und ängstlich zugleich. Sie möchte ihn berühren. Wenn sie sich anschauen, funkt es zwischen ihnen.

Aber sie gehen seit Langem eigene Wege. Vor acht Jahren, nach dem zweiten Semester an der Uni, trennten sie sich. Aktuell sind sie beide Singles. Und Ailsa ist vorsichtig in Bezug auf das, was da gerade passiert. Sie kommt sich vor wie eine Treibhauspflanze, die in der falschen Jahreszeit wächst; ihre Gefühle wuchern regelrecht, als zwänge die überhitzte Enge des Krankenzimmers sie zu unnatürlichem Wachstum. Würde sie dieses fiebrige Bedürfnis nach Lennox auch dann spüren, wenn sie beide draußen in der kalten Luft am Strand von Portobello entlangschlenderten und ihr ganzes Leben noch vor sich hätten, mit einer normalen Lebenserwartung? Wahrscheinlich nicht. Spielt das eine Rolle? Sie weiß es nicht.

»Tun wir auch nicht. Ich dachte nur … du weißt schon.«

»Ja, ich weiß.« Sie küsst ihn, ein freundliches Danke, ihre Mundwinkel berühren sich, ihre Gesichter verharren dicht aneinander, warten ab, was als Nächstes passiert. Einen (normalen) Herzschlag später lehnt Lennox sich auf seine Kissen zurück. Sie holt Luft und wartet, bis es ihr egal ist. »Ich habe dir nichts mitgebracht. Ich dachte, hier ist sowieso kein Platz mehr.«

Lennox lacht und schaut sich um. »Wo du recht hast, hast du recht.« Letzte Woche hatte er Geburtstag, und das Zimmer ist voll von Grußkarten und Geschenken aus aller Welt, nicht nur von Verwandten und Freunden, sondern auch von den Kindern, die Lennox an der Grundschule in der Nähe von Glasgow unterrichtet (hat). Jede Fläche ist mit selbst gebastelten Karten zugestellt, die meisten zeigen Lennox beim Fußballspielen oder mit einem Pokal in der Hand. Als er sie bekam und anschaute, musste er weinen. »Willst du mir dabei helfen, die Schokolade aufzuessen? Allein schaffe ich das nicht. Und Ma bringt mir jedes Mal Shortbread mit. Wenn die neue Leber kommt, werden sie die alte vor lauter Fett gar nicht finden.«

»Okay«, sagt Ailsa. Lennox rückt zur Seite, und sie setzt sich neben ihn aufs Bett, streift ihre Schuhe ab und legt ihre Beine neben seine. »Nächstes Jahr wirst du am Valentinstag sicher Besseres zu tun haben, als in einem Krankenhausbett mit mir zusammen Schokolade zu futtern.«

Lennox bietet ihr eine Schachtel Zartbittertrüffel an. »Ich hätte aber gar nichts dagegen, am nächsten Valentinstag wieder mit dir zusammen im Bett Schokolade zu essen.«

14. Februar 2018

Niemand bemerkt sie, als sie in der Tür steht; als wäre sie ein Geist. Aber das macht nichts, denn sie braucht ohnehin einen Moment, bis Apple sich nach dem Treppensteigen beruhigt hat. Und sie ist ohnehin viel zu früh dran, aber das ist ihr lieber, als zu spät zu kommen.

Also wartet sie und schaut zu. In der Mitte des Raums befindet sich eine Tanzfläche, die von Tischen und Stühlen umgeben ist. Ein Mann und eine Frau stehen dort, und der Mann streckt der Frau seine linke Hand entgegen. Sie legt ihre rechte Handfläche auf seine, und ihre Finger umschließen einander. Sie bewegt sich auf ihn zu. Bei beiden verändert sich etwas; sie strecken die Schultern nach hinten, stehen kerzengerade, sind bereit. Er legt den Arm um ihren Rücken, sie legt ihre freie Hand auf seine Schulter. Einen Moment lang wiegen sie sich auf der Stelle, dann macht er einen Vorwärtsschritt, sie einen Rückwärtsschritt, und sie tanzen los, in einer atemberaubend schnellen Folge von Bewegungen.

Das Paar bewegt sich durch den Raum, als wären ihre Körper das Echo des anderen. Ailsa ist sicher, dass die beiden ein Liebespaar sind, sonst würden sie wohl kaum so auf Tuchfühlung gehen. Er macht einen Schritt zu Seite, sie spiegelt seine Bewegung und hebt ihren Fuß unter sein Bein. Dann tanzen sie weiter durch den Raum. Er macht nun größere Schritte, schreitet fast, und sie tut es ihm spiegelverkehrt gleich, bis sie den Rand der Tanzfläche erreichen, plötzlich gleichzeitig stehen bleiben, sich tief in die Augen schauen, und auf einmal hat Ailsa Lennox vor sich, das Grau seiner Iris. Sie zwingt ihre Gedanken zurück ins

Hier und Jetzt. Der Valentinstag ist wie jeder andere Tag, nur ein Mittwoch im Februar, und sie steht jetzt mit Apple in diesem Raum über dem Dragon's Nest Pub, um Tango zu lernen.

Die Frau nickt lachend und tritt zur Seite, und dann fangen beide an, Bewegungen, die sie zuvor gemacht haben, in Zeitlupe zu wiederholen, während sie dabei zählen und auf ihre Füße schauen. Ailsa bemerkt jemanden hinter sich. Als sie sich umdreht, erblickt sie eine feingliedrige Frau in ihrem Alter, die so aufrecht wie eine Narzisse steht. Ailsa reckt unwillkürlich die Schultern nach hinten.

»Bist du Ailsa? Ich bin Edie Gardiner. Schön, dass du gekommen bist! Die Frau auf der Tanzfläche ist meine Schwester, Eliza. Sie sollte sich eigentlich nur um die Musik kümmern, aber sie kann einfach nicht anders.« Edie strahlt Ailsa an. Sie hat haselnussbraunes, lockiges Haar, wie ihre Schwester.

»Danke, dass du meine ganzen Fragen beantwortet hast«, sagt Ailsa. Auf der Webseite von Edie und Eliza hieß es in der Beschreibung des wöchentlichen Tangokurses: »Alles, was ihr zum Tangotanzen braucht, ist ein Paar Schuhe ohne Gummisohle. Kommt einfach vorbei und probiert es aus!« Aber so einfach ist es für Ailsa natürlich nicht. Wie so oft.

»Das haben wir doch gerne gemacht«, sagt Edie. »Und wie schon erwähnt, wir haben damit Erfahrung, seit Fiona letztes Jahr ihre Chemo machen musste. Bevor wir anfangen, desinfizieren sich alle die Hände, und falls jemand erkältet ist oder so, lassen wir ihn auf keinen Fall in deine Nähe.«

»Danke.« Eigentlich klingt alles ganz simpel. Vielleicht wird so manches, was sich gerade unmöglich anfühlt, mit der Zeit ja doch machbar. Mit dem Bus fahren, in einem überfüllten Café arbeiten. Diesem kostbaren Leben, das ihr geschenkt wurde, obwohl andere es noch mehr verdient hätten, einen gebührenden Sinn zu geben.

Edie geht hinüber zur Bar, wo ein CD-Spieler steht. Sie drückt auf einen Knopf, und der Raum füllt sich mit Musik. Der Rhythmus fährt Ailsa sofort ins Blut und lädt ihr Herz ein, im Takt mitzuschlagen. Sie ist hier. Sie wird Tango tanzen. Endlich wird sie einen der Vorsätze aus der Zeit wahr machen, als sie noch darauf beschränkt war, auf den Monitor neben ihrem Krankenhausbett zu starren und zu träumen.

An der heutigen Tanzstunde nehmen ungefähr zwanzig Leute teil. Die anderen unterhalten sich fröhlich, als sie ankommen, und alle haben Schuhe zum Wechseln mitgebracht. Ailsa hat nur ein einziges Schuhpaar, das halbwegs geeignet ist, und das trägt sie bereits: die Pumps mit glatter Sohle und mittelhohen Absätzen, die sie sich für ihre Abschlussfeier besorgte und seither kaum anhatte. Sie hatte gehofft, sie wären schick genug, doch im Vergleich zu den Stilettos mit Silberriemchen, die die anderen Frauen dabeihaben, kommen sie ihr wie Gummistiefel vor. Aber davon mal abgesehen, scheinen die anderen Leute ganz normal zu sein, der Älteste ist um die siebzig, die Jüngste Mitte zwanzig, manche haben Übergewicht, einige sehen müde aus, andere wie Leute, die einem auf der Straße zulächeln würden. Ailsa hat das Gefühl, dass sie sich hier wohlfühlen könnte.

Und dann beginnt die Tanzstunde. Für den Bruchteil einer Sekunde bereut Ailsa es, ihren kaputten Körper, der daran gewöhnt ist, schon bei der geringsten Anstrengung aus der Puste zu geraten, hierher verfrachtet zu haben.

Aber Apple scheint zu wissen, was sie tut, und Ailsa beschließt, ihr zu vertrauen.

Immerhin hat sie es ja schon geschafft, sie hierherzubringen.

Sie werden aufgefordert, das eigene Gleichgewicht, ihre Mitte, zu finden und sich vorzustellen, dass ihre Köpfe an einem Faden hochgezogen werden, wie bei Marionetten; bei dem Gedanken wird Ailsa ganz mulmig. Doch als sie der Anweisung folgt, wird sie auf einmal größer, und ihr Körper ist wie elektrisiert. Ein tiefes Gefühl von Lebendigkeit durchströmt sie.

Als Nächstes gehen sie alle vorwärts, dann rückwärts, lassen die Schuhsohlen leicht über den Boden gleiten und drehen sich, indem sie Arm, Schulter und Hüfte folgen. Dann beginnt die eigentliche Tanzstunde. Eliza und ihr Partner Guy nehmen Ailsa und Murray, der heute zum zweiten Mal dabei ist, zur Seite, um mit ihnen zu üben, während Edie und Simeon loslegen und die übrigen Teilnehmer unterrichten; sie rufen ihre Anweisungen, es wird gelacht und manchmal auch applaudiert.

Guy nimmt sanft Ailsas linke Hand und legt sie auf sein Schlüsselbein. Dann nimmt er ihre rechte Hand, lächelt ermutigend und sagt: »Tango ist ganz einfach. Wir werden einfach nur durch den Raum gehen. Man tritt mit den Füßen immer abwechselnd auf. Drück deine Hand gegen meine, und lass dir von ihr sagen, was du machen sollst.«

Ailsa hat gar keine Zeit, darüber nachzudenken, wie merkwürdig es ist, so engen Körperkontakt zu einem Mann zu haben, den sie gerade erst kennengelernt hat. Sie presst ihre Hand gegen seine, und er erwidert den Druck, gibt ihr Bewegungsimpulse, zeigt ihr, dass sie einfach nur abzuwarten braucht, in welche Richtung sie geführt wird. Dann gehen sie los – und Ailsa lässt sich führen, sogar rückwärts. Es gab Zeiten, da dachte sie, dass rückwärts ihre einzige Richtung im Leben war. Guy nickt, während sie sich durch den Raum bewegen, lobt sie, findet einen Rhythmus, der langsam genug für Ailsa ist, damit sie seine Impulse mühelos verstehen und sie umsetzen kann, und hilft ihr durch wiederholte Anweisungen: Lehn dich zu mir, achte darauf, dass dein Fuß im Kontakt mit dem Boden bleibt, wenn du ihn bewegst. Und tief in ihrem Innern spürt Ailsa etwas Neues. Sie hat zwar keine Zeit herauszufinden, was genau es ist, aber es fühlt sich gut an.

DRITTER TEIL

März 2018
All dies Leiden dient

BLUEHEART-BLOG

1. März 2018

Erwachsensein

Letzte Nacht träumte ich, Apple wäre in meiner Brust erfroren, weil ich zugelassen hatte, dass mir zu kalt wurde, und ich war dann gelähmt, aber nicht tot. Der absolute Albtraum. Aber als ich aufwachte, hämmerte Apple fest gegen meine Rippen, als wollte sie sie zertrümmern.
Ich bin noch immer nicht ganz da. Ich sitze hier am Fenster, allein mit meiner Tasse Lady Grey, und schaue den Leuten zu, wie sie kommen und gehen; die meisten sind Studenten, denn ein Stück weiter die Straße hinunter steht ein Wohnheim.
Heute fühle ich mich alt und müde. Meine Mutter meint, es liege an der Paleo-Diät und ein schönes großes Käsesandwich würde all meine Probleme lösen. Doch seit ich die ersten drei Tage überstanden habe, gefällt mir mein Steinzeitleben eigentlich ganz gut. Meine Diät ist zudem nicht ganz so heftig, weil mein Arzt mir eine Extraportion Kohlenhydrate verordnet hat; abends darf ich Reis als Beilage essen. Ich habe das Gefühl, durch die Diät mehr Energie und einen klareren Kopf zu haben. Meistens jedenfalls. Heute allerdings nicht.
Es gibt da nämlich eine Sache, mit der ich in Bezug auf mein Leben mit Apple überhaupt nicht gerechnet habe. Ihr erinnert euch, ich hatte ja überlegt, was ich machen könnte: auf etwas Hohes klettern, einen Schock kriegen, tanzen. Allerdings hatte ich nicht bedacht, dass ich mit vielen neuen Dingen konfrontiert werde, über die ich mir Gedanken machen muss. Denn jetzt habe ich nicht mehr

die körperliche Verfassung und Lebenserwartung einer kranken Katze, sondern bin eine normale Achtundzwanzigjährige, mit allem, was dazugehört.
Als ich todkrank war, hatte ich einen Sonderstatus und wurde beschützt. Blau war sozusagen meine Superkraft: Dank ihr brauchte ich mir nie den Kopf über die Probleme von Normalsterblichen zu zerbrechen, die nicht jeden Tag mit dem Tod rechnen müssen. Wenn man weiß, dass man nicht mehr viel Zeit hat, stellt man sich gar nicht die Frage, was man mit seinem Leben anfangen soll. Man denkt nicht darüber nach, wie man die Rechnungen bezahlen soll, seinen CO_2-Fußabdruck reduzieren kann, ob man von zu Hause ausziehen soll oder seinen Vater kennenlernen will. Man denkt nur an den nächsten Atemzug.
Vielleicht fahre ich in ein paar Wochen für einen Tag nach London. Falls das tatsächlich klappt, wird das natürlich sehr aufregend für mich. Momentan ist das der einzige Termin in meinem Kalender, abgesehen von den Kontrolluntersuchungen in der Klinik. Ein normales Erwachsenenleben sieht anders aus. (Falls es mit dem London-Trip klappt, werde ich euch natürlich Bescheid geben und euch bitten, mir bei der Frage zu helfen, was ich anziehen soll.)
Noch eine Woche Diät, dann habe ich eine Kleidergröße weniger. Bald wird es Zeit, shoppen zu gehen und mir ein paar richtige Erwachsenenklamotten zu besorgen.
Würdet ihr mich unterstützen, bis es so weit ist? Was ist jetzt wichtig? Was sollte bei mir an erster Stelle stehen? Apple und ich haben keine Ahnung von solchen Dingen. Wir brauchen einen Plan, der uns hilft, über den Tellerrand hinauszuschauen, denn die bisherige Maxime lautete:

»Wenn du nächsten Freitag noch lebst, kannst du dich glücklich schätzen.« Und ich muss es irgendwie hinkriegen, mir Prioritäten zu setzen, ohne ständig zu denken: »Ich habe alles verpasst, was Spaß macht, und kann das niemals aufholen.«

Ihr werdet jetzt bestimmt »Nimm es leicht« und »Sei nett zu dir selbst« oder so etwas sagen wollen, aber das mache ich ja längst, und mir wird langweilig.

Bis Freitag könnt ihr abstimmen. Und dann kann ich loslegen – mit meinem Leben als Erwachsene.

Kümmer dich um deinen Körper: Wenn du deinen Körper im Griff hast, kommt alles andere von selbst.

Such dir Arbeit: Es muss ja nicht direkt der Traumjob sein. Aber in sechs Wochen hast du die magische Sechsmonatsgrenze für Transplantierte erreicht und kannst hinaus in die Welt – das ist schon sehr bald.

Denk nicht nur an dich: Tu etwas für jemand anderen. Engagiere dich ehrenamtlich, sammle Spenden oder mach irgendwas anderes – Hauptsache, es dreht sich nicht um dich und dein kaltes blaues Herz.

Geh öfter aus: Triff dich mit deinen Freunden, auch wenn dir gar nicht danach ist. Bestimmt gibt es Leute, die du gern wiedersehen würdest; verabrede dich mit ihnen. Trag dir die Termine im Kalender ein und nimm sie auch wahr. Geh nach dem Tangokurs noch mit in den Pub, statt sofort nach Hause zu laufen.

1 Mal geteilt
27 Kommentare

Ergebnisse:
KÖRPER: 20 %
ARBEIT: 30 %
AN ANDERE DENKEN: 12 %
AUSGEHEN: 38 %

London, 18. März 2018

Ailsa dachte, sie würde mit ihrem Outfit (Haarreif mit aufgestecktem Einhorn und Regenbogenschweif) in London Aufsehen erregen, doch kein Mensch beachtet sie, als sie aus dem Zug steigt, durch den Bahnhof von King's Cross läuft und ein Taxi nimmt, das sie zum Radiosender bringt. Auch Betsy, die sie am Empfang abholt und in die Lounge für Studiogäste bringt, kommentiert ihr Aussehen nicht; wahrscheinlich hat sie ständig mit seltsamen Fabelwesen zu tun. Ailsa ist ein wenig irritiert. Soll sie jetzt erleichtert oder enttäuscht sein? Bisher hat sie jedenfalls nicht genug Futter für eine gute Blogstory. Während sie wartet, fotografiert sie ihren Besucherpass und schreibt ihrer Mutter eine SMS: Bin gut angekommen – habe nicht die U-Bahn genommen und wurde auch von niemandem angehustet.

Die Einladung zu der Radiosendung hatte sie bekommen, weil sie für ihren Blog ausgezeichnet wurde. Ihr war angeboten worden, ins Edinburgher Studio zu kommen und von dort aus zugeschaltet zu werden, aber sie wollte lieber nach London. Wenn schon, denn schon; Apple schien auch ganz wild auf London zu sein. Und beim Untersuchungstermin letzten Donnerstag hat Dr. Mokbel ihr grünes Licht gegeben.

Ihre Mutter hatte darauf bestanden, sie zum Bahnhof zu bringen, und zum Abschied umarmten sie einander fest. Sie haben sich noch nicht daran gewöhnt, dass sich nun nicht mehr jeder Abschied so anfühlen muss, als könnte er der letzte sein. Hayley hatte sich den blaugrauen Regentagsschal umgelegt; er hat noch immer das kleine Loch an der Stelle, wo sie damals im Krankenhaus damit hängen blieb. Als Ailsa ihr zumurmelte, dass sie sich keine Sorgen machen solle, nickte sie nur und drückte sie noch fester. Wenn Ailsa zurückkommt, müssen sie unbedingt reden.

In der Lounge gibt es Kaffee. Schwarzer ist bei der Paleo-Diät erlaubt. Sie gießt sich einen Becher ein. Er schmeckt nur unwesentlich besser als der Kaffee in der Klinik, dem immer der Geruch nach Krankheit anhaftete. Ailsa überlegt, ob sie ihr Notizbuch hervorholen soll, doch dann lehnt sie sich zurück und schaut durch die Glasscheiben der Wartelounge dem geschäftigen Treiben in der Redaktion zu; Leute tippen an Computern, laufen herum, unterhalten sich wild gestikulierend mit Kollegen. Worüber sie wohl reden? Eines Tages wird sie auch so sein: eine Frau mit einem Job, die hektisch mit den Händen wedelt und mit anderen Dingen als mit ihrem Herzen beschäftigt ist.

Die Tür geht auf. »Ailsa, das ist Sebastian, unser anderer Studiogast heute«, sagt Betsy lächelnd. Sie hat sich den Pferdeschwanz neu gebunden und trägt jetzt Lippenstift. »Sebastian, das ist Ailsa. Sie ist Bloggerin.«

Klopf-klopf-klopf. Apple schlägt definitiv lauter als Ailsas altes Herz.

Ein Typ mit schwarzer Ray-Ban und Messenger-Bag lässt sich auf eins der Sofas fallen; die Tasche schmeißt er lässig auf den Boden. »Hi. Alle nennen mich Seb.« Seine Stimme ist tief und klangvoll, wie bei einem Opernsänger.

»Hi«, sagt Ailsa. »Mich nennen alle Ailsa.« Ihr Name lässt sich nicht abkürzen, was einer der Gründe ist, warum ihre Mutter ihn aussuchte. Doch dieses Detail behält sie für sich. Stille breitet sich aus.

Sebastian – Seb – nimmt sich eine Zeitschrift und legt sie wieder hin. Das Kunstledersofa knarzt bei jeder seiner Bewegungen. Er trägt eine zerschlissene schwarze Jeansjacke, dazu einen rosafarbenen Schal. (Gott sei Dank keinen roten. Ailsa kann heute kein schlechtes Omen gebrauchen.) Sein kurzes rotblondes Haar ist zerzaust, und er hat Bartstoppeln. Leider setzt er seine Sonnenbrille nicht ab, sodass sie unmöglich erkennen kann, ob er sie anschaut oder nicht.

Vielleicht holt sie doch besser ihr Notizbuch heraus. Sie hat ebenfalls eine Messenger-Bag dabei, aber sie ist nicht aus Leinen wie seine, sondern aus türkisfarbenem Leder und schon ganz abgewetzt. Ihre Lieblingstasche; Lennox hatte sie ihr zum achtzehnten Geburtstag geschenkt, als Messenger-Bags noch nicht in waren, er hatte einfach gemeint, dass sie gut zu ihr passte. Als sie sich nach vorn beugt, um ihre Tasche zu öffnen, verrutscht ihr Haarreif, und das Einhorn fällt ihr übers Gesicht. Sie schiebt es wieder zurück.

»Schickes Horn«, sagt Seb.

»Danke«, antwortet Ailsa.

»Ich wurde schon vorgewarnt. Scheint ein schräger Samstag zu werden.« Er lächelt. Ein langsames Lächeln, kein breites Grinsen. Sie hofft, dass er endlich die Sonnenbrille abnimmt. Doch stattdessen steht er auf, gießt sich etwas Kaffee in einen Becher, schnuppert daran, wirft den Becher in den Mülleimer und sich selbst wieder aufs Sofa.

»Gute Entscheidung«, sagt Ailsa. »Schlechter Kaffee.«

»Das Leben ist zu kurz dafür«, erwidert Seb.

»Ganz genau.«

Ailsa ist in ihrem Leben schon diversen attraktiven Männern begegnet. Leider hören sie ihr in der Regel mit einem Stethoskop die Brust ab und schauen dabei zur Decke. An der Uni hatte es natürlich auch den einen oder anderen Kommilitonen gegeben, der so gut aussah, dass sie zweimal hinschaute. Ihr schaute man früher auch hinterher – kein Wunder, denn sie war kreidebleich, und manchmal musste sie sogar einen Gehstock benutzen.

Aber Seb ist mit Abstand der attraktivste Mann, den sie je gesehen hat.

»Ich werde dich nicht fragen, warum du ein Einhorn bist«, sagt er. »Ich rate lieber noch ein bisschen. Vielleicht hält mich das bei diesem Zirkus hier ja wach.« Er scheint nicht viel von der Radiosendung zu halten, zu der er eingeladen wurde.

»Das habe ich meinem Blog zu verdanken«, sagt Ailsa. »Oder besser gesagt, den Leuten, die ihn lesen. Die haben das bei einer Umfrage entschieden.«

»Tja, das war's dann wohl mit Raten.«

Wenn er doch nur seine dunkle Sonnbrille abnehmen würde, dann könnte sie sehen, ob er bloß Spaß macht. Es klang allerdings ernst. Aber das liegt vielleicht nur an … verdammt. Sie ist zwar nicht mehr todkrank, aber das Leben ist trotzdem zu kurz, um Zeit mit Spekulationen zu verschwenden.

»War das jetzt ein Witz, oder bist du sauer? Ich kann es leider nicht erkennen, weil du deine Sonnenbrille aufhast.«

Er lächelt. »Das war ein Witz. Ich muss meine Augen schützen. Wegen der Transplantation.«

»Transplantation?«, fragt Ailsa erschrocken. Es ist noch immer sonderbar für sie, das Wort aus dem Mund eines anderen Menschen zu hören.

»Mir wurde eine neue Hornhaut eingesetzt«, antwortet Seb.

Autsch. »Tut mir leid, das war mir nicht klar«, sagt Ailsa. »Normalerweise bin ich diejenige, die wegen ihrer Transplantation in Erklärungsnot gerät.«

»Verstehe. Deshalb bist du ein Einhorn.«

Ailsa muss unwillkürlich lächeln. »Genau. Wenn du eine Herztransplantation hinter dir hast, stehst du mindestens ein Jahr lang unter Einhorn-Schutz. Im Ernst.«

Da kommt Betsy herein, um sie ins Studio zu bringen. Seb lässt Ailsa den Vortritt. Sie hat den Eindruck, dass er sie anschaut, aber mit der Ray-Ban ist das schwer zu sagen.

Kat: Und das war »Hip to Be Square« von Huey Lewis and the News, noch ein Song zu unserem heutigen Thema Transplantation, und vorgeschlagen hat ihn Pippa aus Rochester. Danke an Pippa! Apropos »hip«: Man hat mich gerade darüber aufgeklärt, dass künstliche Hüften keine Transplantate sind. Wieder was dazugelernt! Aber nun wieder zurück zu unseren Studiogästen: Ailsa Rae ist bei uns; viele kennen sie als BlueHeart. Seit zweieinhalb Jahren folgen Tausende von Fans ihrem Blog; sie war auf der Transplantationsliste, weil sie dringend ein Spenderherz benötigte, und inzwischen hat sie eines bekommen. Außerdem bei uns: Der Schauspieler Sebastian Morley, der wegen einer Augeninfektion zu erblinden drohte, was durch eine Hornhauttransplantation verhindert werden konnte. Hallo noch mal.

Seb: Hallo, Kat.

Ailsa: Hi.

Kat: Vorhin haben wir darüber gesprochen, warum Ailsa sich als Einhorn verkleidet hat, und ein Foto von ihr mit dem Link zu ihrem Blog getweetet. Ailsa, du machst ja regelmäßig Umfragen in deinem Blog, um dir Unterstützung bei bestimmten Entscheidungen zu holen. Gibst du damit nicht ein bisschen zu sehr die Kontrolle über dein Leben ab? Oder würdest du sagen, dass darin eine allgemeine gesellschaftliche Entwicklung zum Ausdruck kommt, die darauf hinausläuft, dass viele Menschen sich lieber mit ihrem virtuellen Dasein als mit ihrem wirklichen Leben beschäftigen?

Ailsa: Also, ich kann natürlich nur für mich selbst sprechen, nicht für andere. Für das, was sonst noch im Internet passiert, trage ich keine Verantwortung.

Seb: Da hat sie recht, Kat!

Kat: Liebe Zuhörerinnen und Zuhörer, ich ergebe mich. Zwei gegen einen, da bin ich machtlos. Natürlich ist Ailsa nicht für alles verantwortlich, was im Internet passiert.

Ailsa: Da bin ich aber froh, dass du das sagst! Doch jetzt mal im Ernst – ich wollte mit meinem Blog kein Statement über das Leben im 21. Jahrhundert abgeben, darum ging es mir überhaupt nicht. Mein Blog ist entstanden, weil ich über mich und meine Situation nachgedacht habe.

Kat: Erzähl uns etwas mehr über deinen Blog. Du hast dafür sogar einen Preis bekommen. Was war das für ein Gefühl?

Ailsa: Das war natürlich toll. Viele Blog-Beiträge sind im Krankenhaus entstanden, manche aber auch zu Hause. Meistens schreibe ich, wenn ich allein bin. Natürlich sehe ich die Statistiken und Kommentare, und dadurch weiß ich, dass es Menschen gibt, die meinen Blog lesen, aber ich hätte nie gedacht, dass das, was ich schreibe, irgendeinen Einfluss auf jemanden hat.

Kat: Warum hast den Preis bekommen? Was glaubst du?

Ailsa: (lacht) Ich habe keine Ahnung. Vielleicht, weil die Leute sich mit dem, worüber ich schreibe, identifizieren können. Es gibt sehr viele Menschen, die herzkrank sind. Viele warten auf eine Transplantation. Andere hatten bereits das Glück, ein Spenderherz zu bekommen, so wie ich. In meinem Blog geht es aber auch um den Umgang mit chronischen Erkrankungen ganz allgemein – nicht nur um Herzprobleme, sondern auch um Erschöpfungszustände oder darum, den Alltag zu bewältigen. Und das betrifft sehr viele Menschen, aus ganz unterschiedlichen Gründen. Vielleicht ist mein Blog eine … wie nennt man noch mal den Bereich, wo mehrere Kreise sich überschneiden?

Seb: Schnittmenge?

Ailsa: Danke. Schnittmenge.

Kat: Mathe ist nicht gerade deine Stärke, was, Ailsa?

Ailsa: Ich war ziemlich gut in Mathe, aber noch nie im Radio und bin deshalb ein bisschen aufgeregt. Ist ja vielleicht auch verständlich. Außerdem kann es sein, dass mein Erinnerungsvermögen etwas beeinträchtigt ist, eine Nebenwirkung der Medikamente, die ich einnehmen muss, damit das neue Herz nicht abgestoßen wird.

Kat: Und wieder ergebe ich mich! Leute, ich weiß auch nicht, was heute mit mir los ist. Entschuldige, Ailsa. Sprich weiter.

Ailsa: Die Blog-Umfragen fingen eigentlich als Reaktion darauf an, wie ich mich fühlte, als mir gesagt wurde, dass die einzige Möglichkeit, mein Leben zu verlängern, eine Transplantation wäre.

Kat: Und wann war das?

Ailsa: Da war ich fünfundzwanzig. Es ging mir schon eine ganze Weile nicht so gut, die Atemnot wurde immer stärker …

Kat: Bist du damals blau angelaufen?

Ailsa: Bläuliche Lippen hatte ich schon immer. Auch bläuliche Fingernägel. Wegen meines Herzfehlers. Ich hatte ein Hypoplastisches …«

Kat: Wir haben Wochenende, bitte kein Medizinerlatein! Warum warst du blau angelaufen? In einfachen Worten.

Seb: Kurze Zwischenfrage: Wie muss ich mir das vorstellen, wenn jemand blau anläuft? Worüber reden wir hier? Über die Schlümpfe? Über »Avatar«? Oder das Krümelmonster?

Ailsa: (lacht) Weder noch. »Avatar« kommt dem vielleicht noch am nächsten. Aber das Blau hat eigentlich eher die Farbe von gebleichten Jeans. Bei jemandem mit Zyanose würde man nicht sagen: »Oh, schau mal, ein Schlumpf in Menschengestalt!« So jemand sieht vor allem sehr bleich aus. Und die Lippen sind bläulich verfärbt, als hätte man Blaubeeren gegessen, und die Fingernägel ebenfalls.

Seb: So ähnlich wie die Farbe, die die Zähne annehmen, wenn man einen Blaubeer-Smoothie trinkt?

Ailsa: Genau.

Kat: Gut, dass wir dieses Detail jetzt geklärt haben. Ailsa, wann fing das Ganze denn bei dir an?

Ailsa: Es war schon immer so. Die bläuliche Haut ist ein Anzeichen dafür, dass der Körper nicht genug Sauerstoff bekommt. Ich habe zwar eine ganze Weile relativ normal funktioniert, aber …

Kat: Du warst zum Beispiel an der Uni.

Ailsa: Richtig. Aber ich musste in Edinburgh studieren, weil es zu kompliziert geworden wäre, in eine andere Stadt zu ziehen. Und ein normales Studentenleben hatte ich eigentlich auch nicht. Beim Studieren konnte ich zwar mithalten, aber abends ausgehen war nicht drin. Stattdessen habe ich oft Frühstückspartys gemacht. Meine Freundinnen kamen morgens zu mir nach Hause zum Frühstück und erzählten mir, was ich alles verpasst hatte. Einmal war ich zu krank, um zum Universitätsball zu gehen, also veranstalteten wir einen Anti-Ball; meine Freundinnen kamen im Schlafanzug vorbei, und wir haben uns Filme angeschaut und Pizza gegessen. Man versucht eben immer, das Beste draus zu machen. Egal, in welcher Situation man ist.

Kat: Du wohnst bei deiner Mutter, oder? Das muss doch nerven.

Ailsa: Nicht, wenn man ständig erschöpft ist und kaum Luft bekommt. Meine Mutter ist toll. Mir geht's gut, Mum, ich habe meine Medikamente genommen!

Kat: Wir sprachen ja eben über deine Blog-Umfragen. Ging es darum, dass du dich machtlos gefühlt hast? Weil du nichts anderes tun konntest, als auf ein Spenderherz zu warten?

Ailsa: Ja. Es kam mir wirklich verrückt vor, dass von mir erwartet wurde, wie ein normaler Mensch Entscheidungen zu treffen – zum Beispiel darüber, was ich mit meinem Leben anstelle, wo ich hinwill oder was ich anziehe –, obwohl ich den entscheidenden Faktor, von dem mein Weiterleben abhing, nicht im Geringsten beeinflussen konnte. Und für mich war der einzige Weg, damit fertigzuwerden, die Kontrolle vollkommen abzugeben.

Kat: Glaubst du, dass alles aus einem bestimmten Grund passiert?

Ailsa: Nein. Vor drei Wochen war ich auf einer Gedenkfeier für einen sehr lieben Freund. Eigentlich wäre es sein neunundzwanzigster Geburtstag gewesen, aber er ist letztes Jahr gestorben. Er war der liebenswerteste, netteste Mensch, den man sich vorstellen kann. Er hatte sich auf einer Reise mit Hepatitis B infiziert, doch das wurde erst diagnostiziert, als es bereits zu spät war, und zu diesem Zeitpunkt hätte ihm nur noch eine Lebertransplantation helfen können. Doch leider bekam er keine Spenderleber. Er ist gestorben. Da kann mir keiner sagen, das wäre aus einem bestimmten Grund passiert.

Seb: Ich hasse es, wenn Leute mit diesem Spruch kommen. Dinge passieren. Punkt.

Ailsa: Genau. Danke.

Kat: Noch mal zurück zu deinem Blog. Du hast allerdings keine Blog-Umfrage gemacht, als es um die Entscheidung ging, ob du die Transplantation machen lässt, oder?

Ailsa: Nein, Kat. Die Transplantation war keine Entscheidung, sondern eine Notwendigkeit. Für mich ging es um Leben oder Tod.

Kat: Wahnsinn. Und jetzt sitzt du als Einhorn-Lady hier bei uns im Studio – schaut euch das Foto auf Twitter an, Leute! Ailsa, auch dein heutiges Outfit geht auf eine Blog-Umfrage zurück, bei der du vier Auswahlmöglichkeiten gegeben hattest. Nummer eins: Bleib lässig, ist ja nur Radio! T-Shirt, Jeans, Cowboystiefel. Nummer zwei: Brezel dich auf, die Sendung läuft immerhin landesweit! Kleid, High Heels, Wimperntusche. Nummer drei: Das aufblasbare Hüpfball-Kostüm, das du dir vor drei Jahren für eine Siebziger-Jahre-Party gekauft hast und seither (aus gutem Grund) nicht mehr anhattest. Und Nummer vier: das Einhorn-Outfit.

Ailsa: Ich hatte damit gerechnet, dass es das Hüpfball-Kostüm wird. Aber dafür ergab sich dann doch keine Mehrheit, die Leute waren einfach zu nett. Ein kleines bisschen Spaß wollten sie aber trotzdem haben.

Seb: Ich hatte auch mal ein Hüpfball-Kostüm an. Das war echt lustig.

Kat: Aber bestimmte Sachen hast du den Leuten nicht zur Wahl gestellt, Ailsa. Zum Beispiel, dass du nackt hier auftauchst oder in einer Ritterrüstung oder verschleiert.

Ailsa: Worauf du wahrscheinlich hinauswillst, Kat, ist, dass ich die Auswahlmöglichkeiten kontrolliere, indem ich sie festlege. Das stimmt. Aber das steht ja nicht im Widerspruch zu dem, was ich meine.

Kat: Und das wäre?

Ailsa: Wenn du auf ein Spenderorgan wartest, fühlt sich das im Grunde so an, als ob dein Leben von einem Münzwurf abhängt – Kopf oder Zahl.

Kat: Gibt es denn inzwischen nicht auch Kunstherzen?

Ailsa: Ja, es gibt verschiedene Optionen. Aber wenn man schon mehrere Herz-OPs hinter sich hat, ist der Körper bereits ziemlich geschwächt, und ein Kunstherz würde wahrscheinlich noch mehr Stress bedeuten.

Kat: Verstehe. Seb, was ist mit dir? Wie geht es dir mit deinem Transplantat?

Seb: Ich bin sehr dankbar. Es mag abgedroschen klingen, aber das, was man hat, weiß man wirklich erst dann zu schätzen, wenn man Gefahr läuft, es zu verlieren. Die Vorstellung, auf einem Auge blind zu werden und das Auge vielleicht sogar zu verlieren, war furchtbar. Aber eine Hornhauttransplantation ist natürlich bei Weitem nicht so dramatisch wie eine Herztransplantation.

Kat: Manche unserer Zuhörer hatten vielleicht Angehörige, die nach ihrem Tod ihre Hornhaut gespendet haben. Die sehen das vermutlich anders.

Seb: Für die Angehörigen ist das natürlich sehr schlimm, gar keine Frage. Ich meinte, dass eine Hornhauttransplantation aus medizinischer Sicht nicht so dramatisch ist wie eine Herztransplantation. Mein Leben hätte auch mit nur einem Auge weitergehen können. Aber niemand kann ohne Herz leben.

Kat: Zum Glück konntest du jedoch die Hornhaut eines anderen Menschen bekommen. Was dadurch möglich wurde, dass dieser Mensch gestorben ist.

Seb: Deshalb bin ich ja auch so dankbar, Kat. Und als ich aus dem Krankenhaus kam, habe ich mich sofort selbst als Organspender eintragen lassen.

Ailsa: Das ist kein leichtes Thema. Ich bin meinem Spender auch sehr dankbar. Und gleichzeitig ist es wirklich schwer für mich, an ihn oder sie zu denken. Es ist schwierig, damit umzugehen, dass man nur deshalb noch lebt, weil eine andere Person gestorben ist.

Seb: Oder damit, dass man nur noch deshalb sehen kann.

Kat: Was würdet ihr euren Organspendern und ihren Angehörigen sagen, wenn ihr die Möglichkeit hättet?

Seb: Was könnte man sagen, ohne abgedroschen zu klingen? Das ist schwer.

Ailsa: Ich habe die Möglichkeit, den Angehörigen meines Spenders zu schreiben, wenn die Transplantation ein Jahr her ist. Die Namen meines Spenders und seiner Angehörigen werde ich jedoch nie erfahren. Falls ich den Brief schreibe, leitet die Koordinatorin vom Transplantationszentrum ihn weiter. Ich glaube, dass es wichtig ist, das zu tun, aber leicht wird das nicht. Ich sehe das so wie Seb. Im Alltag sagen wir doch ständig »danke«, zum Beispiel, wenn uns jemand einen Kaffee bringt oder uns Wechselgeld gibt oder unseren Anruf durchstellt. Aber bei einer Organspende passt das Wort einfach nicht.

Kat: Ja, denn diese Menschen sind Helden, oder? Das ist schon etwas sehr Besonderes, seine Organe zu spenden.

Seb: Auf jeden Fall.

Kat: Siehst du das auch so, Ailsa?

Ailsa: Zum Teil.

Kat: Interessant. Ich hätte gedacht, dass gerade du diesen heldenhaften Aspekt besonders wertschätzen würdest. Was würde dein Spender wohl dazu sagen? Er oder sie ist leider schon tot. Aber wie geht es wohl den Angehörigen, wenn sie das hören?

Ailsa: Ich bin überaus dankbar, wie ich ja auch schon sagte. Aber es gibt Hunderte von Menschen, die noch immer auf ein Spenderorgan warten. Und gleichzeitig sterben jeden Tag Hunderte von Menschen. Wenn es die Norm wäre, Organe zu spenden, könnten weitaus mehr Menschenleben gerettet werden. Wenn man miterlebt hat, dass ein geliebter Mensch sterben musste, weil er keine Spenderleber bekam, ändert das die Sichtweise.

Kat: Willst du damit sagen, dass die Entscheidung nicht mehr den trauernden Angehörigen überlassen werden sollte?

Ailsa: Nein. Ich will damit sagen, dass wir kulturell anders damit umgehen und das Ganze weniger emotional sehen sollten. Es ist doch nun einmal so: Wenn man gestorben ist, braucht man seine Organe nicht mehr. Inzwischen zeichnen sich ja auch Gesetzesänderungen ab, und ich finde, es ist höchste Zeit dafür.

Kat: Wie man hören kann, ist unser heutiges Thema in der Tat sehr emotional. Gleich kommt der nächste Song, und danach wird uns Sebastian Morley spannende Neuigkeiten über *Star-Dance* verraten. Stimmt es, dass du gerade Tanzstunden nimmst, Ailsa?

Ailsa: Ja, ich lerne gerade Tango, und es macht mir sehr viel Spaß. Kannst du tanzen, Seb?

Seb: Kommt drauf an, wen du fragst. Einer aus der Jury meinte, ich hätte zwei linke Füße.

Kat: (Gelächter) Wir sitzen hier im Studio mit einem sehr verblüfft aussehenden Einhorn. Bisher dachte ich immer, selbst Einhörner wüssten, wer Sebastian Morley ist. Jermaine aus Solihull hat den Titel »My Heart Will Go On« von Celine Dion vorgeschlagen. Schöner Song, Jermaine. Wenn ihr später in London unterwegs seid, haltet nach einem knallrot angelaufenen Einhorn Ausschau. Nach Celine Dion kommen die Nachrichten mit Sport und Wetter, und danach melden wir uns zurück.

»Kat ist ein Miststück«, sagt Seb. »Sie hat mich früher schon mal interviewt. Mach dir nichts draus.«

Die Sendung ist vorbei, Betsy hat Seb und Ailsa wieder zum Ausgang gebracht. Nun stehen sie draußen auf dem Bürgersteig in der schwachen Märzsonne und lächeln sich unsicher an, wie zwei Menschen, die an derselben Bushaltestelle warten. Ailsa schaut auf ihre Hände. Sie zittern.

»Mach ich auch nicht«, sagt sie. Und im Grunde genommen stimmt das auch. »Aber sie wollte einfache Antworten auf wirklich schwere Fragen. Natürlich bin ich dankbar. Aber es ist nun mal nicht so leicht, wie sie sich das vorstellt.«

Seb lächelt. »Ich weiß. Sie hat mich mal gefragt, warum ich damals die Rolle in der Soap angenommen habe. Ehrlich gesagt nur deshalb, weil ich gerade eine Wohnung gekauft und keine Aussicht auf andere Engagements hatte. Das war gutes Geld.

Aber als ich das sagte, passte ihr das nicht. Sie wollte nicht hören, dass auch Schauspieler auf Arbeit angewiesen sind, genauso wie alle anderen Leute, und dass man nehmen muss, was man kriegen kann, es sei denn, man heißt David Tennant. Man nimmt einen Job an, weil er einem angeboten wird, oder etwa nicht?«

»Vermutlich schon«, erwidert Ailsa.

Vielleicht liegt es an der Art, wie sie es sagt. Zum ersten Mal, seit sie den Sender verlassen haben, dreht Seb sich zu ihr. »Ich weiß gar nicht, was du machst. Abgesehen davon, dass du mal blau warst. Und dass du bloggst. Und dafür sogar einen Preis gewonnen hast. Und dich als Einhorn verkleidest.« Er lacht.

Ailsa lacht auch, und auf einmal verschwinden Anspannung und Ärger. Apple beruhigt sich. »Das ist mehr, als ich über dich weiß. Ich darf frühestens sechs Monate nach der Transplantation arbeiten gehen, falls ich dann grünes Licht dafür bekomme. Nach sechs Monaten ist man normalerweise nicht mehr so anfällig für Infektionen.«

»Und was willst du dann machen?«

Sie lacht wieder, diesmal verlegen. »Ich wünschte, ich wüsste es. Ich hatte noch nie einen Job. Wahrscheinlich muss ich nehmen, was ich kriegen kann.«

»Ich kann dir meinen Duke-of-Edinburgh-Anstecker verkaufen, falls das hilft«, sagt Seb.

Er lacht nicht, wenn er Witze macht, und das gefällt ihr. »Ich bekomme automatisch einen. Weil ich aus Edinburgh bin. Ich muss dafür nicht extra ins Zeltlager.«

»Ehrlich?«

»Quatsch«, sagt Ailsa. Kurze Pause. Er schaut zu ihr hinüber.

»Ihr verdammten Einhörner«, sagt er. »Ihr lügt doch alle.«

Und jetzt lacht sie aus vollem Hals. Der ganze Ballast, den sie seit heute Morgen mit sich trug, bricht ungehemmt aus ihr heraus. Seb schaut ihr anscheinend zu, seine dunklen Ray-Ban-Gläser sind jedenfalls auf sie gerichtet. Er lächelt. »Ich fand das gar nicht so lustig«, sagt er.

Als der letzte Lacher aus ihr herausgesprudelt ist, holt Ailsa tief Luft. Wie herrlich sich das anfühlt, jederzeit und überall genug Luft zu bekommen, mit nur einem einzigen Atemzug. »War es auch nicht.«

»Danke«, sagt Seb trocken. Dann: »Ich war noch nie in Edinburgh. Nur in Glasgow.«

»Na ja«, sagt Ailsa. »Ist im Grunde eh das Gleiche.«

»Ehrlich?«

»Nein.« Sein Lächeln hat was.

»Ich mag deinen Akzent«, sagt Seb. »Sag doch mal: ›Kat war in der Sendung am Samstag ein echtes Miststück.‹«

»Ich bin doch kein Zirkusaffe.« Wenigstens hat er sie nicht gefragt, ob er mal ihre Narbe sehen darf. Nicht, dass das schon mal jemand getan hätte, aber im Studio gab es eine Schrecksekunde, in der sie dachte, Kat würde sie gleich fragen.

»Aber ein Einhorn«, sagt Seb. »Komm schon. Bitte!«

»Na gut. Kat war in der Sendung am Samstag ein echtes Miststück.«

Er hört aufmerksam hin, während er langsam seinen Schal enger zieht. »Danke«, sagt er dann. »Jetzt weiß ich, wie ein schottischer Akzent klingt, falls mal einer von mir verlangt wird.«

»Das ist ein Edinburgh-Akzent. Und auch nur ein schwacher.«

»Entschuldige«, sagt Seb. »Ich wollte dich nicht beleidigen.«

Ailsas Atemwolken schweben weiß vor dem grauen Londoner Himmel. Ihre Nasenspitze fühlt sich kalt an. »Ich bin nicht beleidigt. Aber in der letzten Stunde war ich auf einmal die Stimme aller Bloggenden und sämtlicher Leute, die jemals eine Transplantation hatten. Ich will jetzt nicht auch noch die Stellvertreterin von ganz Schottland sein.«

Bisher war sie noch nie stellvertretend für irgendetwas. Sie war immer nur die Außenseiterin. Außer, wenn sie im Wartezimmer eines Krankenhauses saß.

»Ich mag deinen Akzent trotzdem.«

Ailsa lächelt und zuckt mit den Schultern. »Wenn du es sagst.«

»Fährst du heute wieder zurück nach Schottland?«

»Ja. Mein Zug geht um vier. Von King's Cross.« Es ist gerade drei.

»Ich kann mit in deine Richtung kommen«, sagt Seb.

»Ich wollte mir ein Taxi nehmen«, sagt Ailsa. »Ich darf nicht mit der U-Bahn fahren. Schwaches Immunsystem.«

»Kommt mir bekannt vor«, sagt Seb. »Wir können uns ein Taxi teilen. Dann hast du noch genug Zeit, dir am Bahnhof einen anständigen Kaffee zu besorgen. Und wenn du willst, zeige ich dir mein Auge.«

Eigentlich will Ailsa ablehnen. Sie hat Seb schließlich erst vorhin kennengelernt. Schade, dass sie jetzt keine spontane Blog-Umfrage machen kann: Soll ich mich darauf einlassen, mir ein Taxi mit einem gutaussehenden (und sogar berühmten) Typen zu teilen, der mir seine transplantierte Hornhaut zeigen will? Das Ergebnis würde sicher lauten: Ja 100 %, Nein 0 %. Beziehungsweise Ja 99 %, Nein 1%, wenn ihre Mutter mit abstimmen würde.

»Na gut«, sagt sie. Sie muss ihn unbedingt googeln, sobald sie im Zug sitzt.

Seb streckt die Hand nach einem Taxi aus, und innerhalb von Sekunden hält eines an. Anscheinend besitzt er eine magnetische Anziehungskraft. Er sagt dem Fahrer etwas durchs Fenster und hält Ailsa die Tür auf. Sie steigt ein und schnallt sich an. Seb nimmt ihr gegenüber auf dem Klappsitz Platz und lacht.

»Du schnallst dich an? Echt?«

»Echt. Ich habe nicht vier Herzoperationen überlebt, um in einem Taxi zu sterben.« Sie weiß, wie schroff das klingt, doch es ist ihr egal. Andere Leute betrachten das Leben als selbstverständlich. Sie nicht.

Seb beugt sich zu ihr und nimmt seine Sonnenbrille ab. »Verstehe. Ich nehme das Risiko trotzdem auf mich. Wenn du willst, schau dir das Auge an. Es ist das linke. Von dir aus gesehen das rechte. Kannst du die Naht sehen?« Ihre Knie berühren sich; Ailsa drückt ihre zusammen, damit er mehr Platz hat. Und dann schaut sie ihm in die Augen. Sie haben genau die Farbe, die sein rotblondes Haar und sein Hautton vermuten lassen. Grün wie eine Sommerwiese. Aber das hier ist kein Date; sie soll sich bloß ein Musterbeispiel chirurgischer Präzisionsarbeit ansehen.

Ihr Blick wandert abwechselnd von einem Auge zum anderen, doch zunächst kann sie keinen Unterschied erkennen. Aber dann entdeckt sie sie, wie ein Sternenbild, das plötzlich am Himmel erscheint: eine Zickzacknaht, die um das Grün der Iris herum verläuft. Und beim Anblick dieses Wunders vergisst sie für einen Moment ihre eigene Leidensgeschichte.

PROMI-NEWS ONLINE

16. November 2017

DAS GING INS AUGE: Sexy Seb hört wegen Bindehautentzündung bei *StarDance* auf

Sebastian Morley, der siebundzwanzigjährige Publikumsliebling der diesjährigen Ausgabe von *StarDance*, kann aufgrund einer schweren Bindehautentzündung nicht länger an der Show teilnehmen – eine Nachricht, die uns allen das Herz bricht.

Der Schauspieler, der durch seine Rolle als Barkeeper Milo Bradshaw in der BBC-Soap *Letzte Runde* populär wurde, bekam regelmäßig die höchsten Jury-Bewertungen und lag auch bei der letzten Zuschauerabstimmung wieder weit vorn. Trotz rotem Auge und Schmerzen tanzte er tapfer einen Cha-Cha-Cha mit seiner Partnerin Fenella Albright. Chefjuror Bob witzelte noch, Seb hätte zwar etwas an der Pupille, aber sicher nichts an den Füßen.

Bisher hatte Seb jegliche Sorgen um seine Gesundheit mit Humor abgewehrt und geflachst: »Auf der Tanzfläche bin ich ohnehin immer blind vor Angst.«

Seit zwei Wochen führte der attraktive Star die Bewertung an; zuerst mit einer heißen Salsa, danach mit einem romantischen Walzer. In der nächsten Folge hätten wir ihn beim Tango gesehen.

Seine Partnerin Fenella verließ gestern Nachmittag zusammen mit ihrer Schwester Catherine in Tränen aufgelöst die Londoner Augenklinik, in der Seb derzeit behandelt wird.

Sebastian Morley: Karriere im Überblick

Er ist erst siebenundzwanzig, und trotzdem hat man das Gefühl, Sebastian Morley schon ewig zu kennen. Vor zehn Jahren wurde er auf einen Schlag berühmt: In der Shakespeare-Castingshow *O holder Romeo* landete er auf dem zweiten Platz und unterlag nur ganz knapp dem Sieger Xander Maxted-Morton, der die Hauptrolle in einer sechsmonatigen West-End-Produktion von *Romeo und Julia* ergatterte. Doch Seb, der grünäugige Blondschopf mit dem markanten Gesicht und dem frechen Grinsen, war eindeutiger Zuschauerfavorit; viele Frauen hätten ihn nur allzu gern als Julia angeschmachtet. Als Maxted-Morton bei der West-End-Premiere eine Textzeile vergaß, wurde er ausgebuht, während Sebs Fans mit Plakaten vor dem Theater protestierten: »Seb ist unser Romeo!« Morley kam schließlich und bat sie, damit aufzuhören, was seine Popularität nur noch steigerte. Kurz danach übernahm er die Rolle des Restaurantbesitzers Max Rainbow im Channel-4-Drama *Das Leben ist kein Zuckerschlecken,* bevor er sechs Jahre lang zum Serien-Ensemble von *Letzte Runde* gehörte. Im Februar 2017 verließ er die Soap, um »ein bisschen Spaß« bei *StarDance* zu haben, bevor er sich neuen Herausforderungen stellen wollte. Seine Augenentzündung sieht allerdings gar nicht spaßig, sondern ziemlich ernst aus.

PROMI-NEWS ONLINE

19. November 2017

Sebs Augenproblem offenbar ernster als vermutet

Die Pechsträhne von Frauenschwarm Seb Morley, der wegen einer Augenentzündung bei *StarDance* ausscheiden musste, scheint nicht abzureißen.
Montagabend wurden Morleys Eltern gesehen, als sie mit ernsten Mienen das Moorfields Eye Hospital verließen, wo ihr Sohn derzeit behandelt wird. Sebs Augenproblem ist offenbar ernster als vermutet – möglicherweise droht er sogar zu erblinden.
Eine kleine Gruppe treuer Seb-Fans harrt seit Tagen mit Kerzen vor der Klinik aus, um für Morley zu beten. Sarah Blake aus Coventry sagte: »Seb soll wissen, dass er Leute hat, die in guten wie in schlechten Zeiten zu ihm halten. Das Licht unserer Kerzen soll ihm Hoffnung geben.«
Morleys Agentin sagte: »Seb ist weiterhin in Behandlung. Wenn es Neuigkeiten gibt, werden wir eine weitere Stellungnahme abgeben. Bis dahin bittet seine Familie darum, seine Privatsphäre zu respektieren.«
Fenella, Sebs Tanzpartnerin, wurde erneut beim Betreten des Krankenhauses gesehen, ebenso *StarDance*-Starbetreuer Ziggy McIvor und Schwimm-Ikone Vee Bellamy.

GUARDIAN ONLINE NEWS

2. Februar 2018

Schauspieler Seb Morley dankt Spender und Arzt nach erfolgreicher Hornhauttransplantation

Zwei Monate nachdem Soap-Star Sebastian Morley aufgrund einer Augeninfektion seine Teilnahme bei *StarDance* beenden musste, trat er nun erstmals wieder ins Rampenlicht.

Auf einer Pressekonferenz im Moorfields Eye Hospital, wo er behandelt wird, erklärte er: »Die Infektion, die mich dazu zwang, *StarDance* zu verlassen, führte zu einer Eintrübung der Hornhaut, und es bestand die Gefahr, dass ich auf dem linken Auge erblinde. Letzten Monat hatte ich jedoch das große Glück, eine Spenderhornhaut zu erhalten, wodurch das Auge gerettet werden konnte. Ich werde niemals angemessen in Worte fassen können, wie dankbar ich dem Menschen bin, der bereit war, sich nach seinem Tod als Organspender zur Verfügung zu stellen – und auch seinen trauernden Angehörigen, die in einer extrem schwierigen Situation entschieden haben, dem Wunsch ihres geliebten Verstorbenen zu entsprechen.«

Trotz vielfacher Aufforderungen der versammelten Pressevertreter lehnte Morley es ab, seine Sonnenbrille abzunehmen: »Wenn ich das mache, bringt mein Chirurg mich um.«

Dr. Ali Ahmed, der den Eingriff durchführte, erklärte: »Wie jede Augenoperation ist auch die Hornhauttransplantation mit einem hohen Risiko verbunden. Das Sehvermögen ist überaus kostbar, und sein Verlust kann irreversibel sein. Ich bin sehr froh, dass Mr Morleys Eingriff erfolgreich verlaufen ist.«

Befragt zu seinen Zukunftsplänen sagte Morley: »In nächster Zeit braucht mein Auge erst mal genug Ruhe, um sich wieder zu erholen. Aber irgendwann werde ich mich sicher wieder sehen lassen.«

Auf der Pressekonferenz wurde Morley von seiner *Star-Dance*-Partnerin, der preisgekrönten Lateintänzerin Fenella Albright, begleitet. Er weigerte sich, Fragen zu ihrer Beziehung zu beantworten, sagte allerdings zu einer Journalistin: »Glauben Sie denn, dass es eine Frau gibt, die mich nehmen würde? Ich bin momentan halb blind und werde für den Rest des Jahres arbeitslos sein!«

Von: Seb
Gesendet: 19. März 2018
An: Ailsa
Betreff: Schön, dich kennenzulernen
Liebe BlueHeart,
als ich heute Morgen aufwachte, dachte ich: Gestern saß ich in einem Taxi, und zwar mit der einzigen Person, die ich kenne, die sich in einem Taxi anschnallt. War schön, dich kennenzulernen. Du hast dich wirklich gut geschlagen in der Sendung. Ist nicht leicht, mit Miststücken umzugehen.
Erzähl es niemandem (schon gar nicht der Presse), denn es ist mir ein wenig peinlich, aber du bist tatsächlich das erste Einhorn, dem ich begegnet bin.
Alles Gute für dich,
Seb (Morley)

Von: Ailsa
An: Seb
Lieber Seb,
danke für deine E-Mail. Hat mich auch gefreut, dich kennenzulernen. Einhörner sind überall. Du musst nur nach ihnen Ausschau halten.
Blue Heart (Ailsa)

Von: Seb
An: Ailsa
Liebe Ailsa (BlueHeart),
ist es eigentlich genauso schwer, Redewendungen mit Herzen zu vermeiden wie solche mit Augen?
Ich habe schon ein Auge riskiert. Das nächste Mal werde ich vielleicht nicht mit einem blauen Auge davonkommen.
Seb

Von: Ailsa
An: Seb
Lieber Seb,
das Herz muss schon dabei sein, denn was nicht von Herzen kommt, geht nicht zu Herzen, sondern bricht vielleicht jemandem das Herz. Für die meisten Menschen ist das Herz das Symbol für die Liebe, aber wenn ich einen Herzballon sehe, erinnert mich das an die Albträume, die ich hatte, als ich unter richtig heftigen Medikamenten stand. Außerdem hasse ich die Farbe Rot.
Ailsa

Von: Seb
An: Ailsa
Liebe Ailsa,
ich habe mir deinen Blog angeschaut. Manche Beiträge sind wirklich herzzerreißend. (Sorry.) Wenn ich nicht gerade in einem Restaurant gewesen wäre, hätte ich bestimmt ein paar Tränen verdrückt.
Obwohl ich gerade ziemlichen Horror davor habe, denn es könnte ja passieren, dass die neue Hornhaut sich ablöst, wenn ich mir die Augen wische. Ich hatte mal eine Rolle, bei der ich braune Kontaktlinsen tragen musste. Sie waren sehr dünn, und während der drei Drehtage habe ich elf Kontaktlinsenpaare verschlissen. Der Regisseur ist ausgeflippt.
Morgen werden mir wieder ein paar Fäden gezogen. Die Ärzte machen das häppchenweise.
Hoffentlich kann ich die Einhörner danach besser erkennen.
Seb x

Von: Ailsa

An: Seb

Lieber Seb,

alles Gute für morgen. Ich denke oft an dein Auge und daran, wie kunstvoll die Naht aussah. Augen sind ohnehin schön, aber auf deins wurde ein Stern genäht. Danke, dass du mir das gezeigt hast. Es hat mich an vergrößerte Mikroskopaufnahmen erinnert. Ein Stück Zweig oder eine Hautzelle können wirklich wunderschön aussehen.

Ob die Nähte um mein Herz herum wohl genauso kunstvoll aussehen?

Ailsa

Von: Seb

An: Ailsa

Liebe Ailsa,

beim Fädenziehen lief alles gut.

Ich wollte ein Foto machen, um es dir zu schicken, aber der Arzt meinte, ich soll Blitzlicht vermeiden. Was völlig absurd ist, denn wenn er mich untersucht, leuchtet er mir mit einem gefühlten Scheinwerfer ins Auge. Blitzlicht ist harmlos dagegen.

Aber ich habe eine bessere Idee. (Eine bessere als das Foto, meine ich.) Ich habe nämlich ein Vorsprechen in Edinburgh und könnte dir bei der Gelegenheit persönlich zeigen, wie mein Auge inzwischen aussieht.

Falls du überhaupt da bist. Und möchtest. Ich weiß ja, dass Einhörner viel zu tun haben.

Es ginge am nächsten Mittwoch. Ich hätte ab etwa 16:30 Zeit.

Ich würde mich freuen,

Seb x

Von: Ailsa
An: Seb
Lieber Seb,
ich wollte gerade meinen Mut zusammenfassen, um dich zu fragen, ob ich dich für meinen Blog interviewen darf. In den letzten Jahren habe ich fast rund um die Uhr Herz-Bingo gespielt. Jetzt möchte ich Menschen interviewen, die auf ein Spenderorgan warten, und Menschen, die schon eins bekommen haben. Und ich habe noch nie mit jemandem gesprochen, der eine Hornhauttransplantation braucht oder schon eine hinter sich hat.
Ich bin natürlich keine professionelle Journalistin, aber ich will trotzdem versuchen, Menschen mit Informationen zu versorgen.
Ich könnte dich zu einem einigermaßen akzeptablen Kaffee einladen (oder zu einem anderen Getränk; wir trinken hier übrigens nicht nur Whisky und Irn-Bru) und mir bei der Gelegenheit dann auch dein Auge anschauen.
Ach ja, und ich wollte dich noch warnen, dass Einhörner in Edinburgh im Moment lieber drinnen bleiben, weil es ihnen draußen zu kalt ist. Bei unserem nächsten Treffen werde ich daher wahrscheinlich als Mensch verkleidet sein.
Ailsa

Von: Seb
An: Ailsa
Liebe Ailsa,
sehr gern.
Mir ist es am liebsten, wenn man sich beim Reden in die Augen schaut. Sonst wird man zu leicht missverstanden.
Ich musste sehr über deinen Beitrag von letzter Woche lachen, der, in dem du geschrieben hast, wie sehr du Brot vermisst und dass du versucht hast, Ratatouille durch Telepathie in Pizza zu verwandeln. Als wir bei *StarDance* waren, sind Fenella und ich

einmal in eine Pizzeria gegangen. Beim Essen redete sie die ganze Zeit darüber, wie viele Kalorien in ihrer Pizza wären. Trotzdem aß sie den ganzen Teller leer. Am nächsten Morgen musste sie zur Kostümanprobe. Also fragte ich sie per SMS, ob sie mit ihrem Hintern überhaupt noch in ihr Kleid reinpasste. Anschließend hatten wir Tanzprobe. Sie war echt sauer.
Seb x

Von: Ailsa
An: Seb
Lieber Seb,
nur ein kleiner Rat: Die Frage, ob eine Frau noch in ihr Kleid passt, ist absolut tabu. Diesen Rat gibt dir eine Person, die kaum fernsieht und so gut wie nichts über Fenella weiß. (Inzwischen habe ich dich allerdings gegoogelt und bin nun ein bisschen schlauer.)
Am Mittwoch habe ich Tangokurs und muss deshalb um 18:30 los, aber wir hätten trotzdem genug Zeit. Wir könnten uns um 17:00 in der Northbridge Brasserie treffen. Das ist direkt am Bahnhof, falls du später noch den Zug nehmen willst.
Ailsa

Von: Seb
An: Ailsa
Liebe Ailsa,
du siehst kaum fern? Wow. Dann bist du wohl auch auf TV-Diät, oder? (Das war ein Witz.)
Fenella ist total dünn. Von dieser Pizza hat sie bestimmt kein Gramm zugenommen. Ich dachte, sie fände es lustig. War aber nicht so.
Bis Mittwoch. Schön, dass wir uns bald wiedersehen.
Seb x

Von: Ailsa
An: Seb

Lieber Seb,

vergiss nicht, ich war todkrank. Die meisten Fernsehserien laufen ewig. Welchen Sinn hat es, sich etwas anzuschauen, wenn man nie erfahren wird, wie es ausgeht? Wenn man ein Buch liest oder sich einen Film ansieht, hat man wenigstens die Chance, das Ende mitzubekommen.

Bis dann,

Ailsa

PS: TV-Diät, genau – das ist lustig.

25. März 2018

»Was hast du heute vor, Schatz?«

»Wenn du heimkommst, werde ich unterwegs sein.« Ailsa kocht gerade Eier zum Frühstück, Hayley schmiert sich ein Mittagsbrot für die Arbeit. Sie ist Vertretungsapothekerin und hat deshalb unterschiedliche Einsatzorte und -zeiten; manchmal muss sie sogar nachts arbeiten, wenn sie die Spätschicht in einer Vierundzwanzig-Stunden-Apotheke übernehmen soll. Der Tagesablauf zu Hause richtet sich nach dem Vertretungsbedarf, es gibt keine Routine. Wenn es eine gäbe, fiele ihnen die Umstellung vielleicht leichter.

»Heute Vormittag hast du doch den Termin im Krankenhaus, oder?«

»Ja, um halb zwölf.« Wenigstens versucht Hayley nicht mehr, zu den Kontrolluntersuchungen mitzukommen. Vielleicht schaut Ailsa dieses Mal bei der Herzstation vorbei, um dem Team, das so unermüdlich um sie gekämpft hat, Hallo zu sagen. Doch kaum denkt sie daran, weiß sie auch schon, dass sie es nicht tun wird. Schon der Anblick der Bilder an den Wänden würde ihr die Tränen in die Augen treiben; die alten Gefühle würden sofort wieder hochkommen, und allein von der Erinnerung an die vertraute Angst und Erschöpfung täte ihr alles weh.

»Wird heute die Biopsie gemacht?«

»Ja.«

»Ich könnte mitkommen, das weißt du.«

»Ich weiß, Mum. Aber ich schaffe das schon.« Ailsa ist klar, dass sie mal wieder schnippisch klingt, und wie unfair das ist.

Eine Herzbiopsie ist keine angenehme Sache. Um herauszufinden, wie gesund das Herz ist, muss ihm Gewebe entnommen werden. Deshalb wird Ailsa über die Halsvene ein Katheter mit einer kleinen Zange am Ende eingeführt, der dann zu Apple vorstößt und ein kleines Stück vom Herzmuskel abschneidet. Es gab Zeiten, als Ailsa das nur überstehen konnte, wenn Hayley ihr ganz fest die Hand drückte. Und beim Gedanken an die Untersuchung wird ihr immer noch übel. Sie ist sich nicht sicher, ob sie es allein schaffen wird. Aber sie will es versuchen.

»Wie du willst. Und wo gehst du später hin? Zum Tanzen?«

»Zuerst interviewe ich Seb.«

Bildet Ailsa sich das nur ein, oder erstarrt ihre Mutter, als sie Sebs Namen hört? »Übertreib's nicht, Schatz. Und sieh zu, dass du genug zwischen die Rippen kriegst! Eine Ofenkartoffel wird dich schon nicht umbringen, Paleo-Diät hin oder her.«

Eine Ofenkartoffel – herrlich. Oder ein Toast. Oder ein großes Stück Käse. Oder alles auf einmal. Die Diät funktioniert zwar, doch der Reiz des Neuen ist vorbei. Ailsa muss allerdings gesund sein, um Apple gerecht werden zu können, und deshalb muss sie sich ein gesundes Gewicht zulegen. *Widerstehe der Verlockung.*

»Mum. Mach dir keine Sorgen. Ich passe auf mich auf, versprochen. Und außerdem muss ich sowieso alleine klarkommen, wenn du irgendwann …«

Hayley tut schockiert. »Wenn ich irgendwann sterbe? Ich glaube, da haben wir noch ein paar Jährchen vor uns.«

Ailsa lacht und stupst ihre Mutter am Arm. »Ich meinte, wenn du irgendwann ausziehst. Oder ich. Wir haben ja schon darüber geredet, und ich möchte, dass wir weiter darüber sprechen. Aber nicht jetzt.«

»Wir haben's ja auch nicht eilig«, sagt Hayley nüchtern, fast beiläufig.

»Nein«, sagt Ailsa leicht gereizt. Auf einmal fühlt sie sich wieder wie das Kind, das abgelenkt wurde, während es eine Spritze bekam. »Aber es ist mir wichtig, Mum.«

»Wichtig ist, dass ich arbeiten gehe. Wenn ich kein Geld verdiene, können wir uns einen Auszug nämlich nicht leisten.«

Das neue Herz zieht sich zusammen, als wolle es Ailsa warnen. *Reg dich nicht auf.* »Ich weiß, Mum. Ich meine ja nur – können wir bitte noch einmal richtig darüber reden? Vielleicht zusammen mit Tamsin?«

»Von mir aus«, sagt Hayley. »Ich hab zwar schon mit deiner Tante gesprochen, aber wenn du willst, können wir uns auch mit ihr zusammensetzen.« Sie seufzt. »Ich mach mir halt Sorgen.«

»Das weiß ich doch.« Sie schauen sich an. Was sie in letzter Zeit immer seltener tun. Hayleys Augen sind braun, wie ihr Haar, das schnurgerade und seidenweich herabfällt. Sie trägt nie Make-up und hat feine Falten um Augen und Mund. Sie lächelt selten, aber wenn, strahlt sie wie der schönste Junimorgen. Ailsa ist schon oft gesagt worden, dass sie das Lächeln ihrer Mutter hat, und sie ist froh darüber. In vielerlei Hinsicht ist sie anders: pausbäckig, blauäugig, dunkelblond. Aber wenn sie nebeneinanderstehen und lächeln, sind sie wie Spiegelbilder. Die alte Vertrautheit langer Krankenhausnächte ist einen Moment lang wieder da, diese Sag-was-du-auf-dem-Herzen-hast-Verbundenheit. Eigentlich wollte Ailsa gar nicht mit dem Thema anfangen, doch der richtige Moment scheint gekommen. »Über meinen leiblichen Vater möchte ich auch irgendwann reden. Ich würde zumindest gern herausfinden, ob er noch lebt.«

Sie hätte es sich sparen können. Hayley tut so, als hätte sie es gar nicht gehört. Eilig stopft sie ihr Pausenbrot in die Tasche, zieht den Mantel über, legt ihr Haar über den Kragen. Dann stupst sie ihre Tochter an der Schulter, und Ailsa dreht sich zu ihr, um sich umarmen zu lassen.

»Gib auf dich acht, Schatz. Hab einen schönen Tag. Und lass es nach der Untersuchung ruhig angehen. Ruf mich danach an, okay?«

»Hat das nicht Zeit bis heute Abend? Du hast doch viel zu tun. Ich rufe dich an, wenn es ein Problem gibt.«

Hayley lächelt, aber ihr Blick ist ernst. »Ich möchte sichergehen, dass es dir gut geht, Ailsa. Das soll nicht heißen, dass du deinen Willen nicht bekommst. Sondern nur, dass ich mir Sorgen mache.«

Und dann ist sie weg.

25. März 2017

Letztes Jahr um diese Zeit

Ailsa schlüpft in Lennox' Krankenzimmer, zieht sich die Schuhe aus und steigt zu ihm auf das schmale Bett. An manchen Tagen setzt er sich auf und legt den Arm um sie. An anderen Tagen, so wie heute, macht er es nicht, und sie legt sich einfach neben ihn. Mit dem Händevergleichen haben sie aufgehört, weil es nicht mehr lustig ist; Lennox' Haut wird zunehmend gelb. Sein Rasierwasser kann den süßsauren Geruch der Krankheit, den seine Haut ausdünstet, nicht mehr überdecken. Sie atmet ihn trotzdem ein, den Kopf auf seine Brust gebettet.

»BlueHeart.« Seine Stimme klingt noch genauso wie früher. Wenn sie die Augen schließt, ist er siebzehn, der bestaussehende Junge der Fußballmannschaft und ihr Freund. Und sie liebt ihn mit jeder Faser ihres gebrochenen blauen Herzens.

»Schlaf, wenn du willst«, sagt sie. Seit sie erfahren haben, dass es für ihn keine Hoffnung auf Rettung gibt, redet Lennox kaum noch und schläft umso mehr. Vielleicht liegt es daran, dass seine Symptome stärker werden; aber es ist wohl auch leichter für ihn, mit geschlossenen Augen dazuliegen und nicht in die Gesichter seiner Angehörigen blicken zu müssen.

»Nein, lieber nicht«, sagt er. »Du wolltest mich doch interviewen, oder?«

Die Vorstellung, wie er darüber redet, dass er dringend ein Spenderorgan gebraucht hat und es nun zu spät für ihn ist, kann sie nicht ertragen. Vielleicht ist sie ein anderes Mal stark genug dafür.

»Nicht heute«, sagt sie.

»Okay. Hilfst du mir beim Aufsetzen?«

Sie steht auf und hält ihm den Arm hin, damit er sich hochziehen kann. Sie rückt die Kissen zurecht, drückt die Knöpfe am Bett, um das Rückenteil hochzufahren, dann hilft sie ihm, sich zurückzulehnen. Seine Brust sinkt ein, sein Körper schwindet jeden Tag etwas mehr. Sie gießt ihm ein Glas Wasser ein. Bald wird es für sie auch zu spät sein, und dann wird ihre Mutter das durchmachen müssen. *Nicht weinen. Nicht weinen.*

»Ich möchte, dass du mir bei etwas hilfst«, sagt Lennox. »Ich habe meinen Dad gefragt, aber er … es hat ihn überfordert.«

»Okay«, sagt Ailsa. »Worum geht es?«

»Ich will ein Testament machen«, sagt er. »Um alles Nötige zu regeln. Ich will ihnen ersparen, sich auch noch darum kümmern zu müssen, wenn ich nicht mehr da bin. Das ist nicht fair.«

Jetzt kommen ihr doch noch die Tränen; sie lassen sich nicht länger unterdrücken. »Das ist alles so unfair«, schluchzt sie. »Natürlich helfe ich dir.« Sie seufzt. »Vielleicht sollte ich auch eins machen. Meine Mum will davon nichts hören. Sie meint, nächstes Jahr um diese Zeit würden wir es ja doch zerreißen, also können wir uns die ganze Mühe sparen.«

Er streckt die Hand aus und wischt ihre Tränen mit dem Daumen weg, sein Blick genauso traurig wie ihrer. »Lass uns jemanden herholen, außerhalb der Besuchszeiten, und dann machen wir das zusammen.«

Ailsa nickt. »Das ist eine gute Idee.« Und tatsächlich ist sie froh darüber, das mit ihm zusammen regeln zu können, weil er weiß, wie es ist, sich als Sterbenskranker mit den nüchternen Aspekten des eigenen Todes beschäftigen zu müssen. Doch gleichzeitig verspürt sie den Impuls, das Thema zu wechseln, ihm zu sagen, dass er darüber heute nicht zu reden braucht. Wenn sie den Tod doch mit einem Kuss verjagen könnte. Ob ihre Mutter diesen Impuls bei ihr auch hat?

Viel gibt es nicht, was sie hinterlassen könnte – sie hat es sich längst zur Gewohnheit gemacht, alles wegzuwerfen, was sie nicht mehr gebrauchen kann, damit ihre Mutter höchstens über ein altes T-Shirt oder ein zerfleddertes Notizbuch weinen muss, wenn ihre Tochter stirbt. Aber ein paar Anweisungen, wer was bekommen soll, werden Hayley sicher helfen, wenn es so weit ist.

»Fragst du Craig, ob er sich darum kümmern kann, wenn du gehst? Er kennt sich damit aus.«

Ailsa schaut zum Stationszimmer hinüber, sieht das vertraute Gesicht von Lennox' Pfleger. »Klar, mach ich.«

»Danke, Ails«, sagt Lennox, bevor ihm die Augen zufallen und er wieder einnickt. Es fällt schwer, nicht jedes Mal an den Tod zu denken, wenn er das macht. Als sie sich zu ihm beugt, um ihm zum Abschied einen Kuss auf die Stirn zu geben, lächelt er und sagt: »Wenn ich könnte, würde ich dir mein Herz hinterlassen.«

25. März 2018

Ailsa ist als Erste in der Northbridge Brasserie. Das prunkvolle Lokal gehört zum Scotsman Hotel, einem wuchtigen Bauwerk der viktorianischen Neugotik. Die Inneneinrichtung ist aus Marmor und Stein, überall sind Schnitzereien und andere opulente Details. Eigentlich ist die Brasserie viel zu touristisch, aber Ailsa gefällt sie trotzdem. Vielleicht, weil sie etwas von einem Museum hat. Ihr bleibt noch Zeit, einen Tee zu bestellen, bevor Seb eintrifft.

Als er schließlich hereinkommt, steht sie auf, damit er sie schneller sieht. Er steuert direkt auf ihren Tisch zu und ist ganz außer Atem, als er seine feuchte Wange an Ailsas drückt. Heute trägt er einen braunen Wollmantel, ein blaues Hemd, schwarze Jeans, knallblaue Sneakers. *Entspann dich.*

»Ailsa«, sagt er, mit diesem langsamen Lächeln. »Schön, dich zu sehen. Tut mir leid, dass ich zu spät bin. Mein Termin hat länger gedauert, als ich dachte. Ich hatte schon Angst, dass ich dich verpasse.«

»Kein Problem«, sagt Ailsa. Die Bemerkung, dass sie das Warten gewöhnt ist, kann sie sich gerade noch verkneifen. Ihr Leben besteht jetzt nicht mehr daraus, rund um die Uhr auf ein Spenderherz zu hoffen.

»Auf dem Stadtplan sieht es so aus, als wäre man am richtigen Ort«, sagt er, während er seinen Mantel öffnet; Tweed mit Lederknöpfen, die moderne Version eines Outfits, das sich Tante Tamsin sofort kaufen würde, wenn sie es in einem Secondhand-Laden sähe. »Bis man feststellt, dass man auf der falschen Ebene ist. Eine Stadt mit mehreren Etagen ist mir bisher noch nicht untergekommen.«

Ailsa lacht. »Versuch mal, jemandem zu erklären, wie er hier von A nach B kommt.«

»Besser nicht«, sagt Seb. Er streift den Mantel ab, hängt ihn über die Lehne des leeren Stuhls und nimmt Platz.

»Sollen wir etwas trinken?« Er lehnt sich zurück und winkt einen Kellner herbei. Seine Selbstsicherheit ist wirklich beneidenswert. »Was möchtest du haben? Ich will dich ja nicht von deiner Paleo-Diät abbringen, aber magst du auch etwas essen? Ostern muss dieses Jahr ja echt öde für dich werden. Ohne Schokolade, meine ich.«

Gut, dass der kleine Nachsatz noch kam. Sie hatte schon befürchtet, er könnte ihre Gedanken lesen. Während all ihre Freundinnen das Osterwochenende mit ihren Lovern/Männern verbringen, wird sie ihrer Mutter und ihrer Tante beim Schwelgen in gemeinsamen Erinnerungen zuhören dürfen und dabei versuchen, einen guten Moment abzupassen, um das Thema »Auszug von Hayley oder Ailsa aus der Wohnung« zur Sprache zu bringen. Ein befreundetes Pärchen ist inzwischen aus Edinburgh weggezogen, weil es sich hier keine Hypothek leisten kann. Und Jacob, einer der wenigen Ex-Freunde, die sie aufweisen kann, heiratet demnächst; er hat sie zu seiner Hochzeit eingeladen. Alle sind mit jemandem zusammen, nur Ailsa nicht. Apple scheint regelrecht Torschlusspanik zu bekommen. Vielleicht war sie schon einmal achtundzwanzig und weiß, wie die Dinge sein sollten.

Sie lacht. »Ich werde es schon aushalten«, sagt sie. »Danke, ich habe einen Tee bestellt. Und ich habe zu Hause schon etwas gegessen.«

Seb bestellt eine Käseplatte, dazu einen Wein. Dann lehnt er sich wieder zurück und schaut sich um. »Ich hätte nicht gedacht, dass es in Edinburgh so viele prachtvolle Gebäude gibt. Erker und Türmchen, wohin das Auge reicht. Und drinnen erst. Schau dir die Stuckarbeiten an der Decke an!«

Da kommt der Tee – endlich hat sie einen Grund, nicht mehr an die Decke zu starren oder Seb anzuschauen. Ihr ist schon ganz schwindelig, besonders von Seb, der inzwischen nicht mehr nach oben sieht und seine Augen natürlich wieder hinter seiner Sonnenbrille versteckt hat.

Sie lehnt die Milch dankend ab und bittet um Zitrone. Seb wartet, bis der Kellner weg ist, dann sagt er: »Weißt du eigentlich, dass du nicht im Geringsten so dick bist, wie du es in deinem Blog immer darstellst? Du siehst einfach aus, als würdest du das Leben genießen.«

»Danke«, sagt Ailsa, obwohl sie es nicht gerade schmeichelhaft findet, dass ihm bei ihrem Anblick ausgerechnet diese Umschreibung in den Sinn kommt.

»Oder genießt du es nicht?«, fragt er.

»Doch«, sagt sie.

Er grinst. »Dein Edinburgh-Akzent ist wirklich sexy.«

»Oh, Gott«, sagt sie. »Nicht, dass du vor lauter Ekstase in Ohnmacht fällst.« Vielleicht sollte sie ihren Akzent unterdrücken. Oder eher noch verstärken? Auf einmal weiß sie gar nicht mehr, wie sie sprechen soll.

»Da muss ich wirklich aufpassen. Roz, mit der ich mich vorhin getroffen habe, stammt zwar aus Edinburgh, aber man hört es ihr nicht an, weil sie so oft umgezogen ist. Andere Leute von hier verstehe ich kaum. Dich aber schon. Dein Akzent ist genau richtig.«

»Nicht jeder, der in Edinburgh wohnt, stammt auch von hier. Wir sind hier ja nicht am Ende der Welt.«

Seb neigt stumm den Kopf, als wolle er sich ergeben. Dann lehnt er sich vor. »Bevor das Essen kommt: Nahtkontrolle.« Er schiebt seine Ray-Ban hoch. Ailsa beugt sich zu ihm und schiebt ihre eigene Brille hoch. Wieder ist sie fasziniert vom klaren, warmen Grün seiner Augen, das in diesem Licht wie das Meer an einem Sommertag schimmert. Dann fällt ihr wieder ein, was sie sich eigentlich anschauen soll, und dabei stellt sie fest, dass die Naht nun nicht mehr wie ein Stern aussieht, sondern ein unregelmäßiges Zickzackmuster bildet, das an den Stellen unterbrochen ist, wo bereits Fäden gezogen wurden. Sie sucht nach schwarzen Nadelstichspuren, kann jedoch keine erkennen.

Seine und ihre Nasenspitzen berühren sich fast, und sie spürt seine Atemluft.

Ailsa weicht zurück und setzt die Brille wieder auf, Seb ebenfalls. Sie ist es nicht gewohnt, jemandem so nahezukommen. »Danke«, sagt sie.

»Deine Augen haben eine schöne Farbe«, sagt Seb.

»Sie sind doch bloß blau.«

»›Sie sind doch bloß blau?‹ Das ist so, als würdest du sagen: ›Es regnet doch bloß.‹ Es gibt tausend Arten von Regen.«

Ailsa lacht, und weil sie den Anblick seiner Sonnenbrille und der unsichtbaren Augen dahinter nicht mehr aushält, schaut sie über seine Schulter auf den Edinburgher Nieselregen draußen vorm Fenster. »Stimmt. Hast du einen Regenschirm dabei?«

Seb zuckt mit den Achseln. »Nein. Dann werde ich eben nass. Ich bin ja nicht aus Zucker.«

Sebs Käseplatte mit Wein wird gebracht, und auch die Zitrone, in Scheiben auf einem weißen Tellerchen. Ailsa gießt sich einen Tee ein. Sie würde nie auf die Idee kommen, so unbekümmert wie Seb mit dem Wetter umzugehen. Für Herzkranke ist eine Erkältung schon schlimm, aber bei Leuten, die Immunsuppressiva einnehmen müssen, kann sie sogar zum Tod führen. Sie hat extra einen Schirm mitgenommen, und ihr Mantel hat eine Kapuze.

»Wie ist dein Treffen gelaufen?«

»Ganz gut«, sagt Seb. »Jetzt heißt es abwarten. Aber eigentlich will ich gar nicht daran denken. Lenk mich ab. Wie war dein Tag? Was hast du gemacht?«

»Mein Tag war ganz okay«, sagt Ailsa. Sie will lieber nicht erzählen, wie ihre Tage tatsächlich sind: sonderbar, langweilig, einsam. Nicht so, wie sie erwartet hat. Und das wird sie bestimmt keinem anvertrauen, der es nur hören will, damit er nicht über sich selbst nachdenken muss. »Ich überlege, was ich machen soll. Aber ich weiß nicht, wie ich es am besten anstelle, mein Leben so zu gestalten, dass es wirklich …« – sie nimmt einen Schluck Tee, weil sie einen Moment braucht, um die richtigen Worte zu finden – »sinnvoll ist.« Erst als sie es ausspricht, wird ihr bewusst, wie sehr sie das Gesagte auch meint. Ihre Stimme gerät ins Stocken. Seb scheint es nicht aufzufallen. Wahrscheinlich denkt er, es gehört zu ihrem sexy Edinburgh-Akzent.

»Du hast doch studiert, richtig?«

»Ja. Ich habe einen Abschluss in Geschichte. Mehr kann ich leider nicht bieten.«

»Dann kannst du doch machen, was du willst. Du hast ein Uni-Diplom! Ich habe gerade mal die Schule geschafft. Ich bin eine ziemliche Niete, nur angeben kann ich ziemlich gut.«

»Hattest du …« Ailsa zögert. Sie denkt an Lennox' Schwester, die unter einer Lese- und Schreibschwäche zu leiden hatte und bis heute wütend darüber ist, dass ihr Problem nicht früh genug erkannt wurde, obwohl sie seither alles wettgemacht hat. Gehört es sich, jemanden zu fragen, ob er mit so etwas zu kämpfen hat? Wahrscheinlich nicht.

»Ich hatte gar nichts«, sagt Seb. »Auch wenn Verschiedenes vermutet wurde; Legasthenie, Dyspraxie, ADHS. Doch am Ende waren sich alle einig, dass ich bloß ein kleiner Faulpelz war, der sich gern aufspielte.« Er grinst. »Meine Eltern sind beide Lehrer. Für mich hieß das: Was ich in der Schule verpasste, musste ich zu Hause nachholen. Jedenfalls war das der Plan. Mein Handy wurde eingesackt, ich musste lernen, wenn sie dabei waren, sie haben es mit Zuckerbrot und Peitsche versucht. Hat alles nichts genützt. Es war mir egal. Ich wollte nur eines: Schauspieler werden. Das möchten Eltern natürlich nicht hören.«

»Vermutlich nicht«, sagt Ailsa. Was sie denkt, behält sie lieber für sich. *Aber sie wollten es bestimmt lieber hören als die Mitteilung, dass ihr Kind ohne Herz-OP sterben wird.*

»In Mathe und Englisch schnitt ich am Ende ganz gut ab, aber die mit Abstand beste Note hatte ich im Theaterkurs. Also vereinbarte ich mit meinen Eltern, dass ich ein Jahr lang versuche, als Schauspieler Fuß zu fassen, und wir danach gemeinsam überlegen, ob ich weitermache. Natürlich hofften sie, dass ich schnell merken würde, wie steinig der Weg ist, damit sie mich dazu bringen konnten, endlich Vernunft anzunehmen. Tja, und dann kam der Casting-Aufruf für *O holder Romeo.*« Er grinst. »Meine Eltern sind klasse, aber über ihre Hundertachtziggradwende muss ich noch immer ziemlich lachen. Jetzt behaupten sie natürlich, sie hätten schon immer gewusst, dass ich es als Schauspieler schaffe.«

Ailsa lacht. »Macht dir das nichts aus?«

Seb schüttelt den Kopf. »Die erste Regel in diesem Geschäft lautet: Mach dir nichts draus. Jeden Tag heißt es: Du bist zu fett, du bist zu dünn, dein Gesicht hat die falsche Form, dir fehlt das gewisse Etwas, oder irgendein Mitbewerber ist besser als du. Und das sind nur die Sachen, die man dir beim Vorsprechen sagt. Wenn du dumm genug bist, Zeitung zu lesen, ist es noch tausendmal schlimmer.«

Ailsa denkt daran, wie sie sich nach der Radiosendung und den nachfolgenden Kommentaren fühlte, in denen ihr Undankbarkeit vorgeworfen wurde. Völlig erledigt von der Reise war sie zwar fest entschlossen, sich nichts daraus zu machen, doch es wollte ihr nicht gelingen. Sie überlegt, ob sie ihm davon erzählen oder sagen soll, dass sie ihn versteht, doch im Vergleich zu seinen Erfahrungen ist ihr Erlebnis nur ein Klacks. Als Schauspieler steht er schließlich ständig in der Öffentlichkeit.

Seb streicht etwas Quittengelee auf ein Stück Käse, legt eine Gewürzgurke obendrauf, legt das Ganze zwischen zwei Haferkekse und beginnt zu essen. Ailsa sagt schließlich: »Das kann ich mir vorstellen.« Nach einer Weile fügt sie hinzu: »Ich habe noch nie in meinem Leben gearbeitet. Ich kann froh sein, wenn mir jemand eine Chance gibt.«

Seb legt den Kopf schräg. »Ich finde, du hast sehr viel zu bieten. Das habe sogar ich auf den ersten Blick erkannt. Obwohl ich momentan halb blind bin.«

»Schon klar«, sagt Aila. »Ich jammere über Dinge, die gar keine richtigen Probleme sind.«

Seb schaut sie einem Moment lang mit ernster Miene an. »Ich bin nicht in deiner Situation«, sagt er. »Aber als ich die Serienrolle als Max annahm, dachte ich lange Zeit, dass alle besser sind als ich. Ich fühlte mich wie ein Versager. Vor allem, wenn ich daran dachte, dass die meisten anderen Bewerber von Schauspielschulen kamen und alles dafür gegeben hätten, mit mir zu tauschen.«

Was er sagt, kommt Ailsa vertraut vor. Sie kann sich damit identifizieren. Und auch Apple scheint ihm gebannt zuzuhören. Sie wartet darauf, dass er weiterredet.

»Ich habe mich wahnsinnig angestrengt, immer gut drauf zu sein. Wenn jemand vorschlug, noch was trinken zu gehen, war ich sofort mit von der Partie. Und wenn jemand gemein wurde, habe ich versucht, es an mir abprallen zu lassen. Eines Tages war ich in der Maske, und Tom Foster saß neben mir. Er sah mich im Spiegel an und sagte: ›Denk dran, Junge: Nur weil du hast, was du wolltest, heißt das nicht, dass du die ganze Zeit glücklich sein musst.‹«

»Ja«, sagt Ailsa. »Genau!« Sie hat zwar keine Ahnung, wer Tom Foster ist, aber das spielt keine Rolle. Denn es geht nicht um Tom Foster, sondern um Seb. Und auch um sie. Es geht darum, normal zu sein. Das Gefühl, das Seb beschrieben hat, kennt sie genau; sie hat es, seit sie das Krankenhaus mit einem neuen, gesunden Herzen verließ, mit der Aussicht auf ein langes Leben. Sie hat, was sie wollte, aber ihr ist trotzdem nicht ständig danach, vor Freude zu jubeln. Und jetzt weiß sie: Das ist okay.

Seb nimmt sich noch etwas Käse und macht eine Sorry-hab-den-Mund-voll-Handbewegung. Ailsa lächelt und wartet. Sie könnte etwas sagen, aber sie sitzt lieber nur da und genießt das Gefühl, verstanden zu werden.

»Ich habe deinen Blog gelesen«, fährt Seb fort. »Du schreibst ja darüber, was in deinem Innern vorgeht.« Ailsa legt sich unwillkürlich die Hand auf die Brust, spürt, wie Apple darin schlägt. Seb nimmt einen Schluck Wein. »Und das hat mich daran erinnert, wie es war, als ich anfing – nicht nur an das, was sich in meinem Innern abspielte, sondern auch in meinem Umfeld. Einige Leute bei dieser Serie haben mich wie Dreck behandelt. Sie hatten richtig schuften müssen, um es ins Fernsehen zu schaffen, und waren der Meinung, dass ich mich mit *Romeo* hereingeschummelt hatte. Sie lauerten regelrecht darauf, dass ich auf die Schnauze falle. Den Gefallen wollte ich ihnen natürlich nicht tun. Ich wusste immer meinen Text, hielt mich an alle Anweisungen. Und dann traf ich Tom in der Maske und hörte, was er mir sagte. Als ich wieder rauskam, standen dort zwei Kollegen. Als sie mich sahen, hörten sie auf zu reden. Sie hatten eindeutig über mich gesprochen. Normalerweise hätte ich so getan, als wäre es mir egal, aber dieses Mal zeigte ich ihnen lächelnd den Stinkefinger. Das fühlte sich richtig gut an. Arschlöcher. Letztes Jahr starben sie den Serientod, Autounfall. Seither warten sie vergeblich auf neue Rollen.«

Seb lehnt sich zurück, signalisiert dem Kellner, ihm noch einen Wein zu bringen, dann widmet er sich wieder seiner Käseplatte. Ailsa hat ihren Tee kaum angerührt, die Zitronenscheibe ist auf den Grund gesunken. Am liebsten hätte sie alles, was Seb gesagt hat, aufgeschrieben oder, noch besser, aufgenommen. Er schaut sie an, wartet darauf, dass sie etwas sagt. Er hat nicht von Dankbarkeit gesprochen, auch nicht darüber, wie sie ihr Leben planen sollte. Aber seine Worte geben ihr ein tief greifendes Gefühl von Bestätigung.

Sebs Wein wird gebracht. »Ailsa? Ist alles in Ordnung?«

»Danke für das, was du gesagt hast,« erwidert sie. »Dass man nicht glücklich sein muss, nur weil man bekommen hat, was einem jeder gewünscht hat. Das gibt mir das Gefühl, dass du mich verstehst.«

Ein Moment der Stille. Zwei Herzen, die schlagen.

»Magst du Tango?«, fragt Seb.

»Ja, sehr«, sagt Ailsa.

Seb nickt. »Bei *StarDance* wäre als Nächstes der Tango dran gewesen, aber leider kam mir das Auge dazwischen. Fenella und ich hatten schon angefangen zu proben. Toller Tanz. Sehr sexy.«

»Ja, bei manchen Leuten sieht es bestimmt sexy aus«, sagt Ailsa. Bisher hat sie beim Tango vor allem gelernt, sich nicht ständig zu entschuldigen, wenn sie Fehler macht. Zwischendurch gibt es jedoch auch kleine Erfolge. Das sieht bestimmt noch nicht sexy aus, aber irgendwann vielleicht doch.

»Machst du einen Kurs bei den Gardiner-Schwestern?«

»Ja«, sagt Ailsa. »Sie sind toll. Und sie haben sehr viel Geduld. Kennst du sie etwa?«

»Nur vom Namen her. Sie haben mal bei einer Talentshow im Fernsehen mitgemacht und waren wirklich gut. Roz hat vorhin erwähnt, dass sie aus Edinburgh sind.«

»Du weißt ja, ich bin auf TV-Diät. Ich habe einfach ›Tangokurs Edinburgh‹ gegoogelt, und das war's.«

Seb nickt lächelnd, schiebt seinen Stuhl ein wenig zur Seite und legt den Knöchel lässig aufs Knie. Jede seiner Bewegungen wirkt vollkommen natürlich. Kein Wunder, dass er tanzen kann. Oder wirkt sein Körper so, weil er tanzt?

»Willst du dein Interview machen, bevor ich dieses Weinglas leere?«

»Ja, bitte«, sagt sie erleichtert. Endlich vertrautes Terrain. Sie schlägt das Notizbuch mit der Fragenliste auf, schaltet den Sprachrekorder auf ihrem Handy ein und legt los.

BLUEHEART-BLOG

27. März 2018

Im Auge des Betrachters

Das Auge ist schon ein seltsames Ding: nichts weiter als eine gallertartige kugelförmige Masse, die uns in die Lage versetzt, zu sehen. Aber wir schreiben dem Auge noch zahlreiche andere Bedeutungen zu. In dieser Hinsicht hat es viel mit dem Herzen gemeinsam. Das Herz ist nichts weiter als eine Pumpe, aber spätestens am Valentinstag wird es zum Symbol oder sogar zur Metapher. Wie das Auge: Es ist das Fenster zur Seele; Sonnenschein im Februar ist eine Augenweide, und wenn ihr Glück habt, gibt es jemanden, der euch wie seinen Augapfel hütet.
Aber ihr wisst ja, dass ich Sentimentalitäten in Bezug auf den Körper lieber vermeide. Wäre ich sentimental gewesen, hätte ich all meine Liebe und einen Großteil meiner Seele in dem Moment verloren, als meine alte, defekte Pumpe entfernt wurde. Mein heutiges Thema soll jedoch nicht das Herz sein, sondern die Hornhaut: die gewölbte, klare Scheibe auf der Vorderseite des Auges, die das einfallende Licht bricht und für unser Sehvermögen von zentraler Bedeutung ist.
Ich habe jemanden interviewt, der sich im Dezember einer Hornhauttransplantation unterzogen hat. Er möchte anonym bleiben, also nennen wir ihn einfach Green Eyes. Nachfolgend findet ihr die ungekürzte Transkription. (Den Aufschrei beim Verschütten meines Tees habe ich allerdings rausgelassen, genau wie Räuspern und Entschuldigungen. Das könnt ihr euch dann gern vorstellen, wenn ihr wollt.)

Ailsa: Danke, dass du bereit bist, mit mir über deine Hornhauttransplantation zu sprechen.

Green Eyes: Kein Problem. Wir ergänzen uns ja gewissermaßen. Grüne Augen, blaues Herz.

Ailsa: Könnte man sagen. Obwohl mein Herz inzwischen gar nicht mehr blau ist.

Green Eyes: Darauf sollten wir Champagner trinken.

Ailsa: Erzähl uns ein bisschen von dir, Green Eyes, bevor wir auf deine Hornhaut zu sprechen kommen.

Green Eyes: Alles klar. Also, ich bin ziemlich unternehmungslustig, treffe mich gern mit Freunden und gehe gern aus. Ich mag gutes Essen, bin allerdings ein lausiger Koch. Ich wohne in London. Gott, das hört sich ganz schön oberflächlich an. Soll ich noch sagen, dass ich gern lese?

Ailsa: Nur, wenn es stimmt.

Green Eyes: Mal überlegen, was mache ich denn noch außer essen und ausgehen … Ich gehe ins Fitnessstudio, aber das ist eigentlich kein Hobby. Oh, und ich mag Musik.

Ailsa: Welche Art von Musik?

Green Eyes: Alles Mögliche. Aber vor allem Bluegrass. Und Northern Soul. Wenn es geht, kaufe ich Vinyl.

Ailsa: Aha.

Green Eyes: Ich hoffe, jetzt komme ich weniger oberflächlich rüber.

Ailsa: Keine Sorge. Bluegrass klingt ziemlich exotisch. Und was machst du beruflich?

Green Eyes: Im Moment nicht viel. Ich bin Schauspieler, aber bis mein Auge wieder gesund ist, muss ich das Rampenlicht meiden, im wahrsten Sinne des Wortes. Schon seltsam.

Ailsa: Du kannst momentan also gar nicht arbeiten?

Green Eyes: Theoretisch könnte ich schon. Aber ich muss mein Auge vor grellem Licht schützen, und Nahaufnahmen sind derzeit auch nicht drin, weil ich noch Fäden im Auge habe. Momentan sind meine Möglichkeiten also ziemlich begrenzt. Zumindest vor der Kamera.

Ailsa: Du könntest ja vielleicht jemanden spielen, der nie seine Sonnenbrille abnimmt. Oder einen Piraten.

Green Eyes: Du solltest meine Agentin werden.

Ailsa: Warum wurde bei dir eine Hornhauttransplantation notwendig?

Green Eyes: Mein Auge war rot und juckte, und das ging einfach nicht weg. Zuerst dachte ich, es wäre bloß eine Bindehautentzündung, aber nach einer Woche ging ich schließlich doch zum Arzt, der eine Infektion vermutete und mir antibiotische Augentropfen verschrieb. Es wurde dann zwar besser, aber ganz weg ging es trotzdem nicht. Ich nahm das aber nicht so wichtig, weil ich so viel zu tun hatte. Ich nahm die Tropfen nicht mehr regelmäßig und ging auch nicht noch einmal zum Arzt. Und dann wurde es innerhalb von zwei Tagen plötzlich so schlimm, dass ich es vor Schmerzen nicht mehr aushielt und ins Krankenhaus ging. Dort stellte sich heraus, dass die ursprüngliche Diagnose falsch war. Tatsächlich hatte ich eine sogenannte Akanthamöbenkeratitis.

Ailsa: Wie bitte? Du hattest eine Pflanze im Auge?

Green Eyes: (lacht) Ich hatte vorher auch noch nie davon gehört. Akanthamöben sind Amöben, die im Wasser leben und normalerweise keine Probleme verursachen. Aber unter bestimmten Bedingungen können sie richtig fies werden. Wie sympathisch wirkende Leute, die sich, wenn sie zu viel getrunken haben, als Faschisten oder Rassisten entpuppen.

Ailsa: Das klingt ja schrecklich. Und wie kam es dazu, dass diese fiesen kleinen Dinger deine Hornhaut in Beschlag nahmen?

Green Eyes: Durch Unachtsamkeit. Ich habe Kontaktlinsen getragen und mir nicht jedes Mal beim Einsetzen und Herausnehmen die Hände gewaschen. Und ich habe auch ab und zu mit Kontaktlinsen in den Augen geschlafen, obwohl man das nicht machen soll. Ich habe meine Augen eben als etwas Selbstverständliches betrachtet.

Ailsa: Aber es wurde auch eine falsche Diagnose gestellt.

Green Eyes: Das stimmt, aber die Akanthamöbenkeratitis ist schwer zu diagnostizieren. Letztlich habe ich es mir selbst eingebrockt. Ich war ein dummer Dödel. Darf ich das Wort in deinem Blog überhaupt sagen?

Ailsa: Also, ich benutze lieber den korrekten medizinischen Begriff, aber …

Green Eyes: Das respektiere ich natürlich. Ich war ein Penis. Ein unglaublich dummer Penis. Wenn ich wie jeder vernünftige Mensch wieder zum Arzt gegangen wäre, wäre es nicht so schlimm geworden.

(Kurz zur Erklärung: Das war der Moment, als ich meinen Tee verschüttete. Das wäre euch wahrscheinlich auch passiert, wenn jemand, den ihr kaum kennt und mit dem ihr in einem Café sitzt, mehrmals laut »Penis« sagt und die anderen Gäste sich daraufhin umdrehen, und ihr hastig nach eurem Getränk greift, um zu überspielen, wie peinlich euch das Ganze ist.)

Ailsa: Was geschah dann?

Green Eyes: Um es kurz zu machen: Ich wurde in die Augenklinik überwiesen, wo man mir sagte, dass ich eine Hornhauttransplantation brauche.

Ailsa: Und wenn das nicht gemacht worden wäre?

Green Eyes: Dann wäre ich auf dem Auge wahrscheinlich erblindet. Und hätte es möglicherweise sogar verloren. Es gibt nicht viele Rollen für Schauspieler mit Glasauge, jedenfalls nicht, dass ich wüsste.

Ailsa: Du hättest einen prima Schurken in einem James-Bond-Film abgeben können.

Green Eyes: Das betrachte ich als Kompliment. Du solltest wirklich meine Agentin werden.

Ailsa: Wie haben die Leute reagiert, als sie davon gehört haben, dass dir eine Hornhaut transplantiert werden muss?

Green Eyes: Die meisten fanden es ziemlich gruselig.

Ailsa: Und wie hast du darauf reagiert?

Green Eyes: Ich konnte das nachvollziehen. An ihrer Stelle hätte ich wahrscheinlich genauso reagiert. Man macht sich über so etwas ja keine Gedanken. Erst als ich Gefahr lief, mein Auge zu verlieren, wurde mir klar, dass eine Hornhauttransplantation meine letzte Rettung war.

Ailsa: Und das hat dann ja auch geklappt. Wie standen die Chancen?

Green Eyes: Eigentlich ziemlich gut. Hornhäute lassen sich zum Glück eine Weile konservieren, es gibt bei ihnen also nicht diesen enormen Zeitdruck wie beim Transplantieren von anderen Organen. Und die eigene Blutgruppe muss auch nicht mit der des Spenders übereinstimmen.

Ailsa: Heißt das, deine Hornhaut kann nicht abgestoßen werden?

Green Eyes: Doch, sie kann abgestoßen werden. Aber die Wahrscheinlichkeit ist geringer.

Ailsa: Wie lange wird es dauern, bis bei dir wieder alles normal ist?

Green Eyes: Die Fäden werden nach und nach im Lauf eines Jahres gezogen. Es ist nicht sicher, ob mein Sehvermögen wieder so gut sein wird wie vorher, aber die Tatsache, dass ich in der jetzigen Phase schon wieder etwas sehen kann, ist ein gutes Zeichen. Es geht mir gut. Wirklich. Die meiste Zeit trage ich eine Sonnenbrille mit Korrekturgläsern, weil mein Auge während des Heilungsprozesses lichtempfindlich ist, es ermüdet leicht, und manchmal tut es auch weh. Deshalb muss ich jedes Mal gut überlegen, bevor ich etwas mache. Ich weiß nicht so recht, wie ich es erklären soll. Ich muss im Grunde abwägen und entscheiden, ob es die Sache wert ist oder nicht.

Ailsa: So war es bei mir auch, bevor ich mein Spenderherz bekam. Ich habe mir immer zwei Fragen gestellt. Erstens: Kann ich das schaffen? Und zweitens: Will ich mir den Stress antun? Wer krank ist, muss wirklich gut überlegen, was er sich zumuten kann und ob es sich überhaupt lohnt.

Green Eyes: Genau! Ich weiß gar nicht, warum du mich interviewst. Du kannst das viel besser in Worte fassen als ich.

Ailsa: Aber mir wurde keine Hornhaut transplantiert. Wie lief der Eingriff denn eigentlich ab? Hast du eine Vollnarkose bekommen?

Green Eyes: Nein, das wurde mit örtlicher Betäubung gemacht. Eigentlich spürt man gar nichts. Nur ein Zerren. So ähnlich wie beim Zahnarzt, nur eben am Auge. Jetzt ziehst du auch eine Grimasse. Erwischt!

Ailsa: Tut mir leid, das liegt nur daran, dass ich Angst vorm Zahnarzt habe. Aber es würde mir natürlich überhaupt nichts ausmachen, wenn jemand an meinem Auge herumzerrt. Letzte Frage, Green Eyes: Hat diese Erfahrung deine Haltung in Bezug auf Organspenden verändert?

Green Eyes: Ja. Absolut. Zu meiner Schande muss ich gestehen, dass ich vorher nie über Transplantationen oder Organspenden nachgedacht habe. Doch inzwischen habe ich mich selbst als Organspender registrieren lassen, und ich werde außerdem Blut spenden, sobald ich aus medizinischer Sicht fit genug bin. Die bisherigen Regelungen sind viel zu kompliziert. Jeder Mensch sollte automatisch Organspender werden, es sei denn, er oder sie lehnt es ausdrücklich ab.

Ailsa: Da bin ich ganz deiner Meinung.

Green Eyes: Außerdem finde ich, dass die Angehörigen eines Verstorbenen nicht mehr das Recht haben sollten, sich über dessen Willen hinwegzusetzen.

Ailsa: Wer trauert, sollte solche Entscheidungen nicht fällen müssen.

Green Eyes: Siehst du? Du hast schon wieder genau die richtigen Worte gefunden.

Ailsa: Danke. Und danke, dass du meine Fragen beantwortet hast. Ich weiß, dass es nicht immer angenehm ist, der Vergangenheit ins Auge zu sehen.

Green Eyes: Ich bin froh, dass ich überhaupt noch sehen kann.

Ailsa: Oh, Gott, entschuldige bitte!

Green Eyes: Nimm es dir nicht so zu Herzen.

Ailsa: Okay. Ich glaube, wir sind fertig.

Hier erfahrt ihr mehr über Augenkrankheiten.
Hier könnt ihr euch als Organspender registrieren lassen.
Falls ihr eure Organe spenden wollt, stellt sicher, dass eure Angehörigen eure Wünsche kennen und sie auch respektieren werden.
Und denkt daran: Ein Auge ist nur ein Auge. Kein Grund, eine Grimasse zu ziehen.

Zum Schluss stelle ich euch noch eine Frage: Wärt ihr bereit, eure Hornhaut zu spenden? (Der Einfachheit halber gehen wir mal davon aus, dass eure gespendete Hornhaut auch Verwendung finden würde.) Ihr habt Zeit bis zum 30. März. Aber so lange braucht ihr bestimmt nicht, um die richtige Antwort zu geben.
Ja – Ich würde meine Hornhaut spenden und auch andere Organe, die für eine Transplantation infrage kommen.
Nein – Ich würde weder meine Hornhaut noch andere Organe spenden, und es ist mein gutes Recht, so zu entscheiden, egal, was du davon hältst, Ailsa.
Nein – Ich würde meine Hornhaut nicht spenden, aber du kannst gern meine Leber, mein Herz und alle anderen Organe haben, die für eine Transplantation infrage kommen.

4 Mal geteilt
19 Kommentare

Ergebnisse:
JA 83 %
NEIN (weder noch) 1 %
NEIN (alles außer Hornhaut) 16 %

Von: Ailsa
Gesendet: 27. März 2018
An: Seb
Betreff: Interview ist online!

Lieber Seb,
danke für das Interview. Ich habe es online gestellt, *hier* findest du es.
Ich habe es anonym gehalten, so wie du wolltest. Ich hoffe, das Ganze ist neutral genug, sodass du keinen Ärger bekommst. Falls nicht, gib mir einfach Bescheid; es lässt sich leicht ändern.
Ailsa
PS: Tango war gut, aber ich habe noch immer das Gefühl, dass ich nie den richtigen Dreh kriegen werde. Immerhin habe ich aufgehört, auf meine Füße zu starren. Und es ist wirklich schön, dass ich mich jedes Mal, wenn ich hingehe, ein bisschen fitter fühle.

Von: Seb
An: Ailsa

Liebe Ailsa,
tolles Interview! Ist schön, den tatsächlichen Wortlaut zu lesen, ohne Kürzungen oder Kommentare. Ich glaube, das war das erste Mal, dass ich eins gelesen habe und es in Ordnung fand. Normalerweise zerbreche ich mir den Kopf darüber, ob ich bestimmte Sachen wirklich gesagt habe oder wirklich so rübergekommen bin, wie ich beschrieben wurde. Manchmal habe ich den Eindruck, dass jemand seinen Artikel schreibt, bevor er mich überhaupt interviewt hat.
Was die Anonymität angeht, müsste ich auf der sicheren Seite sein. Wilkie (mein Agent) meinte, dass ich theoretisch verklagt werden könnte, falls *StarDance* der Ansicht ist, dass ich das Augenproblem selbst herbeigeführt habe, aber das sollten sie besser lassen, denn sie haben schon genug von der ganzen Publicity profitiert.

Ich habe mir auch noch ein paar frühere Beiträge von dir durchgelesen. Sieht aus, als hättest du nach der Radiosendung ganz schön was einstecken müssen. Ich hoffe, es geht dir inzwischen besser und die Lage hat sich entspannt.
Du hättest das erwähnen sollen, als wir uns getroffen haben. Die Presse zieht ständig über mich her. Ich hätte dir vielleicht ein paar gute Tipps geben können, wie man damit umgeht.
Mögen die Einhörner mit dir sein.
Seb x

Von: Ailsa
An: Seb
Lieber Seb,
mir geht's gut. Warum? Weil ich davon überzeugt bin, dass ich recht habe. Leute, die über mich herziehen, sind mir schnuppe. Und als wir uns getroffen haben, hatten wir Besseres zu tun, als über die Niederungen des Internets zu sprechen.
Über gute Tipps von dir würde ich mich trotzdem freuen, denn auch wenn die Einhörner mich vor vielem schützen können, das Internet gehört nicht dazu (mit Hufen auf Tasten herumzutippen ist einfach zu schwer).
Wie geht's deinem Auge?
Ailsa

Von: Seb
An: Ailsa
Dem Auge geht's gut, danke. Ich glaube, langsam, aber sicher kann ich wieder schärfer sehen.
Hier sind meine Tipps:
1. Wenn jemand sich wie ein Arsch verhält, sofort blockieren. Keine Kommunikation. Du kannst nur verlieren, und wenn du antwortest, lieferst du solchen Leuten nur noch mehr Munition.

2. Lese deine E-Mails und nutze soziale Medien nur dann, wenn du dich dem auch gewachsen fühlst. Oder bitte eine Person deines Vertrauens, sich das alles für dich anzuschauen und dir zu sagen, worauf du reagieren solltest.
3. Denk immer daran: Die Leute kennen dich nicht, auch wenn sie es vielleicht glauben. Sie kennen nur das Bild, das sie sich über diverse Kanäle von dir gemacht haben. Dein wahres Ich hat damit nichts zu tun.
4. Sorge dafür, dass du eine separate E-Mail-Adresse und Social-Media-Identität für Freunde, Angehörige und für deine Privatangelegenheiten hast und nicht die E-Mail-Adresse von deinem Blog dafür nutzt. Dadurch kannst du dir eine Menge Spam ersparen, zum Beispiel Betreffzeilen wie HOFFE DU KRIGST ÄITZ DU MIHSER SCHWANSLUTSCHER. Kleines Highlight aus meiner Sammlung; das erhielt ich, als ich mal einen Schwulen spielte. Die Rechtschreibfehler habe ich stehen lassen, weil ich mir dachte, du findest sie vielleicht lustig.
Pass auf dich auf.
Seb x

Von: Ailsa
An: Seb
Danke, das sind wirklich tolle Tipps. Darauf hätte ich eigentlich auch von allein kommen können, aber an 1, 2 und 4 habe ich bisher tatsächlich nicht gedacht. Was 3 angeht, bin ich schon relativ gut, glaube ich.
Bitte schick mir von jetzt an E-Mails an blueheartdancing@gmail.com. Die alte Mailadresse benutze ich nur noch für Leute, die ich nicht persönlich kenne.
Pass du auch auf dich auf. Hat sich aus deiner Edinburgh-Sache etwas ergeben?
Ailsa

Von: Seb
An: Ailsa
Ja, allerdings! Mehr dazu demnächst.
Nein, ich muss es sofort loswerden. Aber behalt es für dich, ja? Ich werde beim Fringe dabei sein und dort in einer Theaterproduktion auftreten. Ich will etwas Kleines machen, nichts Sensationelles, als Wiedereinstieg. Eigentlich wollte ich ein Jahr Pause machen, aber ich versinke hier bloß im Selbstmitleid und trinke zu viel. Ich habe mich mit einer Regisseurin getroffen und mir einen Auftrittsort in Edinburgh angesehen. Das Vorsprechen war ziemlich entspannt, weil wir vorher schon zusammengearbeitet haben. Ich glaube, sie wollte mir die Location zeigen, damit ich weiß, was mich erwarten würde: fünfzig Plätze, ein Saal über einem Pub, ohne Schnickschnack. Am nächsten Tag rief sie mich an und sagte, wenn ich will, kann ich die Rolle haben. Also habe ich zugesagt.
Seb x

Von: Ailsa
An: Seb
Gratuliere! Das freut mich wirklich für dich. Nach unserem Gespräch dachte ich, dass du deine Arbeit vielleicht doch ein bisschen mehr vermisst, als du gesagt hast. Eine Auszeit, weil man krank ist? Das ist schrecklich. Ich weiß, wovon ich rede, meine Auszeit hat Jahre gedauert. Am schlimmsten ist es, wenn es dir einigermaßen gut geht, du aber trotzdem nicht alles machen kannst, was du willst. (Und weil das natürlich noch immer besser ist, als tot oder blind zu sein, hat man das Gefühl, dass man auf keinen Fall jammern darf.)
Ailsa
Aber es ist dein gutes Recht, zu jammern. Tom Foster hatte recht.
X

VIERTER TEIL

Anfang April 2018
Stets hell und heller wird's

BLUEHEART-BLOG

7. April 2018

Zeit für den Party-Bus!

Nächste Woche ist es sechs Monate her, seit Apple in meinen Körper transplantiert wurde und ihre erschöpfte Vorgängerin endlich ihren Geist aufgeben durfte. (Manchmal kehrt er nachts zurück, wie die erste Ehefrau der Hauptfigur in dem Film *Geisterkomödie*, meistens dann, wenn ich über die Vergangenheit nachdenke; dann gerät Apple aus dem Takt, und ich bekomme Atemnot. Aber wenn wir beide tief Luft holen, geht es wieder.)
Wenn ich Tage im Kalender abhake, ist mir manchmal etwas seltsam zumute. Geburtstage sind natürlich okay, aber mit den Geburtstagen von lieben Menschen, die gestorben sind, und mit ihren Todestagen komme ich nur schwer zurecht. Ich kann sie nicht ignorieren, das würde sich falsch anfühlen, aber sie erinnern mich jedes Mal an den Verlust. An Feiertagen ist es genauso. Aber auch an ganz normalen Tagen gibt es schwierige Momente. Wenn man etwas Lustiges gesehen hat und der wunderbaren Person, die nicht mehr da ist, eine SMS schreiben will. All diese Momente tun weh.
Aber auf das Abhaken des Sechs-Monats-Meilenstein-Tages freue ich mich schon. Für morgen ist eine Feier geplant (keine Ahnung, was genau), und ich werde meine Paleo-Diät für einen Tag unterbrechen. (Seit Diätbeginn habe ich acht Pfund abgenommen, was schon ziemlich gut ist, aber oft ist der Blick auf die Waage wirklich das Einzige, was mich davon abhält, mir Donuts zu kaufen. Ich mache die Diät aus gutem Grund – Apple soll ideale

Bedingungen haben –, aber es fällt mir wirklich schwer, sie durchzuziehen.)

Ich werde *froh* sein. Ich werde jeden Moment auskosten. Hier sind die Geschenke beziehungsweise Gewinne, auf die ich mich freuen kann:

1. Weniger Zeit im Krankenhaus. Weil Apple und ich gut miteinander klarkommen, reicht es aus, wenn sie zukünftig einmal pro Woche untersucht wird, statt zweimal.
2. Etwas Entspannung an der Arzneimittelfront. Endlich kann ich fragen, ob bei meinen Medikamenten eine Reduzierung der Dosis möglich ist. Auch wenn ich niemals völlig gesund sein werde – ein Transplantat ist im Grunde wie ein Flicken auf einer kaputten Stelle; es hat eine lebensverlängernde, aber keine heilende Wirkung –, kann ich mich jetzt zumindest als halbwegs gesund betrachten und brauche keine Angst mehr zu haben, dass ich jedes Mal, wenn ich im Gesundheitszug mitfahren will, vom Schaffner wieder rausgeworfen werde.
3. Wieder an der Welt teilhaben. Angefangen habe ich schon: Ich lerne Tango, gehe in Restaurants, die nicht überfüllt sind, spaziere durch die Stadt, um mein tägliches Schrittpensum zu erfüllen. Doch ab jetzt können Apple und ich noch mehr unternehmen – vorausgesetzt, ich habe immer Desinfektionsmittel dabei und mache keine Dummheiten.
4. Busfahren. Die Strecke habe ich mir schon ausgesucht. Von Fountainbridge nehme ich die Linie 1 (das scheint passend) bis zur Endhaltestelle (nicht passend) in Leith. Von dort die 21 bis Edinburgh Park. Ich werde

quer durch die Stadt der sieben Hügel fahren und mir dabei die hässlichen Ecken ebenso anschauen wie die schönen. Ich werde auf den Fluss blicken, auf Friedhöfe und Hochhäuser. Ich werde an dem Fußballplatz vorbeifahren, wo ich die Leute samstagnachmittags immer singen und jubeln höre. Ich werde oben im Doppeldecker sitzen, ganz vorn, in der ersten Reihe. Und für mich wird diese Busfahrt etwas Besonderes sein, auch wenn sie für die anderen Leute das Normalste der Welt ist. Wie ein Kühlschrank oder ein Bett. Oder ein Herz.
5. Arbeit finden. Draußen in der Welt sein.
6. Das meiste davon wird relativ leicht zu schaffen sein (hoffe ich zumindest). Und seit sich dieser Meilenstein abzeichnet, denke ich mehr als früher über das große Ganze nach.

Die Sache ist die: Apple gibt mir das Gefühl, dass ich nun ein langes Leben vor mir habe – doch wahrscheinlich wird es nicht so sein. Denn die Immunsuppressiva werden langsam, aber sicher meine Nieren und meine Leber schädigen. Ich muss sehr aufpassen, denn wenn ich das nicht tue, kann es passieren, dass ich an einer eigentlich harmlosen Erkältung sterbe, weil mein dauerhaft unterdrücktes körpereigenes Abwehrsystem nicht in der Lage ist, die Erreger zu bekämpfen. Ich habe ein höheres Risiko, Krebs zu bekommen. Und wer weiß schon, welche Abnutzungserscheinungen mein Körper bereits hat, nach seinem jahrelangen Kampf?
Also habe ich mir vorgenommen, ein paar Entscheidungen in Bezug darauf zu treffen, wie ich dieses Leben verbringen möchte.

Vor sechs Monaten hatte ich das Gefühl, dass ich aus den Karten, die an mich ausgeteilt worden waren, das Beste gemacht hatte. Wenn ich in zehn Jahren zurückblicke, möchte ich das Gleiche sagen können.

Was soll ich als Nächstes machen? Ich werde einen langfristigen Plan aufstellen. Ich habe mir folgende Alternativen überlegt. Aber ich bin nicht sicher, ob das Richtige dabei ist. Ich gebe euch eine Woche.

Politik – Misch dich ein und tu etwas für die Menschen, Ailsa. Du musst nicht gleich Premierministerin werden wollen. Du musst noch nicht einmal einer Partei beitreten. Du kannst etwas für diejenigen Menschen tun, die du repräsentierst.

Ehrenamt – Mach irgendeinen Job, damit du deine Rechnungen bezahlen kannst, aber steck dein Herzblut in eine ehrenamtliche Tätigkeit. Karriere kannst du später noch machen.

Recht – Wenn du dich wirklich für Leute einsetzen willst, werde Anwältin.

Aktivismus – Vielleicht willst du dich jetzt nicht mehr so viel mit dem Thema Transplantation beschäftigen, aber das könnte sich ändern, Ailsa. Du stehst erst am Anfang. Hak das Thema nicht einfach ab, sondern setz dich aktiv dafür ein.

Unterrichten – Erweitere den Horizont der kommenden Generationen. Etwas Besseres kannst du für die Welt nicht tun.

Guter Zweck – Engagiere dich für einen guten Zweck, egal, wie. Jede Wohltätigkeitsorganisation braucht ein professionell geführtes Büro mit einer Buchhaltung. Du kannst dich auch für einen guten Zweck einsetzen, indem du am Computer Tabellen bastelst.

Etwas anderes – (hinterlasst einen Kommentar) Ideen, die ich wieder verworfen habe: alles, was mit Medizin oder Beratung zu tun hat, was häufiges Reisen nach sich zieht oder Apple auf andere Art stressen könnte.

17 Mal geteilt
45 Kommentare

Ergebnisse:
POLITIK 5 %
EHRENAMT 18 %
RECHT 19 %
AKTIVISMUS 16 %
UNTERRICHTEN 18 %
GUTER ZWECK 15 %
ETWAS ANDERES 9 %

8. April 2018

Ailsa weiß, dass eine Sechsmonatsfeier geplant ist. Womit sie allerdings nicht gerechnet hat, ist ein Party-Bus. Doch um drei Uhr nachmittags, als sie gerade überlegt, welchen Lippenstift sie nehmen soll – jedenfalls keinen roten –, ruft Hayley sie ins Wohnzimmer und sagt ihr, sie soll mal ans Fenster gehen.

Sie schaut hinaus auf die Straße, und da steht er: ein mit Ballons und Girlanden geschmückter Doppeldeckerbus. Aber das Beste ist, dass auf dem offenen Oberdeck ihre Freunde versammelt sind und ihr lachend zuwinken: Emily, Jacob, Pritti, Tim und Christa, die mit ihr durch dick und dünn gegangen sind, seit sie sich im ersten Semester an der Uni kennengelernt hatten. Ein paar strahlende Gesichter vom Klinikteam sind auch dabei, und sofort vergisst sie ihr schlechtes Gewissen, weil sie sie nicht besucht hat. Tante Tamsin winkt ihr zu. Und Ruthie und Dennis, mit tapferen Mienen. Und sogar Edie, Eliza, Venetia und Murray vom Tangokurs. Deshalb hörten also plötzlich alle auf zu reden, als sie letzte Woche durch die Tür kam!

Ailsa schlägt vor Überraschung und Freude unwillkürlich die Hände vor den Mund.

Hayley, die neben ihr steht, legt ihr den Arm um die Schulter und drückt sie. »Ich musste lachen, als ich gestern deinen Blog-Beitrag gelesen habe. Hast du etwas geahnt?«

»Nein!« Ailsa kommen die Tränen. Sie ist ohnehin schon gefühlsduseliger als sonst, weil ihre Mutter angefangen hat, für den Umzug zu packen, aber auch, weil sie die Trauer um Lennox wieder stärker spürt, wie einen alten Muskel, den sie lange nicht benutzt hat.

Da sagt Hayley: »Jetzt komm, alle warten auf dich«, und ehe Ailsa sichs versieht, ist sie bei den anderen auf dem Oberdeck. Plötzlich rufen alle erschrocken »Huch!« und halten sich irgendwo fest, als der Bus sich ruckartig in Bewegung setzt, um mit ihnen eine Tour durch Edinburgh zu machen. Dann knistern die Lautsprecher, und »Don't Go Breaking My Heart« ertönt; Tamsin lacht, und Hayley und Dennis fangen an, im Duett zu singen. Herrlich. Heute meint das Leben es gut mit ihnen!

Als sie an einer Ampel in der Nähe des Holyrood Palace warten, reicht Emily Ailsa ein Glas Prosecco: »Auf neue Herzen, aufs Busfahren und darauf, dass wir keinen Kater kriegen, weil wir uns an der frischen Luft betrinken.«

»Darauf trinke ich gern.«

Emily lacht. »Erinnerst du dich noch an den Bacardi-Kater?«

»Der schlimmste Kater meines Lebens.« So ähnlich fühlte sie sich auch, als sie nach ihrer Operation wieder zu sich kam. »Wir sind tatsächlich drauf reingefallen, als Jacob uns sagte, man bekäme keinen Kater, wenn man sich draußen besäuft. Unglaublich, oder?«

Damals, im ersten Semester, waren Ailsa Rae und Emily Field unzertrennlich, und alles hatte wie neu gewirkt, sogar diese Stadt, in der Ailsa aufgewachsen war. An jenem Abend war der Pub schon geschlossen, also setzte sie sich mit Emily und Jacob draußen in den Hof, und sie teilten sich eine Flasche Toffee-Wodka. Sie hatte ihre Vorgeschichte, den Herzfehler, die bläulichen Fingernägel, doch die anderen hatten auch alle etwas zu erzählen. In den ersten Wochen verbrachten sie lange Abende mit Trinken, Reden und damit, einander kennenzulernen; dann folgte der Teil, der Ailsa am besten gefiel, die selbstverständlichen Freundschaften mit der stillschweigenden Übereinkunft, dass sie füreinander da sein würden. Als Ailsa in jenem Semester zum ersten Mal ins Krankenhaus eingeliefert wurde, kam ihre

Mutter ganz außer Atem in ihr Zimmer gestürzt und traf auf Emily, Pritti und Tim, die bei ihrer Tochter am Bett saßen und auf ihren Laptops tippten, während Ailsa schlief, mit Sauerstoffschlauch in der Nase. Das Semester hatte ihr damals geholfen, über das Ende ihrer Beziehung mit Lennox hinwegzukommen. Er wollte den Sommer über verreisen, bevor er mit dem Studium anfing, und als er braun gebrannt zurückkam, wurde Ailsa klar, dass sie sich allmählich auseinanderlebten. Sie würde nie verreisen. Und sie würde auch nicht ausziehen, sondern weiter bei ihrer Mutter wohnen. Sie würde ihn nur bremsen und in seiner Entwicklung behindern. Also machte sie Schluss mit ihm, obwohl es ihr krankes Herz zerriss. Durch ihre neuen Freundschaften fand sie Ablenkung, und später auch den einen oder anderen, in den sie sich verliebte. Es war zwar nicht das Gleiche, aber immerhin etwas.

Seit sie mit dem Studium fertig sind – Ailsa lag am Schluss zurück, weil sie für ihre letzten beiden Semester zwei Jahre brauchte –, sehen sie sich allerdings nur noch selten. Jacob lebt jetzt mit seiner Verlobten in Frankreich; Pritti und Tim wohnen zwar in der Nähe, in Stirling, aber beide haben Vollzeitjobs, und am Wochenende renovieren sie ihre Wohnung. Emily und Christa sind jedoch in Edinburgh geblieben, und Ailsa versucht, sie wenigstens einmal im Monat zu sehen, aber gemeinsame Treffen, so wie heute, sind selten geworden. Und in den zwei Jahren, die vergangen sind, seit sie auf der Transplantationsliste als dringender Fall nach oben rutschte und die Klinik dann endlich mit einem neuen Herzen verlassen konnte, hat ihr normales Ich regungslos verharrt und gewartet. Ihre Freunde haben währenddessen herausgefunden, was sie machen und wo sie leben wollen; sie haben Dinge ausprobiert und sich von dem verabschiedet, was nichts für sie ist. Ailsa dagegen hat die meiste Zeit damit verbracht, sich zu wünschen, dass sie gesund wird, und Lennox auch. Aber als Lennox dann starb, hat sie lange mit dem Gedanken gespielt, auf eine Transplantation zu verzichten, falls ihr ein Spenderherz angeboten würde, weil sie es nicht mehr aushielt, durch den Sumpf der Trauer zu waten.

Jacob kommt zu Ailsa und Emily herüber und setzt sich zu ihnen in die erste Reihe. »Deine Tanzfreunde sind nett«, sagt er. Dann: »Du siehst jetzt ganz anders aus, wie Rotbäckchen.«

»Ich weiß«, sagt Ailsa und nimmt noch einen Schluck Prosecco; könnte gut sein, dass es schon das fünfte Glas ist. Das Leben ist wunderbar. Alles ist möglich. »Das denke ich jeden Morgen. Als wäre die falsche Person im Spiegel.«

»Was hast du als Nächstes vor?« Jacob hat zugenommen und trägt die Haare jetzt kurz; die Festival-T-Shirts hat er gegen gebügelte Hemden mit offenem Kragen ausgetauscht. Doch sein schiefes Grinsen hat er behalten. Wenn er vierzig ist, wird er vermutlich noch genauso aussehen; mit fünfzig wird er bestimmt ein wenig grauer sein und vielleicht ein Doppelkinn haben. Kaum vorzustellen, dass sie mal ein Paar waren. Aber vielleicht sollte sie öfter an die Ailsa denken, die sich damals in Jacobs schmalem Bett lachend an ihn schmiegte und »Pst!« flüsterte, als der Student im Zimmer nebenan die Musik lauter drehte. Anstatt an die Ailsa, die beklommen bei Lennox saß und ihm dabei zuschaute, wie er langsam starb.

»Sie hat sich ein neues Herz einpflanzen lassen«, sagt Emily. »Reicht das nicht fürs Erste?«

Ailsa lacht. »Ich darf mir jetzt eine Arbeit suchen«, sagt sie. »Ich wohne noch immer bei meiner Mutter. Aber sie zieht demnächst aus.«

»Deine Mutter ist echt klasse«, sagt Emily. »Ich habe mich vorhin mit ihr unterhalten«

»Ja, das ist sie«, sagt Ailsa. »Aber ich will nach meinem Vater suchen. Und das gefällt ihr gar nicht.«

Emily zuckt mit den Achseln. »Du kannst tun, was du für richtig hältst.«

»Ich dachte immer, weil ich ihm egal bin, ist er mir auch egal«, sagt Ailsa. »Aber so einfach ist das nicht.«

»Wie alt waren deine Eltern damals?«

»Jünger als wir. Anfang zwanzig.«

Emily nickt. »Das ist noch zu früh, um zu wissen, was man will. Ich weiß es ja jetzt noch nicht mal.«

»Vielleicht wollte er einfach nicht den Rest seines Lebens mit meiner Mutter verbringen.«

»So wie du, willst du wohl sagen«, ertönt eine Stimme. Hayley. Sie lacht, um zu verbergen, wie verletzt sie ist.

Emily wirft Ailsa einen Blick zu. In ihren Augen steht »Ach du Scheiße« geschrieben.

Ailsa holt Luft und dreht sich auf ihrem Sitz um. Das Blöde an Bussen ist, dass man nicht sieht, wer hinter einem sitzt. »Ich wollte damit bloß sagen, dass die Herzsache damals vielleicht ein Vorwand war. Sein Verhalten war natürlich nicht in Ordnung, aber es könnte doch sein, dass er nach all der Zeit gern etwas über mich erfahren würde.«

»So wie ich das sehe, spricht da gerade der Prosecco, Schatz.« Hayleys Stimme klingt betont fröhlich, aber es ist nicht zu überhören, dass sie sauer ist.

»Ich wollte nicht …«

»Schwamm drüber, Schatz.«

Emily schaut betreten zu Boden; Apple beginnt zu hämmern. Hayley hört sich nicht im Geringsten so an, als wäre der Schwamm drüber.

Da kommt Christa und rettet den Tag. »Wenn du Arbeit suchst, kann ich dir vielleicht eine bei uns im Café besorgen. Wir suchen immer neue Leute. Gib mir einfach Bescheid, wenn du so weit bist.«

20. April 2017

Letztes Jahr um diese Zeit

»Ailsa.« Ihr Name kommt von weit, weit her. »Ailsa, wach auf. Ich hatte gerade einen Anruf. Wir müssen ins Krankenhaus. Ailsa.«

Wenn Ailsa wach gerüttelt wird, obwohl sie so müde ist, weil ihr altes Herz sich abkämpft, kann das nur eines bedeuten: Der Tod steht vor der Tür. Entweder ist ein Spenderherz verfügbar geworden, oder Lennox schließt für immer die Augen. Sie kämpft sich zur Oberfläche und schaut ihrer Mutter ins Gesicht. Das, was sie am meisten gefürchtet hat, ist eingetreten.

»Lennox?«

»Ich habe uns ein Taxi bestellt«, sagt Hayley. »Zieh dir einfach einen Mantel über und Schuhe an. Lass uns draußen warten.« Ailsa trägt ihren kirschrot-weiß gestreiften Pyjama. Lennox sagt immer, dass sie darin wie eine Zuckerstange aussieht.

Da es schon nach Mitternacht ist, sind sie schnell am Krankenhaus; auf den Straßen ist es ruhig, fast so, als würde die ganze Stadt mit angehaltenem Atem darauf hoffen, dass Lennox dieser Moment erspart bleibt. Ailsa denkt an Lennox' Testament. Er wünscht sich, dass sein Körper der medizinischen Forschung zur Verfügung gestellt und der Erlös aus dem Verkauf seiner Wohnung einem guten Zweck zugeführt wird. Als sie ihn fragte, welchen »guten Zweck« er dabei im Sinn hat, antwortete er: »Die Entscheidung überlasse ich meinen Eltern. Dann haben sie etwas, worüber sie reden können, wenn ich nicht mehr da bin. Vielleicht hilft das ja.« Doch in diesem Moment, im kalten Dunkel der Nacht, erscheint Ailsa der Gedanke unvorstellbar. Nichts wird diesen Schmerz jemals lindern können.

Lucy steht mit verweinten Augen am Eingang zur Station. »Er schläft«, sagt sie. Dann schüttelt sie langsam den Kopf und fügt hinzu: »Letztes Jahr um diese Zeit dachten wir noch, dass es bloß eine Grippe ist.«

Ailsa und Hayley nicken stumm und folgen ihr ins Zimmer.

Ruthie steht auf der einen, Dennis auf der anderen Seite von Lennox' Bett und Libby am Fußende. Eine Krankenschwester ist auch da, sie hält sich im Hintergrund. Lucy lässt Ailsa den Vortritt; Hayley kommt ebenfalls herein, bleibt aber neben der Tür. Ruthie streckt den Arm nach Ailsa aus; eine Einladung, sich zu ihr zu stellen.

»Wahrscheinlich wacht er nicht mehr auf«, sagt sie, und ihre Stimme hat den ruhigen, gefassten Tonfall, den Ailsa schon so oft bei ihrer eigenen Mutter gehört hat, wenn es schlimme Momente mit schlechten Neuigkeiten gab und sie beide von Angst überwältigt wurden.

Ruthie legt den Arm um sie und drückt sie an sich, und Ailsa will die Umarmung erwidern, aber sie ist vor Angst und Traurigkeit wie erstarrt, eine Salzsäule der Hoffnungslosigkeit. Ruthie drückt sie noch etwas fester, als wüsste sie, was in Ailsa vorgeht, dann lässt sie sie wieder los. Dennis weint, sein lang gezogenes, langsames Klagen hört sich fast wie Gesang an.

Komm schon, Ailsa. Zeig etwas Mitgefühl.

Sie streckt die Hand nach Dennis aus, und er nickt, als wolle er sie ergreifen, doch dann wird er von einem Weinkrampf geschüttelt. Lucy, die neben ihm steht, legt die Arme um ihn.

Also nimmt Ailsa Ruthies freie Hand – die andere streicht Lennox immer wieder übers Haar oder nestelt an seiner Bettdecke – und drückt sie fest. Sie weiß nicht, was sie sagen soll, aber sie versucht es trotzdem: »Wir sind alle bei ihm.«

Ruthie nickt. »Wahrscheinlich wacht er nicht mehr auf«, wiederholt sie, und dieses Mal zittert ihre Stimme. Da erkennt Ailsa, dass Ruthie mit sich selbst redet, im Versuch, das Unmögliche zu begreifen.

Aber Lennox ist noch immer Lennox; sein Durchhaltevermögen sprengt alle Erwartungen. Mit eiserner Willenskraft und körperlicher Stärke hat er es geschafft, den Tod bis zu diesem Punkt hinauszuzögern. Er öffnet die Augen, die Augäpfel sind inzwischen auch gelb geworden, und hebt die Hand, die Ailsa am nächsten ist, seine Finger zittern von der Anstrengung. Sie braucht einen Moment, um zu verstehen, doch dann ist ihr klar, was er will, und sie setzt sich an sein Bett, legt ihre Hand auf seine, und ihre Finger verschränken sich ineinander.

»Du hast gewonnen«, sagt sie, und da lächelt er fast unmerklich. Dann schließt er die Augen. Eine Stunde später ist er tot.

18. April 2018

»Wir haben den Party-Bus zu Guys Vierzigstem gebucht!«, sagt Eliza zu Ailsa, als sie am folgenden Mittwoch zum Tangokurs kommt. »Wir fanden es super! Aber wie hast du es geschafft, das Geheimnis für dich zu behalten? Ich erzähle immer alles weiter, wenn ich was getrunken habe. Oder wusstest du an dem Tag noch nichts davon?«

»Es war toll, dass ihr da wart«, sagt Ailsa. In ihrer Vorstellung erleben Menschen, die nicht herzkrank sind, nonstop Abenteuer. Sie kann es noch immer kaum fassen, dass so viele Leute gekommen sind, nur um mit ihr zu feiern. »Aber von welchem Geheimnis redest du?«

»Komm schon, jetzt tu nicht so.« Eliza zwinkert ihr zu. »Oder hast du wirklich keine Ahnung? Du warst doch in der Radiosendung. Mit Sebastian!«

»Äh …«, sagt Ailsa ratlos.

Da taucht Edie auf. »Eliza! Du sollst doch nicht über das Geheimnis reden!«

Edie ist höchstens zwei Jahre älter als Eliza, aber sie hat bei den Schwestern definitiv das Sagen. Die beiden sehen fast identisch aus; die gleichen dunklen Locken und goldbraunen Augen, die gleiche strahlende Pfirsichhaut. Sie erinnern Ailsa an zwei prächtige Pferde, die anno dazumal im Gleichschritt vor einer Droschke die George Street hinuntertrabten und überall Aufsehen erregten. Aber das behält sie lieber für sich.

»Na gut«, grinst Eliza, dann wendet sie sich den nächsten eintrudelnden Kursteilnehmern zu.

Da kommen Murray und Venetia, zusammen mit ein paar anderen, die Ailsa vom Grüßen kennt; plaudernd und lachend nehmen sie Platz und ziehen sich ihre Tanzschuhe an. Ailsa hat sich extra neue Schuhe zum Tangotanzen gekauft, damit sie beim Umziehritual mitmachen kann. Sie sind nicht das Wahre – sechzig Pfund sind viel Geld, wenn man arbeitslos ist –, aber sie haben glatte Sohlen, sitzen gut und geben ausreichend Halt. Aufgeregt beugt sie sich hinunter, um sie zuzuschnallen.

Sie ist zwar eine Anfängerin, aber sie lernt recht schnell. Jede Tanzsequenz dauert drei kurze Stücke, und zum ersten Mal schafft Ailsa zwei davon fehlerfrei; erst beim dritten macht sie einen kleinen Fehler, doch Guy ermuntert sie, einfach weiterzutanzen, was sie dann auch tut, statt frustriert aufzuhören wie in der Woche zuvor. Und immer öfter bekommt sie das »Tangogefühl«: ein gespanntes Kribbeln im Bauch, ein Funken, der ihr steifes Rückgrat hochstiebt, während ihre Hände auf den Druck ihres Partners warten, der ihren Füßen sagen wird, was sie als Nächstes tun sollen. Und je stärker das Tangogefühl, desto mehr davon will sie. Auch Apple ist ganz begierig darauf. Für Apple scheint Tango ebenfalls eine neue Erfahrung zu sein, denn sie lernt im gleichen Tempo wie Ailsa und wird genauso schnell müde.

In der Pause sprechen Edie und Eliza mit einer Frau, die anscheinend während des Kurses hereingekommen ist, ohne dass Ailsa es bemerkt hat. Kein Wunder, sie hat die letzte Stunde damit verbracht, auf die Stelle zu starren, wo ihre Hand auf Guys Schlüsselbein ruhte, um die Bewegungen seines Oberkörpers besser zu erkennen und sie in die Sprache zu übersetzen, die ihre Füße gerade lernen.

»Die hecken irgendwas aus«, sagt Venetia voller Überzeugung. Ailsa muss unwillkürlich lachen, denn es sieht wirklich so aus. Edie, Eliza und die Frau stecken die Köpfe zusammen und nicken eifrig. Dann geht das verschwörerische Trio auseinander, blickt lächelnd in die Runde, und Edie tritt vor, zur Mitte der Tanzfläche. Selbst wenn sie normal geht, bewegt sie sich gemessenen Schrittes, mit Präzision und Eleganz; sie hält den Kopf hoch und den Rücken kerzengerade, als wären ihre Wirbel so perfekt übereinandergeschichtet wie die Ziegel eines Edinburgher Fabrikschornsteins.

»Bevor wir mit der Milonga beginnen«, sagt sie, »würden Eliza und ich euch gern Rosalind Derbyshire vorstellen. Sie hat uns um Hilfe gebeten. Rosalind, am besten erklärst du selbst, worum es geht.«

Rosalind muss ungefähr Mitte dreißig sein. Sie ist groß, ganz in Schwarz gekleidet – Hose, T-Shirt, Stiefel – und hat das platinblonde Haar nachlässig zu einem zerzausten Pferdeschwanz gebunden. Der rote Nagellack an ihren Fingernägeln blättert schon ab; ihre Zähne sind ein wenig schief, und ihre Stimme klingt laut und warm.

»Hallo, ich bin Roz«, sagt sie. »Ich arbeite als Theaterregisseurin und werde beim kommenden Fringe-Festival *Romeo und Julia* auf die Bühne bringen, und zwar hier, in diesem Tanzstudio.«

Eine der Kursteilnehmerinnen stöhnt unwillkürlich auf und sagt dann hastig: »Sorry, ich habe nicht wegen dir gestöhnt, sondern wegen dem Fringe-Festival.«

Roz lacht, zieht sich einen Stuhl heran und macht es sich darauf bequem. »Ich verstehe, was du meinst«, sagt sie. »Ich habe lange in Edinburgh gelebt und kenne den ganzen Rummel nur zu gut. Früher habe ich jedes Mal die Flucht ergriffen, aber dieses Jahr werde ich zur Abwechslung mal hierbleiben und das Festival genießen. Eigentlich schön blöd von mir, meine Wohnung im August nicht unterzuvermieten.«

Alle lachen. Viele Edinburghern graut es vor dem Fringe-Festival und der Touristenflut, die es mit sich bringt. Doch Ailsa hat das Festival seit jeher gemocht, die lustigen Veranstaltungstipps im Radio und das geschäftige Treiben in der Stadt, denn so konnte sie wenigstens einmal im Jahr das Gefühl genießen, im Mittelpunkt der Welt zu sein und dafür noch nicht einmal verreisen zu müssen. Früher konnte sie fast nie bei irgendetwas mitmachen, aber während des Festivals konnte sie wenigstens in einem Café sitzen und sich von der Begeisterung anstecken lassen. Und wenn es ihr gut genug ging, konnte sie spätabends zusammen mit ihren Freunden Shows besuchen und Kommilitonen unterstützen, die mutig genug waren, als Stand-up-Comedian, in einem Theaterstück oder bei einem Poetry-Slam aufzutreten. Als könnte sie sich in ein rotes Blutkörperchen verwandeln, das durch die Adern der Stadt gewirbelt wurde. Hayley dagegen fand das Fringe schon immer grässlich. Jeden Tag jammerte sie, dass sie in der Bäckerei eine halbe Stunde anstehen musste, dass sie überall mehr Zeit einplanen musste, egal, wo sie hinwollte, und dass sie bei der Arbeit völlig außer Atem geriet, weil zig Leute, die sich einfach nicht im Griff hatten, die Pille danach oder Aspirin haben wollten.

Roz fängt an, ihr Vorhaben zu erklären. Ailsa und die anderen beugen sich vor und hören gespannt zu.

Es geht um die Inszenierung von *Romeo und Julia* in diesem Tanzsaal, der ungefähr fünfzig Sitzplätze hat. Ailsa denkt fieberhaft nach. Was hat Seb doch gleich in seiner E-Mail geschrieben? Fest steht jedenfalls, dass es beim Festival noch unzählige andere Shows geben wird, egal, ob Theater, Tanz oder Comedy.

»Die Aufführung soll auf der Tanzfläche stattfinden, und das Publikum schaut von allen vier Seiten aus zu. Wir werden noch ein paar zusätzliche Sitzplätze für die Ecken besorgen. In den ersten drei Augustwochen wird außer montags jeden Abend eine Aufführung stattfinden, die von sechs bis halb neun dauert. Danach soll getanzt werden, und jeder kann mitmachen; die Zuschauer, die Schauspieler und auch die Leute unten im Pub, wenn sie Lust haben.« Roz steht wieder auf und geht am Rand des Parketts entlang, ihre Cowboystiefel machen klack, klack, während sie mit ihren Schritten die Grenzlinie markiert. »Die Tanzfläche wird die Bühne sein, unser Verona, und bei der Inszenierung soll es eine ganze Reihe von Tanzeinlagen geben. Deshalb habe ich mich an Edie und Eliza gewandt. Ich bin hier, um euch um eure Unterstützung zu bitten.«

Ailsa stockt der Atem.

Roz fährt fort: »Falls jemand von euch das Stück nicht kennt: Es geht um zwei verfeindete Familien. Sie erkennen die schreckliche Tragweite ihres Verhaltens erst, als Romeo, ein Sohn aus der einen Familie, sich in Julia, eine Tochter aus der anderen Familie, verliebt und beide schließlich sterben. Inmitten des Hasses gibt es also auch Liebe. Zwischen den Familien herrschen Spannungen; es geht um den Widerstreit zwischen Liebe und Pflichtgefühl, zwischen dem, was sich richtig anfühlt und was richtig ist. Und das wiederum macht es zu einem Stück über den Tango.« Sie schaut sich lächelnd im Saal um, als würde sie jedem einzelnen von ihnen ins Gesicht sehen.

Ein Raunen geht durch den Saal. Ailsa hat das Stück einmal zusammen mit Emily gesehen. Damals gab es keinen Tango auf der Bühne, dafür wurde viel geredet. Es gab jedoch auch eine spürbare Spannung. Und der Tango lebt von der Spannung.

»Ich werde mit professionellen Schauspielern arbeiten, die aus Edinburgh und Umgebung kommen, mit Ausnahme der beiden Hauptdarsteller«, sagt Roz.

Das muss das Projekt sein, von dem Seb Ailsa erzählt hat. Deshalb hat er sie also mit Fragen über ihren Tanzkurs gelöchert. Könnte natürlich auch sein, dass er nur aus Interesse gefragt hat, weil er mal bei *StarDance* mitgemacht hat. Aber dann hätte Eliza ihr vorhin bestimmt nicht zugezwinkert und mit Edie und Roz getuschelt.

Roz redet weiter. »Aber ich brauche noch Unterstützung bei einigen Szenen und bin hier, um euch zu fragen, ob ihr mir helfen wollt. Es gibt unter anderem eine Feierszene, in der sich die Liebenden zum ersten Mal begegnen, und es wäre toll, wenn ihr dabei mitmachen könntet. Mein Ensemble besteht aus acht Darstellern, aber für eine Party reicht das natürlich nicht.«

»Was würden wir denn dafür bekommen?«, fragt Murray mit einem Lachen. Die anderen murmeln zustimmend.

»Leider kann ich euch keine Gage zahlen«, sagt Roz. »Ich hoffe auf eure Bereitschaft, das umsonst zu machen. Ich selbst und die Schauspieler bekommen auch kein Geld. Diese Inszenierung ist ein typisches Fringe-Projekt: Es gibt kein Budget, alle machen das aus Leidenschaft. Mit den Eintrittseinnahmen werden die Kosten für Flyer, Werbung, Versicherung und Reisekosten für die beiden Hauptdarsteller gedeckt, die nicht wie die übrigen in Edinburgh wohnen. Und dazu die Verpflegungskosten bei den Proben und Aufführungen. Da kommt einiges zusammen. Ich bin seit einer halben Ewigkeit Stammgast unten im Pub und konnte den Wirt überreden, mir diesen Saal mietfrei zu überlassen. Er bekommt die Hälfte der Eintrittseinnahmen, damit er die Leute bezahlen kann, die bei den Aufführungen hier oben an der Bar Getränke verkaufen. Wenn das Stück gut ankommt, hat er nächstes Jahr einen begehrten Aufführungsort. Statt historischer Kostüme werden wir moderne Kleidung nehmen, es wird nur ganz wenige Requisiten geben, und wir werden auf die Beleuchtung zurückgreifen, die hier vor Ort ist. Ich habe einen Bühnenbildner an der Angel, der uns umsonst helfen wird, aber selbst ein sehr schlichtes Bühnenbild kostet Geld. Edie und Eliza haben mir ein Milonga-Trio vermittelt, das bereit ist, auf die Gage zu verzichten. So ist das eben mit der Magie des Theaters. Den Schauspielern bietet diese Inszenierung die Chance, gesehen zu werden. Für mich ist sie eine Gelegenheit, Ideen zu erforschen. Und euch gibt sie die Möglichkeit, mal etwas anderes zu machen, die Bretter der Welt zu erobern, falls ihr je davon geträumt habt, und Teil einer Aufführung zu sein, die, wenn alles gut läuft, im August in aller Munde sein wird.« Roz hält kurz inne. »Niemand muss etwas draufzahlen«, sagt sie dann. »Wenn euch Reisekosten entstehen, werde ich sie übernehmen. Am letzten Abend werden wir dann ein bisschen feiern, und falls wir überhaupt Gewinn machen, wird das gerade ausreichen, um die Kosten für die Feier zu decken. Und falls nicht, geht alles auf mich.«

Roz schaut sich im Saal um, wartet auf Fragen. Als keine kommen, fährt sie fort. »Vor jeder Aufführung setze ich ein paar von euch ins Publikum. Die Schauspieler kommen dann während der Aufführung ins Publikum, um euch zum Tanzen aufzufordern. Dadurch bekommen die Zuschauer das Gefühl, auf einer Party zu sein und nicht bloß ein Stück zu schauen. Ihr hättet aber auch noch eine andere Aufgabe.« Sie hebt die linke Hand. Edie und Eliza, die sich unbemerkt von den anderen an zwei weit voneinander entfernte Tische gesetzt haben, springen plötzlich auf und beginnen sich anzuschreien.

»WAS GLOTZT DU SO?« Edie schlägt mit der Faust auf den Tisch.

Eliza zeigt auf ihre Schwester, als würde sie mit einer Waffe auf sie schießen. »TU ICH GAR NICHT! WENN HIER JEMAND GLOTZT, DANN DU!«

Ailsa springt erschrocken auf, Venetia schreit: »Hilfe!« Nervöses Gekicher, dann Stille.

Roz wartet lächelnd, bis alle wieder zu ihr schauen. »Ich will das Stück bunter und lebhafter machen. In *Romeo und Julia* gibt es Streitereien. Und ihr sollt die Darsteller anstacheln, indem ihr an bestimmten Stellen aufsteht und schreit. Das wird den Zuschauern das Gefühl geben, bei den Streitereien mittendrin zu sein. Wir wollen sie erschrecken, ihnen Angst einjagen, damit sie sich noch besser in Romeo und Julia hineinversetzen können. Wir wollen erreichen, dass die Leute, die diese Aufführung besuchen, die Geschichte regelrecht spüren, als ginge es um ihr eigenes Leben.«

Fühlen statt sehen. O ja. Da macht Ailsa natürlich mit, keine Frage.

Sie wünscht sich schon so lange, ein gewöhnliches Leben zu führen, und dieses ungewöhnliche Projekt fühlt sich so an, als ob es ihr dabei helfen könnte. Denn selbst die normalsten Menschen – diejenigen, die Ailsa schon ihr ganzes Leben lang um ihre Gesundheit und ihre unkomplizierte Existenz beneidet – wollen doch sicher auch manchmal aufregende Momente erleben, die sie aus ihrem Alltag herauskatapultieren und ihnen als etwas ganz Besonderes in Erinnerung bleiben. Bei der Vorstellung, in diesem Saal nicht nur als Kursteilnehmerin, sondern auch auf der Bühne zu tanzen, wird sie ganz kribblig vor Aufregung. Und wenn es tatsächlich um das Stück geht, bei dem Seb dabei ist, wäre das natürlich der Hammer …

»Wir werden keine formale Choreografie einstudieren«, erklärt Eliza. »Wir werden so tanzen wie bei der Milonga: der eine führt, der andere folgt. Es geht nicht darum, perfekt zu tanzen, sondern Vertrauen in die eigenen Fähigkeiten zu haben. Wichtig ist, dass derjenige, der führt, klare und deutliche Signale gibt, damit derjenige, der folgt, sie auf Anhieb versteht. Und dass ihr, falls euch trotzdem Fehler passieren, in der Lage seid, zusammen mit eurem Tangopartner elegant darüber hinwegzutanzen. Mehr ist gar nicht nötig. Alle, die heute Abend hier sind, können mitmachen, vorausgesetzt, ihr nehmt von jetzt bis August weiter am Tangokurs teil.«

Murray lacht. »Glaubt ihr denn, dass ich bis dahin meinen linken Fuß vom rechten unterscheiden kann?«

»Na klar«, sagt Edie. »Du hast doch schon eine Menge gelernt, seit du vor zwei Wochen angefangen hast.«

»Edie und Eliza werden nicht nur mit euch, sondern auch mit meinen Schauspielern üben, sodass ihr beim Tanzen alle dieselbe Sprache sprecht«, fügt Roz hinzu.

»Habt ihr Fragen?« Edie blickt in die Runde, aber alle schauen sich an und schütteln langsam den Kopf. Sie können noch gar nicht fassen, dass sie erst vor Kurzem angefangen haben, Tango zu lernen, und soeben die Chance bekommen haben, bald beim Festival Fringe im Rampenlicht zu tanzen. Und Ailsa wird plötzlich klar, dass sie sich bisher zwar wie eine Außenseiterin vorgekommen ist, aber trotzdem zum Klub dazugehört, genauso wie die anderen. Ihr wird ganz warm ums Herz.

»Gut«, sagt Roz. »Edie und Eliza werden euch eine E-Mail schicken, sobald die Aufführung offiziell angekündigt worden ist, und dann alle Einzelheiten mit euch klären.« Sie steht lächelnd auf. »Ich genehmige mir jetzt unten ein Bierchen. Falls sich doch noch Fragen ergeben, könnt ihr mich gern ansprechen.« Als sie schon fast aus der Tür ist, dreht sie sich noch einmal um, als hätte sie eine Kleinigkeit vergessen, und sagt: »Noch etwas. Aber bitte behaltet es noch für euch; die Pressemitteilung geht morgen erst raus. Die Rolle der Julia wird von Meredith Katz gespielt werden und die Rolle des Romeo von Sebastian Morley.«

Roz hält Wort. Als die Kursteilnehmer nach einer Milonga, die etwas kürzer als sonst dauerte, aufgeregt die Treppe hinunterkommen, steht sie unten an der Bar. Ailsa will sich eigentlich sofort auf den Weg nach Hause machen, aber Roz winkt sie zu sich herüber.

»Du bist doch Ailsa, oder? Möchtest du was trinken?«

»Nein, danke. Ich kann nicht lange bleiben.« Spätestens um zehn Uhr abends muss sie ihre Medikamente einnehmen. Diese

Uhrzeit hatte Sinn gemacht, als es noch undenkbar war, dass sie länger als bis zehn Uhr wach blieb. In Zukunft wird sie die Einnahme entweder verschieben oder die Medikamente mitnehmen müssen, wenn sie abends unterwegs ist. Aber das braucht Roz ja nicht zu wissen. »Ich muss noch was erledigen.«

»Seb hat mir von dir erzählt«, sagt Roz und schiebt ihr mit dem Fuß den freien Barhocker neben sich zu. Ailsa bleibt nichts anderes übrig, als ihre Messenger-Bag und den Schuhbeutel fallen zu lassen und sich schwerfällig auf den Hocker zu pflanzen. Eleganz sieht anders aus. Woran hat Roz sie überhaupt erkannt? Seb hat vielleicht erwähnt, dass sie ein paar Pfunde zu viel hat. Das, was sie wirklich unverwechselbar macht, ist allerdings nicht zu sehen, es steckt in ihrem Körper.

»Ach ja?«, sagt sie. Bisher hat sie noch nie darüber nachgedacht, worüber Schauspieler sich wohl unterhalten, aber es verblüfft sie schon ein wenig, dass er ausgerechnet über sie geredet hat.

»Dein Einhorn-Auftritt hat einen bleibenden Eindruck bei ihm hinterlassen«, sagt Roz. »Hat er dir von unserem Projekt erzählt?«

»Nein«, sagt Ailsa. »Das letzte Mal, als ich ihn gesehen habe, sagte er nur, er hätte hier einen Termin, um über ein Stück zu reden. Mehr nicht. Wir kennen uns ja auch kaum.«

Eigentlich hätte sie es besser gefunden, wenn er ihr davon erzählt hätte.

Es ist schon sehr lange her, dass sie eine Beziehung zu jemandem hatte, die ihr wie eine Gleichung vorkommt, bei der sich ständig die Variablen ändern. So etwas erlebte man doch eigentlich nur als Teenager. Ob Apple ein Teenagerherz ist? Bei der Vorstellung, dass eine Siebzehnjährige sterben musste, deren trauernde Mutter dann die Erlaubnis gab, alle noch funktionierenden Organe ihrer Tochter wildfremden und obendrein älteren Menschen zu überlassen, wird ihr so schwindelig, dass sie sich am Tresen festhalten muss.

Roz nickt. »Ich kenne Seb schon sehr lange.«

»Ich habe ihn erst vor ein paar Wochen kennengelernt. Wir schreiben uns ab und zu E-Mails.«

»Jedenfalls ist es schön, dass du Teil dieser Gruppe bist«, sagt Roz und lächelt. »Ein glücklicher Zufall.«

»Wer weiß.« Als Roz vorhin die Aufführung ankündigte, hat Ailsa sich einen Augenblick lang gefragt, ob Roz vielleicht von Seb erfahren hat, dass sie gerade Tango lernt, und dadurch auf die Idee kam, das Stück mit Tangosequenzen auf die Bühne zu bringen. Aber so etwas passiert natürlich nur im Kino, nicht im normalen Leben. Tja, das normale Leben ... als sie noch im Krankenhaus lag, hat sie sich das alles ein wenig anders vorgestellt.

»Was meinst du?«, fragt Roz. »Was halten die anderen Kursteilnehmer von meinem Angebot?«

»Ich glaube, sie fänden es aufregend, mit Seb zu tanzen. Er hat schließlich bei *StarDance* mitgemacht.«

»Das glaube ich auch! Unser verwundeter Held. Julia werde ich in der Party-Szene wahrscheinlich größtenteils außen vor lassen, während Romeo im Mittelpunkt steht und ein bisschen rüberkommt wie jemand, der nichts anbrennen lässt. Diese Seite hat er ja auch schon bei Shakespeare.« Sie schaut Ailsa an, als ob sie auf eine Reaktion wartet.

»Ich kenne das Stück nicht so gut«, sagt Ailsa schulterzuckend. »Nur aus der Schule. Vor ein paar Jahren habe ich mir aber mal zusammen mit einer Freundin eine Aufführung angeschaut. Und es stieß mir schon ein bisschen übel auf, dass seine Schwärmerei für Rosalinde so schnell vergessen war. An Julias Stelle hätte ich vielleicht ein Weilchen abgewartet, um zu sehen, ob er es wirklich ernst meint.« Aber hätte sie wirklich abgewartet? Oder wäre sie von Romeos Liebeserklärung auch sofort hin und weg gewesen? Die Vorstellung, geliebt zu werden, bringt die Erinnerung an Lennox zurück. Selbst in seinen letzten Lebenstagen überwand der reine, klare Duft seines Rasierwassers den Geruch nach Krankenhaus, Krankheit und Traurigkeit; sie konnte ihn stets wahrnehmen. Wenn sie Romeo begegnet wäre, hätte sie ihn vielleicht nicht innerhalb von vierundzwanzig Stunden geheiratet, so wie Julia, aber sie hätte sich durchaus vorstellen können, sich in ihn zu verlieben. Oh, Gott. Sie ist bereit, sich wieder zu verlieben! Vielleicht ist sie sogar schon dabei, es zu tun.

Roz lacht. »Genau. Warte lieber erst mal ab, Julia!« Als Ailsa sich gerade verabschieden will, sagt Roz: »Seb meinte, du hättest nicht gewusst, wer er ist. Das ist er gar nicht gewohnt. Das fand ich ziemlich lustig.«

Und schon hat Ailsa Seb vor sich, wie er seine Sonnenbrille hochschiebt, zuerst blinzelt und dann die Augen aufreißt, damit sie die Fäden besser sehen kann.

»Mit Meredith und Seb in den Hauptrollen sind wir im Handumdrehen ausverkauft.«

Im Handumdrehen. Das dauert genauso lang wie ein Herzschlag. Oder ein Augenblick.

Während Ailsa auf den Bus nach Hause wartet, schaut sie auf ihr Handy. Sie müsste es eigentlich noch schaffen, ihre Medikamente rechtzeitig einzunehmen; wenn sie sich damit ein bisschen verspätet, wird sie das schon nicht umbringen. (Sie versucht, lieber nicht daran zu denken, wie es wohl sein würde, zu sterben, falls ihr Herz abgestoßen wird. So, wie man versucht, nicht daran zu denken, dass einem kalt ist, wenn man friert.)

Sie hat drei Anrufe verpasst, alle von derselben unbekannten Nummer. In solchen Momenten bekommt sie noch immer einen

Schreck – was, wenn man ihr mitteilen wollte, dass es ein Herz für sie gibt? Wie konnte sie das nur verpassen? Doch dann fällt ihr wieder ein, dass sie das alles jetzt hinter sich hat, und hört erleichtert ihre Nachrichten ab. Wahrscheinlich hat Christas Chef sie wegen einer Probeschicht angerufen.

Sie betrachtet ihre silberfarbenen Sneakers, die im Mondlicht funkeln. Sie verschleißen allmählich, denn sie müssen jetzt viel weitere Strecken zurücklegen, als sie es gewohnt sind. Lustig. Je verschlissener ihre Messenger-Bag aussieht, desto besser gefällt sie ihr. Aber die Sneakers wird sie bald wegwerfen.

Zwei Nachrichten sind von Libby. »Hallo, Ailsa, hier ist Libby Douglas, es ist Mittwochabend acht Uhr. Bitte ruf mich mal an wegen Lennox' Spendenaktion.« Dann, dreißig Minuten später: »Hallo, Ailsa, hier ist noch mal Libby Douglas. Ich werde ab morgen Mittag für zwei Tage weg sein und wäre dir dankbar, wenn du mich davor zurückrufen könntest.« So wie es Libbys Art ist, klingt es allerdings eher wie ein Befehl.

Am liebsten würde Ailsa sie erst morgen um fünf vor zwölf anrufen, aber sie tut es schließlich doch, während sie weiter auf den Bus wartet. Es klingelt zweimal, bevor sie sich meldet.

»Hallo, Libby, hier ist Ailsa. Ailsa Rae. Du wolltest, dass ich dich zurückrufe. Ich war bis eben tanzen.« Ailsa lächelt zufrieden. Sie hört sich wie eine ganz normale Erwachsene an, die an einem Mittwochabend verabredet war.

»Hallo, Ailsa. Es geht um die erste Spendensammelaktion für Lennox' Stiftung.«

»Verstehe.« Ailsa erinnert sich daran, was sie alles tun wollte, wenn sie ein neues Herz bekam. Damals, als sie Apple noch nicht hatte und ihr Leben nur aus Schlafen, Sich-erschöpft-Fühlen, Grübeln und Versuchen bestand, das Grübeln zu unterdrücken. Und was tut sie jetzt? Nichts. Tango zählt nicht. Das Einzige, das sie bisher fertiggebracht hat, ist eine Blog-Umfrage zum

Thema, was sie als Nächstes tun soll. Es wird höchste Zeit, dass sie endlich in die Gänge kommt.

»Als erstes Projekt wollen wir einen Kalender zusammenstellen. Mit Fotos von Personen, die ein Spenderorgan bekommen haben und jetzt glücklich und gesund aussehen. Du weißt ja, was ich meine. Ich möchte erreichen, dass die Leute Organspenden nicht mehr als ein abstraktes Thema betrachten, das nichts mit ihnen zu tun hat, sondern dass sie die menschliche Seite sehen. Das ist viel effektiver.«

»Ihr wollt die Leute aber nicht nackt zeigen, oder?«, fragt Ailsa erschrocken.

»Hast du gerade nackt gesagt?« Libby muss unwillkürlich lachen, und in diesem Moment klingt sie wie Lennox. Sein Echo trifft Ailsa wie ein Schlag in die Magengrube. Manchmal ist er aus ihren Gedanken verschwunden, aber dann taucht er unvermittelt auf, ein Siebzehnjähriger, der ihr grinsend die Hand reicht und sagt: »Jetzt komm schon – wenn du müde wirst, hören wir auf.« Und als sie in den Nachthimmel über der Stadt hinaufschaut, kommt ihr die Erkenntnis, dass Lennox' Lachen etwas Gutes ist – es ist Teil der Welt, die sie umgibt, und Teil dessen, was sie antreibt, selbst wenn er nur noch in ihrer Erinnerung existiert. Sie legt einen Finger auf die Mulde hinter ihrem Ohr, spürt ihren Pulsschlag. Holt tief Luft. Es schmerzt nicht nur, an ihn zu denken. Es kann auch guttun.

»Ja, du hast richtig gehört. Aktfotos bei Kalendern sind schließlich der Renner. Und wie soll ich das sonst verstehen, wenn du von ›gesund‹ aussehenden Personen und der ›menschlichen Seite‹ sprichst?«

»Um Himmels willen, nein. Wir wollen natürlich einen Kalender machen, den man sich gern das ganze Jahr über in die Küche hängt. Und Fotos von Leuten mit Narben will sowieso niemand sehen.« Libbys letzte Bemerkung ist so ungeheuerlich, dass Ailsa sie verbal in den Boden stampfen will, aber Libby wechselt schon das Thema. »Momentan bin ich auf der Suche nach einem Fotografen. Wir brauchen natürlich professionelle Aufnahmen. Wärest du bereit, mitzumachen und dich fotografieren zu lassen?«

»Ja, natürlich«, antwortet Ailsa. Libby soll schließlich nicht denken, dass sie nur auf ihrem undankbaren Hintern sitzt, während das Transplantationszentrum weiterhin rund um die Uhr schuftet, um Leuten wie ihr und Lennox zu helfen.

»Gut. Ich schicke dir nächste Woche eine E-Mail mit dem Termin. Es wäre nett, wenn du mir bestätigst, dass du meine E-Mail bekommen hast und zum vorgeschlagenen Termin kommen kannst.«

»Kein Problem.«

»Und noch etwas, Ailsa.«

»Ja?« Jetzt kommt bestimmt die Frage, ob sie einen Verkaufslink in ihren Blog integriert oder einen Beitrag über den Kalender schreibt, aber nein.

»Es wäre gut, wenn du deinen Radiofreund dazu bringen könntest, mitzumachen. Den mit dem Auge.«

»Redest du von Sebastian Morley?«

»Ja, ich rede von Sebastian Morley. Fragst du ihn?«

»Wir sind nicht befreundet«, sagt Ailsa. Aber stimmt das? Er war nach der Radiosendung wirklich nett zu ihr, hat sich später in Edinburgh mit ihr getroffen, hat sich sogar von ihr interviewen lassen – das hätte er wohl kaum gemacht, wenn sie nicht befreundet wären. »Ich kenne ihn kaum«, schiebt sie nach.

Ein kaum vernehmbares Seufzen am anderen Ende der Leitung. »Dann hast du ja nichts zu verlieren, oder?«

GUARDIAN ONLINE NEWS

19. April 2018

Morley ist endlich Romeo – Premiere beim Edinburgh Fringe

Schauspieler Sebastian Morley, der letztes Jahr gezwungen war, wegen einer schweren Augenerkrankung bei *Star-Dance* aufzuhören, hat heute bekannt gegeben, dass er in einer Inszenierung von *Romeo und Julia* beim Edinburgh Festival Fringe die männliche Hauptrolle übernehmen wird. Seit einer Hornhauttransplantation im vergangenen Januar musste er das Rampenlicht meiden, doch nun ist er bereit für ein Comeback. Als Bühnenschauspieler wird er zugleich Neuland betreten, denn seit er 2007 schlagartig durch eine TV-Castingshow bekannt wurde, hat er ausschließlich an Fernsehproduktionen mitgewirkt.

Die moderne Inszenierung des großen Shakespeare-Klassikers wird auf kleiner Bühne präsentiert werden und vom Tango inspiriert sein, »einem Tanz, der von den Partnern nicht nur körperliche Nähe, sondern auch Herzensnähe verlangt und die Bereitschaft, sich vollkommen aufeinander zu konzentrieren«, so die renommierte Regisseurin Roz Derbyshire. 2016 bekam sie den Kritikerpreis für ihre Inszenierung des Überraschungshits *The Pickwick Papers*, den sie in der British Library zur Aufführung brachte.

»Schon als wir die ersten Gespräche über die Inszenierung führten, wurde klar, dass Seb unbedingt dabei sein wollte. Und als ich ihn beim Vorsprechen erlebte, bekam ich eine Gänsehaut. Das wird eine sinnliche, lebendige Inszenierung, und ich freue mich sehr darüber, dass Seb die männliche Hauptrolle übernimmt.«

»Die Zweitplatzierung bei *O holder Romeo* war mein Karrieresprungbrett«, sagte Morley, »aber ehrlich gesagt gab sie mir auch das Gefühl, für Shakespeare nicht gut genug zu sein. Mein letzter Auftritt auf einer Theaterbühne ist schon zehn Jahre her. Hinzu kommt, dass ich bisher noch nie den kompletten Text einer Rolle in einem abendfüllenden Stück lernen musste. Für mich wird das also eine große Herausforderung, zumal es sich um eine der bekanntesten Rollen überhaupt handelt. Das wird harte Arbeit, aber letztlich bin ich Schauspieler geworden, weil ich diesen Beruf liebe. Das wird Schauspielerei in Reinform, und ich kann es kaum erwarten, loszulegen.«

Meredith Katz wird die weibliche Hauptrolle übernehmen. Die US-Schauspielerin ist vor allem für die Rolle des Au-pair-Mädchens Dottie in *Zwei Eltern, drei Kinder* bekannt. 2013 erhielt sie den Tony Award als beste Nebendarstellerin für ihre Verkörperung der Honey in der hochgelobten Broadway-Produktion *Wer hat Angst vor Virginia Woolf.* Die Rolle der Julia wird ihr Einstand auf einer englischen Theaterbühne sein.

Derbyshire und Morley arbeiteten bereits bei der Casting-Show *O holder Romeo* zusammen; Derbyshire war eine der Mentorinnen, die den Teilnehmern Schauspielunterricht gab. Sie war sichtlich enttäuscht, als Morley damals nur auf dem zweiten Platz landete, hinter Xander Maxted-Morton.

Die Aufführungen finden im Rahmen des Edinburgh Festival Fringe statt, und zwar im Tanzstudio über dem Dragon's Nest Pub in Newington. Tickets sind ab 1. Mai erhältlich; die Show dürfte rasch ausverkauft sein. Die örtliche Tanzschule *Two to Tango* wird die Produktion unterstützen.

Von: Ailsa
Gesendet: 19. April 2018
An: Seb
Betreff: Romeo und Kaffee

Lieber Seb,

die Nachricht hat sich herumgesprochen! Roz war schon da, um mit der Tangogruppe zu sprechen.

Bei mir gibt's auch was Neues: Morgen habe ich eine Probeschicht in einem Café. Keine volle Schicht, nur von 14 bis 16 Uhr. Danach treffe ich mich mit meiner Mutter und meiner Tante Tamsin (beste Freundin meiner Mutter), um über den Umzug zu sprechen. Endlich scheint es in meinem Leben voranzugehen.

Ich hoffe, bei dir ist alles okay. Wie geht's dem Auge?

Ailsa

Von: Seb
An: Ailsa

Liebe Ailsa,

das mit dem Café ist wirklich großartig. Ich hoffe, euer Umzugsgespräch wird gut laufen.

Roz freut sich übrigens sehr, dass ihr bereit seid, die Produktion zu unterstützen.

Demnächst werde ich viel Zeit in Edinburgh verbringen (oder »Embra«, wie Roz es ausspricht), besonders im Juli und August. Ich würde mich freuen, wenn wir dann etwas Zeit miteinander verbringen könnten. Falls du nach deiner Probeschicht nicht rund um die Uhr arbeiten musst. (Du kriegst den Job bestimmt.) Dann könnten wir mal tanzen gehen.

Meinem Auge geht's nicht so besonders. Es gibt zwar keinen richtigen Grund zur Sorge, aber mit der Lichtempfindlichkeit ist es kaum besser geworden, und ich kann höchstens zehn Mi-

nuten am Stück lesen oder eine halbe Stunde fernsehen, mehr geht nicht. Vor ein paar Tagen war ich im Kino. Katastrophe. Ich habe nur zwanzig Minuten durchgehalten. Und auf dem Heimweg wurde mein Popcorn vom Regen klatschnass. Mein Arzt will das Ganze im Auge behalten. Ehrlich gesagt, hatte ich gehofft, dass es mit der Heilung schneller vorangeht.
Die Papparazzi lauern mir wieder auf. Schätze, das ist ein gutes Zeichen.
Geht's dir gut?
Pass auf dich auf.
Seb x.

Von: Ailsa
An: Seb
Lieber Seb,
wenn die Augen höchstens zwanzig Minuten durchhalten, muss man wohl in Intervallen leben. Zwanzig Minuten spazieren gehen. Pause. Zwanzig Minuten tanzen. Pause.
Hat dein Arzt im Ernst gesagt, dass er die Sache »im Auge behalten« will? Einer meiner Ärzte sprach immer von »Pumpe« statt »Herz«. So nach dem Motto: »Sei immer mit ganzer Pumpe dabei.« Ich weiß bis heute nicht, was das sollte, aber immerhin hat es mich zum Lachen gebracht.
Mir geht's gut. Vor der Transplantation hatten meine Mutter und ich vereinbart, dass sie zu meiner Tante Tamsin nach Glasgow zieht, wenn sich alles gut entwickelt, aber jetzt, da es so weit ist, ist uns dabei etwas seltsam zumute. Ich habe ihr angeboten, dass ich stattdessen ausziehe, und es würde mir auch wirklich nichts ausmachen, aber sie besteht darauf, dass wir es so machen sollten, wie wir es ursprünglich vorhatten. Aber irgendwie schaffen wir es nicht, darüber zu reden, ohne zu streiten. Und da Tamsin ja sowieso mit drinhängt, wird sie sozusa-

gen zwischen uns vermitteln, auch wenn wir es natürlich nicht so nennen. Drück mir die Daumen.
Ist es wirklich gut, von Papparazzi geblitzt zu werden?
Da würde mir die Pumpe vor Schreck in die Hose rutschen.
Ailsa

Von: Seb
An: Ailsa
Ich musste gerade so lachen! Über die Pumpe, nicht über die Sache mit deiner Mutter. Ich glaube, mit den Eltern hat man es immer schwer, egal, ob man nun krank oder gesund ist. Als ich bei meinen Eltern auszog, war das keine große Sache, weil ich vorher ohnehin schon oft weg war, wegen Dreharbeiten. Und als ich dann das Angebot bekam, in eine WG zu ziehen, war ich eh nur noch am Wochenende zu Hause. Meine Eltern finden London schrecklich und verreisen auch nur ungern, also sehen wir uns nur, wenn ich sie besuche. Letztes Wochenende war ich bei ihnen in Hampshire. Als ich ihnen von Romeo & Julia erzählte, kamen Sprüche wie: »Wann nimmst du endlich Vernunft an? Nimm dir ein Beispiel an deiner Schwester!« War aber eine prima Übung, mich davon nicht runterziehen zu lassen. Sehr nützlich für einen Schauspieler.
Von Papparazzi geblitzt zu werden ist insofern gut, als es bedeutet, dass es mit deiner Karriere vielleicht doch noch nicht vorbei ist. Aber angenehm ist es trotzdem nicht. Ich gebe mir Mühe, die Berichterstattung zu ignorieren, aber manchmal ist das nicht so einfach.
Vielleicht gebe ich der neuen Hornhaut einen Namen. Um sie aufzumuntern.
Im Moment schaue ich mir den Lego Movie an, in Intervallen. Zwanzig Minuten Lego, zwanzig Minuten Pause. Danke für den Tipp.

Wenn wir aus Legosteinen bestünden, wäre vieles praktischer. Eine Hornhauttransplantation wäre dann im Handumdrehen erledigt. Und auch unsere inneren Organe könnten ganz schnell und einfach ausgetauscht werden. Das wäre doch genial, oder?

Von: Ailsa
An: Seb
Lego? Tolle Idee! Das würde super funktionieren. Solange die Chirurgen keine Legohände haben.
Ailsa

Von: Seb
An: Ailsa
Stimmt.
Der Fairness halber sollte ich sagen, dass meine Eltern mich toll unterstützt haben, als ich in die Augenklinik musste.
Ich würde dich gern um einen Gefallen bitten. Darf ich?
Seb x

Von: Ailsa
An: Seb
Ich wollte dich auch um einen Gefallen bitten. Ich bin mir aber nicht sicher, ob ich das wirklich tun soll. Du kannst natürlich Nein sagen.
Willst du anfangen?
Ailsa

Von: Seb
Gesendet: 20. April 2018
An: Ailsa
Betreff: Gefallen
Nein, Einhörner zuerst. Sonst bringt es Pech.

Von: Ailsa
An: Seb
Na gut. Letztes Jahr starb jemand, der mir sehr nahestand, weil nicht rechtzeitig eine Spenderleber für ihn gefunden werden konnte. Er hieß Lennox. Er war mein erster Freund, und auch als wir kein Paar mehr waren, sind wir weiter in Kontakt geblieben. Seine Angehörigen gründen gerade eine Stiftung und haben schon einiges geplant, um Spenden zu sammeln, die Bereitschaft für Organspenden zu erhöhen und die Forschung zu unterstützen. Ich bin nicht mit allen Einzelheiten vertraut, aber das sind liebe, kluge Menschen, die mein volles Vertrauen haben.
Für 2019 planen sie den Verkauf eines Kalenders, um Spenden zu sammeln. Dafür wollen sie Menschen fotografieren, die ein Spenderorgan bekommen haben und den Eindruck vermitteln, dass sie froh sind, noch am Leben zu sein. Sie haben mich gefragt, ob ich mitmache, und ich habe Ja gesagt. Und sie haben mich gebeten, dich zu fragen, ob du auch mitmachen würdest.
Ich hätte ihnen fast gesagt, dass ich dich nicht fragen werde, weil wir uns noch nicht lange kennen, und auch, weil dich wahrscheinlich ständig Leute um einen Gefallen bitten. Aber dann dachte ich, dass es dich vielleicht doch interessieren würde. Also: Wärst du bereit, dich für einen Fundraising-Kalender fotografieren zu lassen? Die Person, die das Ganze organisiert, wird dafür sorgen, dass etwas Gutes dabei herauskommt; die Aufnahmen sollen natürlich von einem professionellen Fotografen gemacht werden.
Bitte fühl dich jetzt nicht verpflichtet, Ja zu sagen. Ich habe ihnen gesagt, dass ich dich frage, aber nicht garantieren kann, dass du einwilligst. Wenn du das nicht machen willst, ist das wirklich kein Problem; mach dir keine Sorgen deswegen.
Ailsa

Von: Seb
An: Ailsa
Wird das ein Kalender mit Nacktfotos?

Von: Ailsa
An: Seb
Diese Frage habe ich auch sofort gestellt. Nein.

Von: Seb
An: Ailsa
Schade. Seit ich dazu verdonnert wurde, mich zu »erholen«, gehe ich viel öfter trainieren und hätte nichts dagegen, mein Sixpack verewigen zu lassen.
Wir kennen uns definitiv schon so gut, dass du mir diese Frage stellen kannst.
Natürlich mache ich mit. Normalerweise würde ich sagen: sofern ich dafür noch einen freien Termin finde. Aber das ist ja momentan das geringste Problem. Mein Agent nimmt die Ansage meines Arztes, dass ich mich schonen soll, sehr ernst. Von R & J habe ich nur deshalb erfahren, weil Roz mich direkt kontaktiert hat. Und mir dämmert gerade, dass mein bisheriges soziales Leben hauptsächlich darin bestand, mich nach der Arbeit mit Kollegen zu besaufen. Da ich derzeit nicht arbeite, fällt das natürlich flach. Mein gesellschaftliches Highlight der letzten Wochen war die Party zum dritten Geburtstag meiner Nichte.
Gib mir gern die Kontaktdaten der Person, die das Ganze organisiert. Wahrscheinlich muss sie dann eine Vereinbarung zur Nutzung des Fotos unterschreiben. Ich werde das mit Wilkie (Agent) klären. Und danke, dass du gefragt hast.
Seb x

Von: Ailsa
An: Seb
Danke. Ich war mir wirklich unsicher, ob ich dich fragen soll.
Libby Douglas organisiert das Ganze. Ich werde dich mit ihr in Verbindung setzen. Kann sein, dass sie dir etwas unhöflich vorkommt. Aber keine Sorge, so ist sie bei allen.
Ich dachte, du würdest jetzt jeden Abend auf mindestens drei Promipartys gehen.
Jetzt bist du dran – was kann ich für dich tun?
Ailsa

Von: Seb
An: Ailsa
Okay. Du brauchst nicht Ja zu sagen. Aber sag auch nicht sofort Nein, okay? Zuerst ein paar Hintergrundinfos.
Seit *O holder Romeo* war ich auf keiner Theaterbühne mehr. (Und das war noch nicht mal ein richtiges Theaterstück, bei dem ich drei Stunden lang auf der Bühne gestanden hätte; wir spielten immer nur Ausschnitte daraus.) Fernsehrollen sind ganz anders, du musst bloß den Text für ein oder zwei Szenen lernen, dazwischen gibt es immer Pausen, und wenn du deinen Text vergisst, kannst du das Ganze noch mal machen. Und jetzt schaue ich mir *Romeo und Julia* an und denke: Das schaffst du nie, so viel Text zu lernen. Romeo labert ohne Ende, und ich kann nur eine Viertelstunde am Stück lesen, dann tun mir die Augen weh.
Meredith (Julia) hat schon sehr oft Theater gespielt, und die anderen Ensemblemitglieder auch, soweit ich weiß. Ich will sie nicht ausbremsen. Und ich will mich nicht blamieren. Unter uns gesagt, habe ich Schiss, dass ich mich mit dem Projekt übernommen habe.
Ich will so weit kommen, dass ich das Textbuch nicht mehr brauche, wenn die Proben anfangen. Nicht nur, weil ich gut

vorbereitet sein will, sondern vor allem, weil ich vermutlich gar nicht in der Lage sein werde, bei den Proben aus dem Skript zu lesen.

Deshalb – und ich weiß, es ist viel verlangt – wollte ich dich fragen, ob du vielleicht herkommen magst, um mir zu helfen, meinen Text zu lernen? Die Wohnung von Yusef, einem Freund, ist gerade frei, weil er bis Juni mit *The Wind in the Willows* auf Tour ist. Du könntest bei ihm wohnen. Zahlen könnte ich dir leider nichts, aber ich könnte die Kosten für deine Zugtickets übernehmen, und wenn wir nicht arbeiten, können wir was Schönes unternehmen.

Was sagst du?

Seb

PS: Promipartys werden total überschätzt. Seit ich mal bei einer Premiere ein Tablett mit Kanapees vollgekotzt habe (und leider auch den Kellner), war ich auf keiner mehr. Wahrscheinlich hatte ich eine Lebensmittelvergiftung, aber das glaubt mir eh keiner.

Von: Ailsa
An: Seb

Hallo,

sorry, dass ich jetzt erst antworte, aber ich musste erst noch was erledigen.

Als ich den Anfang deiner Nachricht gelesen habe, dachte ich, du wolltest mich um eine Niere bitten. Die hättest du natürlich haben können, wie jeder, der mich nett fragt.

Ich frage mich jedoch, ob ich wirklich die richtige Person bin, um dir zu helfen. Gibt es nicht jemanden, der besser geeignet wäre (weil er/sie in deiner Nähe wohnt und dich besser kennt)? Jemand, der auch Schauspieler/in ist?

Ailsa

PS: Deine Kanapee-Geschichte erinnert mich an die Sache mit meinem Treppensturz während einer Vorlesung. Ich bin in Ohnmacht gefallen, weil mein Hirn nicht genug Sauerstoff bekommen hat. Das passierte mir damals ständig, aber einmal leider auch morgens, als ich in einem überfüllten Hörsaal oben auf der Treppe stand. Die meisten Leute kannten mich nicht und dachten, ich wäre noch von der Studentenparty am Abend davor betrunken.

Von: Seb
An: Ailsa
Für ein oder zwei Tage würde ich sicher Unterstützung finden, aber ich brauche jemanden, der mir ein paar Wochen lang hilft. Ich muss den Text so lange wiederholen, bis er richtig gut sitzt. Und das Problem mit Schauspielern ist, dass sie natürlich schauspielern und über das Stück reden wollen. Das ist zwar verlockend, aber noch zu früh für mich; ich muss zuerst meinen Text lernen.
Die meisten Leute, mit denen ich befreundet bin, kenne ich durch die Arbeit. Sie haben alle ein bestimmtes Bild von mir, und das könnte irgendwann im Weg stehen. Mir ist klar, dass wir beide uns erst vor Kurzem begegnet sind, aber ich glaube, für diese Sache kennen wir uns gut genug. Wir verstehen uns doch, oder? Wenn wir uns sehen, habe ich das Gefühl, dass wir stundenlang weiterreden könnten. Ich fühle mich wohl mit dir.

Von: Ailsa
An: Seb
Lass mich darüber nachdenken. Wann willst du denn anfangen? Und wie lange soll das Ganze dauern?

Von: Seb
An: Ailsa
Ich wollte ungefähr Mitte Mai anfangen, und dauern würde es zwei bis drei Wochen, wenn du überhaupt so lange Zeit hättest. Du könntest zum Beispiel am Sonntag, den 13., kommen und am Freitag, den 25., wieder fahren, falls das für dich passt. Und wenn du dir zwischendurch mal die Stadt ansehen willst, wäre das natürlich okay. London ist übrigens ideal für Leute, die auf Paleo-Diät sind; es gibt viele Lebensmittelläden, du musst also keine Beeren im Wald sammeln.
(Eigentlich sollte ich dir diese Frage gar nicht stellen, weil du vielleicht längst einen Job hast.)

Von: Ailsa
An: Seb
Sightseeing in London … wer träumt nicht davon?
Lass mich darüber nachdenken. Ich möchte zuerst abwarten, wie die Probeschicht läuft. Außerdem muss ich mit dem Krankenhaus klären, ob das überhaupt ginge; ich muss ja noch immer wöchentlich zur Untersuchung dorthin. Kann ich dir am Montag eine E-Mail schicken, wenn ich aus dem Krankenhaus zurück bin?

Von: Seb
An: Ailsa
Danke, dass du überhaupt darüber nachdenkst. Und ich hoffe, die Probeschicht läuft gut.
Eine Sache noch – mir wäre wichtig, dass Roz nichts davon erfährt. Die meisten Regisseure wollen nämlich nicht, dass Schauspieler ihren Text vor Beginn der Proben lernen, weil sie einen Einfluss darauf haben wollen, wie sie ihn sprechen und wie sie darüber denken. Wobei es ihnen allerdings weniger um

den Text geht, sondern vor allem um die jeweilige Figur. Sie wollen, dass sich die Figur erst festigt, wenn man gemeinsam daran gearbeitet hat. Das funktioniert so ähnlich wie das Muskelgedächtnis. Wenn man den Text schon auf eine Art gelernt hat, die dem Regisseur nicht gefällt, muss man sich das wieder abgewöhnen und umlernen. Das ist auch einer der Gründe, warum ich den Text nicht mit der Hilfe eines Schauspielers lernen will. Ich will einfach nur den Text schon auswendig können, damit ich bei der Probe keine Mühe mit dem Lesen habe.

Von: Ailsa
An: Seb
Ich lüge nicht gern. Könntest du es ihr nicht doch sagen?

Von: Seb
An: Ailsa
Doch. Aber ich habe Angst, dass sie dann ihre Meinung ändert – nicht, weil ich den Text schon vorher lerne, sondern weil sie glaubt, dass ich noch nicht so weit bin, bei dem Stück mitzumachen. Aber der Gedanke, dabei zu sein, ist momentan das Einzige, was mich davon abhält, durchzudrehen.

21. April 2018

Tamsin behauptet gern von sich, halb Frau, halb Hexe zu sein, und Ailsa findet das gar nicht so unwahrscheinlich. Tamsins Aussehen spricht jedenfalls dafür – wildes rotbraunes Kraushaar, Unmengen von Messingschmuck, violetter Lidschatten – und ihr lautes, raues Lachen ebenfalls. Aber das Unheimlichste ist ihre Fähigkeit, Dinge möglich zu machen. Tamsin hat immer genau im richtigen Moment ein schönes Malbuch hervorgezaubert, sie irgendwohin gefahren oder was Leckeres vom Imbiss mitgebracht, wenn ihr das fade Krankenhausessen zum Hals raushing.

An ihre ersten Lebensjahre kann Ailsa sich kaum erinnern – zum Glück, denn sie müssen ziemlich schlimm gewesen sein. Ihre erste Operation musste sie achtundvierzig Stunden nach ihrer Geburt über sich ergehen lassen, den nächsten Eingriff mit fünf Monaten, und einen weiteren mit vier Jahren, um die Fehlbildungen ihres Herzens so weit zu korrigieren, dass das Organ mehr oder weniger wie ein normales Herz funktionierte. Und von den Erzählungen ihrer Mutter weiß sie, dass Tamsin sehr oft da war, um sie zu unterstützen.

Wenn Ailsa ihre Herzkrankheit Revue passieren lässt, denkt sie allerdings nicht als Erstes daran, dass sie schon als Kleinkind drei schwere Operationen durchmachen musste, sondern an die schleichende Schwäche, die ihr Leben bestimmte. Mit sieben oder acht war sie ungefähr in der Verfassung wie ihre Mitschüler, die an Asthma litten; sie hatte manchmal Atemnot, führte ansonsten aber ein relativ normales Leben. Doch als sie älter wurde, fiel ihr irgendwann auf, dass sie länger in der Schule fehlte als ihre Klassenkameradinnen, wenn sie sich eine Erkältung einfing. Bevor sie einen dreitägigen Schulausflug nach Aberdeen mitmachte, kam ihre Mutter zur Schule, um ihrer Klassenlehrerin zu erklären, wie sie sich im Notfall verhalten musste. Als Ailsa zwölf wurde, waren ihre Lippen und Nagelbetten schon leicht bläulich, und ihre Haut wurde zunehmend blasser. Als sie Lennox kennenlernte, hatte sie bei Atmen das Gefühl, dass die Luft wie Geld war, von dem sie wusste, dass es nicht reichen würde, um alles zu kaufen, was sie brauchte. Und ihre Mittel schrumpften langsam, aber sicher, sodass sie immer eingeschränkter war, bis sie fast gar nichts mehr hatte.

Doch Tamsin war immer da gewesen, um sie irgendwohin zu fahren, um mit ihr und ihrer Mutter zu lachen, um ihnen beizustehen und dafür zu sorgen, dass sie nicht durchdrehten.

Manchmal waren die Rollen aber auch anders verteilt. Als Ailsa in die Pubertät kam, hatte Tamsin einen Sommer lang bei ihnen gewohnt, weil ihre Ehe in die Brüche gegangen war. Monatelang hatten Tamsins Kartons bei ihnen im Wohnzimmer gestanden, im Badezimmer war jedes leere Fleckchen mit ihren Schminksachen, Lotionen und Cremes vollgestellt, und nachts hatte sie bitterlich geweint. Hayley wurde regelmäßig eingespannt, um Tamsin bei ihrem Flohmarktstand zu helfen, vor allem in der Weihnachtszeit, und Ailsa verbrachte viele Sonntagnachmittage damit, alte Silbergabeln und -löffel zu polieren, aus denen Tamsin anschließend Schmuck herstellte.

Doch am heutigen Abend ist Tamsin eindeutig diejenige, die Ailsa und Hayley hilft. Sie reden zwar noch miteinander, aber mittlerweile ist die Atmosphäre zwischen ihnen so geladen, dass jedes Wort auf die Goldwaage gelegt wird. Insofern ist es wirklich eine gute Idee, dass sie nun mit Tamsin als Vermittlerin zusammensitzen, um über den Auszug zu sprechen.

Tamsin gießt allen Wein ein; sie spart sich die Frage, ob Ailsa überhaupt welchen trinken darf oder will. Es ist noch nicht einmal sechs Uhr abends, und eigentlich ist bei Ailsa heute Alkoholverzicht angesagt. Die Paleo-Diät ist anstrengend, aber sie ist die Mühe wert. Andererseits wird es bestimmt heftig, über den Auszug zu sprechen.

»Wie lief deine Probeschicht? Das war doch heute, oder?«

»Es war viel schwerer, als ich dachte«, sagt Ailsa. »Ich wusste natürlich, was in einem Café alles zu tun ist, aber wenn man selbst bedient, ist natürlich alles erst einmal ungewohnt. Die Leute waren aber sehr nett. Und es hat mir gefallen, viel zu tun zu haben. Die Zeit verging wie im Flug.« Die einzige andere Beschäftigung in Ailsas Leben, bei der die Zeit wie im Flug vergeht, ist ihr Tangokurs.

»Und? Wollen sie dich nehmen?«

»Ich weiß es noch nicht, aber es wäre natürlich schön«, sagt Ailsa. Sie hat gar nicht damit gerechnet, dass es ihr so viel Spaß machen würde, wildfremde Leute zu bedienen. »Zumindest haben sie mich schon gefragt, wann ich überhaupt anfangen könnte.« Sie gestattet sich, zu lächeln und zu hoffen.

»Na, das klingt doch sehr vielversprechend!«, ruft Tamsin. »Das müssen wir feiern!« Sie stoßen miteinander an.

Hayley wusste natürlich schon davon, Ailsa hatte ihr eine SMS geschickt. »Wer hätte das vor einem Jahr für möglich gehalten?«, sagt sie. »Das hast du toll gemacht, Schatz. Ich bin stolz auf dich.« Die alte Verbundenheit zwischen Mutter und Tochter, das Gefühl, unzertrennlich zu sein, flackert einen Moment lang auf. Dann schiebt Hayley nach: »Ist heute nicht dein alkoholfreier Tag?«

»Eigentlich schon, aber ich wüsste nicht, was dich das angeht«, erwidert Ailsa schnippisch. Normalerweise reißt sie sich zusammen, aber heute Abend kann sie einfach nicht anders.

Tamsin schaut von Ailsa zu Hayley und dann wieder zu Ailsa. »Ich glaube, es ist wirklich allerhöchste Zeit, das Ganze zu regeln«, sagt sie entschlossen. »Folgende Punkte sind zu besprechen: zeitliche Planung, finanzielle Planung, praktische Durchführung. Vielleicht sollten wir auch noch den Punkt ›Gefühle‹ hinzufügen. Am besten fangt ihr beide an, indem ihr reinen Tisch macht.«

»Ich weiß nicht, ob ich dazu schon bereit bin«, sagt Hayley.

»Es gibt keinen besseren Zeitpunkt als jetzt. Nicht wahr, Ailsa?«, sagt Tamsin und macht sie zur Komplizin, obwohl sie das überhaupt nicht will. »Hier herrscht nämlich dermaßen dicke Luft, dass es kaum auszuhalten ist.« Sie sieht Ailsa an und zieht die Braue hoch. »Komm, Schätzchen. Sag, was du auf dem Herzen hast.«

Apple schlägt gleichmäßig und stark. »Ich möchte einfach nur normal sein, Mum. Ich möchte mein eigenes Leben führen. Das liegt nicht an dir. Ich will dich nicht loswerden. Aber wir hatten ja schon darüber gesprochen und vereinbart, dass du diejenige bist, die auszieht. Und ich würde es gern so machen. Aber wenn du jetzt doch nicht ausziehen willst, weil du gemerkt hast, dass es nicht das Richtige für dich ist, können wir uns auch etwas anderes überlegen. Das Letzte, was ich möchte, ist, dir wehzutun. Aber ich möchte gern ich selbst sein. Auch wenn das bedeutet, dass ich manchmal Dinge tue …« – sie denkt an ihr Vorhaben, nach ihrem Vater zu suchen, will aber lieber nicht riskieren, ihn zu erwähnen – »… die in deinen Augen Fehler sind.«

Hayley nickt. »Ich weiß, was wir vereinbart haben, und ich stehe auch dahinter. Aber es geht mir zu schnell. Du hast viel durchgemacht, Ailsa, und ich bin sehr stolz auf dich, wirklich. Aber ich glaube, du bist für diesen Schritt noch nicht bereit.«

»Vielleicht bist du diejenige, die noch nicht bereit ist.«

»Sachte, Ailsa«, sagt Tamsin sanft.

»Schon gut«, sagt Hayley leise. »Du hast wahrscheinlich recht, Schatz. Ich kann mich einfach nicht an den Gedanken gewöhnen, dass du es auch ohne mich schaffst.«

Ailsa schließt die Augen, um sich vor dem Schmerz in der Stimme ihrer Mutter zu schützen, die jahrelang für sie gesorgt, gekämpft und um sie gebangt hat. »Ich will es doch gar nicht ohne dich schaffen«, sagt sie mit tränenerstickter Stimme. »Ich möchte einfach nur mein eigenes Leben führen. Ich möchte herausfinden, wer ich bin, jetzt, da ich das neue Herz habe.« Sie legt die Hand auf die Stelle, wo Apple in ihrer Brust schlägt. »Bitte.«

Tamsin legt Ailsa und Hayley die Hand auf den Arm. »Ich glaube, wir müssen das jetzt sechs Monate lang ausprobieren und uns dann wieder zusammensetzen«, sagt sie. »Ihr denkt beide mit dem Herzen, aber dafür sind Herzen nicht gemacht.«

BLUEHEART-BLOG

20. April 2018

Abenteuer?

Als Apple kam, nahm ich mir vor, tapfer zu sein.
Wenn man krank ist, heißt es die ganze Zeit, man wäre tapfer. Das ist lächerlich. Es hat nicht das Geringste mit Tapferkeit zu tun, monatelang im Krankenhaus auszuharren und mit den Krankenschwestern zu witzeln, während man Bluttests, Herzkatheteruntersuchungen, Wiederbelebungsmaßnahmen und weiß Gott noch alles über sich ergehen lässt. Man hat einfach keine andere Wahl. Man ist nicht tapfer, bloß weil man zulässt, dass das Klinikpersonal einen Riesenzirkus veranstaltet, damit man weiterlebt.
Wie auch immer. Jedenfalls nahm ich mir vor, tapfer zu sein. Eine tapfere Ritterin. Doch wie sich herausstellt, bin ich nur ein ganz gewöhnlicher Mensch. (Das wollte ich auch sein, also darf ich mich nicht beschweren.)
Doch jetzt habe ich die Gelegenheit bekommen, meine Tapferkeit unter Beweis zu stellen. Ich könnte für zwei Wochen nach London reisen, um jemandem bei einer bestimmten Sache zu helfen. (Mehr verrate ich nicht. Manches muss privat bleiben.) Ein Teil von mir denkt: Au ja, wie toll – ein echtes Abenteuer! Doch ein anderer Teil von mir denkt: Nein, lass es – so lange kannst du unmöglich verreisen. Fakt ist, dass ich noch nie länger als eine Woche von zu Hause weg war (von den Krankenhausaufenthalten mal abgesehen, aber die zählen nicht). Als ich noch zur Schule ging, konnte meine Mutter höchstens eine Woche freinehmen, weil Vertretungsapothekerinnen in den Ferien natürlich besonders gefragt sind. An der Uni

war ich bei einigen Seminarreisen dabei, aber die dauerten maximal vier Tage und fanden alle in Schottland oder England statt, weil die Organisation einer Auslandsreise zu kompliziert gewesen wäre (von der Versicherung ganz zu schweigen). Einmal war ich in den Ferien oben im Norden Schottlands, bei meinen Großeltern. Und mit meiner Mutter und meiner Tante war ich auch mal in Wales. Der walisische Regen war anders. Nicht so gut wie schottischer Regen.

Für die meisten Leute sind zwei Wochen London wahrscheinlich keine Herausforderung. Für mich schon. Wenn ich daran denke, wird mir schlecht.

Ich wäre aber gut versorgt, und in London gibt es schließlich auch Krankenhäuser.

Die Umfrage läuft bis Montag. Die Frage lautet: Falls mein Arzt es absegnet, soll ich dann für zwei Wochen nach London reisen, um jemandem bei einer bestimmten Sache zu helfen? (Nichts Illegales.)

Ja, Ailsa. Auf ins Abenteuer! Lass dir diese Chance auf keinen Fall entgehen.

Nein, BlueHeart. Am besten vermeidest du alles, was dir das Gefühl gibt, dass etwas Schreckliches passieren könnte. Warte lieber auf ein passenderes Abenteuer.

1 Mal geteilt
13 Kommentare

Ergebnisse:
JA: 96 %
NEIN: 4 %

FÜNFTER TEIL

Mai 2018
Nur noch ein Kuss

11. Mai 2018

Die Shopping-Ausbeute an diesem Vormittag kann sich sehen lassen: Ailsa hat schwarze Jeans, blaue Leggings und einen Rock in der Farbe eines Himbeer-Bananen-Smoothies gefunden – alles eine Größe kleiner. Außerdem hat sie sich dunkelblaue Brogues mit türkisfarbenen Schnürsenkeln gekauft, und ein paar Oberteile mit rundem Ausschnitt, der hoch genug sitzt, um ihre Narbe zu verbergen, ohne dass sie dabei wie eine strenge Lehrerin aussieht. Die Narbe ist inzwischen nicht mehr rot, sondern rosa, und auch nicht mehr so wulstig, aber trotzdem soll niemand sie sehen können. Die Narbe geht nur sie und Apple etwas an. Sie kennen ihre Geschichte. Hayley hat dann noch eine violette Nadelstreifenbluse für sie ausgesucht, die perfekt sitzt; der einzige Nachteil ist, dass die Narbe ein Stück aus dem Ausschnitt ragt. Hayley hat vorgeschlagen, das Problem durch einen Druckknopf zu lösen. (»Am besten erledigt Tamsin das, sie kann besser nähen als ich.«)

Ailsas Begeisterung hält sich trotzdem in Grenzen. Nicht wegen der Klamotten, die sind in Ordnung. Aber die Spiegel in den Umkleiden waren leider nicht so schmeichelnd wie der Schranktürspiegel zu Hause. Sie haben ihr gnadenlos vorgehalten, wie ihr Körper sich verändert hat und an welchen Stellen die Fettpolster sitzen, von der Cellulite auf der Rückseite ihrer Oberschenkel ganz zu schweigen.

Natürlich weiß sie, dass das nur Äußerlichkeiten sind, bedingt durch die Nebenwirkungen ihrer Medikamente; sie macht ja schon Diät und hält sich fit. Aber beim Anblick ihres nackten Körpers im Spiegel der hell erleuchteten Umkleide, mit der Narbe, die sie ansonsten so gut es geht ignoriert, und dem Hintern, den sie normalerweise nie zu sehen bekommt, hat sich ihr Selbstvertrauen in Luft aufgelöst. Und das ist wirklich das Letzte, was sie gebrauchen kann, wenn sie morgen nach London fährt, um dort in einer fremden Wohnung zu übernachten und knapp zwei Wochen Zeit mit jemandem zu verbringen, den sie kaum kennt. Sie hat ein flaues Gefühl im Magen, und diesmal liegt es definitiv nicht an den Medikamenten oder an ihrer Diät.

Hayley ist auch angespannt. Das Gespräch mit Tamsin und das gemeinsame Festlegen eines Plans für Hayleys Auszug haben zwar geholfen, aber die Atmosphäre zwischen ihnen ist noch immer geladen. Es ist so, wie Tamsin sagte: Sie haben eben keine normale Mutter-Tochter-Beziehung, weshalb momentan alles, was sie tun, ein Gewitter auslösen kann. Als Ailsa vorschlug, dass sie ja stattdessen ausziehen könnte, war Hayley sofort dagegen: »Diese Wohnung gehört uns beiden, und du lebst hier schon genauso lange wie ich.« Das Problem liegt wohl eher im Loslassen.

Ein Umzug erzeugt natürlich immer Stress, auch unter normalen Umständen. Aber wenn Ailsa aus London zurückkehrt, wird Hayley ausgezogen sein, und dann kann sich ihre Beziehung endlich normalisieren. Wie viele Achtundzwanzigjährige leben denn, bitte schön, noch bei ihren Eltern? Nur diejenigen, die krank sind. Aber sie ist nicht mehr krank. Und sie wird bald arbeiten gehen. Sie konnte es kaum glauben, als sie die Zusage bekam. Christa meinte, sie wird sich wundern, wie schnell sie sich an ihren neuen Job im Café *Full of Beans* gewöhnen wird, aber Ailsa will sich nicht daran gewöhnen, sondern es auskosten. Sie hat es geschafft! Sie hat einen Job gefunden. Zum ersten Mal in ihrem Leben wird sie arbeiten gehen! Und auch Hayley freute sich für sie, das konnte sie ihr ansehen, aber das hielt sie nicht davon ab, ihre üblichen Bemerkungen vom Stapel zu lassen.

»Frag aber besser noch mal nach, ob die ein anständiges Händedesinfektionsmittel haben.«

»Am besten kaufen wir dir auch noch einen neuen BH«, sagt Hayley. »Deine Oberweite ist bestimmt kleiner geworden. Du weißt ja, man nimmt von oben nach unten ab«, fügt sie hinzu, als wäre das eine altbekannte Binsenweisheit. Ailsa kann sich allerdings nicht erinnern, den Spruch schon mal gehört zu haben. Was sie hingegen schon oft gehört hat, ist die Behauptung, dass die ersten Pfunde, die man verliert, nicht aus Fett, sondern aus Wasser bestehen. Aber vielleicht stimmt es ja. Wenn sie die nächsten sechs Pfund um die Taille herum verliert, wird sie jedenfalls zufrieden sein. Aber natürlich ist sie jetzt schon zufrieden. Sie hat wirklich allen Grund dazu.

Allerdings graut ihr davor, dass eine BH-Verkäuferin die Narbe sieht. Sie will nicht in die Situation kommen, erklären zu müssen, was es mit der Narbe auf sich hat. Aber für ihre Mutter steht der BH-Kauf nicht zur Diskussion, und ehe sie sichs versieht, steht sie auch schon in der Unterwäscheabteilung von Jenners.

Hayley wirft sich auf einen Sessel vor den Umkleidekabinen und tut, was sie immer tut, wenn sie wartet: Sie nimmt ihren Schal ab, faltet ihn zusammen, streicht ihn glatt, faltet ihn wieder auseinander und legt ihn sich wieder um. Heute trägt sie einen zarten Seidenschal, Mondsilber mit schweren dunkelblauen Troddeln. Er liegt so eng um ihren Hals, dass es aussieht, als würde ihre Haut silbern glänzen. Ailsa mag den Schal nicht besonders, aber als sie das vorhin sagte, meinte Hayley nur: »Der Großteil meiner Klamotten ist schon bei Tamsin, ich hab kaum noch was hier. Ich fürchte also, du wirst es ertragen müssen.«

Ailsa verschwindet in der Umkleide und zieht ihr T-Shirt aus. Ihren alten BH lässt sie an, ihre Jeans auch. Dann lässt sie sich von Shona, der BH-Expertin, mustern. »Sieht aus, als bräuchtest du eine Körbchengröße und eine Unterbrustbandgröße weniger«, sagt Shona und fügt hinzu: »Ich bekomme hier alles Mögliche zu sehen: Mastektomien, Rekonstruktionen, Implantate. Unfassbar, was einige Frauen durchmachen müssen. Auch viele junge Mädels, so wie du. Aber was auch immer bei dir gemacht wurde, die haben das wirklich gut hingekriegt.«

»Danke«, sagt Ailsa, obwohl das Kompliment nicht ihr gilt, sondern Dr. Mokbel. Sie wird es ihm ausrichten, wenn sie ihn das nächste Mal sieht. Falls sie ihn sieht. Die letzte Untersuchung hat er gar nicht selbst durchgeführt, sondern einem seiner Assistenzärzte überlassen. Wahrscheinlich ist er zu sehr mit schwer kranken Herzpatienten beschäftigt; da bleibt keine Zeit mehr für die Transplantierten, die er zusammengeflickt hat.

Ailsa probiert zig BHs an und entscheidet sich schließlich für zwei: einen aus schwarzer und einen aus hellblauer Spitze, gleiches Modell, eine Körbchengröße und eine Unterbrustbandgröße kleiner als ihr alter BH. Als sie sich damit im Spiegel betrachtet, reckt sie unwillkürlich die Schultern nach hinten und stellt fest, dass sie ein wirklich schönes Dekolleté hat, hinter dem nun ein perfekt geformtes Herz schlägt. Und auf einmal sieht die Narbe gar nicht mehr so schlimm aus, und die Fettpölsterchen um die Taille fallen auch nicht mehr so ins Gewicht.

Den hellblauen BH möchte sie anlassen; Shona schneidet das Etikett für sie ab und bringt es zur Kasse. Als Ailsa aus der Umkleide kommt, wieder im T-Shirt, lächelt Hayley. »Wow, das macht wirklich einen Unterschied«, sagt sie. »Fühlst du dich besser?«

»Ja«, sagt Ailsa. »Du hattest recht. Ich brauchte wirklich einen neuen BH.«

»Für deine Haltung«, sagt Hayley. »Du verdienst es nämlich, stolz erhobenen Hauptes durchs Leben zu gehen.«

Die Kleider, die Ailsa danach anprobiert, sitzen deutlich besser als die Sachen zuvor. Sie entscheidet sich für ein dunkelblaues Modell mit gelbem Rosenmuster, rundem Ausschnitt, Dreiviertelärmeln und leicht ausgestelltem Rock, der knapp über dem Knie endet. Diesmal sieht die Frau im Spiegel gesund, zufrieden und selbstbewusst aus.

Und damit ist ihr Budget erschöpft. Als Kind hatte Ailsa Anspruch auf Unterhaltsbeihilfe für Behinderte, und als sie volljährig wurde, hätte sie bestimmt weiterhin Anspruch darauf gehabt, aber Hayley und sie hatten damals beschlossen, keinen Antrag auf Weiterzahlung zu stellen. Es hätte zwar keine Bedarfsprüfung bei ihnen gegeben, aber das Ganze hätte trotzdem viel Zeit und Energie gekostet, und darauf wollten sie lieber verzichten. Mit der abbezahlten Hypothek (»Wenigstens was das angeht, hat dein Erzeuger sich nützlich gemacht«) und sparsamer Haushaltsführung konnten sie es auch ohne Beihilfe schaffen. Und so geschah es dann auch.

Ailsa nahm damals ein Studiendarlehen auf. Und von ihrer Mutter wird sie noch immer finanziell unterstützt. Aber nun geht es ihr gut, und sie ist auch zu alt, um ihrer Mutter weiter auf der Tasche zu liegen, zumal Hayley bald auszieht. Also haben sie vereinbart, dass Hayley mit Tamsins Hilfe noch sechs Monate lang für alle Rechnungen aufkommt und Ailsa sich in diesem Zeitraum eine Arbeit sucht und überlegt, was sie langfristig machen will. Hayley kann währenddessen mietfrei bei Tamsin wohnen. Danach sehen sie weiter.

Der heutige Einkauf reicht ja auch für die nächsten Monate. (Sie staunt noch immer darüber, dass die Zukunft jetzt Monate, ja sogar Jahre hat.) Die meisten ihrer Klamotten sind inzwischen zu weit geworden, aber einige stehen ihr richtig gut, seit sie etwas abgenommen hat. Emily und Pritti stöbern gern in Secondhand-Läden; vielleicht haben sie ja Lust, einen Nachmittag mit ihr zusammen auf Schnäppchentour zu gehen.

»Ich bin fertig«, sagt sie, als sie das Kleid bezahlt hat. Es ist schon fast zwei.

»Lass uns noch eine Kleinigkeit essen, bevor wir nach Hause gehen«, sagt Hayley.

»Gute Idee.« Wenn sie zu Hause sind, reden sie kaum noch miteinander. Es ist nicht so, dass sie sich absichtlich anschweigen; sie wissen einfach nicht, wie sie sich in der Übergangsphase verhalten sollen. Wenn der Umzug erst einmal geschafft ist, wird bestimmt alles gut. Eigentlich gibt es keinen Grund, daran zu zweifeln.

Sie schlendern zur Rose Street, zu dem Café, wo sie sich früher nach Untersuchungsterminen im Krankenhaus immer Erdbeer-Milchshakes genehmigt haben. Wenn sie in ein Café oder Restaurant gehen, haben sie stets dieselbe Routine: Erst suchen sie sich einen Tisch, dann gehen sie nacheinander auf die Toilette, um sich die Hände zu waschen, anschließend bestellen sie etwas, und danach entspannen sie sich. Ailsa nimmt einen schwarzen Kaffee und ein Omelett mit Pilzen, Hayley entscheidet sich für Käse-Schinken-Panini und einen Cappuccino, den sie wie üblich umrührt, obwohl das eigentlich überflüssig ist. Aber die Cappuccino-Latte-Diskussion haben sie im Lauf der Jahre schon oft genug geführt. Vielleicht erklärt sich die zunehmende Stille zwischen ihnen auch einfach dadurch, dass Hayley und sie bereits alle Gespräche geführt haben, die zwischen Mutter und Tochter überhaupt möglich sind, und zwar so oft, dass sie sie auswendig können.

»Bist du mit deinem Einkauf zufrieden?«, fragt Hayley.

»Ja«, sagt Ailsa. »Ich glaube schon.« Das Gefühl, zu dick zu sein, ist verschwunden. Schließlich hat sie schon einiges an Gewicht verloren und wird immer fitter. Nur das zählt.

»Wolltest du dir keine neue Tasche kaufen?«

»Nicht heute.« Ailsa liebt ihre zerschlissene alte Tasche, egal, was andere Leute denken.

»Einen Versuch war's wert«, sagt Hayley und lächelt. Dann fügt sie hinzu: »Alles ist jetzt anders, oder? Selbst die Dinge, von denen wir es nie gedacht hätten, haben sich durch dein Herz verändert. Ist es nicht so?«

Ailsa nickt und legt ihrer Mutter die Hand auf den Arm, nur eine kurze Berührung, eine Geste der Dankbarkeit. »Glaubst du, wir schaffen das?«, fragt sie.

Schon wieder dieser verkniffene Mund. »Die Frage kommt ein bisschen zu spät, oder? Als wir mit deiner Tante gesprochen haben, warst du dir jedenfalls sehr sicher.«

»Ich weiß. Das bin ich auch immer noch. Aber …« Ailsa holt Luft und spürt, wie Apple ihr die Worte förmlich in den Mund pumpt. »Das bedeutet ja nicht, dass ich dich nicht mehr lieb habe.«

Hayley seufzt. »Ich habe dich auch noch immer lieb, Schatz. Natürlich werden wir das schaffen. Ich weiß, bei uns läuft es anders als üblich; nicht du ziehst aus, sondern ich. Aber der Grund dafür ist, dass du dich abnabeln willst, und es ist nun mal für alle Mütter schwer, wenn ihre Töchter diesen Schritt machen. Doch wir wissen ja beide, dass es Schlimmeres gibt, nicht wahr?«

Ailsa nickt. Doch sie findet es schrecklich, dass sie und ihre Mutter das Gefühl haben, als dürften sie über gar nichts traurig sein, bloß weil sie das Glück hat, noch zu leben. Sie muss an Seb und sein Gespräch mit Tom Foster denken. Vielleicht sollte sie ihrer Mutter davon erzählen. Aber dann lässt sie es doch lieber bleiben.

»Ich besuche euch. Jede Woche.«

Hayley nickt. Sie streckt eine Hand über den Tisch und streichelt ihrer Tochter die Wange, und Ailsa verkneift sich einen Witz darüber, dass ihr Bart fast weg ist, und lässt die liebevolle Geste ihrer Mutter zu.

»Wenn du überhaupt ins Haus kommst.« Tamsin, die mit »Vintage-Sammlerstücken« beziehungsweise »Schrott« (so nennt

Hayley es) handelt, ist eine hoffnungslose Chaotin; ihre Wohnung ist regelrecht überfrachtet mit Möbeln, Gemälden und Beistelltischen, auf denen sich Bücher und Zeitschriften stapeln.

»Vielleicht findest du ihren früheren WG-Kumpel, wenn du bei ihr aufräumst. Könnte ja sein, dass sie ihn aus Versehen in einen Schrank gesperrt hat.«

»Gut möglich«, sagt Hayley. Dann: »Hast du nicht Lust, wieder Rot zu tragen? Die Farbe steht dir wirklich gut. Sie passt zu deinem Haar.«

Ailsa nickt. Als sie noch Rot trug, brachte es das Gold in ihrem aschblonden Haar zum Strahlen. Und ihren bleichen Teint brachte es auch zum Leuchten. Wahrscheinlich würde die Farbe jetzt Wunder wirken.

»Ich kann nicht«, sagt sie.

»Ich weiß«, sagt Hayley. »Es ist noch zu früh. Aber irgendwann vielleicht.«

»Ja.« Ailsa fühlt sich verpflichtet, zuzustimmen, weil es nun auch für sie ein Irgendwann gibt, eine Zukunft, in der alles möglich scheint. Doch insgeheim denkt sie: Nein. Wenn sie sich einmal für etwas entschieden hat – bei *Romeo und Julia* mitmachen, nie wieder Rot tragen –, dann bleibt sie auch dabei. Wozu sollte das Ganze sonst gut sein?

»Ich würde mit dir gern über deinen Blog sprechen.«

»Was ist damit?«

»Ich mach mir nur ein bisschen Sorgen wegen des Ausflugs. Ich bin mir nicht sicher, ob das eine gute Idee ist.«

»Du warst bei den vier Prozent, die dagegen gestimmt haben, gib es zu.«

Hayley lacht, rührt wieder ihren Cappuccino um, nimmt einen Schluck. »Ich stimme nie mit ab. Was Tamsin macht, ist ihre Sache.«

Ailsa schweigt, holt Luft. Ihr Kaffee ist so weit abgekühlt, dass man sich nicht mehr die Zunge daran verbrüht. Sie nimmt einen Schluck. Da kommt auch schon ihr Omelett. Es ist riesig, fast zu groß für den Teller, und es sieht köstlich aus, vom Duft ganz zu schweigen. So ein Omelett würde sie selbst niemals hinbekommen. Bei ihr sieht alles wie Rührei aus. Hayley sagt dann immer, dass sie mehr Geduld braucht und die Pfanne noch mehr erhitzen muss. Und Ailsa kontert jedes Mal, dass sie keine Pfannkuchen machen will. Aber bald hat sie in der Küche ja endlich ihre Ruhe.

»Redest du von der Umfrage oder davon, dass ich nach London fahre?«

Hayley seufzt und schaut weg, bevor sie antwortet. »Du weißt doch, dass ich von deinen Umfragen nichts halte. Bei einigen frage ich mich wirklich, was das soll. Wozu brauchst du einen Namen für dein Herz? Es gehört dir doch. Aber diese London-Sache – mir ist unwohl dabei.«

»Wieso?« Ailsa legt die Hand auf die Brust, um Apples wütende Schläge zu besänftigen. Ihr neues Herz muss noch lernen, dass ihre Mutter kein Verständnis für Dinge hat, die über ihren Horizont hinausgehen.

»Du kannst mir doch nicht erzählen, dass dieser *Seb* …« – wenn man ihre Mutter hört, könnte man glauben, kein vernünftiger Mensch würde so heißen – »… sonst niemanden hat, der ihm helfen könnte.«

»Doch, aber niemand hätte zwei Wochen lang Zeit«, entgegnet sie. »Und andere Schauspieler will er nicht fragen, weil die sofort anfangen würden, zu improvisieren. Er braucht einfach nur jemanden, der ihm hilft, seinen Text zu lernen.«

»Ohne dafür bezahlt zu werden«, sagt Hayley.

»Er übernimmt meine Reisekosten«, sagt Ailsa trotzig.

»Hast du schon mal was von Emanzipation gehört, Ailsa? Weißt du denn nicht, dass so etwas nicht in Ordnung ist? Manche Leute würden das als Ausbeutung bezeichnen. Und du fängst bald an zu arbeiten …«

Hayleys Stimme klingt trügerisch sanft. Ailsa muss sich jetzt in Acht nehmen. »Er ist ein Freund, Mum. Deshalb mache ich das. Nur aus diesem Grund. Na ja, und auch, damit ich mal wegkomme. Wir unternehmen was zusammen, ich schau mir die Stadt an. Wie ein ganz normaler Mensch. Wir haben so viele Freunde, die sich für uns ein Bein ausgerissen haben. Da finde ich es zur Abwechslung ganz schön, dass ich auch mal jemandem helfen kann. Verstehst du?«

Hayley seufzt. Bestimmt denkt sie an Mrs Owens, die früher im Erdgeschoss wohnte und auf Ailsa aufpasste, wenn Hayley zur Arbeit musste, und an die Eltern von Ailsas Klassenkameradinnen, die Ailsa stets mit offenen Armen empfingen, weil Hayley nicht wollte, dass ihre Tochter nach der Schule allein war. »Ihr kennt euch aber noch nicht lange genug dafür, dass er so etwas von dir verlangen dürfte. Sightseeing hin oder her.«

»Ich wohne ja nicht bei ihm«, sagt Ailsa.

»Sagt er.«

»Ach, komm schon, Mum. Jetzt sei nicht so. Er wird mich schon nicht ermorden.«

»Das sicher nicht, aber er wird dich vielleicht ausnutzen. Du bist nicht gerade …«

»Seb ist kein Mauerblümchentyp; er hat es nicht nötig, eine Frau von Edinburgh nach London zu locken. Und worauf willst du eigentlich hinaus? Ich bin nicht gerade was?« Ailsa hat keinen Hunger mehr, obwohl ihr Teller erst zur Hälfte leer ist. Liegt es an der Diät, dass sie schon satt ist, oder ist ihr von dieser Unterhaltung der Appetit vergangen? Aber kaltes Omelett schmeckt so oder so nicht. Sie schiebt den Teller weg.

»Erfahren. Weltgewandt.«

Ailsa lacht. Ihre Mutter weiß natürlich von Lennox. Und auch von Jacob, dem sie eines Morgens in der Küche begegnete, als er Tee kochte, eingehüllt in Ailsas Morgenmantel. Von dem amerikanischen Austauschstudenten, dem Ailsa einmal Freitagvormittags in der Stadt den Weg erklärte und der dann Freitagnacht und einen Großteil des Samstags in ihrem Bett verbrachte, weiß Hayley allerdings nichts. (Robbie? Randy? Nein, den Namen Randy hätte sie bestimmt nicht vergessen.) Und von der Feuerwerksparty der Student Union, als sie und der Typ, der Anthropologie studierte, die Einzigen waren, die sich vor der nächtlichen Kälte nach drinnen verdrückten, hatte sie auch keine Ahnung. Geschweige denn von …

»Mum. Du wirst es kaum glauben, aber es gibt tatsächlich Dinge, die an dir vorbeigegangen sind.«

»Ich weiß, Schatz«, sagt Hayley. »Und ich möchte auch gern glauben, dass du dabei auf deine Kosten gekommen bist. Aber das meine ich nicht. Ich rede davon, dass du bisher ein sehr behütetes Leben geführt hast. Die Leute behandeln dich anders, auch wenn dir das vielleicht nicht bewusst ist. Als du aufgewachsen bist, hast du viele Fehler, aus denen andere lernen mussten, gar nicht machen können. Weil du … beschützt werden musstest.«

»Aber jetzt muss ich das nicht mehr.«

Hayley stellt ihre Tasse ab und holt tief Luft. »Was ich sagen will, ist, dass du in mancher Beziehung vielleicht ein wenig naiv bist. Zum Beispiel, was Männer angeht.«

»Mum, bitte.« Ailsa ist müde – sie war heute schon viel unterwegs, und außerdem hat sie keine Lust, sich schon wieder auf dieses leidige Thema einzulassen. »Ich weiß, dass du alle Männer für Mistkerle hältst. Und ich weiß auch, warum. Mein Vater hat dich im Stich gelassen, und danach hast du keinem anderen mehr eine Chance gegeben, denn …« Sie hält inne, weil sie zu weit geht, und selbst sie darf sich nicht alles erlauben. Nicht mehr. Aber diesmal wird Hayley nicht laut, und sie steht auch nicht auf und geht. Sie schaut ihrer Tochter einfach nur direkt in die Augen, so wie damals an dem Abend im Krankenhaus, als sie Ailsa endlich die ganze Geschichte über ihren Vater erzählte und dass er bereits vor ihrer Geburt kalte Füße bekommen hatte.

»Ailsa …« Sie wirkt fast wehmütig, und auf einmal tut sich etwas zwischen ihnen auf – die Möglichkeit einer anderen Wahrheit vielleicht, oder zumindest einer anderen Art, dieses neue Leben zu leben.

»Was? Sag schon, Mum. Sag's mir.« Sie hört sich selbst geradezu flehen. Doch Hayley schaut weg, aus dem Fenster, so wie früher, als sie in Ailsas Krankenzimmer saß und ständig zur Tür schaute, als wartete sie darauf, dass endlich jemand kam, um sie beide zu retten. Diese Zeiten sind jetzt vorbei.

»Du hast recht«, sagte Hayley schließlich. »Wahrscheinlich kann ich mich nicht genug in dich hineinversetzen. Aber glaubst du, es ist einfach, eine Beziehung zu haben, wenn man ein krankes Kind hat? Glaubst du, jemand will eine Partnerin haben, die jeden verdammten Tag rund um die Uhr dafür betet, dass jemand stirbt, damit ihr Kind endlich ein Herz bekommt? Glaubst du, es macht Spaß, so etwas mitzuerleben?«

»Nein.« Hayleys Worte treffen sie wie Messerstiche. Obwohl Ailsas neues Herz ihre Vergangenheit gar nicht kennt, zieht es sich zusammen. Ailsa steigen Tränen in die Augen. Sie und Lennox dachten immer, dass sie ihre eigenen Eltern ebenfalls abschirmen und beschützen würden. Sie weiß noch, wie sie in seinen letzten Tagen bei ihm saß, seine Hand hielt und mit ihm darüber redete, dass er Angst hatte. Da kam Ruthie herein und fragte, wie es ihm ging, und Lennox hob die Hand und lächelte, als würde er ihr an einem sonnigen Tag fröhlich von einem Boot aus zuwinken. Wenn er mit Ailsa zusammen war, weinte er. Das kann sie allerdings keinem erzählen, denn seine Geschichte ist längst geschrieben, und der Titel lautet: Lennox der Tapfere. Natürlich konnten sie ihre eigenen Eltern nicht beschützen. Das war unmöglich.

»Es tut mir leid, Mum. Wirklich. Ich weiß, dass ich dir dein Leben gestohlen habe.«

Hayley wirft ihr einen langen Blick zu, als läge ihr etwas auf der Zunge, das sie besser nicht sagen sollte. Dann schüttelt sie den Kopf. »Ich habe dich bestimmt nicht so weit gebracht, damit du dich einem verdammten Promi-Fuzzi an die Brust wirfst.«

Hayleys Stimme klingt sanft, aber ihre Worte sind dermaßen unfair, dass Ailsa am liebsten losheulen würde. Aber den Gefallen wird sie ihrer Mutter bestimmt nicht tun. »Ist das dein Ernst? Ich fasse es nicht, dass du so über mich denkst! Weißt du was? Du kannst mir nicht einerseits vorwerfen, dass ich mir mit meinen Blog-Umfragen Entscheidungen abnehmen lasse, und mir andererseits verbieten, mich einem Promi-Fuzzi an die Brust zu werfen. Denn dann würdest du mir ja auch eine Entscheidung abnehmen. Aber das machst du ja gern. Zum Beispiel, indem du mir bei der Suche nach meinem Vater alle möglichen Steine in den Weg legst!«

»Jetzt komm mir bloß nicht so, Ailsa.«

»Warum nicht? Du willst doch, dass ich mich emanzipiert verhalte! Und was machst du? Ich erwähne meinen Vater, und du gehst überhaupt nicht darauf ein! Du hast es gerade schon wieder getan.«

Die Leute im Café fangen an, sich umzudrehen. »Von mir aus kannst du mit Emily über deinen Vater reden. Für mich ist das Thema erledigt.«

»Und für mich ist das Thema ›Blog‹ erledigt.«

Sie schweigen sich an. Die Kellnerin kommt, um die Teller abzuräumen.

Nach einer Weile fragt Hayley: »Was hat das Krankenhaus denn zu deinen Reiseplänen gesagt?«

»Dass es eine schreckliche Idee ist und ich in kürzester Zeit sterben werde.«

»Spar dir deinen Sarkasmus, Ailsa.«

»Ach, ist das Ziel meines Lebens jetzt etwa, immer nur nett zu sein?«

Hayley starrt auf den Kaffeerest in ihrer Tasse, dann schaut sie auf und reckt die Schultern. »Ich glaube, wir sind beide ziemlich erschöpft, was?«, sagt sie, um Freundlichkeit bemüht.

Ailsa holt tief Luft und nickt. Sie sind erschöpft, und sie sind mitten in einem Lernprozess. Sie zwingt sich zu einem Lächeln. »Ich werde aufpassen, versprochen.«

Sie denkt an den Morgen vor ihrer Transplantation zurück, als Hayley an ihrem Bett saß, ihre Hand streichelte und sagte: »Ab morgen gehört dein Leben dir.« Darüber hatte sie nachgedacht, bevor die Narkose bei ihr einsetzte. Es klang so einfach. Aber das war es nicht.

Hayley nickt. »Wenn du wieder zurückkommst, werde ich ganz aus der Wohnung ausgezogen sein. Dann wird es so sein, wie du es willst, und dann sehen wir, wie wir damit klarkommen.«

»In Ordnung«, sagt Ailsa, und ihre nächsten Worte klingen nicht mehr wütend, sondern wie ein Friedensangebot: »Du hast mir gesagt, nach der Transplantation würde mein Leben mir gehören.«

»Ja. Und so ist es auch. Wie bei jedem Menschen, Schatz. Aber es ist trotzdem eine große Veränderung. Es wird nie wieder so sein wie früher. Ich möchte nur, dass wir darauf vorbereitet sind.«

Ailsa kommt plötzlich der Gedanke, dass sie noch nie allein gelebt hat und dass es ihr vielleicht gar nicht gefallen wird. Nach Lennox' Tod war sie oft mitten in der Nacht ins Schlafzimmer ihrer Mutter gegangen, und Hayley rückte im Schlaf automatisch zur Seite, um Platz für Ailsa zu machen. Ailsa war wie ein verletzter Vogel, und ihre Mutter war die Hände, die sich schützend um ihn gelegt hatten. Aus dem Nest zu fliegen wird vielleicht nicht so einfach, wie sie geglaubt hat.

BLUEHEART-BLOG

18. Mai 2018

Apple in der City

Apple und ich können euch gar nicht genug dafür danken, dass ihr uns nach London geschickt habt. Allein im British Museum sind wir zehntausend Schritte gelaufen, und im Theater waren wir auch, denn mein Londoner Freund fand es unglaublich, dass »*Les Misérables* anschauen« nicht ganz oben auf meiner To-do-Liste stand; er meinte, das sei doch das perfekte Musical, wenn man elend zugrunde geht. Ich sagte, mein Leben sei miserabel genug gewesen, aber zugegeben: Das Musical war sensationell – das solltet ihr wirklich gesehen haben, bevor ihr das Zeitliche segnet. Außerdem war ich auf dem London Eye, was richtig Spaß gemacht hat (bei der Gelegenheit konnte ich auch meinen Wunsch abhaken, mal für irgendetwas Schlange zu stehen, wenn es mir gut geht – erledigt!). Eine Sightseeingtour im offenen Doppeldeckerbus haben wir natürlich auch gemacht, doch eigentlich finde ich, dass sich London besser zu Fuß entdecken lässt. Die meiste Zeit verbringe ich allerdings damit, meinem Freund bei seiner Sache zu helfen. Abends schlendern wir auf der Suche nach netten Restaurants an den Wahrzeichen Londons vorbei, durch Parks und alte Straßen, und dann verstehe ich, was an London so faszinierend ist. Über den modernen Gebäuden des 21. Jahrhunderts warten gotische Wasserspeier und antikes Mauerwerk darauf, entdeckt zu werden. Ich war es gar nicht mehr gewohnt, nach oben zu schauen. Es erinnert an Edinburgh, nur dass in London ein größeres Durcheinander herrscht. Edinburgh hat bestimmte

Themen: Sandstein, Größe, georgianische Architektur, schottischer Baroniestil. In London lautet das Motto eher: »Ach, lassen wir die kleine Terrasse erst mal zwischen dem Museum und dem Lagerhaus stehen.«
London riecht nach Abgasen und Limonade. Es ist hektisch, und diese Hektik ist ansteckend. Aber wenn man die Menschen anlächelt, lächeln sie zurück, und freundliche Gesten werden erwidert. (Als ich in der U-Bahn meinen Sitzplatz einer Schwangeren angeboten habe, hat sie mir Zitronenbonbons mit Brause geschenkt.)
Ich habe hier eine Wohnung ganz für mich allein – zum ersten Mal in meinem Leben. Am Abend meiner Ankunft war ich so erledigt, dass ich gar nicht weiter darüber nachgedacht habe. Am zweiten Abend lag ich stundenlang wach und lauschte den Geräuschen der Stadt – es sind die gleichen wie daheim, sie klingen nur anders. Und als der Morgen kam, stand ich auf, um mich auf den Weg zu meinem Londoner Freund zu machen und ihm zu helfen, und ich dachte: Genau das machen die normalen Leute. Sie stehen auf und gehen zur Arbeit. Und ich mache das jetzt auch. Wie aufregend! (Apple war davon nicht ganz so beeindruckt. Wahrscheinlich hat sie bereits allein gelebt und irgendwo gearbeitet.)
Wenn ich nach Edinburgh zurückkehre, werde ich allein in der Wohnung wohnen, in der ich bisher zusammen mit meiner Mutter gelebt habe. Das ist eine große Herausforderung für mich. Ich möchte es so – aber es ist auch eine tief greifende Veränderung. Die Wohnung in London macht mir das bewusst. Sie gibt mir Gelegenheit, das Alleinsein schon einmal zu üben. Und bisher gefällt es mir sehr gut.

Meine heutige Frage an euch lautet: Wie kann ich diese Veränderung am besten bewältigen?
Ihr habt Zeit, bis ich nach Hause zurückkehre. Die Umfrage schließt am Freitag, den 25.

Planen – Sorg dafür, dass du immer irgendetwas zu tun hast, und sei nicht beunruhigt, wenn diese Veränderung bei dir auch Unbehagen hervorruft – das ist vollkommen normal.
Renovieren – Mach die Wohnung zu deiner eigenen. Dekoriere sie neu, stell Möbel um. Eine neue Epoche beginnt – das schreit förmlich nach neuen Kissen! Auch wenn du nicht viel Geld hast: Du kommst täglich an Secondhand-Läden vorbei, und du weißt ja, dass sich dort wahre Schätze verbergen.
Feiern – Deine erste eigene Wohnung; besser spät als nie! Da ist eine Einweihungsparty natürlich Pflicht. Man muss die Feste feiern, wie sie fallen!

3 Mal geteilt
17 Kommentare

Ergebnisse:
PLANEN 47 %
RENOVIEREN 39 %
FEIERN 14 %

24. Mai 2018

Belsize Park

»Komm hoch«, sagt Seb durch die Sprechanlage, und ein Summen ertönt. Ailsa drückt die Eingangstür des eleganten Gebäudes auf und nimmt den Aufzug in den dritten Stock. Sebs Wohnungstür steht offen. Er tritt einen Schritt zurück, um sie hereinzulassen.

»Hallo«, sagt er und küsst sie erst auf die eine, dann auf die andere Wange; sie hat sich fast schon daran gewöhnt, zuckt kaum noch zusammen, wenn er ihr so nah kommt, mit seinen Bartstoppeln am Kinn, die ein wenig dunkler als sein Haar sind. »Wie geht's dir heute Morgen? Und wie geht's Apple?«

»Mir geht's gut«, sagt Ailsa, »und Apple auch.« Es ist kurz vor zehn. Seb lässt die Vorhänge halb geschlossen, damit es dunkel und kühl in seiner Wohnung bleibt.

»›… denn mein Herz erbangt und ahnet ein Verhängnis, welches, noch verborgen in den Sternen …‹«, sagt sie.

»›… heute nacht bei dieser Lustbarkeit den furchtbarn Zeitlauf beginnen und das Ziel des lästgen Lebens, das meine Brust verschließt, mir kürzen wird‹«, fügt Seb hinzu, und sie schauen sich an und lächeln.

»Geschafft!«, sagt Ailsa. »Was lange währt, wird endlich gut!« Sie haben den ersten Stolperstein bewältigt. Seb hat die Stelle bestimmt zwanzigmal vergeigt, aber sie haben nicht aufgegeben.

»Bist du eigentlich froh, hier zu sein?«

Sie schaut überrascht auf. »Natürlich. Wieso?« Manchmal hat sie allerdings das Bedürfnis, sich zurückzuziehen, weil sie müde wird. Am Abend zuvor wollte sie deshalb keinen Spaziergang machen, sondern sich lieber etwas beim Imbiss holen und gegen neun zurück in Yusefs Wohnung sein. Eigentlich hatte sie angenommen, dass er dafür Verständnis hat.

Er wendet den Blick ab, geht die Post auf dem Beistelltisch neben der Tür durch. »Na ja, im Grunde bist du ja nur deshalb hier, weil deine Blog-Leser dafür abgestimmt haben, oder?«

»Wenn ich gewusst hätte, was mich erwartet, wäre die Umfrage gar nicht nötig gewesen.«

»Aha.« Seb dreht sich zu ihr und schaut sie mit undurchdringlicher Miene an. Vielleicht kommt es ihr auch nur so vor, weil der Schatten aus dem Flur auf sein Gesicht fällt. »Ich fürchte, ich werde wohl nie erfahren, ob du dann auch gekommen wärst …« Er schüttelt fast unmerklich den Kopf, geht an ihr vorbei in die Küche und kommt kurz darauf wieder zurück. »Auf dem Rückweg vom Training habe ich diesen Smoothie für dich besorgt«, sagt er. »Spinat, Kiwi und Mandelmilch. Aber ohne Spirulina, weil ich mir nicht sicher war, ob das überhaupt zur Paleo-Diät gehört.«

Ailsa lacht und nimmt den Plastikbecher mit dem blauen Strohhalm entgegen. »Das muss ich in meinem Steinzeitmenschenlexikon nachschlagen«, sagt sie. »Keine Ahnung, was Spirulina ist.« Sie ist froh über den Themenwechsel. Die Gespräche, die sie mit ihrer Mutter hat, will sie jetzt nicht auch noch mit Seb führen.

»Ich habe auch keine Ahnung, aber das wollte ich nicht zugeben, damit ich nicht dumm dastehe. Ehrlich gesagt war mir auch neu, dass es Smoothies schon in der Steinzeit gab. Deine Diät hat mir mal wieder vor Augen geführt, wie wenig ich doch weiß.«

»Danke.« In den vergangenen elf Tagen hat sie bemerkt, dass Seb viele positive Eigenschaften hat; zum Beispiel ist er völlig uneitel. Bei ihr ist es ähnlich: Dadurch, dass sie viele Jahre lang regelmäßige Untersuchungen über sich ergehen lassen und sich anhören musste, was die letzten Bluttests ergeben und welche

Werte sich verschlechtert haben, blieb ihr gar nichts anderes übrig, als ihren Körper so zu akzeptieren, wie er ist. Bei ihren Gesprächen mit gesunden Menschen hat sie allerdings festgestellt, dass das nicht die Norm ist. (Als sie den Blog-Beitrag über ihre Gewichtszunahme veröffentlicht hatte, war sie verblüfft, wie viele Leute sie für ihren Mut lobten, das überhaupt zuzugeben. Sie fand das absurd; fünfzehn Kilo zu viel auf den Hüften kann man ja nicht einfach verstecken, selbst wenn es einem noch so peinlich ist.) Vielleicht ist Seb ja deshalb so uneitel, weil er Schauspieler ist. Jedenfalls kennt er seinen Körper in- und auswendig, so wie sie ihren kennt, und bemerkt auch die kleinste Veränderung sofort. Er schaut sie an. »Du hast abgenommen, seit du hier bist.«

Ailsa nickt. »Stimmt, ein paar Pfund. Hier.« Sie streicht sich über die Taille. Es fühlt sich gut an, dass ihre Taille wieder zum Vorschein kommt. Aber das ist nichts gegen die Freude, einen Körper zu haben, der sich mühelos bewegen und atmen kann, und ein starkes Herz, das regelmäßig schlägt. Sie kommt sich vor wie ein Fünkchen, das sich in eine lodernde Flamme verwandelt hat.

»Ja«, sagt Seb, »das ist mir auch schon aufgefallen. Deine Kurven kommen mehr zur Geltung.« Dann wendet er sich ab, um sein Handy zu checken und es auf stumm zu stellen. Er bekommt gar nicht mit, dass sie vor Verlegenheit knallrot wird.

Das mit den Kurven hat er bestimmt nicht als Kompliment gemeint, das wäre ja auch zu schön. Aber immerhin hat er nicht gesagt, dass sie weniger »Polster« hat.

Er legt sein Handy wieder weg und schaut sie abermals an. »Und deine Brille wirkt größer. Oder dein Gesicht ist geschrumpft. Ich bin mir nicht sicher.«

»Wir Schotten tragen donnerstags immer große Brillen. Aus Tradition. Sag bloß, das wusstest du nicht.«

Seb lacht. Dann reckt er sich und fragt: »Sollen wir anfangen?«

»Gute Idee. Romeo wurde schließlich nicht an einem Tag erbaut.«

»Ha, ha, ha«, sagt Seb.

»Siehst du«, erwidert Ailsa. »Humor ist, wenn man trotzdem lacht.« Sie grinsen sich an, dann legen sie los.

Das Ganze läuft so ab: Ailsa sitzt mit Notizbuch, Textbuch und Stift in einem Sessel vor den deckenhohen Fenstern, die zur Straße hinausgehen, die Beine seitlich angezogen, ihre geliebte türkisfarbene Messenger-Bag neben sich auf dem Boden, und liest den Zweizeiler vor, der vor Romeos Text steht. Dann sagt Seb Romeos Text auf, und Ailsa wartet, bis er ins Stocken gerät oder es bis zum Ende seiner Passage schafft. Dann schaut er sie erwartungsvoll an, und sie sagt ihm, ob er etwas vergessen hat oder nicht. Falls ja, geht sie die Stelle, an der er gestockt hat, mit ihm noch einmal durch. Falls nicht, machen sie weiter, bis sie irgendwann zum Ende der Szene gelangen. Während sie arbeiten, bleibt er in Bewegung; mal sitzt er im rechten Winkel zu ihr auf dem Sofa, mal läuft er fingerschnipsend hin und her, und manchmal – das mag sie am liebsten – sitzt er auf dem Boden, den Rücken an die Seite ihres Sessels gelehnt. So nah bei ihr, dass sie ihn anfassen könnte. Was sie natürlich nicht tut.

Anfangs war es ihr furchtbar peinlich, aber inzwischen hat sie sich daran gewöhnt. So wie sie sich daran gewöhnt hat, morgens beim Aufwachen kein Engegefühl mehr in der Brust und Schmerzen in den Armen zu haben. So richtig normal fühlt es sich aber noch nicht an. Genauso wenig wie der Anblick ihrer rosigen Wangen und des pinkfarbenen Lippenstifts. Normalität bedeutet für sie eine Liste in ihrem Notizbuch, in der sie Daten, Szenen und Textstellen notiert, um sie mit Kreisen zu markieren, wenn sie sie geübt haben, und abzuhaken, wenn sie einen perfekten Durchgang geschafft haben – mit so etwas kennt sie sich aus.

Sie beginnen mit den Szenen, die Seb bereits gelernt hat. Er rattert wie ein Zug durch sie hindurch; so schnell kann sie ihm manchmal im Textbuch gar nicht folgen, auch wenn ihr die Zeilen allmählich vertrauter werden und sie es inzwischen meistens schon hört, wenn er sich vertut, bevor sie die entsprechende Stelle liest.

Sie schaut auf ihre Liste. »Gut«, sagt sie. »Lass uns mit der Stelle anfangen, wo die Amme zu dir kommt. Bereit? ›Sagt mir doch, was war das für ein unverschämter Gesell, der nichts als Schelmstücke im Kopfe hatte?‹«

Seb seufzt. Die Prosa zu lernen fällt ihm schwer. Der Rhythmus der Pentameter liefert ihm eine Stütze, aber bei der Prosa fällt diese Orientierungshilfe flach. So ähnlich geht es ihr mit dem Unterschied zwischen dem Krankenhausalltag und dem Alltag zu Hause. Im Krankenhaus gab es festgelegte Tagesstrukturen, nach denen sie sich richten musste. Zu Hause kann sie ihre Zeit dagegen frei einteilen. Das scheint viel einfacher zu sein, ist es aber nicht.

Seb strafft die Schultern, schließt die Augen, öffnet sie wieder, schaut Ailsa an. Dann wandert sein Blick hinter sie ins Leere, und er beginnt: »›Jemand, der sich selbst gern reden hört, meine gute Frau, und der in einer Minute mehr spricht, als er in einem Monate verantworten kann.‹«

Sie arbeiten drei Stunden lang, dann machen sie Mittagspause. Am Nachmittag wollen sie die Abschiedsszene von Romeo und Julia üben. Seb hat wie jeden Morgen auf dem Rückweg vom Fitnessstudio Salat und kalten Braten beim Deli besorgt, außerdem Brot und Käse für ihn sowie frisches Obst und Datteln mit Nüssen für sie. Er stellt die Sachen auf die Kücheninsel, dazu das

Händedesinfektionsmittel, das Ailsa am ersten Tag mitgebracht hat. Anschließend nehmen sie auf den hohen Hockern Platz und essen. Auch ihre letzte gemeinsame Mittagspause verbringen sie in einvernehmlichem Schweigen. Ailsa checkt ihre Blog-Statistiken und E-Mails, Seb seine Nachrichten auf Facebook und Twitter. Nach dem Essen erledigt er einige Anrufe, während Ailsa ein halbes Stündchen durch die belaubten Straßen von Belsize Park spaziert. Sie sind breiter und ruhiger als in Edinburgh, doch die Häuser sind genauso imposant; sie scheinen sich allerdings eher zu ducken, als emporzustrecken. Die Luft duftet intensiv nach Mai, und der Himmel strahlt um diese Zeit stets etwas Friedliches aus, egal, ob er blau oder voller Wolken ist. Auf dem Rückweg besorgt sie Kaffee, einen Iced Latte für Seb und einen Americano für sich, und dann arbeiten sie weiter, wieder ungefähr drei Stunden.

Seb sitzt vor Ailsa auf dem Boden und schaut ihr tief in die Augen. Nein – natürlich nicht ihr, sondern Julia. Bald wird er Meredith Katz in die Augen schauen.

»Ich glaube, du musst den kompletten Text von Julia aufsagen«, sagt er, nachdem er abermals ins Stocken geraten ist. Wenn sie eine Szene durchgehen, liest Ailsa ihm eigentlich nur die ersten und letzten beiden Zeilen des Textes vor, der vor seinem steht, mehr nicht.

»Vergiss es«, sagt Ailsa mit einem beklommenen Lachen. »Ich bin schließlich keine Schauspielerin.« Das fehlte ihr gerade noch. Sie kommt sich vor wie bei einer Schulaufführung und gleichzeitig wie in einem Wartezimmer. Sie schaut weg. Da streckt Seb die Hand aus und stupst sie lächelnd am Kinn.

»Ich weiß«, sagt er. »Aber ich will ja auch gar nicht, dass du schauspielerst. Du brauchst es mir einfach nur vorzulesen.«

»Na gut«, sagt Ailsa. Dritter Akt, fünfte Szene. Romeo hat darin nicht viel Text, Julia dafür umso mehr, und Ailsa hört sich selbst stottern und stocken, während Seb immer sicherer wird. Sie gehen die Szene wieder und wieder durch. Beim fünften Mal hört Ailsa auf, die Stellen zu markieren, wo Seb sich vertut, und als sie den Stift weglegt, nimmt Seb plötzlich ihre Hand. Die Stelle »Hoch über uns des Himmels Wölbung« kann er sich einfach nicht merken, aber dann schafft er es doch endlich: »›Das ist auch nicht die Lerche, deren Schlag hoch über uns des Himmels Wölbung trifft. Ich bleibe gern; zum Gehn bin ich verdrossen.‹« Sie sehen sich freudestrahlend an, und Seb kniet sich hin, beugt sich zu ihr und umarmt sie. Dann lässt er sie wieder los und setzt sich zurück auf den Boden.

»Wir haben es geschafft!«, sagt er. »Die Stelle können wir abhaken.«

»Ja. Aber geh sie morgen lieber noch einmal durch. Nur um sicherzugehen.« Sie ist wie elektrisiert von seiner Umarmung, ganz zu schweigen davon, dass er so lange ihre Hand gehalten hat. Sie kann es nicht fassen. Seb macht sich immer darüber lustig, wenn Frauen ihn auf der Straße anhalten und ihn kreischend fotografieren. Und jetzt kreischt sie selbst! Natürlich nur innerlich. Hoffentlich merkt er ihr nichts an.

Seb lacht. »Wenn ich dich zum Bahnhof bringe, können wir unterwegs im Taxi üben«, sagt er. »Eigentlich hatte ich ja gehofft, dass ich den Text noch kann, ich musste ihn ja schon für *O holder Romeo* lernen. Aber leider ist von damals nichts hängen geblieben.«

Ailsa nickt. Am Abend vor ihrer Abreise hatte sie sich das Finale der Casting-Show heruntergeladen und es sich im Zug nach London angeschaut. Bei *O holder Romeo* war Seb eher mager; jetzt ist er breiter, muskulöser. Sein Haar war damals länger und seine Mimik viel lebhafter; alle Emotionen – Anspannung, Angst, Panik, Hoffnung – flackerten ihm übers Gesicht wie Wolkenschatten über einen Berg. Als der Sieger verkündet wurde, fuhr die Kamera erst zum jubelnden Gewinner und dann sofort zu Seb, der vor Enttäuschung Tränen in den Augen hatte.

Ailsa steht auf und reckt sich, verlagert ihr Gewicht vorsichtig von einem Fuß auf den anderen; vom langen Sitzen sind ihre Beine eingeschlafen. Es ist fast halb sechs. Von draußen dringt der gedämpfte Lärm der beginnenden Rushhour herein.

Seb reckt sich ebenfalls, lockert die Schultern, schüttelt Hände und Füße aus. In solchen Momenten sieht er wie ein echter Schauspieler oder Tänzer aus. Er hat seinen Körper vollkommen unter Kontrolle, auf eine Weise, von der sie nur träumen kann. Er atmet ein paarmal tief durch, dann schaut er Ailsa an.

»Hast du Lust, tanzen zu gehen?«, fragt er und setzt sich die Sonnenbrille auf. »Ich kenne einen Ort, der dir gefallen könnte. Dort werden Milongas mit Liveband veranstaltet. Die sind wirklich gut. Und es ist dort so dunkel, dass ich die Sonnenbrille abnehmen kann.« Selbst in seiner eigenen Wohnung kann er trotz halb zugezogener Vorhänge höchstens eine Stunde durchhalten, bis ihm die Augen wehtun, und dann muss er der Versuchung widerstehen, sie sich zu reiben.

O ja – sie hat sehr große Lust, tanzen zu gehen! Der Tango ist ihr inzwischen ins Blut gegangen; in Yusefs Küche hat sie jeden Tag Ochos geübt, mit schwingenden Hüften Schritte und Drehungen vollführt, die Hände am Türrahmen, und sich dabei ihren Tanzpartner vorgestellt.

Aber Tango mit Seb, der richtig gut tanzen kann, sich geschmeidig und selbstsicher bewegt? Das ist etwas anderes. »Ich bin doch bloß Anfängerin«, sagt sie. »Da kann ich bestimmt nicht mithalten. Und außerdem habe ich meine Schuhe nicht dabei.«

Seb schiebt den Beistelltisch beiseite und streckt ihr die Arme entgegen. »Lass es uns doch mal versuchen«, sagt er.

Sie zögert, eigentlich will sie gar nicht. Doch Apples aufgeregtes Pochen drängt Ailsa dazu, auf Seb zuzugehen. Sie legt die linke Hand auf seine Schulter, an sein Schlüsselbein, sodass ihr Unterarm seinen Oberarm berührt, ohne sich abzustützen, wie Guy es ihr beigebracht hat. Seb nimmt ihre rechte Hand mit seiner linken, atmet langsam ein und aus, und beginnt dann, sie sanft hin und her zu wiegen.

»Ich will nur herausfinden, wo dein Körperschwerpunkt ist«, sagt er.

Dann macht er einen Vorwärtsschritt links, das Signal für sie, einen Rückwärtsschritt rechts zu machen, und sie beginnen, zusammen durch den Raum zu gehen, mehr nicht – aber irgendwie ist es doch mehr.

Seb hält an. »Okay.«

»Ja?«, fragt Ailsa. Das fühlte sich mehr als okay an. Jedenfalls, was sie betrifft.

»Ja.« Seb weicht ein Stückchen zurück, schaut sie an, kommt wieder näher. »Mal sehen, woran ich mich noch erinnere. Wir fingen erst, kurz bevor ich in die Augenklinik musste, mit dem Tangotraining an. Besonders weit bin ich also nicht gekommen. Roz hat für mich und die anderen Schauspieler Trainingsstunden geplant, aber das geht erst los, wenn die Proben beginnen. Bist du bereit für den nächsten Versuch?«

»Klar«, antwortet Ailsa. »Ich muss ja nichts weiter tun, als meinem Partner zu folgen.« Sie schaut auf seine Schulter, kann aber trotzdem spüren, dass er grinst, als hätte sie einen direkten Draht zu seinen Kiefermuskeln. Ob er ihr Lächeln wohl auch spürt?

Zu ihrer Überraschung beginnt er zu singen, ein ganz leises *damdam-dam,* zu dem er sich im Takt bewegt. Ehe sie sichs versieht, sind ihre Füße in der fünften Position – linker Fuß vorwärts, rechten Fuß belasten, Oberkörper aufrecht, Hüften beweglich, Muskeln angespannt, um das Gleichgewicht zu halten. Und dann macht Seb einen Rückwärtsschritt, *damdam-dam,* dreht den Oberkörper leicht zur Seite, und sie macht eine Drehung, so gut sie es barfuß hinbekommt, und kommt auf ihn zu, während er zurückweicht. Schritt, Drehung, Schließen. Schritt, Drehung, Schließen. Und durch die Art, wie Seb sich bewegt und ihr Impulse gibt, ist es auf einmal spielend leicht.

Er hält inne, lacht, lässt sie los.

»Was ist denn?«, fragt sie. Auf der Zugfahrt hat sie sich natürlich auch angeschaut, wie Seb bei *StarDance* mit Fenella tanzte; Präzision und Eleganz in Vollendung. Mit den Ochos von Fenella könnte sie bestimmt nicht mithalten; ihre eigenen Achten sehen aus wie bei einer Kuh in Gummistiefeln.

»Nichts«, sagt er. »Es fühlt sich einfach nur gut an, zu tanzen. Findest du nicht?« Er greift nach ihrer Hand.

»Doch«, sagt sie, denn es fühlt sich tatsächlich gut an, obwohl sie sich wie eine Kuh in Gummistiefeln vorkommt.

»Welche Schuhgröße hast du?«

»Fünfeinhalb.«

»Warte mal kurz.« Seb geht in sein Schlafzimmer und kommt kurz darauf mit einem Paar Tanzsandaletten zurück. »Tada! Rate mal, welche Größe das ist.«

»Fünfeinhalb?«

»Nein, fünf. Aber bei Tanzschuhen soll man eh eine halbe Größe abziehen. Hier.« Die Sandaletten sind gold-schwarz und haben schwindelerregend hohe Absätze. Ailsa hat solche Schuhe noch nie getragen, geschweige denn damit getanzt. Aber auf den Innensohlen sind Ballenabdrücke zu sehen.

»Ich kann doch nicht einfach die Schuhe von jemand anderem tragen«, sagte sie.

»Fenella wird das schon nichts ausmachen«, erwidert Seb. Das kann Ailsa sich allerdings kaum vorstellen, nach allem, was er ihr über Fenella erzählt hat. »Außerdem liegen sie schon seit Monaten hier herum«, fügt er hinzu. »Sie braucht sie also gerade nicht. Wahrscheinlich hat sie sie längst vergessen.« Er wirft Ailsa die Sandaletten zu. »Probier sie doch wenigstens mal an. Sie haben genau deine Größe – das muss Schicksal sein!«

Er klingt so begeistert, dass sie gar nicht anders kann, als sich zu setzen und ihre Zehen in die spitz zulaufenden Lackledersandaletten zu quetschen. Sie sind wirklich schön, grazil und elegant, so, wie ein Tangotanz sein sollte. Die Riemen muss sie zwar verstellen, weil sie breitere Knöchel hat, aber die Schuhe passen wirklich perfekt.

»Und?« Seb streckt ihr die Hand entgegen und grinst. Da schimmert der Fernsehstar in ihm durch, der Mann, der all seine Gefühle nach außen trägt, was ihn zugänglich und nahbar erscheinen lässt. Aber irgendwie auch weiter weg.

Sie nimmt seine Hand und steht auf, schwankt kurz, bevor sie das Gleichgewicht findet. Sie nehmen wieder ihre Positionen ein. Durch die hohen Absätze ist sie nur noch einen halben Kopf kleiner als er, schaut ihm nicht mehr auf die Schulter, sondern aufs Ohr.

»Bist du sicher, dass es Fenella nichts ausmacht?«

»Sie braucht es ja nicht zu erfahren«, sagt Seb. Als sie weitertanzen, fühlt es sich anders an. Ailsas Körperschwerpunkt hat sich verlagert, und die Schuhe sitzen doch nicht so gut, wie sie dachte; sie zwicken schon.

Doch sie machen trotzdem weiter, in kleinen Schritten, denn sie haben kaum Platz. Ailsa sieht, wie sich Sebs Muskeln unter seinem T-Shirt bewegen. Wie heißt es im Tangokurs immer? »Denkt an eure Körperspannung!« Sie streckt ihr Bein nach hinten, aus der Hüfte heraus, spürt ihre eigenen Muskeln. Als Seb sie dreht, gerät sie aus dem Gleichgewicht und taumelt gegen ihn, doch er fängt sie auf und hält sie einen Moment lang fest. Dann lässt er sie los, schiebt seine Sonnenbrille hoch und schaut ihr in die Augen, Grün trifft auf Blau.

»Und? Willst du mit mir tanzen gehen?«, fragt er. Sie nickt wie von selbst. »Gut! Ich ziehe mich nur schnell um. Es gibt dort übrigens auch ein Restaurant, mit Steak und Salat auf der Speisekarte.«

»Schön, ein Steinzeitrestaurant«, sagt Ailsa.

Seb lacht. »Willst du dich vorher auch noch umziehen? Wir können auf dem Weg bei Yusefs Wohnung haltmachen.«

»Ja«, sagt Ailsa. »Ich habe ein Kleid dabei.«

»Gib mir zwei Minuten.« Seb zieht sich das T-Shirt aus, schlendert mit nacktem Oberkörper durch die Küche und wirft das T-Shirt vor die Waschmaschine. Wie selbstverständlich diese Lässigkeit sein muss, wenn man einen makellosen Körper hat. Seit sie aus dem Krankenhaus entlassen wurde, ist sie heilfroh, endlich wieder eine Privatsphäre zu haben. Herrlich, diese Gewissheit, dass nicht unvermittelt irgendeine Ärztin oder Krankenschwester hereinschneit, um sich die Narbe anzusehen und dabei Kommentare wie »schön«, »verheilt sehr gut« oder »sieht tipptopp aus« von sich gibt.

Seb verschwindet im Schlafzimmer und schließt die Tür hinter sich. Ailsa wartet derweil am offenen Fenster und beobachtet das Nordlondoner Treiben unten auf der Straße: Ein Vater lotst drei Kinder mit Rollern auf die andere Seite, eine junge Frau hebt einen dicken Zottelhund hoch, ein BMW mit offenen Fenstern parkt zwischen einem knallroten Fiat 500 und einem weißen Lieferwagen mit Dachdecker-Logo.

Die Luft riecht nach Abgasen und Bougainvillea. Ailsa atmet tief ein und aus. Mittlerweile traut sie sich; sie braucht keine Angst mehr zu haben, dass die Narbe platzt und das neue Herz die Flucht ergreift. Ob dem Stationspersonal wohl jemals der Gedanke kam, dass es ihr peinlich sein könnte, sich nackt zu zeigen? Vielleicht haben die Ärzte und Pfleger während ihrer Ausbildung ja gelernt, nicht auf Brustwarzen zu starren, oder Ailsas Körper war für sie nur ein Behälter für das transplantierte Herz, eine Hülle, die auf keinen Fall durch Erreger kontaminiert oder unsachgemäß behandelt werden durfte, damit all die Zeit und Mühe inklusive der meisterhaften chirurgischen Naht nicht umsonst gewesen waren – die Chance auf Weiterleben durfte schließlich nicht verschenkt werden, und es gab ja auch noch andere Herzkranke auf der Liste.

Ailsa betrachtet ihre Narbe jeden Morgen im Spiegel. Inzwischen ist sie blassrosa und glatt. Shona, die BH-Verkäuferin, hatte recht: Der Chirurg hat wirklich gute Arbeit geleistet. Angenommen, sie würde sich vor einem Mann ausziehen, etwa Seb (natürlich nur als Beispiel): Was, wenn ihrem Gegenüber die Gesichtszüge entgleisen? Oder, schlimmer noch (vielleicht aber auch besser?), wenn er keine Miene verzieht, als hätte jede nackte Frau, die er zu sehen bekommt, eine Riesennarbe? Dieses Albtraumszenario könnte höchstens durch eine kleine Warnung im Vorfeld vermieden werden, nach dem Motto: »Wenn ich mich entblättere, krieg bitte keinen Herzinfarkt.« Vielleicht könnte sie die Narbe ja beim Thema Verhütung beiläufig erwähnen. Falls das Thema überhaupt aufkommt. Egal, bei welchem Mann.

»Von mir aus können wir!«, ertönt Sebs Stimme hinter ihr. Sie dreht sich um und starrt ihn entgeistert an.

»Was hast du denn?«, fragt er.

»Nichts«, sagt sie.

»Ich bin zwar noch immer halb blind, aber nicht dumm«, sagt er. »Was ist los? Habe ich mich bekleckert, ohne es zu merken?« Er schaut auf sein Hemd hinunter.

Ailsa seufzt. Aus dieser Bredouille kommt sie nur heraus, wenn sie zugibt, wie lächerlich ihre Gedanken sind. »Ich mag die Farbe Rot nicht. Sie macht mir Angst.«

Er schaut sie verblüfft an, lässt den Blick zum Spiegel über dem Kamin und wieder zurück zu ihr wandern. Schließlich lächelt er.

»Ja, dann verstehe ich natürlich, dass dir mein Hemd nicht gefällt.« Das Hemd ist perfekt für einen Tangoabend, leuchtend rot wie ein verführerisch lächelnder Lippenstiftmund.

»Dein Hemd sieht toll aus«, sagt Ailsa. »Es ist nur so, dass ich jedes Mal, wenn es besonders schlechte Nachrichten gab, etwas Rotes anhatte. Die beiden Male, als ich erfuhr, dass ein Spenderherz leider doch nicht für mich geeignet war, trug ich einen rot gestreiften Schlafanzug. Auch, als etwas anderes Schlimmes passierte. Und wenn ich schlechte Untersuchungsergebnisse bekam, hatte ich auch jedes Mal etwas Rotes an. Dazu dann die vielen Blutabnahmen. Ich hasse Rot! Ich weiß natürlich, wie albern das klingt.«

Sie starrt auf ihre pink lackierten Zehennägel, die aus den schwarz-goldenen Sandaletten hervorschauen, und wartet auf das Unvermeidliche. Es wäre nicht das erste Mal, dass sie dieses Gespräch führt. Wie viele Schlafanzüge hatte sie damals? Zwei? Da lag die Wahrscheinlichkeit, beim Tragen des rot gestreiften schlechte Nachrichten zu bekommen, natürlich bei fünfzig Prozent. Und der Umstand, dass sie überhaupt einen rot gestreiften Schlafanzug besaß, ließ darauf schließen, dass sie Rot mochte und auch noch diverse andere Kleidungsstücke in dieser Farbe hatte. Sie ist intelligent. Sie weiß, mit Logik hat das nichts zu tun. Und sie weiß auch, dass sie nach Gründen sucht, die ihr Verhalten rechtfertigen. Aber natürlich geht es ihr nicht deshalb besser, weil sie Rot aus ihrem Kleiderschrank verbannt hat, sondern weil sie ein neues Herz hat. Nur weil es einen Zusammenhang gibt, lässt das nicht automatisch auf die Ursache schließen.

»Kein Problem, ich kann auch ein schwarzes Hemd anziehen«, sagt Seb. »Aber meine rote Unterhose lasse ich an, okay?«

Sie schaut ihn an. Seine Sonnenbrille ist undurchdringlich. Sollte das gerade ein Witz sein? Sie hat keine Ahnung, obwohl sie ihn inzwischen ein wenig besser kennt. »Machst du dich über mich lustig?«

Dann passiert etwas, womit sie überhaupt nicht gerechnet hat: Er tritt auf sie zu und nimmt ihre Hände! Sie zuckt zusammen, weil es so unvermittelt geschieht, und er weicht sofort zurück.

»Entschuldige«, sagt er. »Nein, ich wollte mich nicht über dich lustig machen. Das war mein Ernst. Bei jeder Folge von *O holder Romeo* habe ich dieselben Socken getragen. Ich dachte, sie würden mir Glück bringen. War aber nicht so. Jetzt habe ich einen neuen Talisman. Ich zieh mich kurz um. Bin gleich wieder da!«

Das schwarze Hemd macht Seb blasser und sein Haar blonder. Er wartet im Wohnzimmer, während sie sich umzieht. Das Kleid sitzt lockerer als an dem Tag, als sie es gekauft hat. Sie hat tatsächlich um die Taille herum abgenommen. Sie zieht eine schwarze Strumpfhose an, dazu ihre dunkelblauen Lacklederpumps.

Sie geht ins Wohnzimmer zurück. »Wie sehe ich aus? Kann ich so gehen?«

Er nimmt die Sonnenbrille ab, schaut sie lange an und lächelt. Oder zumindest sein Mund lächelt. Sein Blick ist ernst und ruhig. Ein Lennox-Blick. Sie traut sich kaum, Luft zu holen, aus Angst, der Duft von Driftwood könnte ihr in die Nase steigen.

»Du siehst aus, als wärest du aus des Himmels Wölbung hinabgeschwebt«, sagt er.

Sie holt das Textbuch und ihr Notizbuch aus der Messenger-Bag heraus und legt beides aufs Sofa, bevor sie sich die Tasche über die Schulter schlingt; natürlich hat sie nicht daran gedacht, noch eine kleinere für den Abend mitzunehmen.

Draußen auf dem Bürgersteig stolpert sie und muss sich an ihm festhalten, reiner Reflex. Sie fahren mit dem Taxi; er hilft ihr beim Aussteigen und hält weiter ihre Hand, als sie ins Restaurant gehen. Sie nehmen ein Separee in der Ecke. Seb setzt die Sonnenbrille ab. Sie schauen sich an. Und mit einem Mal scheint der

Boden zu schwanken, und ihnen – oder Ailsa zumindest – wird klar, dass sie mittlerweile viel mehr verbindet als die sonderbare Erfahrung, das Körperteil eines verstorbenen Menschen in den eigenen Körper verpflanzt zu bekommen.

Die gemeinsamen Tage in London waren fast so, als würde man sich im Krankenhaus mit einem Mitpatienten anfreunden, weil man Ähnliches durchmacht, und sich dadurch näherkommen, bis – tja, ab dem Punkt unterscheidet es sich dann. Wenn man sich mit einem Mitpatienten anfreundet, teilt man den täglichen Krankenhaustrübsinn und Neuigkeiten miteinander, bis man selbst oder der andere entlassen wird. Bei ihr und Seb ist es auch so, dass sie beide Ähnliches durchgemacht und sich deshalb angefreundet haben – bis sie sich nun in diesem schummrigen Restaurant gegenübersitzen, mit argentinischem Wein anstoßen und plötzlich merken, dass ihr Blickkontakt einen Tick länger und intensiver als bei einer reinen Freundschaft ist.

Doch dann passiert etwas, wodurch Ailsa klar wird, dass sie kein Date haben. Die Kellnerin, die Seb schon anstarrt, seit sie hereingekommen sind und sich weit mehr Zeit als nötig fürs Bedienen genommen hat, kommt an ihren Tisch und fragt Seb, ohne Ailsa eines Blickes zu würdigen: »Darf ich mit meinem Handy ein Foto von Ihnen und mir machen? Meine Freundinnen werden mir sonst nie glauben, dass Sie im wirklichen Leben noch viel besser aussehen als im Fernsehen!«

»Klar«, sagt Seb. Die Kellnerin reicht Ailsa ihr Handy, als wäre Ailsas einzige Daseinsberechtigung, dieses blöde Foto aufzunehmen, quetscht sich neben Seb auf die Bank, lehnt ihren Kopf an seinen, und beide strahlen wie Honigkuchenpferde. »Danke«, sagt die Kellnerin danach zu Seb, drückt ihm einen Kuss auf die Wange, oder besser gesagt, auf den Mundwinkel, und dann schnappt sie sich ihr Handy zurück, ohne Ailsa eines Blickes zu würdigen.

Seb wartet, bis sie weg ist. Dann sagt er: »Bitte entschuldige die Unterbrechung« und fährt mit seiner Geschichte von Fenella fort, die ständig vergaß, ihre Katze zu füttern – als wären Vorkommnisse dieser Art völlig normal. Für ihn sind sie es natürlich auch.

»Warst du eigentlich mit Fenella zusammen?«

Seb nippt an seinem Weinglas. »Warum fragst du?«

Ailsa zuckt mit den Schultern. »Ich mache bloß Small Talk.«

»Richtig zusammen waren wir nicht. Wir hatten eine Affäre, aber das ergibt sich bei *StarDance* fast automatisch, vor allem, wenn beide Tanzpartner Singles sind.« Er zögert kurz. »Wenn man über längere Zeit so eng auf Tuchfühlung geht, ist es fast unmöglich, nicht daran zu denken.«

Ailsa nickt. So ähnlich kann es auch einer Schwerkranken gehen, die ihren schwer kranken Freund im Krankenhaus besucht. So elend sie beide auch dran sein mögen, die körperliche Nähe erinnert sie daran, dass man mit Händen und Zungen auch schönere Sachen machen kann, als Fieberthermometer zu halten und Pillen zu schlucken. »Das kann ich mir vorstellen.«

»Ich hatte noch nie eine richtige Beziehung«, sagt Seb. »Nichts Dauerhaftes. Das ist irgendwie nicht mein Ding. Abwechslung ist mir lieber.« Er stellt sein Glas und steht auf. »Lust auf ein bisschen Spaß, Julia?«

Er nimmt ihre Hand und führt sie die Treppe hinunter in einen von Kerzen beleuchteten Raum. Die Liveband spielt gerade einen warmen melodischen Rhythmus. Als Ailsa zögert, bleibt er stehen und dreht sich zu ihr um.

»Alles in Ordnung?«

»Ja«, sagt sie. »Ich erlebe nur zum ersten Mal, dass Tango live gespielt wird.« Die Musik ist überraschend sinnlich, sie strömt aus den Instrumenten, fließt durch die Luft und lässt Ailsa den Stoff ihres Kleides auf der Haut und die Berührung von Sebs Hand spüren, die ihre umfasst hält.

Mehrere Paare bewegen sich über die Tanzfläche; sie ist kleiner als diejenige im Saal über dem Dragon's Nest. Seb führt Ailsa an einen Tisch. Sie legen ihre Jacken und Taschen ab; Ailsa zieht die Pumps aus und schlüpft in die hochhackigen Sandaletten.

Seb beugt sich zu ihr und sagt: »Du weißt, dass beim Tango nicht mit Worten, sondern mit Blicken aufgefordert wird?«

Sie nickt. Er schaut sie wortlos an, und ihr Blick antwortet ihm: Ja. Was auch immer du willst.

Ihre Schritte passen sich rasch an; die körperliche Nähe zu Seb fühlt sich vertraut und aufregend zugleich an, während sie lernt, seinen Impulsen zu folgen.

»Lehn dich zu mir«, sagt er ihr ins Ohr, und als sie es macht, wird es noch leichter für sie, zu deuten, was er ihr durch den Druck seiner Hände und die Drehung seines Oberkörpers zu verstehen gibt. Sie spürt, wie er lächelt. Als die Musik zwischendurch aufhört, sagt er: »Weißt du, was ich am Tango besonders mag? Dass die Herzen der Partner so nah aneinander sind.« Apple pocht eifrig, als wolle sie zustimmen, und Ailsa nickt. Die Tanzfläche wird allmählich voller, sodass sie gezwungen sind, noch enger zu tanzen; manchmal können sie sich sogar nur hin und her wiegen. Die Musik umhüllt sie, mal schnell, mal leise, doch stets im Takt ihres Herzschlags.

Leider wird Ailsa schneller müde, als sie möchte. Doch Seb scheint es zu spüren, mit der gleichen Einfühlsamkeit, die es ihm ermöglicht, ihr die Impulse beim Tanzen so zu geben, dass sie sie sofort versteht. Als die Musik das nächste Mal pausiert, deutet er fragend mit dem Kopf Richtung Treppe. Sie nickt, und er führt sie lächelnd durch die Menge der Tanzenden und Zuschauenden, erst zurück zum Tisch, wo sie ihre Sachen holen, dann die schmale Treppe hinauf. Oben warten schon die nächsten Gäste, die nach unten wollen. Als sie draußen sind, zieht Ailsa sich rasch die Sandaletten aus und schlüpft wieder in ihre eigenen Schuhe; ihre großen Zehen betteln geradezu um Freilassung.

Die Musik wird allmählich leiser, als sie den Bürgersteig entlanggehen; warmer, sanfter Regen fällt.

»Fühlst du dich gerade wie zu Hause? Weil es regnet?«

»In Edinburgh ist der Regen nicht so warm«, lacht Ailsa. »Wenn er es wäre, hätten sofort alle Angst, dass die Welt untergeht.«

Seb zaubert aus dem Nichts ein Taxi herbei und öffnet ihr die Tür, damit sie als Erste einsteigen kann. Als sie mit ihren regennassen Fingern am Gurt herumfummelt, hilft Seb ihr beim Einrasten. Er lässt seine Hand deutlich länger als nötig auf ihrer Taille liegen und fragt sie lachend, ob sie sich nun sicher genug fühlt oder gern noch einen Helm dazu hätte. Durchs Fenster sieht Ailsa die verschwommenen Lichter Londons vorbeiflitzen; das Einzige, was man scharf erkennen kann, sind die Regentropfen auf der Scheibe. Lustig, wie sie das Glas hochwandern, während das Taxi weiterfährt. Ihre Hand liegt warm in Sebs. Sie schweigen.

Die Treppe zum Haus, in dem sich Yusefs Wohnung befindet, ist ihr fast schon zu anstrengend. Sie ist völlig erschöpft, spürt jeden Muskel und hat Blasen an den Füßen. Als sie ausgestiegen sind, bleibt sie stehen, um ihrem Körper noch einen Moment Zeit zu geben, und wühlt in ihrer Tasche nach dem Schlüsselbund.

Seb steht neben ihr und wartet. Sie macht sich gar keine Gedanken darüber, dass er sie an den Abenden zuvor immer hier abgesetzt hat und mit dem Taxi weiter bis nach Hause gefahren ist.

Sie zieht den Schlüsselbund hervor, wendet sich von ihm ab, geht die erste Stufe der Treppe hoch. Er bleibt hinter ihr auf dem Bürgersteig stehen und sagt: »Ailsa.« Sie dreht sich um. Sie stehen sich nun direkt gegenüber. Und dann küsst er sie. Sie schmeckt Wein, das Salz von Schweißperlen; ihr wird leicht schwindelig, doch sie ist mit einem Schlag hellwach.

Der Kuss ist sanft, fast zart, aber voller Möglichkeiten – wie der Beginn eines Tangos. Als er zu Ende ist, stehen sie Stirn an Stirn, Nase an Nase.

»Ich bin froh, dass ich dich gefragt habe, ob du mit mir tanzen gehen willst«, sagt Seb.

»Ich auch.«

Einen Moment lang verharren sie still. Dann noch ein Kuss, der wieder sanft beginnt, dann fester und fordernder wird. Seb umarmt sie, drückt sie an sich, und sie schmiegt sich an ihn. Jede Zelle ihres Körpers ist wie elektrisiert.

»Soll ich mit hochkommen?«, flüstert er. »Keine Sorge wegen der roten Unterhose; ich habe zu Blau gewechselt.«

Sofort setzt Ailsas Verstand ein und geht die nächsten Schritte durch: Licht in der Wohnung anmachen, Seb ins Schlafzimmer führen, wo ihre Klamotten von vorhin noch auf dem Boden verstreut liegen und zig Lippenstifte, die sie ausprobiert und dann wieder abgewischt hat, aus ihrem Kulturbeutel quellen. Doch das alles ist halb so schlimm; der entscheidende Punkt ist, dass der letzte Mann, der sie so geküsst hat, Lennox war. Apple verharrt in der kühler werdenden Nacht und wartet gespannt darauf, was Ailsa tun wird.

Da steht sie nun also auf einer Treppenstufe in London, berauscht und zugleich völlig erledigt vom Tanzen, und schaut in das Gesicht eines Mannes mit einer Zickzacknaht im Auge, die wie ein Stern aussieht, der schon halb vom Himmel geholt wurde. Sie hat gerade die Chance bekommen, den Teil von sich zurückzugewinnen, der liebt und sich danach sehnt, zu geben und zu nehmen, mit allen Sinnen.

Und sie will diese Chance auch ergreifen.

Aber dann denkt sie an die große hässliche Narbe auf ihrer Haut.

Wie gern würde sie jetzt schnell einen Blog-Beitrag schreiben, fünfhundert Wörter, um sich selbst zur Vernunft zu bringen. Oder das Universum entscheiden zu lassen.

Sie spürt Sebs Hände auf ihrer Taille; eben noch hat er sie eng an sich gezogen und geküsst, aber nun schiebt er sie ein Stückchen zurück und schaut ihr fragend in die Augen.

Was würde die Kellnerin aus dem Restaurant an ihrer Stelle machen? Sie würde ihn natürlich mit nach oben nehmen und unter der Dusche heißen Sex mit ihm haben. Die Klamotten, die noch auf dem Schlafzimmerboden verstreut sind, würde sie einfach in den Koffer stopfen, und sie würde noch schnell ein paar Kerzen anzünden, um für knisternde Stimmung zu sorgen.

Aber Ailsa ist nicht die Kellnerin. Sie ist noch nicht einmal die Frau, die Seb auf der Tanzfläche mit ihrem Blick *Ja* gesagt und *Was auch immer du willst* gemeint hat.

Und je länger sie dort stehen, desto schlimmer wird es.

Drei Stunden später liegt Ailsa in ihrem Bett, noch immer wach. Ihre Füße tun weh, aber der größte Schmerz sitzt woanders: mitten in ihrem neuen Herzen, dort, wo das »Bis heute Abend war mir gar nicht klar, wie einsam ich bin«-Gefühl sitzt. Apple holt anscheinend auf.

Ailsa mag gar nicht die Augen schließen, weil dann sofort die Bilder des Abends vor ihr auftauchen; gestochen scharfe Nahaufnahmen von Seb, wie er sie umarmt, anlächelt, küsst. Wörter aus fremder Feder, für zwei Menschen geschrieben, deren Liebe unter einem schlechten Stern steht; Wörter, die ihnen halfen, einander zu sehen, sich an den Händen zu fassen, zu fühlen. Die Wiegeschritte beim Tango; der Klang der Musik, der sie durchströmte; die Tatsache, dass der gemeinsame Tanz nur funktioniert hat, weil sie Seb vertraute und den Impulsen folgte, die er ihr mit seinem Körper gab, indem sie Schritt für Schritt den Weg ging, den er ihr ebnete, Herz an Herz, so wie sie es gelernt hatte.

Um vier macht sie schließlich das Licht an, steht auf und geht mit der Bettdecke im Schlepptau zum Sofa. Sie wühlt in ihrer Tasche nach ihrem Notizbuch. Am besten schreibt sie einfach drauflos. Doch wahrscheinlich würde das nicht helfen, sondern alles nur noch schlimmer machen. Stattdessen greift sie nach dem Textbuch von *Romeo und Julia* und blättert darin herum. Die Seiten, die sie mit Seb durchgegangen ist, hat sie oben an der Ecke eingeknickt. Sie beschließt, den Rest zu lesen.

Sie landet bei der Szene, in der Julia auf Romeo wartet, damit sie ihre Hochzeitsnacht verbringen können, und liest: »Und stirbt er einst, / Nimm ihn, zerteil in kleine Sterne ihn: / Er wird des Himmels Antlitz so verschönen, / Dass alle Welt sich in die Nacht verliebt.« Ob Julia der Tod wohl auch so poetisch erschienen wäre, wenn sie erlebt hätte, wie er Romeo tagtäglich auf den Fersen war, wie er seine Haut gelb verfärbte, ihn schwach machte, sein Zimmer mit dem Geruch verwelkter Lilien füllte, obwohl dort gar keine Blumen waren, und nur der Duft seines Rasierwassers sie daran erinnert hätte, dass ihr Geliebter noch lebendig war?

Ailsa geht ans Fenster und schaut hinaus. Die Regenwolken haben sich verzogen, doch im Lichtsmog der Stadt ist es fast unmöglich, die Sterne am Himmel zu sehen. Ein paar Sternbilder erkennt sie dennoch, diejenigen, die am hellsten strahlen: Orion, und auch den Großen Wagen, wenn sie den Kopf ein wenig neigt. Eine schöne Vorstellung, sich in die Nacht zu verlieben. Doch der Anblick toter Sterne, die Lichtjahre entfernt am kalten Himmel funkeln, hat nichts Tröstliches für sie.

24. Mai 2017

Letztes Jahr um diese Zeit

»Ein herrlicher Abend«, sagt Dennis. »Der Himmel sieht aus, als wären die Sterne zum Greifen nah.«

»Das hört sich schön an.« Früher saß Ailsa oft mit Lennox im Krankenhausgarten, um mit ihm zusammen die Sterne zu betrachten. Doch das ist vorbei.

»Dir ist heute nicht nach dem Zauber der Nacht zumute, oder?«

»Es war ein langer Tag«, sagt Ailsa. Es klingt wie ein Röcheln. Der Sommer kündigt sich an, die Tage werden immer länger. Doch für Ailsas schwaches Herz wird die Zeit immer knapper. Der Erfindungsreichtum, mit dem die Ärzte ihre defekte Pumpe zusammengeflickt und viele Jahre am Laufen gehalten haben, ist an seine Grenzen gestoßen. Zu Ailsas frühesten Erinnerungen zählt, dass sie nicht so viel herumrennen konnte wie ihre Klassenkameradinnen. Wahrscheinlich litt sie bereits an Atemnot, als sie noch gar nicht zur Schule ging. Doch nun hat sie zum ersten Mal in ihrem Leben das Gefühl, dass selbst die geringste Kleinigkeit sie wahnsinnig anstrengt. Jedes einzelne Wort ist eine Herausforderung. Ihre Hände kribbeln ständig, und sie hat Schmerzen in den Beinen. Der Tod ist nun auch ihr auf den Fersen, sein kalter Hauch hat schon ihre Finger und Zehen erreicht. Sie muss immer öfter auf die Kardio-Thorax-Station, wo sie entweder an den Tropf gehängt wird, um ihren Herzmuskel zu unterstützen, oder eine Sauerstoffmaske aufgesetzt bekommt, um ihren Lungen zu helfen – und der einzige Mensch, der verstehen würde, was sie durchmacht, ist nicht mehr da. Seit Lennox gestorben ist, kommt Dennis regelmäßig zu Besuch. Als hätten er und Ruth ihre Hoffnung nun auf Ailsa verlagert.

»Das denke ich mir«, sagt Dennis. Dann: »Kaum zu fassen, dass es schon fünf Wochen her ist, oder?«

»Ich kann noch immer nicht glauben, dass er nicht mehr da ist«, sagt Ailsa.

Jetzt bricht Dennis bestimmt in Tränen aus, denkt sie. Doch er behält die Fassung und nimmt ihre Hand. »In einem Jahr wird es uns wahrscheinlich noch immer so gehen«, sagt er. »Und auch noch in fünf Jahren. Das Gefühl wird uns wohl für den Rest unseres Lebens begleiten.«

Sie ist viel zu erschöpft, um zu weinen, und sprechen kann sie auch nicht mehr. Also drückt sie einfach nur seine Hand. Er schaut auf. »Lennox hat gesagt, dass du ohne Vater aufgewachsen bist, und er hat vorgeschlagen, dass ich dein Ersatzvater werde. Das ist mir eine Ehre, Ailsa, aber ich kann dich nicht auch noch verlieren. Vergiss das nicht, ja?«

»Ich werd's versuchen«, flüstert sie. Obwohl man keine Versprechen machen sollte, die man vielleicht nicht halten kann. Wenn Hayley zurückkommt, wird sie sie dazu drängen, ihr endlich die ganze Wahrheit über ihren Vater zu erzählen. Sie will sich nicht länger mit dem Spruch »Ach Schatz, von dem brauchst du nichts zu wissen« abfertigen lassen. Sie will diese Unwissenheit nicht mit ins Grab nehmen.

Von: Seb
Gesendet: 28. Mai 2018
An: Ailsa
Betreff: Hallo aus London

Hallo Ailsa,

danke für alles, was du getan hast, um mir beim Textlernen zu helfen. Ich fand es wirklich sehr schön, Zeit mit dir zu verbringen.

Tut mir leid, dass ich die Lage an unserem letzten Abend falsch eingeschätzt habe. Ich hätte daran denken sollen, dass du eigentlich nur hierhergekommen bist, weil deine Blog-Leser so abgestimmt hatten. Bitte entschuldige, dass ich dich nicht zum Bahnhof gebracht habe. Wahrscheinlich hast du gedacht, dass ich sauer bin. War ich aber nicht. Als ich zu Hause ankam, lief mir mein Nachbar über den Weg, und wir haben noch einen Whisky zusammen getrunken, und dann noch einen. Oder zwei. Bin dann erst frühmorgens ins Bett und leider zu spät aufgewacht. Ich hoffe, du hast deinen Zug trotzdem erreicht. Hast du meine SMS bekommen?

Sehen wir uns, wenn ich das nächste Mal in Edinburgh bin? (Vielleicht bei der Fotosession? Du hattest recht, was Libby angeht. Mein Agent ist nicht sicher, ob er sie zum Teufel jagen oder einstellen soll.)

Viel Spaß weiterhin mit der Paleo-Diät.

Seb

Von: Ailsa
An: Seb

Lieber Seb,

ich fand es auch schön, Zeit mit dir zu verbringen. Deine SMS habe ich bekommen. Darin stand »Schürze bricht mir Genick«. Ich war mir nicht sicher, ob das die Autokorrektur oder eine Textzeile von der Amme war.

Ich war wirklich sehr froh über das Abstimmungsergebnis meiner Blog-Umfrage, aber das nur am Rande.
Im Internet habe ich gelesen, dass Steinzeitmenschen am liebsten Kuchen mit Eiern, Maronenpüree und Bitterschokolade aßen, was mich natürlich sofort inspiriert hat. Den heutigen Nachmittag werde ich daher mit Backen verbringen. Vielleicht bin ich sogar so verrückt und mache später noch einen Ausflug mit der Straßenbahn.
Bis bald. Pass auf dich auf.
Ailsa

Von: Seb
An: Ailsa
Wahrscheinlich wollte ich »Sorry, bin eingenickt« tippen. Oder »Werde nie wieder Whisky trinken, solange ich lebe.«
Bis bald. Mir werden nachher wieder Fäden gezogen. Statt Zickzackmuster werde ich dann ein W im Auge haben. Bin mir unsicher, ob es gut oder schlecht ist, wenn man weiß, was einen erwartet.
Bin gespannt auf den Kuchenbericht. Die Zutaten klingen abgefahren. Sieht bestimmt wie ein Hanfkuchen aus. Hanf wird ja vielseitig genutzt. Für Matten zum Beispiel.
S

Von: Ailsa
An: Seb
Zu wissen, was einen erwartet, ist schlecht – zumindest, wenn es um ärztliche Eingriffe geht. Weißt du noch, wie du an unserem ersten Abend fast in Ohnmacht gefallen wärst, als ich dir erzählt habe, wie eine Herzkatheteruntersuchung abläuft? Da erklären sie dir auch vorher, was auf dich zukommt – aber das Schlimmste ist, dass sie dir auch während des Eingriffs andauernd sagen, was sie als Nächstes tun, sodass du ständig Angst hast, dass es gleich

furchtbar wehtun wird, auch wenn du gar nichts spürst. Meine Lieblingsärztin hat das allerdings nie gemacht. Sie hat höchstens »Katze kratzt« geflüstert. Manchmal auch »Biene sticht«.
Ich drücke dir die Daumen. Ein W ist besser als ein Zickzack. Und schon bald wird ein V daraus.
Der Kuchen ist jetzt im Ofen. Riecht köstlich.
Ich glaube, ich bin noch nie auf einer Hanfmatte gelaufen.
Ich hätte auch sagen sollen, dass es mir leidtut.
Ailsa

Von: Seb
An: Ailsa
Ich bin schon wieder fast in Ohnmacht gefallen, als ich das gelesen habe. Unglaublich!
Falls sich in diesem Krankenhaus jemals eine Mordserie ereignet, bei der Ärzte dran glauben müssen, wüssten wir ja, wer dahintersteckt.
Wenn du auf Veranstaltungen gehst, die in Zelten stattfinden, liegt meistens kein Teppich, sondern ein Mattenbelag auf dem Boden. Ist nämlich praktischer bei feuchtem Wetter. Kaum zu glauben, dass dir das in Edinburgh, der Stadt des kalten Regens, noch nie untergekommen ist.
Dir muss wirklich überhaupt nichts leidtun.
Was machst du diese Woche? Wie ist es in der Wohnung, ohne deine Mutter?
S x

Von: Ailsa
An: Seb
Ich glaube, du meinst Jute. Ich war mal auf einer Hochzeitsfeier, bei der die meisten Frauen entweder hingefallen sind oder ihre Schuhe verloren haben, weil sie mit den Absätzen in Erdlö-

chern hängen blieben. Mir ist das allerdings nicht passiert, denn ich hatte Gummistiefel an.

Ich werde die Woche damit verbringen, mir Informationen zu besorgen. Als ich mit der Schule fertig war, wollte ich eigentlich Jura studieren, ließ es dann aber bleiben, weil es sehr lange gedauert hätte und ich nicht wusste, ob mir dafür überhaupt genug Zeit blieb. Stattdessen studierte ich Geschichte, weil es mich am meisten interessierte und man sein Leben mit Dingen verbringen sollte, die einem Spaß machen, vor allem, wenn man todkrank ist.

Aber als ich mir die Blog-Umfrage dazu ausdachte, was ich in Zukunft machen könnte, hatte ich ein Aha-Erlebnis. Ich hatte mir nämlich nie so recht vorstellen können, was überhaupt möglich sein würde, falls mir tatsächlich ein Herz transplantiert würde und ich mich gut davon erholte. Doch als es Wirklichkeit wurde und ich begriff, was das für mich bedeutete, dachte ich immer öfter darüber nach, Anwältin zu werden. Im Krankenhaus bin ich den unterschiedlichsten Leuten begegnet und dachte oft: Wie glücklich man sich doch schätzen kann, eine gute Ausbildung zu haben. Es gibt Menschen, denen ich sehr gern geholfen hätte. Und es gibt vieles, was sich ändern muss. Deshalb bemühe ich mich gerade, in Erfahrung zu bringen, ob ich auch ohne Jura-Abschluss Anwältin werden kann und, wenn ja, ob ich mir das finanziell überhaupt leisten könnte. Mal sehen. Außerdem versuche ich, mich wegen nächster Woche nicht verrückt zu machen; dann werde ich ja anfangen, im Café zu arbeiten.

Es ist ganz schön seltsam ohne Mum. Eigentlich ist es sogar zum Heulen. Das klingt albern, ich weiß. Sie hatte mich ja vorgewarnt, dass es für uns beide eine Riesenumstellung sein würde, aber ich verstehe erst jetzt, was sie damit meinte. Ich werde sie übers Wochenende besuchen.

Und was tut sich bei dir?

Ailsa

Von: Seb
An: Ailsa
Du hattest auf einer Hochzeit Gummistiefel an?
Schade, dass du meinen Vorschlag bei deiner Umfrage damals gar nicht berücksichtigt hast. Dabei gibt es einen großen Mangel an professionellen Einhörnern.
Du wärst bestimmt eine tolle Anwältin. Da hast du ja richtig Glück gehabt, dass diese Alternative bei der Umfrage die meisten Stimmen bekommen hat. Oder hast du etwa geschummelt und die Wahl manipuliert?
Falls du dich langweilst, so ganz alleine in deiner Wohnung, kannst du gern zurückkommen und weiter mit mir üben. ☺
Ich bin übrigens auch verrückt geworden – diese Nachricht schicke ich dir aus einem Bus!
S x

Von: Ailsa
An: Seb
Natürlich hatte ich auf der Hochzeit keine Gummistiefel an. (So verrückt bin ich nun auch wieder nicht. Hast du eine Ahnung, wie heiß es in einem Zelt werden kann, selbst in Edinburgh? Da wären Gummistiefel die reinste Folter.)
Sieh mal einer an – dann bist du also LondonRomeo, der geheimnisvolle Unbekannte, der mir vorgeschlagen hat, Profi-Einhorn zu werden. Da wäre ich nie drauf gekommen. (Ha, ha, ha.)
Auf deine Unterstellung, dass ich bei meiner Blog-Umfrage geschummelt habe, werde ich zurückkommen, sobald ich Anwältin bin. Zieh dich schon mal warm an.
Tango diese Woche hat wieder sehr viel Spaß gemacht. Alle geben sich viel mehr Mühe, seit klar ist, dass wir bei einer Fringe-Show auftreten. Wenn wir uns auf der Bühne gut machen, will Eliza uns für andere Theaterprojekte weiterempfehlen.

Du fährst mit dem Bus? Mutig, mutig! Gut möglich, dass ich es in Zukunft lasse. Gestern musste hinter mir jemand niesen und schleuderte seine Keime direkt auf meine Haare – Horror!
Ailsa

Von: Seb
An: Ailsa
Hier ist ein Foto aus dem Bus.
Wir sehen uns bei der Fotosession. Ich gebe dir Bescheid, sobald ich weiß, wann ich komme. Vielleicht können wir uns ja schon vorher treffen?
S

Von: Ailsa
An: Seb
Klar. Bis dann.
Hier ist ein Foto von meinem Hanfkuchen. (Sieht wirklich wie einer aus.)
Ailsa x

Von: Seb
An: Ailsa
Jetzt melde ich mich doch schon früher. Wahrscheinlich gehe ich dir schon auf die Nerven. Ich wollte dir nur Bescheid geben, dass mein Agent mich eben anrief. Am Samstag stehen wir beide in der *Sun*. Diese verdammte Kellnerin. Sie hatte mir ihre Nummer zugesteckt und ist wahrscheinlich sauer, dass ich sie nicht angerufen habe. Wenn du den Artikel siehst, ruf mich an, wenn du willst. Tut mir wirklich leid. Die Regenbogenpresse ist wirklich das Allerletzte.
Seb x

THE SUN

2. Juni 2018

Wer ist Sebs neue Freundin?

Seit Frauenschwarm Seb Morley sich Anfang des Jahres einer Hornhauttransplantation unterziehen musste, hat er das Rampenlicht lange gemieden.

Doch inzwischen scheint er sich wieder vollständig erholt zu haben, denn er wurde beim Tanzen bei Stephano's im trendigen Stadtteil Shoreditch gesehen. Er hatte nur Augen für seine neue Partnerin, mit der er ein romantisches Dinner bei Kerzenschein genoss, bevor er einen heißen Tango mit ihr aufs Parkett legte.

Wie seine Begleiterin hieß, bleibt ein Geheimnis. Sie entspricht allerdings nicht dem Frauentyp, den man von Seb gewöhnt ist; sie war um einiges fülliger als seine üblichen Models und Schauspielerinnen. Morley ließ seine pfundige Begleiterin jedenfalls keine Sekunde lang aus den Augen, und sie verließen das Lokal recht früh, Hand in Hand.

2. Juni 2018

»Warst du offline, so wie du es mir versprochen hast?« Emily ist der einzige Mensch, dem Ailsa sich in dieser Krise anvertrauen konnte, und sie ist ein echter Schatz. Sie hat extra auf ihren Fitnesskurs verzichtet, um an diesem Samstagvormittag vorbeizukommen, und sie hat die Zeitung, Kaffee und eine halbe Bäckerei mitgebracht. Emily ist Ailsas beste Freundin – das, was Tamsin für Hayley ist. Ein Leben ohne Emily kann Ailsa sich nicht vorstellen. Und das Beste ist (so wie bei Seb), dass sie sich gegenseitig helfen. Als Emily in ihrem zweiten Studienjahr hohe Darlehensschulden hatte, half Ailsa ihr dabei, eine Lösung zu finden, sie wieder zu begleichen. Als Emily in den Studierendenausschuss gewählt wurde, wollte sie Ailsa als ihre rechte Hand. Emily hat Ailsa immer das Gefühl gegeben, dass sie etwas schaffen kann, auch wenn sie krank ist.

»Ja. Abgesehen von meinem Blog und meinen E-Mails, aber das zählt nicht.«

»Die reale Welt ist viel interessanter, glaub mir. Hast du Teller?«

»Emily, können wir bitte endlich zur Sache kommen? Und du hättest wirklich ohne Kaffee kommen können, ich habe doch eine Kaffeemaschine hier.«

»Ich weiß, Schatzi. Aber ich habe trotzdem welchen mitgebracht. Du wirst nächste Woche noch oft genug an der Kaffeemaschine stehen.«

Ailsa grinst und greift nach der Zeitung, aber Emily ist schneller und schnappt sie ihr weg. »Erst Kaffee und Croissants. Und wenn wir uns gestärkt haben, schauen wir uns die Zeitung an.«

Wie immer sind Emilys Vorschläge die besten. Nach zwanzig Minuten Geplauder über Jacobs bevorstehende Hochzeit, Emilys Job und Ailsas London-Trip (den Kuss behält sie natürlich für sich) fühlt sich das wirkliche Leben weitaus bedeutungsvoller und wichtiger an als alles, was in der *Sun* stehen könnte.

»Na gut, dann lass uns mal sehen«, sagt Emily und schlägt die erste Seite auf. Ailsa sitzt neben ihr auf dem Sofa, mit zitternden Händen; Apple beginnt zu hämmern. Auf der Titelseite steht jedoch nichts. Auch nicht auf Seite zwei, drei, vier, fünf, sechs und sieben. Vielleicht hat Seb sich ja geirrt, und die Story wurde gar nicht gedruckt, weil sie nicht interessant genug ist.

Zu früh gefreut. Die Story steht auf Seite acht. Zusammen mit einem grobkörnigen Foto von ihr und Seb auf der Tanzfläche. Es wurde von jemandem aufgenommen, der hinter ihr gestanden haben muss; Sebs ausgestreckter Arm zeigt Richtung Kamera, und seine konzentrierte Miene beim Führen ist deutlich zu erkennen. Er schaut Ailsa ins Gesicht. Sie dreht den Kopf nach rechts, aber man sieht nur ihre Stirn.

Sie betrachtet das Foto sehr lange. Sie bringt es noch nicht über sich, den Artikel zu lesen.

Das dunkelblaue Kleid mit dem gelben Rosenmuster, in dem sie sich so lebendig und schön gefühlt hat, spannt an den Schultern, man sieht Speckrollen an den Stellen, wo die BH-Träger ins Fleisch schneiden. Ihr Rücken sieht breit aus, ihr Hintern fett, und ihre Waden könnten als Luftballons durchgehen. Ihre Arme gleichen Dreiecken, die auf die Handgelenke zulaufen.

Emily hat den Arm um Ailsa gelegt und liest den Artikel; sie murmelt, dass Freundlichkeit nichts kostet und Gemeinheit sich rächt. Doch Ailsa ist trotzdem zum Heulen zumute. Und zugleich kommt sie sich lächerlich vor, weil sie sich über dieses Foto aufregt, auf dem man sie noch nicht einmal erkennen kann. Sie schließt die Augen, um sich daran zu erinnern, wie sie sich an dem Abend fühlte. Sie kam sich geschmeidig und anmutig vor, als sie in Sebs Armen durch den Raum tanzte, Herz an Herz. Als sie sich auf den Weg nach Hause machten, war ihr Blick zu den anderen Tänzerinnen gewandert, die schlanker waren als sie, mit nackten Armen und schmalen Hüften; manche von ihnen bewegten sich selbstsicher und lächelten, andere machten eher zögernde Schritte und kniffen dabei hoch konzentriert den Mund zusammen. Sie hatte das Gefühl gehabt, eine von ihnen zu sein. Aber in Wahrheit war sie das hässliche Entlein, das wie ein Klotz an ihrem attraktiven Partner hing. Bestimmt zerrissen sich alle das Maul über sie, kaum dass sie ihnen den Rücken zukehrte. Und dabei hatte sie gerade erst angefangen, ihren Körper zu lieben, der immer stärker wird und endlich in der Lage ist, das, was sie gern machen möchte, zu machen. Diese Liebe zu ihrem Körper muss doch irgendwo abgeblieben sein. Doch im Moment kann sie sie nicht finden.

Irgendwann fühlt sie sich bereit, den Artikel zu lesen. Was da steht, ist nicht schlimmer als das, was sie eben selbst gedacht hat, aber es tut trotzdem weh. Denn es ist oberflächlich und falsch, Menschen nach ihrem Äußeren zu beurteilen. Sie müsste eigentlich wütend sein, im Namen aller Frauen. Und sie ist auch wütend. Aber vor allem fühlt sie sich fett, hässlich und dämlich, weil sie so stolz auf die mickrigen Pfunde ist, die sie schon abgenommen hat. Die Überzeugung, dass sie mehr als ihr Äußeres ist, hatte ihre frühere Überzeugung, mehr als ihre Krankheit zu sein, ersetzt, aber davon ist jetzt nichts mehr übrig.

»Alles okay bei dir?«, fragt Emily.

»Nein, eigentlich nicht«, sagt Ailsa.

Emily zieht sie näher zu sich heran. »Vergiss den Artikel. Da steht doch nur Mist drin. Seb ist nicht besser als du, bloß weil er berühmt ist. Und du bist nicht wertlos, bloß weil du keine Bohnenstange bist. So einen Schwachsinn braucht kein Mensch!«

»Ich weiß.« Emilys Empörung tut gut, ihr Verständnis auch. »Danke, Em.«

»Willst du darüber bloggen?«

»Nein.« Im Lauf ihrer schlaflosen Nacht hat sie das natürlich in Erwägung gezogen, aber es würde die Schmach nur verlängern. »Ich habe mich für würdevolles Schweigen entschieden.«

»Gut. Ach, Ailsa.« Emily umarmt sie fest. Sie haben schon so viel zusammen durchgemacht. Ailsa schließt die Augen. Es ist fast so, als würde ihre Mutter ihr beistehen, so wie früher, bevor Apple kam. Sie atmet den süßen Vanilleduft von Emilys Parfüm ein, Black Opium; ihre Freundin trägt es, seit sie sich kennen. Dann seufzt Emily, lässt Ailsa wieder los und schaut sie fragend an.

»Mach dir keine Sorgen«, sagt Ailsa. »Ich komme schon klar.« Und so wird es auch sein. Irgendwann.

»Gut. Die können dich mal kreuzweise! Hey, wie wär's, wenn wir uns nach Wandfarben umschauen? Ich hab den ganzen Tag Zeit.«

»Gute Idee.« Da klingelt Ailsas Handy. Hayley ist dran.

Ihre Stimme klingt vorsichtig, tastet sich zögernd vor. »Ich war heute schon um acht bei der Arbeit, und als ich mir im Aufenthaltsraum einen Kaffee geholt hab, bin ich die Zeitungen durchgegangen, die da rumlagen.«

»Ja?« Ailsa könnte natürlich so tun, als wüsste sie nichts von dem Artikel. Das würde ihrer Mutter das Gefühl geben, ihr davon erzählen zu müssen, denn besser, sie erfährt es von ihr als von jemand anderem. Aber Ailsa will es lieber schnell hinter sich bringen. »Hast du den Artikel über Seb und mich gesehen?«

»Ja«, sagt Hayley. »Ich hab mir Sorgen um dich gemacht. Alles okay bei dir?«

»Geht so.«

»Ich würd wahrscheinlich dasselbe antworten«, sagt Hayley mitfühlend, und auf einmal bekommt Ailsa Heimweh, obwohl sie ja daheim ist.

Sie atmet aus, schließt die Augen und lehnt den Kopf gegen das Sofa. »Mir geht's gut. Emily ist bei mir.«

Hayley schweigt einen Moment. »Gut«, sagt sie schließlich. »Grüß sie schön, ja?« Ailsa verdreht die Augen. Wie sie diesen Satz hasst. Als sie im Krankenhaus lag, haben ihre Mutter, Tamsin, Emily, Ruthie und Dennis sich anderthalb Jahre lang den Staffelstab übergeben, um sie zu besuchen, und es wird wohl noch eine Weile dauern, bis das Grüße-ausrichten-Spielchen aufhört.

»Es ist dein gutes Recht, dich über diese verdammten Presseschmierfinken aufzuregen«, fügt Hayley hinzu.

»Das hat Seb auch gesagt.«

Wieder herrscht kurzes Schweigen am anderen Ende der Leitung. »Hast du schon mit ihm gesprochen?«

»Er hat mich vorgewarnt. Sein Agent bekam einen Anruf.«

»Er sollte sich schämen.«

»Das ist doch nicht seine Schuld. Er kann nichts dafür. Er steht nun mal in der Öffentlichkeit. Die Leute interessieren sich für ihn.« Apple macht einen kleinen Hüpfer, als wollte sie sagen: *Und wir beide ganz besonders, Ailsa.*

Hayley seufzt. »Für ihn ist das alles gute PR. Schon komisch, dass mit keinem Wort erwähnt wurde, dass sein Hemd einen Tick zu weit offen stand und er sich mal besser rasiert hätte. Wenn ich zynisch wäre, würde ich denken, er hat Freunde bei diesem Schmierblatt.«

»Das ist doch Quatsch, Mum«, sagt Ailsa gereizt.

»Ach ja?«, erwidert Hayley, ebenfalls gereizt. »Woher willst du das wissen? Kann doch sein, dass er auf diese Tour versucht hat, im Gespräch zu bleiben. Und zwar auf deine Kosten.«

»Niemand weiß, wer ich bin.« Ailsa versucht, ruhig zu bleiben, damit ihre Mutter nicht das Gefühl bekommt, dass sie sauer wird. »In dem Restaurant war eine Kellnerin, die ihn total angehimmelt hat und unbedingt ein Foto mit ihm haben wollte. Sie hat der Presse den Tipp gegeben.«

»Trotzdem«, sagt Halley, eine Spur sanfter. »Mir gefällt das Ganze nicht, Ailsa. Ich mag's nicht, wenn so über dich geredet wird. Oder über dein Kleid. Das steht dir nämlich wirklich gut.«

»Danke«, sagt Ailsa. Es kommt von Herzen. Und sie hofft, dass es auch so klingt.

Von: Seb
Gesendet: 2. Juni 2018
An: Ailsa
Betreff: Drecksblatt

Hallo Ailsa,
hast du meine SMS bekommen? Hatte sie vorm Versenden extra noch mal durchgelesen, um sicherzugehen, dass da wirklich »Seite 8 – Ruf mich an, wenn du das gelesen hast und reden willst« stand, und nicht »Spachtel gurrende Esel und geh jodeln« oder so ein Mist.
Wie auch immer, ich bin heute bis gegen drei erreichbar. Dann kommt meine Schwester vorbei. Wahrscheinlich hat sie wieder irgendwas zu meckern (Wie lebst du überhaupt? Und wie läufst du schon wieder herum?). Aber sie bringt meine kleinen Nichten mit und vielleicht auch wieder Kuchen (leider keinen Hanfkuchen), weshalb ich sie stoisch ertragen werde.
Sorry noch mal.
Seb x

Von: Ailsa
An: Seb

Lieber Seb,
ja, ich habe deine SMS bekommen. Mir ist vor Schreck das Croissant aus der Hand gefallen.
Ist nicht deine Schuld.
Ailsa

Von: Seb
An: Ailsa

Gab es in der Steinzeit schon Patisserien? Ich glaube, ich muss mal ein ernstes Wort mit meinem Geschichtslehrer reden. Der hat mir anscheinend nur Unsinn beigebracht. Oder ich habe nicht richtig zugehört. Ja, vermutlich eher das.

Du hast nicht geschrieben, ob es dir gut geht. Geht es dir gut? Es ist wirklich zum Kotzen, wenn so etwas passiert. Mit der Zeit gewöhnt man sich zwar dran, aber am Anfang ist es echt hart. Als die Sache mit dem Auge Schnee von gestern wurde, haben sie mich ein paar Monate in Ruhe gelassen, aber jetzt, wo sie von R&J erfahren haben, bin ich anscheinend wieder interessant geworden. Tut mir wirklich leid.

Bei *O holder Romeo* gab es eine Folge, bei der wir zu der Musik von *West Side Story* tanzen mussten (ich habe nie kapiert, wieso). Anschließend veröffentlichte die *Sun* ein Foto von einer Thunderbirds-Marionette mit meinem Kopf drauf. Natürlich war es die uncoolste Thunderbird-Marionette. Wie schon gesagt, die sind wirklich das Allerletzte (Journalisten, nicht die Thunderbirds).

S x

PS: Da du alte Serien und Filme magst, dachte ich, du kennst die Thunderbirds vielleicht.

Von: Ailsa

An: Seb

Stimmt. Ich hatte nicht geschrieben, ob es mir gut geht. Ehrlich gesagt, weiß ich es nicht. Ich bin ziemlich durch den Wind, obwohl ich natürlich weiß, dass es nur ein blöder Zeitungsartikel ist. Dass ich zu dick bin, ist nun mal eine Tatsache. Aber ich lasse mir trotzdem nicht von der *Sun* vorschreiben, welche Figur ich haben muss. Wenn ich mich danach richten würde, wäre in meinem Körper kaum noch Platz für meine Organe. Eigentlich habe ich also gar keinen Grund, mich aufzuregen.

Aber auf dem Foto sehe ich wirklich furchtbar aus, und der Artikel reitet auch noch darauf herum. Das fühlt sich an wie Mobbing.

Dabei gebe ich mir wirklich Mühe, abzunehmen, und im Vergleich zu früher bin ich geradezu topfit. Eigentlich sollte ich über solchen Dingen stehen. Hauptsache ist doch, ich bin mit mir selbst zufrieden. Und wenn ich es nicht bin, kann ich ja dafür sorgen, dass ich es werde (zum Beispiel, indem ich die Finger von Croissants lasse). Was in der Zeitung steht, sollte mir egal sein.
Kurz: Es geht mir nicht gut, aber das wird sich bestimmt bald ändern. Sagen wir, es geht mir so lala.
Klar kenne ich die Thunderbirds. (Müssen Marionetten eigentlich auch sterben? Vielleicht spenden sie dann ihr Holzherz oder ihre Holzaugen.) Ich finde jedenfalls, du tanzt tausendmal besser als eine Marionette.

Von: Seb
An: Ailsa
Meine liebe So Lala, es tut mir trotzdem leid.
Das Foto war furchtbar. In Wahrheit siehst du nämlich entzückend aus. Und wenn du tanzt, ist das wie Poesie. Du tanzt mit ganzem Herzen. Und das Kleid steht dir super. Ich weiß nicht, ob ich es dir schon gesagt habe, aber ich fand dich wirklich schön. Kellnerinnen in knallengen Jeans mit glatten Haaren und künstlichen Wimpern sehen doch alle wie Klone aus. Aber du hast Persönlichkeit.
Fühlst du dich jetzt besser oder schlechter?
Fenella fand das Marionettenfoto damals zum Schießen. Sie hat wenig Sinn für Humor, aber das gefiel ihr. Sie fand es auch immer lustig, wenn ich gestolpert bin oder mich auf andere Weise zum Trottel gemacht habe. Zu den Kollegen war sie viel netter. Vielleicht war das aber auch nur ihre Technik, um mir etwas beizubringen. Gut möglich.
Ich vermisse dich, seit du in die Stadt des kalten Regens zurückkehrt bist. Jedenfalls, seitdem ich wieder nüchtern bin.

Sonntagvormittag habe ich mir nach dem Fitnesstraining einen Smoothie geholt. Ich kann mir zwar etwas dämlich vor, aber er hat eigentlich ganz gut geschmeckt. Spinat, Orange, Apfel und Avocado. Nächstes Mal verzichte ich auf den Spinat. Am Samstag in einer Woche ist ja die Fotosession für den Kalender. Hast du Lust, danach irgendwo etwas trinken oder einen Happen essen zu gehen? (Ich sollte zur Abwechslung vielleicht eine Tee-Diät machen.) Ich werde mir ein Hotelzimmer besorgen. Am Sonntag will Roz etwas mit mir unternehmen. Was genau, wollte sie mir allerdings nicht verraten. Ich werde natürlich gehorchen. Sie ist eine Sklaventreiberin. Noch schlimmer als du. (Das war bloß ein Witz.)
S x

Von: Ailsa
An: Seb
Danke, es geht mir ein bisschen besser. Aber ich will jetzt nicht mehr darüber nachdenken/schreiben, wenn das in Ordnung ist.
Klar, nach der Fotosession können wir gern irgendwo einen Happen essen gehen. Bis dann.
Ailsa

SECHSTER TEIL

Juni 2018
Zu gehn ist noch nicht not

BLUEHEART-BLOG

1. Juni 2018

Das passende Wort

Heute habe ich eine etwas ungewöhnliche Umfrage für euch, weil ich diesmal nichts über den Hintergrund verraten darf. Nur so viel: Ich bin auf der Suche nach einem Wort, das zusammenfasst, wie ich mich damit fühle, ein Spenderorgan bekommen zu haben.
Das Wort oder der Begriff soll nichts mit Dankbarkeit zu tun haben. Nicht, weil ich undankbar bin (wie ihr hoffentlich wisst), sondern weil es dabei um mehr als nur Dankbarkeit geht.
Da ich zufälligerweise gerade *Romeo und Julia* lese, habe ich drei Begriffe aus diesem Stück ausgesucht, die aus meiner Sicht auf das Leben nach der Transplantation zutreffen:

Fackelträger: Ich gehöre der ersten Generation an, die das Hypoplastische Linksherzsyndrom (HLHS für Eingeweihte) überlebt hat. Wäre ich ein paar Jahre früher geboren worden, hätte ich nur wenige Tage überlebt, weil es noch keine Behandlungsmöglichkeiten gab. Ich bin ein Symbol. Ein Symbol für das, was möglich ist. Ich leuchte den Weg, aber nicht durch das, was ich tue, sondern einfach nur durch die Tatsache, dass ich noch lebe. Ich laufe voran, durch das Dunkel.

Hegen und pflegen: Klingt schön, oder? Manchmal, wenn ich morgens aufwache, bleibe ich ein Weilchen liegen und denke über Apple nach. Und dann erscheint sie mir wie ein kostbarer Schatz, der mir gegeben wurde und den ich sorgfältig verpackt am sichersten Ort aufbewahre, den ich kenne. (Alle Leute, denen jemals der Brustkorb geöffnet wurde, werden euch bestätigen können, dass er wirklich nicht dafür gemacht ist. Was er einem danach auch sehr deutlich zu verstehen gibt.)

Glück: Ihr wisst, aus welchem Grund ich dieses Wort gewählt habe. Ich bin nicht deshalb noch am Leben, weil ich es verdiene oder einen Test bestanden habe oder ein Schutzengel über mich wacht. (Falls ihr beim letzten Punkt anders denkt, steht euch das natürlich frei. Ich glaube eher, dass ich noch hier bin, weil der Allmächtige sich beim Auserwählen vertan hat.) Ich bin deshalb noch am Leben, weil ich zufälligerweise die passende Blutgruppe hatte, schwer krank, aber fit genug für den Eingriff war und ein anderer Mensch gestorben ist. Jeder dieser drei Faktoren hat unzählige Variablen. Glück/Zufall/Schicksal: Das ist der Grund, warum in diesem Moment noch immer Blut durch meinen Körper gepumpt wird.

Die Umfrage läuft bis Mittwoch. Hier noch einmal die Begriffe, um die es geht:
FACKELTRÄGER
HEGEN & PFLEGEN
GLÜCK

5 Mal geteilt
15 Kommentare

Ergebnisse:
FACKELTRÄGER 65 %
HEGEN & PFLEGEN 25 %
GLÜCK 10 %

1. Juni 2017

Letztes Jahr um diese Zeit

»Könnten Sie mir zu Beginn sagen, warum Sie hier sind, Ailsa?«

»Meine Mutter dachte, es wäre eine gute Idee.«

»Ist das der einzige Grund?«

»Ja. Nein.« Ailsa hat sich dazu überreden lassen, zu einer Therapeutin zu gehen, und nun kommt ihre innere Fünfzehnjährige zum Vorschein – diejenige, die sie eigentlich nie sein durfte, weil sie auf ihr Herz achten musste. »Ich komme nicht gut klar.«

»Womit?«

Ein Schulterzucken. »Ich weiß nicht. Damit, auf ein Herz zu warten. Und dass ich jemanden sehr vermisse.«

Ein Nicken, ein sanftes Lächeln, als hätte sie die richtige Antwort gegeben. Sie wäre wirklich überall lieber als hier.

»Und wen vermissen Sie, Ailsa?«

Ailsa schaut die Frau an, die ihr mit freundlicher Miene gegenübersitzt, ruhig, hilfsbereit. Sie will es ja versuchen. Aber sie kann jetzt nicht über Lennox reden. Nach der ersten großen Welle der Verzweiflung, in der sie und seine Angehörigen gemeinsam trauerten und über ihn sprachen, als könnten sie die Erinnerung an ihn durch Worte konservieren, hat sie das Gefühl, als würde allein schon das Aussprechen seines Namens sie zerreißen. Und dann würde etwas zum Vorschein kommen, das noch viel hässlicher ist als ihr schwaches, deformiertes Herz: ein geteerter Klumpen, angefüllt mit Trauer und Frustration darüber, dass er nicht mehr da ist, mit Wut darüber, dass er sie mit seinem Tod und ihrem Tod allein gelassen hat, und mit giftigem schwarzem Neid, weil für ihn nun alles vorbei ist. Er hat sie betrogen, indem er sie allein zurückgelassen hat. Sie fühlt sich nicht imstande, all das aus sich herauszulassen. Noch nicht.

»Ich kann nicht«, stößt sie hervor, ihre Kehle ist wie zugeschnürt. Doch die Therapeutin scheint zu verstehen.

»Wenn Ihnen nicht nach Reden ist«, sagt sie, »würde ich Ihnen gern vorschlagen, dass Sie stattdessen vielleicht etwas schreiben. Einen Brief an sich selbst. Stellen Sie sich Ailsa nächstes Jahr um diese Zeit vor – was würde sie zu Ihnen sagen? Oder was würden Sie zu ihr sagen?«

Ailsa nimmt Papier und Stift. Der Anblick des leeren Blatts erscheint ihr anfangs genauso schlimm wie die ängstliche Miene ihrer Mutter. Nächstes Jahr um diese Zeit – daran mag sie eigentlich überhaupt nicht denken. Entweder wird sie tot sein oder eine Version von sich selbst, die momentan einfach unvorstellbar ist. Aber vielleicht könnte sie der zukünftigen Ailsa ja ein paar unterstützende Worte schreiben. Das hat die Therapeutin zwar nicht gemeint, doch wie sagt Hayley immer: Scheißegal hilft jetzt auch nicht mehr weiter.

Liebe Ailsa,
denk dran: Wenn du stirbst, tut es wenigstens nicht mehr weh.
Dann hört es wenigstens auf.
Alles Liebe,
Ailsa

9. Juni 2018

Heute findet die Fotosession statt.

Inzwischen ist es drei Wochen her, dass Ailsa Seb zuletzt gesehen hat, und zwei Wochen, seit der Zeitungsartikel sie dazu gebracht hat, nachts hellwach im Bett zu liegen und ihren Körper zu hassen, obwohl das einem Verrat an ihrem neuen Herzen gleichkam.

Vor drei Tagen bekam Ailsa eine E-Mail von Libby mit der Anweisung, mit frisch gewaschenen Haaren, aber ohne Make-up zu kommen und etwas zum Anziehen mitzubringen, das weder schwarz noch »wild gemustert« ist. Man würde sie schminken, anschließend fotografieren und danach interviewen, um Material für den Launch des Kalenders und der Kampagne zu sammeln. Sie hatte eine Woche Zeit, um sich auf die Interviewfragen vorzubereiten, und das vergangene Wochenende hat sie genutzt, um ihre Antworten mit Hayley einzuüben. Es ist schwierig für sie beide, nicht mehr zusammenzuleben, aber sie werden sich bestimmt noch daran gewöhnen. Jedenfalls sagt Emily das immer. Aber Ailsa hat das Gefühl, im falschen Film gefangen zu sein; ständig ertappt sie sich dabei, darauf zu warten, dass ihre Mutter nach Hause kommt. Es fühlt sich wie Trauer an, nur irgendwie abgeschwächt. Aber eigentlich sollte es nicht so sein, denn sie hat ja schließlich bekommen, was sie wollte.

Lucy öffnet ihr die Tür und führt sie durchs Haus, während sie ihr über die Schulter zuflüstert: »Mum dachte, dass es ihr etwas zu viel werden könnte, sie ist mit Dad und Louise in den Zoo gegangen. Wir sind gut in der Zeit. Libby interviewt gerade die

Leber, aber sie ist gleich fertig. Komm, ich stelle dir Jules vor; sie ist die Fotografin.«

Die Fotosession findet neben Lennox' Baum statt, der von Reflektoren flankiert wird. Auf dem Rasen steht ein unbenutztes Stativ, wie bestellt und nicht abgeholt. Die Fotografin steht mit dem Rücken zu ihnen, sie hat sich vorgebeugt, es sieht aus, als wäre sie kopflos. Als sie Lucy und Ailsa kommen hört, dreht sie sich lächelnd um, die Kamera in der Hand.

»Wir haben hier ein paar wirklich schöne Aufnahmen«, sagt sie. Erst dann sieht sie, dass sie nicht mit Libby, sondern mit Lucy redet. »Oh, Verzeihung.«

»Kein Problem«, sagt Lucy. »Das ist Ailsa. Das Herz.«

»Hallo«, sagt Ailsa. »Das Herz ist nicht von mir, der Rest aber schon.«

»Hallo, ich bin Jules!« Die Fotografin schüttelt Ailsa die Hand und mustert sie dann von Kopf bis Fuß. »Du hast tolle Haut. Mit dir werden wir keine Probleme haben. Was hast du zum Anziehen mitgebracht?«

»Das hier.« Ailsa holt die Sachen aus der Tasche und faltet sie auseinander. Ihr neues Kleid mit dem gelben Rosenmuster (das sie inzwischen geradezu abgöttisch liebt) erfüllte leider nicht Libbys Kriterien. Stattdessen trägt sie Jeans und ein T-Shirt mit einer Wolke in Herzform darauf. Außerdem hat sie noch den bretonischen Streifenpulli dabei, der ihr inzwischen etwas zu groß geworden ist – aber wenn sie das Schild mit ihrem Wort vor sich hält, sieht man das ja nicht –, und die violette Nadelstreifenbluse, die Hayley für sie ausgesucht hat, bevor sie nach London fuhr. Tamsin hat inzwischen einen Druckknopf angenäht, damit Ailsas Narbe nicht hervorschaut, und die weißen Originalknöpfe durch Vintage-Metallknöpfe in Form kleiner Schmetterlinge und Herzen ersetzt.

Jules nimmt Ailsas Ohrstecker in Augenschein; blaue Herzen aus Porzellan. »Die gefallen mir – witzige Idee.«

»Danke«, sagt Ailsa. Jules hat offenbar ihren BlueHeart-Blog gelesen. Sie entspannt sich ein wenig.

»Willst du die Brille anbehalten?«, fragt Jules.

»Warum?«

»Nur so. Manche Leute nehmen sie lieber ab. Es kommt darauf an, ob du das Gefühl hast, dass sie zu dir gehört. Sie steht dir super.«

»Danke«, sagt Ailsa wieder. »Ja, sie gehört zu mir.«

»Alles klar. Dann lass uns das hier nehmen.« Sie hält die Nadelstreifenbluse hoch. »Und Pip soll ... Moment, ich rede schnell mit ihr.« Jules geht ins Haus, Lucy und Ailsa folgen ihr. Ein nervös wirkender Mann in einem dunkelgrauen Hemd lächelt Ailsa schüchtern zu, als sie durch die Küche gehen. Lucy sagt ihm, dass er als Nächster fotografiert werden soll, und schickt ihn in den Garten.

Der Küchentisch ist mit Make-up, unzähligen Tiegeln und Döschen in sämtlichen Farbschattierungen übersät, von Ultramarin bis Azurblau, von Feuerrot bis Blassrosa. Eine ältere Frau – ungeschminkt, das Haar mit einem violetten Kopftuch zurückgebunden, ein breites Lächeln im Gesicht – erwartet sie bereits.

»Das ist Ailsa«, sagt Jules. »Ich hätte sie gern sehr natürlich, nur ganz wenig um die Augen, und den Mund etwa so.« Sie zeigt auf einen Lippenstift. »Haare offen. Die Brille behält sie an.«

»Dein Wunsch ist mir Befehl«, sagt Pip und spitzt die Lippen zu einem Kussmund. Jules lacht, und Ailsa denkt: Alle haben jemanden. Außer mir. Und meiner Mutter, die keinen haben will.

Frisiert und geschminkt zu werden fühlt sich intim und zugleich distanziert an, wie eine medizinische Untersuchung; konzentrierte, emotionslose Berührungen ohne Augenkontakt. Ailsa atmet durch. Es ist still im Raum. Die Heißwickler auf dem

Kopf und der Dampf des Bügeleisens, mit dem Lucy Ailsas Bluse glättet, wirken beruhigend.

Auf der Anrichte lehnt das Schild, etwa neunzig Zentimeter breit und vierzig Zentimeter hoch, mit der Aufschrift »Fackelträger« in Kleinbuchstaben, in einer Schriftart, bei der sich dick und stabil wirkende vertikale Striche mit geschwungenen Linien abwechseln, die von schmal zu breit und wieder zu schmal wechseln, wie die Anfänge und Enden von Windböen. Beim Anblick des Schildes zieht Apple sich zusammen, und Ailsa steigen Tränen in die Augen. Sie denkt an Julias Worte, als sie sich nach der Hochzeitsnacht von Romeo verabschiedet: »Die Sonne hauchte dieses Luftbild aus, dein Fackelträger diese Nacht zu sein, dir auf dem Weg nach Mantua zu leuchten.« Es fiel ihr schwer, ihren Blog-Lesern zu erklären, warum sie ihnen dieses Wort zur Wahl gestellt hat. Denn sie ist ja weder tapfer noch gesegnet, sondern nur versehentlich zur Fackelträgerin geworden.

Zwanzig Minuten später steht Ailsa fertig geschminkt und frisiert draußen vor der Kamera. Ihr ist seltsam zumute, aber sie hat das Schild mit ihrem Wort, das sie beschützt, und Lennox' Baum gibt ihr zusätzliche Sicherheit. Sie wird es schaffen. Bestimmt. Wenn Apple ihren Teil erledigt, kann sie den Rest übernehmen.

Jules will zwar nicht, dass sie posiert (es soll möglichst natürlich aussehen), bombardiert sie jedoch mit Anweisungen, wie sie das Wort halten soll. »Das ist kein Schutzschild. Halt die Arme ein bisschen tiefer, so ist es gut. Halt es nicht fest, stütz einfach nur die Ecken mit deinen Fingern ab. Lass die Schultern hängen, damit sie das Gewicht spüren.« Ailsa macht gehorsam, was sie sagt, doch Jules fallen ständig neue Ideen ein: »Siehst du den Apfel, der über dir hängt? Kannst du zum Küchenfenster gucken, Liebes? Und jetzt schau bitte auf meine Schuhspitzen. Super. Und jetzt über meine linke Schulter, ja?«

Als Ailsa gerade anfängt zu frösteln und ihr die Arme schwer werden, erscheint Seb auf der Treppe zum Garten, Sonnenbrille auf der Nase, Filzhut auf dem Kopf. Er hat ebenfalls ein Schild dabei, mit der Aufschrift »Dass ich vom Tod erstand«. Romeo sagt diese Worte, aber Ailsa weiß nicht mehr genau, an welcher Stelle. Als Seb winkt und ihr eine Kusshand zuwirft, muss sie unwillkürlich lachen. Es war albern von ihr, sich so viele Gedanken darüber zu machen, was an dem Abend nach der Milonga alles nicht passiert ist. Seb ist eben Seb. Und sie ist eben Ailsa. Sie hat viel zu viel über den Moment nachgegrübelt, ab dem es schieflief, und darüber alles andere vergessen. Abgesehen von Lennox natürlich; ihn kann sie gar nicht vergessen. Plötzlich gerät sie ins Schwanken und streckt die Hand nach dem Baumstamm aus, um Halt zu finden.

»Ich glaube, wir sind fertig«, sagt Jules. »Hier, schau mal.« Ailsa wappnet sich für die Fotos. Womit sie allerdings nicht gerechnet hat, ist der Anblick des Lippenstifts. Auf den Bildern sieht er rot aus. Blutrot. Wie das Blut der Transfusionen, die Lennox bekam, während sie nichts anderes tun konnten, als zuzuschauen, wie es durch den Schlauch floss, und weiter zu hoffen, obwohl es keine Hoffnung mehr gab. Oh, Lennox.

»Ich sehe so anders aus«, stößt sie hervor.

Jules legt ihr die Hand auf den Rücken. »Alles in Ordnung? Das war sicher sehr emotional für dich.«

Ailsa nickt, entschuldigt sich und geht ins Haus zurück, zur Gästetoilette, um sich den Lippenstift abzuwischen, bevor sie das Interview macht, das gefilmt werden soll. Soll Libby doch sagen, was sie will. Aber Libby verliert kein Wort darüber.

9. Juni 2018

Ailsa und Seb sitzen in der Northbridge Brasserie (sie scheint ihr Stammlokal zu werden) und essen Oliven, während sie auf die Salate warten. Jedes Mal, wenn Ailsa den Kopf bewegt, steigt ihr der ungewohnte Geruch von Haarspray in die Nase. Seb hat auf Libbys Anweisungen gepfiffen und bei der Fotosession ein wild gemustertes Paisley-Hemd in Pflaumenblau, Pfirsichrosa und Silbergrau getragen. Wahrscheinlich sind in der Reisetasche, die neben seinem Stuhl auf dem Boden steht, auch noch andere Sachen, aber man hat ihn nicht aufgefordert, sich etwas anderes anzuziehen.

Auf dem Tisch steht eine Flasche Wein. Seb hat sie bestellt; Sancerre, sein Lieblingswein. Ailsa ist inzwischen auch auf den Geschmack gekommen. Aber zuerst trinkt sie Wasser.

»Was gibt's Neues?«, fragt Seb.

»Im Tangokurs haben wir diese Woche Ganchos geübt«, sagt Ailsa. »Hat Spaß gemacht.«

Seb zieht eine Grimasse. »Kommt drauf an. Mich macht es immer etwas nervös, wenn ein Stiletto auf meine Weichteile zielt.«

»Alles eine Frage der Perspektive«, erwidert Ailsa. Sie schauen sich einen Moment lang an. Seb trägt seine Sonnenbrille, doch Ailsa kann seinen Blick trotzdem spüren. Sofort denkt sie an ihren letzten gemeinsamen Abend in London, an den Moment, als sie die Tanzfläche betraten und er seine Hand auf ihren Rücken legte. Eigentlich ist ihr nicht nach Lächeln zumute, aber bei der Erinnerung an den Kuss zucken ihre Mundwinkel unwillkürlich nach oben.

Seb grinst. »Man muss ja auch nicht immer einer Meinung sein«, sagt er. »Schöne Frisur übrigens.«

»Die verdanke ich Pip«, sagt Ailsa. Eigentlich hatte sie damit gerechnet, dass Pip ihr das Haar für die Fotosession glätten würde. Von Natur aus ist es leicht gewellt, aber wenn sie es nicht zurückbindet, wirkt es immer ein wenig zerzaust. Doch dank der Heißwickler hat sie nun sanfte Locken.

»Sieht hübsch aus«, sagt Seb. »Ich finde es furchtbar, dass so viele Frauen ihre Haare glätten. Man kann sie gar nicht mehr auseinanderhalten.«

»Ich kann Männer mit Bärten auch nicht auseinanderhalten.«

Seb lacht. »Genau deshalb vermisse ich dich. Du hältst gern dagegen, aber so, dass es Spaß macht. Ich wollte damit sagen, dass glattes Haar nach Einheitslook aussieht, so ähnlich wie Bärte, als gäbe es keine Individualität mehr.«

Dass Seb sie vermisst, freut sie natürlich. Dass er findet, dass sie gern dagegenhält, ist allerdings ein Wermutstropfen. Aber sie will sich darüber nicht aufregen. Es gibt Wichtigeres, worüber sie nachdenken muss.

»Mein Chef findet, dass ich einen guten Espresso hinkriege«, sagt sie. »Das ist gar nicht so einfach, wie es aussieht.«

Seb lacht wieder. »Das glaube ich dir sofort. Du ahnst ja nicht, wie oft mir schon fürchterlicher Espresso serviert wurde. Und? Wie gefällt dir der Job?«

»Ganz gut. Es macht mir Spaß, unter Leuten zu sein, und außerdem verdiene ich jetzt endlich Geld.« Sie zeigt ihm ihr linkes Handgelenk; an der Innenseite hat sie sich am Dampf der Espressomaschine verbrüht. Er nimmt ihre Hand, um die Stelle eingehend zu betrachten, und einen Moment lang scheint es, als wolle er sie küssen. Ailsa stockt unwillkürlich der Atem, und Apple beginnt aufgeregt zu pochen; manchmal könnte man wirklich meinen, sie hätte vorher einer Fünfzehnjährigen gehört.

»Autsch«, sagt Seb und lässt ihre Hand wieder los.

»Die Blasen an den Füßen erspare ich dir«, sagt Ailsa. Natürlich strengt es sie an, stundenlang auf den Beinen zu sein, aber die Zeit vergeht wie im Flug, und das viele Herumlaufen ist ja auch gesund; sie kommt locker auf dreitausend Schritte pro Stunde. Und wenn sie dann wieder zu Hause ist und ein Bad nimmt, hat sie das befriedigende Gefühl, etwas geschafft zu haben. Sie schläft auch besser. Vorher dachte sie ja, sie wäre depressiv. Aber wahrscheinlich war sie einfach nur gelangweilt.

»Die Arbeit scheint dir jedenfalls gut zu tun«, sagt Seb. »Ist die Brille neu?«

»Nein. Immer noch die alte.«

»Dann bist du schmaler im Gesicht geworden.«

Seine unbefangene Art gefällt ihr noch immer.

»Es wird langsam«, sagt sie. »Schön, dass du hergekommen bist.«

Er zuckt mit den Schultern. »Ich wollte dich sehen. Und euer Kalenderprojekt unterstützen. Und als ich Roz erzählte, dass ich komme, hat sie sofort ein Treffen mit Julia arrangiert, für morgen.«

»Drei Fliegen mit einer Klappe.«

Seb lacht. »Meredith ist gerade in Europa, sie macht wohl Werbeaufnahmen für ein Parfüm. Roz hat sie dazu überredet, nach Edinburgh zu fliegen. Wir treffen uns zum Mittagessen, und anschließend fahren Meredith und ich mit dem Zug nach London zurück.«

»Aha«, sagt Ailsa. Wenn man auf einer einsamen Insel strandet, wäre es bestimmt nicht schlecht, jemanden wie Roz dabeizuhaben.

»Meredith war mal in einer Fernsehserie«, fügt Seb hinzu.

»Ich weiß, wer sie ist«, sagt Ailsa.

Seb grinst. »Ehrlich? Jetzt bin ich beleidigt. Ich bin schließlich auch berühmt, aber mich kanntest du nicht! Übrigens habe ich dir etwas mitgebracht.« Er beugt sich hinunter und holt ein Geschenk aus seiner Reisetasche. Es ist so groß wie ein Schuhkarton, eingepackt in silbernes Papier mit einem lila-goldenen Geschenkband darum. »Leider ist es unterwegs etwas zerdrückt worden. Ich habe es im Geschäft einpacken lassen. Das Band hatte Kringel an den Enden, es sah fast schon ein bisschen zu kitschig aus.« Er reicht Ailsa das Geschenk.

»Wow«, sagt sie. Geschenke ist sie gar nicht gewohnt, höchstens Obstkörbe oder Pralinenschachteln mit Genesungswünschen. Als sie es rechts neben ihr Besteck auf den Tisch stellen will, schüttelt Seb den Kopf.

»Stell es lieber auf den Schoß«, sagt er. »Du wirst schon sehen, warum.«

Ailsa rückt mit ihrem Stuhl ein Stück zurück, damit sie genug Platz hat, um das Geschenk auszupacken.

Das Band ist allerdings so fest zugeknotet, dass Ailsa es nicht aufbekommt. Seb holt schließlich ein Schweizer Taschenmesser hervor und schneidet das Papier damit auf.

»Bitte sehr«, sagt er.

Es ist tatsächlich ein Schuhkarton. Ailsa nimmt den Deckel ab. Unter dem schwarzen Seidenpapier kommen Tangoschuhe zum Vorschein. Sie sind aus schwarzem Lackleder, vorn geschlossen. An den Knöchelriemen sind kleine Silberschnallen, und die Schuhspitze ist mit silbernen Kristallen bedeckt. Sie dreht die Schuhe um. Glatte Ledersohlen. Die Absätze sind ein wenig kürzer als bei Fenellas Sandaletten. Ailsa gerät normalerweise nicht aus dem Häuschen, wenn sie Schuhe kauft, aber bei diesem Paar bleibt ihr die Luft weg.

»Und?«, sagt Seb. »Was sagst du?«

Ailsa schaut ihn an. »Die sind wirklich wunderschön.«

Er lächelt. »Aber bitte spieß damit beim Gancho keine Männer auf. Ich hoffe, sie passen dir. Ich habe Fenellas Paar mit ins Geschäft genommen und gesagt, du bräuchtest ein wenig breitere Schuhe mit etwas niedrigeren Absätzen. Ich habe ja gesehen, wie erleichtert du warst, als du Fenellas Schuhe ausgezogen hast.«

»Seb, ich weiß, was Tangoschuhe kosten. Ich könnte mir niemals welche leisten. Ich kann dieses Geschenk unmöglich annehmen.« Seit Ailsa aus London zurück ist, redet sie sich ein, dass sie Seb bestimmt bald wieder aus den Augen verlieren wird. Er ist wie ein guter Arzt, der einem das Gefühl gibt, der Grund zu sein, warum er überhaupt Medizin studiert hat. Er hat schon Tausende von Patienten behandelt, doch wenn er einen untersucht, kommt es einem vor, als hätte er noch nie ein Herz gesehen, das so faszinierend und einzigartig ist. Und wenn dieser Arzt dann eines Tages geht, weil er seiner Karriere zuliebe die Stelle wechselt, empfindet man ein enormes Verlustgefühl, weil man wirklich geglaubt hat, etwas Besonderes für ihn gewesen zu sein. Doch er hat sich längst der nächsten Patientin zugewandt, die nun ebenfalls glaubt, dass ihr schwaches Herz der Heilige Gral ist, den er schon sein ganzes Arztleben lang gesucht hat.

»Probier sie an«, sagt er, als ob er sie nicht gehört hätte. Eigentlich ganz schön unverschämt.

»Das geht nicht, ich trage Turnschuhe«, sagt sie.

Seb zieht die Brauen hoch. »Nur damit du Bescheid weißt, ich verdrehe gerade die Augen hinter der Sonnenbrille. Das ist mir schon klar, dass du nicht barfuß bist. Jetzt komm schon. Es wird schon keiner sehen.«

Eigentlich sollte sie sich weigern – keiner darf sich die Frechheit herausnehmen, ihr vorzuschreiben, was sie mit ihren Füßen zu tun hat! Aber Sebs Drängeln erinnert sie daran, wie sie mit

Lennox oft heimlich draußen im Dunkeln im Krankenhausgarten saß, obwohl die Besuchszeit schon vorbei war und er längst im Bett hätte sein sollen. Also gibt sie nach, schiebt sich mit dem Zeh den Turnschuh von der Ferse, streift sich die Socke ab, stellt den Schuhkarton auf den Boden und holt einen Tangoschuh heraus. Wahrscheinlich ist er ihr ohnehin zu klein …

»Und? Passt er?«

Sie grinst und hebt ihren Fuß, sodass Seb ihn sehen kann. »Wie angegossen.« Sie zieht den Schuh wieder aus und legt ihn in den Karton zurück. Als sie ihn gerade aufheben will, fällt ihr ein, was Seb vorhin sagte. »Warum wolltest du nicht, dass ich dein Geschenk auf den Tisch lege?«

»Weil es Unglück bringt, wenn man Schuhe auf den Tisch stellt«, antwortet Seb. »Das ist ein Dankeschön. Falls es dich beruhigt: Die Ladenbesitzerinnen haben mir die Schuhe quasi umsonst gegeben, weil ich damals mein ganzes Outfit für *StarDance* bei ihnen gekauft und Selfies mit ihnen gemacht und kräftig die Werbetrommel für sie gerührt habe.«

»Haben sie sie auch für dich eingepackt?«

»Ja, das haben sie. Aber ich bin durchaus in der Lage, Geschenke selbst zu verpacken, sogar mit kitschigen Schleifen.«

Ailsa lacht. »Das würde ich auch nie bezweifeln. Danke.«

»Gern geschehen. Ich tanze eben gern mit dir. Außerdem kann ich nicht zulassen, dass du bei unserem Stück keine passenden Schuhe hast. Wie würde ich denn sonst dastehen?« Sein Grinsen ist unwiderstehlich. Er flirtet mit ihr, ganz klar. Sie hätte sich gar keinen Kopf zu machen brauchen! Er hat ihr weiter E-Mails geschickt, und jetzt hat er ihr auch noch ein Paar Tangoschuhe geschenkt. »Wie läuft es denn sonst mit dem Tangokurs?«, fragt er. »Abgesehen von den Ganchos?«

»Gut! Zu Beginn stellen wir uns immer im Kreis auf, und dann sagt Edie: ›Wie lautet eure Mission?‹ Und dann schreien wir: ›Sebastian Morley gut aussehen zu lassen‹, und dann klatschen und jubeln wir, so laut wir können.«

»Ehrlich?«

»Nein, du Schwachkopf.«

»Schon klar«, sagt Seb. »Ich habe übrigens wieder die Augen verdreht, aber das konntest du ja nicht sehen.« Er nimmt die Sonnenbrille ab und zieht eine Grimasse. Wenn er nicht schauspielert, ist er eigentlich ganz in Ordnung.

Da kommt das Essen: zweimal Hühnersalat und eine Portion Fritten, zum Teilen. Ailsa fischt die Croûtons aus ihrem Salat und legt sie auf den Tellerrand. Die Parmesanflocken auch noch zu entfernen ist ihr allerdings zu mühselig; außerdem hat sie schon seit einer Ewigkeit keinen Parmesan mehr gegessen. Er ist einfach zu lecker, um darauf zu verzichten. Ihr Kühlschrank ist voll mit Mandelmilch, Gemüse und Zartbitterschokolade, die sie in kleine Stücke gebrochen und einzeln in Folie verpackt hat. Und im Eisfach sind tiefgekühlte Beeren, Spinat und Avocados für Smoothies und den kleinen Mittagssnack.

Aber dieser Käse … herrlich. Viel ist ohnehin nicht auf dem Teller. Sie kann ja morgen tausend Schritte zusätzlich gehen.

»Deine Wortwahl hat mir gefallen«, sagt Seb.

»Wie bitte?« Sie war meilenweit weg, wie ihre Mutter jetzt sagen würde. An einem Ort, wo sie ein Foto von sich betrachten kann, ohne zusammenzuzucken oder sich zu fragen, ob sie wirklich so aussieht. Wo der Anblick eines leuchtend roten Lippenstifts auf dem Mund, der ihren rosigen Teint, ihre strahlend blauen Augen und die goldblonden Strähnen in ihrem Haar betont, sie nicht aus der Fassung bringt.

»Deine Wortwahl hat mir gefallen. Fackelträger. Um mir auf dem Weg nach Mantua zu leuchten.«

»Deine Worte haben mir auch gefallen. Ich weiß, dass Romeo sie sagt, aber ich weiß die Stelle nicht mehr.«

»›Mein Mädchen, träumt ich, kam und fand mich tot – seltsamer Traum, der Tote denken lässt!‹«

Ailsa nickt. »Natürlich. ›Und hauchte mir solch Leben ein mit Küssen, dass ich vom Tod erstand und Kaiser war.‹«

»Genau«, sagt Seb. »Ich bin froh, dass dir meine Wortwahl auch gefällt. Ich habe ewig gebraucht, um das Passende zu finden.« Er grinst. »Das habe ich mir nämlich nicht abnehmen lassen, so wie das Geschenkeinpacken.«

»Und ich habe mir drei Alternativen ausgesucht, mit denen ich zufrieden gewesen wäre,« sagt Ailsa.

»So wie du es immer machst«, lächelt Seb. Dann wird seine Miene ernst. »Aber kommt es dir nicht doch ein bisschen seltsam vor?«

»Was?«

»Deine Entscheidungen anderen zu überlassen? Würde es dem Wort ›Fackelträger‹ nicht mehr Bedeutung verleihen, wenn du dich selbst dafür entschieden hättest?«

»Hast du etwa mit meiner Mutter geredet? Du klingst genauso wie sie.«

Seb lacht. »Ehrlich? Nein, natürlich nicht.«

Er klingt gar nicht beleidigt, und irgendwie ermutigt sie das, mehr zu sagen. »Manchmal weiß ich einfach nicht weiter und vertraue eben gern der Weisheit von Fremden.«

»Aber du kennst dich selbst doch am besten, oder?«

Ailsa denkt über das Gefühl nach, eine verunsicherte Organempfängerin zu sein, ein Körper, dem erst die Zeit ausgeht und dann die Vertrautheit abhandenkommt. Für Ärzte spielt dieses Gefühl keine Rolle. Und für die Menschen, die ihr nahestehen und Angst hatten, sie zu verlieren, wäre es schockierend. Es geht ihr jetzt gut. Und sie darf auf keinen Fall den Eindruck erwecken, dass sie unglücklich ist. Obwohl sie solches Glück gehabt hat.

»Mein krankes Ich kannte ich gut. Aber mein jetziges Ich ist mir ehrlich gesagt ziemlich fremd.«

Seb nickt. »So ähnlich fühlt es sich an, wenn man berühmt wird. Es gibt ein Davor und ein Danach.«

»Genau«, sagt Ailsa. »Ein Davor und ein Danach.«

»Auf dem Weg hierher habe ich über uns nachgedacht«, sagt Seb. »Radio, Tango, Foto. Lauter Os. Sieht aus, als wäre das unser gemeinsamer Nenner.«

»Du bist heute Abend ja richtig philosophisch«, sagt Ailsa.

»Ich habe wohl zu viel Shakespeare gelesen.«

Die Kellnerin räumt das Geschirr ab. Schwer zu sagen, ob Seb ihr nachschaut. Immer diese Sonnenbrille. Als die Kellnerin weg ist, fragt er: »Geht es dir wirklich gut?«

»Ja«, sagt Ailsa, denn sie ist jahrelang fest davon ausgegangen, dass es ihr gut gehen wird, wenn sie so wie jetzt in einem Restaurant sitzen kann, ohne sich todmüde oder todkrank zu fühlen. Doch warum gibt es dann so viele Dinge, mit denen sie sich unwohl fühlt? Einige Momente vergehen. Seb schaut auf sein Handy.

»Nein«, sagt sie schließlich. »Eigentlich geht es mir nicht gut.«

Seb nickt und trinkt einen Schluck Wein. Inzwischen ist es schon nach sieben und recht dunkel geworden. Er nimmt die Sonnenbrille ab, blinzelt ein paarmal vorsichtig und legt die Brille auf den Tisch. »Warum? Wegen der Sache mit der *Sun?*«

»Nein.« Dabei denkt sie oft daran. Jedes Mal, wenn sie zum Kühlschrank geht, an dessen Tür sie den Zeitungsartikel aufgehängt hat, um sich den Appetit zu verderben. »Auch wenn mich das noch immer beschäftigt.«

Es gibt einfach zu viel, womit sie nicht klarkommt. Die Erinnerung an Lennox – vor allem, wenn sie seine Eltern sieht, die niemals über seinen Tod hinwegkommen werden. Dinge, von denen nur sie etwas weiß und über die sie nicht reden kann. Wie der Abend, an dem Lennox weinte, nachdem er erfahren hatte, dass es zu spät für eine Transplantation war und er nur noch auf den Tod warten konnte. Oder der Abend, an dem sie über Selbstmord sprachen und darüber, welche Möglichkeiten es überhaupt gab, sich das Leben zu nehmen.

Hinzu kommt, dass die Fotosession und das Interview sie wirklich geschlaucht haben. Die ganzen Vorbereitungen, die Anweisungen, das Gefühl, allen gerecht werden zu müssen. Der Lippenstift. Der Druck, Fragen wie »Was bedeutet dein Spenderherz für dich?« und »Was möchtest du den Leuten sagen, die sich bisher nicht als Spender registriert haben?« innerhalb von neunzig Sekunden beantworten zu müssen. Und natürlich beschäftigt sie der letzte Abend in London noch: das wunderbare Gefühl, mit Seb zu tanzen, und das anschließende Fiasko; bei dem Gedanken daran würde sie noch immer am liebsten im Boden versinken. Sie ist unsicher, was sie Seb überhaupt sagen will und wo sie anfangen soll.

Aber die neue Ailsa – die mit dem Job im Café, der möglichen Anwaltskarriere und dem tapfer schlagenden Herzen – muss irgendetwas sagen, denn sie hat es satt, ein Leben in Isolation zu führen. Sie denkt an einen der Ärzte im Krankenhaus, der ihr das Gefühl gegeben hat, etwas Besonderes zu sein. Jedes Mal, wenn er zu ihr kam, setzte er sich ans Fußende ihres Bettes (er war der Einzige, der das tat, obwohl es gegen die Regeln verstieß, aber das war ihm egal, und ihr auch), und sagte nur: »Okay, Ailsa. Fang einfach irgendwo an.«

Fang einfach irgendwo an.

»Lennox und ich standen uns sehr nahe, weißt du«, sagt sie.

»Das dachte ich mir schon«, sagt Seb. »Wart ihr zusammen?«

»Nein. Eigentlich nicht mehr. Er war mein erster Freund. Aber als wir anfingen zu studieren, ging unsere Beziehung irgendwann auseinander. Doch wir sind trotzdem in Kontakt geblieben. Als er wieder nach Edinburgh zurückkehrte, stellte sich heraus, dass er krank war, und ich war auch krank, und … irgendwie kamen wir wieder zusammen. Aber … ohne das Körperliche.«

Seb schaut sie mit ernster Miene an und wartet. *Mach vielleicht besser woanders weiter.*

»Als Lennox starb, war das die schlimmste Zeit meines Lebens. Am liebsten wäre ich auch gestorben. Sein Tod hat mir das Herz gebrochen. Da war nur noch Schmerz. Ich konnte gar nicht mehr unterscheiden, ob er von der Trauer um Lennox herrührte oder von meinem Körper, der mich jeden Tag mehr im Stich ließ.« Allein die Erinnerung daran lässt sie den alten Schmerz wieder spüren, ein schwaches Echo nur, doch Apple schlägt sofort etwas leiser, aus Respekt. »Dann wurde mir das Herz transplantiert. Davon sind Narben zurückgeblieben. Die größte reicht vom Hals bis hinunter zum Bauch.« Sie legt einen Zeigefinger auf die Stelle, wo unter dem schützenden Stoff ihrer Bluse die Narbe beginnt, gut zwei Zentimeter unterhalb ihres Schlüsselbeins. Den anderen Zeigefinger legt sie auf die Stelle, wo die Narbe endet, eine knappe Handbreit über dem Bauchnabel, was Seb allerdings nicht sehen kann, da der Tisch ihm die Sicht versperrt. »Bisher hat noch niemand die Transplantationsnarbe gesehen. Außer den Ärzten und Schwestern natürlich. Und meiner Mutter.«

»Willst du mir sagen, du hattest keinen …«

»Ja. An unserem letzten Abend in London … du dachtest wohl, dass ich … was ich auch verstehen konnte, aber ich … ich bin einfach in Panik geraten.« Sie denkt an all die Menschen, die Sex miteinander haben, ficken, Liebe machen, vögeln, oder wie auch immer man es nennen will, ohne sich vorher Gedanken zu machen, geschweige denn, ein solches Gespräch zu führen. Aber sie ist ja nicht der einzige Mensch auf der Welt, der eine Narbe hat. »Ich weiß, wie albern das klingt.«

Doch Seb greift über den Tisch nach ihrer Hand, und sie lässt seine Berührung zu. Ihre Finger verschränken sich ineinander. »Das klingt nicht albern, Ailsa. Überhaupt nicht.«

Sie schaut ihn an, wartet. Er denkt nach; er hat den gleichen Gesichtsausdruck wie beim Lernen seines Rollentexts. Dann drückt er ihre Hand und lächelt.

»Lass mich kurz sicherstellen, dass ich dich richtig verstanden habe«, sagt er. »Du willst mir also sagen, dass du seit …« – er neigt den Kopf, als wolle er sie zu einer näheren Zeitangabe (zehn Monate? fünf Jahre?) bewegen, doch sie zieht es vor, zu schweigen – »… einer ganzen Weile keinen Sex mehr hattest, und als sich die Möglichkeit dazu bot – und du hattest recht, ich hatte tatsächlich darauf spekuliert –, hast du …« Er schaut sie fragend an. Und sie weiß nicht, ob es daran liegt, dass er es ist, oder daran, dass es nach der Fotosession mit blutrotem Lippenstift unter Lennox' Apfelbaum eigentlich nicht schlimmer werden kann – jedenfalls liegen ihr die Worte plötzlich auf der Zunge und sprudeln unzensiert heraus.

»Ich wollte ja, aber ich … ich weiß auch nicht, auf einmal wurde mir klar, dass ich keine Ahnung hatte, welche Regeln ich beachten oder was ich sagen soll, oder was du von mir erwartest, und …« – sie muss lachen, es hört sich viel zu schrill an, ihre Mutter würde jetzt den Arm um sie legen *(»Immer mit der Ruhe, Schätzchen!«)* – »… dann warst das auch noch ausgerechnet du, der berühmte Seb Morley! Klar, anfangs hatte ich keine Ahnung, wer du bist, aber ich habe dich natürlich gegoogelt, und zack, was lese ich: Knackarsch des Jahrhunderts, an jedem Finger fünf Models und was weiß ich, und – tja, entschuldige, aber da dachte ich, das kann doch nur schiefgehen! Du warst einfach eine Nummer zu groß für mich, erst recht, weil es schon so lange her war, verstehst du? Als müsste ich meine erste Reitstunde auf einem … einem Rennpferd machen!« Seb schaut sie an. Seine Miene wechselt von amüsiert zu verwirrt, ernüchtert und erschrocken. Ailsa lässt seine Hand los und schüttelt resigniert den Kopf, und sofort steigt ihr wieder der Geruch von diesem verdammten Haarspray in die Nase. »Ich halte jetzt besser den Mund«, sagt sie. »Du bist dran. Bitte sag was.«

Seb lacht. Ein leises, warmes Lachen. »Wow. Okay. Gib mir eine Minute, um das zu verdauen, ja? Hier, trink was.« Er nimmt ihr Weinglas und schwenkt es unter ihrer Nase hin und her. »Trink mich, Ailsa! Trink mich!«

Sie lacht ebenfalls, diesmal nicht ganz so schrill, nimmt das Glas und leert es in einem Zug – was soll's, besondere Umstände erfordern besondere Maßnahmen. Sie schaut Seb abwartend an. Er legt die Hände flach auf den Tisch, lehnt sich in seinem Stuhl so weit zurück, dass er ein wenig nach hinten kippt (gar nicht so einfach bei diesen Stühlen mit Samtbezug, sie sind schwer und massiv), und schaut ihr direkt in die Augen.

»Also: Erstens war ich Knackarsch des Jahres, aber das war 2014, und seitdem ist daraus ein Hängearsch geworden. Zweitens solltest du nicht alles glauben, was über mich in der Zeitung steht, von wegen Models und so weiter. Wenn man zusammen mit einer Frau fotografiert wird, heißt das noch lange nicht, dass man mit ihr ins Bett geht, jedenfalls meistens. Drittens sollte ich angesichts der Tatsache, dass wir ab August ziemlich viel Zeit miteinander verbringen werden, die Bezeichnung Rennpferd wohl am besten als Kompliment auffassen, zumal sie von einem Einhorn stammt.«

»Danke.«

»Keine Ursache.« Seb kippt wieder nach vorn, sodass alle vier Stuhlbeine auf dem Boden stehen, beugt sich über den Tisch und grinst sie an. Sie beugt sich ebenfalls vor, nah genug, um den

Duft von Wein und von Moschus auf seiner Haut wahrzunehmen; sie denkt an sein Badezimmer in London, das Molten-Brown-Duschgel auf dem Wannenrand. Er küsst sie sanft auf die Stirn, dann nimmt er ihr vorsichtig die Brille ab, drückt ihr einen Kuss auf den Nasenrücken, setzt ihr die Brille wieder auf und lehnt sich wieder zurück.

»Wie lange ist es her, seit Lennox gestorben ist?«

»Etwas über ein Jahr.«

»Und wie lange wart ihr beide …« – er sucht nach den richtigen Worten – »… mehr oder weniger zusammen?«

»Ungefähr ein Jahr.«

»Und wie lange …«

Ailsa hält es nicht mehr aus. »Ich hatte seit zweieinhalb Jahren keinen Sex mehr, okay?« Das letzte Mal war mit Marcus gewesen, ein ziemlicher Reinfall, und sowieso nur passiert, weil sie sich beweisen wollte, dass sie körperlich überhaupt noch dazu in der Lage war. Marcus war ein ehemaliger Kommilitone, der dieselben Kurse wie sie belegt hatte; manchmal hatten sie zusammen gelernt. Als er zur Hochzeit eines Freundes für einige Tage nach Edinburgh zurückkam, hatte er ihr eine Nachricht geschickt, sie hatten sich in einer Kneipe getroffen, und als er sie anschließend nach Hause brachte, hatte sie ihn gefragt, ob er mit hereinkommen wollte. Sie hatte sich zwar nicht direkt auf ihn gestürzt, aber fast. Als sie am nächsten Morgen aufwachte, war er verschwunden. Davor hatte sie acht Monate lang keinen Sex gehabt. Aber das braucht Seb nun wirklich nicht zu wissen. Er starrt sie auch so schon ungläubig genug an.

»Verstehe«, sagt er und lässt seinen Stuhl wieder nach hinten kippen. »Meine Güte.« Er betrachtet seinen Schoß, als müsste er seinen Genitalien klarmachen, dass sie zweieinhalb Jahre lang keinen Sex mehr haben werden. Er schaut wieder auf. »Gar nicht so leicht für den kleinen Seb und mich, das zu verdauen.«

Ailsa wird knallrot. Seb grinst. »Mistkerl«, sagt sie.

»Tut mir leid«, sagt er.

»Lügner.«

»Stimmt, das war gelogen. Aber jetzt mal im Ernst, du solltest wirklich nicht alles glauben, was die Zeitungen über Leute wie mich behaupten. Die letzte Frau, mit der ich etwas hatte, war Fenella, aber bei *StarDance* gehörte es fast schon zum guten Ton, mit seiner Tanzpartnerin ins Bett zu gehen. Das war nichts Ernstes.«

»Aha«, sagt Ailsa. Das sollte wohl eine Aufmunterung sein.

»Mach dir keine Sorgen«, sagt er. Sie schauen sich an. Ailsa spürt eine Offenheit und Ehrlichkeit, die sie seit Lennox nicht mehr erlebt hat. Und mit Lennox konnte sie über alles reden, über ihr reales Leben und über das Leben, das sie sich wünschten. Vielleicht ist so etwas in Beziehungen ja normal.

»Da drängt sich förmlich der Gedanke auf …«, sagt Seb, und sie ahnt schon, worauf er hinauswill, kann es förmlich spüren, »… dass du einiges aufzuholen hast. Und wenn der Grund, warum du mir letztens einen Korb gegeben hast, wirklich wahr ist …«

»Natürlich ist er wahr«, erwidert sie. »Weißt du eigentlich, wie viel Überwindung es mich kostet, so eine Peinlichkeit zuzugeben? Wenn es einen anderen Grund gäbe, hätte ich ihn dir gesagt.«

»Entschuldige. Natürlich. Also, wenn ich dich jetzt richtig verstanden habe, hast du mich nur deshalb nicht eingeladen, mit hochzukommen, weil du diese Narbe hast. Und es lag nicht an mir.«

»Bravo, Seb. Du hast es erfasst.«

»Hör auf, die Augen zu verdrehen. Auch ein ehemaliger Knackarsch des Jahres hat schließlich Gefühle.«

»Verzeihung.« Als Ailsa ihn wie ein begossener Pudel anschaut, muss er lachen. »Es lag wirklich nicht an dir«, fügt sie hinzu. Nun liegt es auf der Hand, wo dieses Gespräch hinführt, und sie kann es kaum erwarten, dass sie endlich zur Tat schreiten.

»Wenn das so ist, möchtet du es dann auf einen neuen Versuch ankommen lassen?«, fragt er. »Ich könnte dich nach Hause bringen. Und dann könnte ich dich fragen, ob ich mit hineinkommen darf, und du könntest Ja sagen, und dann könnten wir weitersehen. Was meinst du?«

»Okay«, flüstert Ailsa. Ihr Mund ist ganz trocken vor Aufregung.

»Wir haben alle Zeit der Welt«, sagt Seb. »Lass uns einfach schauen, was passiert.«

»Okay«, sagt sie leise.

Er lächelt. »O selge, selge Nacht.«

Von: Seb
Gesendet: 10. Juni 2018
An: Ailsa
Betreff: Morgen danach

Hallo BlueHeart,
vielleicht sollte ich dich in Zukunft PinkCheeks nennen. Du bist sehr hübsch, wenn du … glücklich bist.
Danke für den schönen Abend. Bis bald. Pass auf dich auf.
Seb x

Von: Ailsa
An: Seb

Hi,
dir auch danke für den schönen Abend. Und danke für die Tangoschuhe. Als du heute Morgen weg warst, habe ich sie ausprobiert und Pivots geübt. Sie sind wirklich perfekt.
Was macht Julia? Seid ihr im Zug?
Ailsa

Von: Seb
An: Ailsa

Pivots? Du bist unersättlich.
Julia/Meredith schläft gerade im Zug. Siehe Foto. Vielleicht tut sie auch nur so, bei Schauspielerinnen weiß man ja nie. Man kann ihnen nicht trauen. Sie schnarcht allerdings, und es klingt ziemlich echt.
Bei der Leseprobe hat sie nicht viel gesagt, und beim Mittagessen war sie auch still, aber da Roz nonstop geredet hat, kamen wir ohnehin nicht zu Wort. Wir hätten uns natürlich hier im Zug unterhalten können, aber sie ist fast sofort eingeschlafen.
Roz hat mir am Ende der Leseprobe das Daumen-hoch-Zeichen gegeben; es ist also gut gelaufen. Sie gibt nicht oft das

Daumen-hoch-Zeichen. Ich habe es wohl tatsächlich geschafft, den Eindruck zu erwecken, dass ich vom Blatt lese. Meine Augen machen schon schlapp, wenn sie nur auf die Seitenzahlen schauen. Du hast mich gerettet! Selbst die Stelle mit des Himmels Wölbung habe ich perfekt hinbekommen. Preise mich.
Sx

Von: Ailsa
An: Seb
Gut gemacht!
Julia ist wahrscheinlich von deinem Hintern enttäuscht. Sie hat einen Knackarsch erwartet, aber den hast du ja jetzt nicht mehr. Oder sie ist beleidigt, weil sie nicht das Daumen-hoch-Zeichen bekommen hat.
Oder aber es liegt an deiner Sonnenbrille. Sie verunsichert einen schon ein wenig, selbst wenn man weiß, warum du sie trägst. Aber es ist wirklich schwierig, sich mit jemandem zu unterhalten, wenn man ihm nicht in die Augen sehen kann. Das weißt du sicher auch, aber vielleicht bist du inzwischen so an deine Sonnenbrille gewöhnt, dass du vergessen hast, wie sie auf andere Leute wirkt.
Ailsa
PS: Es gehört sich nicht, Leute beim Schlafen zu fotografieren. Aber da Julia wie eine (schnarchende) Göttin aussieht, macht es ihr wahrscheinlich nichts aus.

Von: Seb
An: Ailsa
Wir haben beide das Daumen-hoch-Zeichen bekommen. Ich wollte dich beeindrucken und habe deshalb verschwiegen, dass Julia auch gelobt wurde. Ich bin ein schrecklicher Mensch.

Du hast recht, was die Sonnenbrille angeht. Unser letzter Abend lief richtig gut, nachdem ich sie abgenommen hatte. Eigentlich wurde Meredith erst still, als Roz meinte, dass wir eigentlich schon zu alt für die Rollen wären, weil Romeo und Julia ja Teenager sind. Auch wenn Shakespeare den Begriff noch gar nicht kannte. Jedenfalls sagte sie, wir sollten unsere jugendliche Unbeholfenheit wiederentdecken. Meredith schien darüber etwas sauer zu sein. Sie ist fünf- oder sechsundzwanzig, das ist in unserem Beruf oft schon das Verfallsdatum. Roz will, dass wir mit unserem Teenager-Ich in Verbindung treten. Tja. Als ich sechzehn war, habe ich mir an einer Bushaltestelle Genitalwarzen eingefangen. Ich bin ja zu vielem bereit, aber auf diese Wiederbegegnung kann ich gut verzichten.

Von: Ailsa
An: Seb
Da ich noch nie ein Daumen-hoch-Zeichen von Roz bekommen habe, bin ich noch immer beeindruckt. Ich stelle mir lieber nicht vor, wie es war, als du dir Genitalwarzen an der Bushaltestelle eingefangen hast.
Wenn du bemitleidet werden willst, weil du älter wirst, redest du mit der Falschen. Ich war die meiste Zeit meines bisherigen Lebens so gut wie tot. Ich finde es herrlich, älter zu werden.

Von: Seb
An: Ailsa
Oh, Gott, Ailsa, entschuldige bitte. Das war taktlos.
Bist du jetzt sauer? Ich wollte dich wirklich nicht verletzen.

Von: Ailsa
An: Seb
Wenn ich beim allgemeinen Gejammer übers Älterwerden jedes Mal miteingestimmt und dafür Geld bekommen hätte, wäre ich jetzt steinreich. Keine Sorge, ich bin nicht sauer. Ich wollte bloß einen Witz machen. Leider vergesse ich oft, dass ich viel Zeit mit Menschen verbracht habe, die auf ein Spenderorgan warteten. Da entwickelt man einen Sinn für Humor, der Gesunden bestimmt sehr makaber erscheint.
Alles gut.

Von: Seb
An: Ailsa
Danke.
Wir brauchen eine Art Codewort. Damit wir wissen, wann der andere einen Witz macht. Zumindest wenn wir uns E-Mails schicken. (Wie wäre es mit dem Einhorn-Emoji?)
Du wirst bestimmt sehr, sehr alt. Weil du viel tanzt und viele Mandeln isst. Außerdem hast du strahlend blaue Augen und bist sehr clever. Und niemand kann schöner »Mistkerl« sagen als du. Du bist das blühende Leben.

Von: Ailsa
An: Seb
Das ist lieb von dir. Danke.
Ich fahre jetzt nach Glasgow, um mich mit meiner Mutter zu treffen. Pass auf dich auf.
A

EDINBURGH JOURNAL

14. Juni 2018

Edinburgher Tango-Schwestern beim Festival Fringe

Die Edinburgherinnen Edie und Eliza Gardiner, auch als »Tango Sisters« bekannt, werden beim diesjährigen Festival Fringe die Bühne erobern.

Die beiden Schwestern geben Tangokurse, treten regelmäßig in der Region auf und waren mit ihren Tanzpartnern Guy Peart und Simeon Graveney auch schon in Film und Fernsehen zu sehen. Das Zentrum ihres Schaffens ist und bleibt jedoch Edinburgh, weil ihre Karriere hier ihren Anfang nahm und sie große Unterstützung durch die Stadt erfahren haben.

Dieses Jahr stellen sie sich einer neuen Herausforderung, denn sie werden mit ihrem Tangokurs bei der Inszenierung von *Romeo und Julia* mitwirken, die mit Sebastian Morley und Meredith Katz in den Hauptrollen auf dem Festival Fringe Premiere feiert und bereits jetzt als heißester Geheimtipp gilt.

»Wir freuen uns wirklich sehr darüber«, sagte Eliza. »Das ist eine wunderbare Gelegenheit, ein großes Publikum für den Tango zu begeistern. Und alle, die traurig waren, weil sie Seb letztes Jahr bei *StarDance* nicht beim Tangotanzen sehen konnten, werden schon bald Gelegenheit haben, das nachzuholen!«

Die Inszenierung wird von Kursmitgliedern der Tango Sisters im Alter von Anfang zwanzig und Mitte siebzig unterstützt.

Die Aufführungen, die im Dragon's Nest Pub in der Minto Street in Newington stattfinden, dürften rasch ausverkauft sein, zumal das Publikum anschließend gemeinsam mit dem Ensemble an einer Tangosession teilnehmen kann. Bei den Aufführungen selbst werden allerdings nur Personen mitmachen, die bereits am Kurs der Tango Sisters teilnehmen.

Von: Seb
Gesendet: 14. Juni 2018
An: Ailsa
Betreff: Embra

Hallo BlueHeart,

was sagt man dazu – wir haben es ins Edinburgh Journal geschafft! Roz brauchte mir den Zeitungsausschnitt gar nicht zu schicken, weil ich Google Alert nutze. (Auch wenn es mir peinlich ist, das zuzugeben. Aber wir sollten absolut ehrlich zueinander sein, denn wir haben ja jetzt … du weißt schon. Romeo und Julia zusammen geübt.)

Was gibt's Neues bei dir? Bist du schon süchtig nach Latte macchiato? Falls nicht, sei froh. So ein dämliches Getränk. Entweder man trinkt Kaffee, oder man trinkt heiße Schokolade.

Was ist sonst noch los?

Nächstes Wochenende komme ich wieder nach Embra. Wir machen eine Leseprobe mit dem gesamten Ensemble. Meredith ist schon einen Tag früher da, also nutzt Roz natürlich die Gelegenheit, alle miteinander bekannt zu machen. Anschließend kommt Roz nach London, um mit Meredith und mir zu proben. Magst du dich mit mir treffen? Ich würde mich sehr freuen. Ich könnte mir ein Hotelzimmer nehmen.

Seb x

Von: Ailsa
An: Seb

Hallo Seb,

langsam wird's ernst, oder?

Was gibt's Neues bei mir? Nicht viel. Abgesehen davon, dass ich jetzt den Unterschied zwischen Mochaccino und Latte macchiato kenne. (Einhorn-Emoji.) Ansonsten ist es ziemlich

ruhig hier. Ich erkundige mich nach Quereinsteiger-Möglichkeiten, Anwältin zu werden. Je mehr ich darüber nachdenke, desto klarer wird mir, dass ich das wirklich machen möchte. Ständig heißt es, das Leben ist nicht fair und wir müssen das akzeptieren. Aber ich möchte trotzdem versuchen, es fairer zu machen. Vielleicht gehörte Apple ja früher einer Anwältin; jedenfalls pocht sie ganz aufgeregt, wenn ich an die vielen Schwerkranken denke, die Unterstützung brauchen. In Bezug auf Organspenden, Patientenverfügungen oder Beihilfe zur Selbsttötung gibt es noch sehr viel zu tun, was die rechtliche Seite angeht.
Meine Ärzte sind zufrieden. Wir versuchen gerade, die Medikamente noch weiter zu reduzieren. Der Alltag läuft also soweit ganz gut.
Daran, dass meine Mutter weggezogen ist, habe ich mich aber noch immer nicht gewöhnt. Manchmal vermisse ich sie sehr. Aber wenn wir uns sehen, streiten wir nur. Letztens habe ich mich furchtbar aufgeregt, denn jedes Mal, wenn sie von dir redet, sagt sie »dieser Seb«. Zum Beispiel: »Ich habe gelesen, dass dieser Seb zum Festival Fringe kommt.« Und später tut es mir dann immer leid, dass wir gestritten haben.
Ich habe gedacht, ihr probt mehrere Wochen lang alle zusammen. Meine Arbeit im Café habe ich mir allerdings auch anders vorgestellt.
Nächsten Samstag habe ich frei. Ja, ich fände es schön, dich zu sehen – gib mir Bescheid, wann dein Zug kommt, dann kann ich dich abholen. Und du kannst gern bei mir übernachten. Aber danke, dass du nicht automatisch davon ausgegangen bist.
Ailsa x

Von: Seb
An: Ailsa
Dein Leben wird mit jedem Tag normaler, BlueHeart. Gratuliere. Ich freue mich wirklich für dich.
Ich kann mir sehr gut vorstellen, wie du dich für andere einsetzt. Du hast nicht aufgegeben, als du mir geholfen hast. Eines Tages wirst du eine berühmte Anwältin sein. Dann werde ich diese E-Mails verkaufen und damit Millionen verdienen.
Wenn wir Gage bekämen, würden wir tatsächlich mehrere Wochen lang zusammen proben und alles machen, was uns die Regisseurin sagt. Aber wir bekommen keine Gage, und das ist ungefähr so, als wäre die Regisseurin Bulgarien und die Schauspieler wären andere Länder, die mehr Macht haben. Und die Stars können so tun, als wären sie Russland. Roz bleibt nichts anderes übrig, als sich danach zu richten, wann die Schauspieler Zeit haben. Und ich versuche, so viele Termine wie möglich hinzubekommen.

Von: Ailsa
An: Seb
Alles klar. Wir sehen uns Samstag. X

23. Juni 2018

»Hallo, BlueHeart.« Seb ist einer der Ersten, die an diesem schönen Junitag aus dem Zug steigen. Kaum hat er Ailsa entdeckt, ist er auch schon bei ihr und schließt sie in die Arme. Sie erwidert seine Umarmung, lehnt ihren Kopf an seine Brust. Er trägt die Jeansjacke, die er bei *Hallo Saturday* anhatte; ein Knopf bohrt sich in ihre Wange, und ihre Brille verrutscht, aber es ist ihr egal.

Auf dem Weg zum Bahnhof hat sie sich gefragt, wie es wohl sein würde, wenn sie sich wiedersehen. In seinen E-Mails war er ja ganz offen, was ihre gemeinsame Nacht anging; er tat nicht so, als sei nichts passiert oder als sei das Ganze ein Fehler gewesen. Es gab allerdings auch keinen deutlichen Hinweis darauf, dass es für ihn mehr als ein One-Night-Stand gewesen ist. Aber, selbst wenn, war es das wert. Allein der Moment, als er ihre Narbe betrachtet hat, mit dem Finger darüber geglitten ist und gesagt hat: »Ganz ehrlich, BlueHeart: Ich habe schon schlimmere Tattoos gesehen.« Und dann hat er sie mit Küssen bedeckt, von oben nach unten und wieder hoch.

Und nun küsst er ihre Stirn, ihre Wangen (so wie Promis sich in Talkshows begrüßen), stupst ihre Nase, und dann küsst er sie auf den Mund. Sie hat sich die Nacht immer wieder ins Gedächtnis gerufen, doch plötzlich erinnert sich auch ihr Körper daran, ist wie elektrisiert, und Apple flattert aufgeregt. An Seb zu denken und tatsächlich bei ihm zu sein ist ein himmelweiter Unterschied; so, als würde man nicht nur vom Meer träumen, sondern wirklich am Strand in den Wellen stehen.

Er schaut sich um. »Hier weiß ich nie, wo es langgeht. Zeigst du mir den Weg?«

»Na klar. Komm mit.« Sie gehen los, bahnen sich den Weg durch die Menge, nehmen die Rolltreppe nach oben und durchqueren die Bahnhofshalle.

Überall sind Zitate von Sir Walter Scott zu sehen; auf dem Boden, an den Wänden, hinter Glasscheiben. Vor einem davon bleibt Seb stehen. Er lächelt und legt Ailsa den Arm um die Schulter. »Ein echter Romantiker, was?«

Auf dem Plakat, das er betrachtet, steht: »Nur jeder Zwanzigste heiratet seine erste Liebe, und von denen hat nur jeder Zwanzigste Grund, sich darüber zu freuen.«

»Wahrscheinlich hat er Romeo und Julia gelesen«, sagt Ailsa.

Seb wendet sich dem nächsten Plakat zu und liest es vor: »Nur wer zuvor etwas vollbracht hat, kann Muße wahrhaftig genießen.«

»Wahre Worte«, erwidert sie. Sie denkt daran, wie gut es sich anfühlt, nach einem langen Arbeitstag ins Bett zu sinken, und wie sehr sie sich darauf freut, die Mittagspause mit Emily zu verbringen, nachdem sie vier Stunden lang höflich zu fremden Leuten war. »Da drüben ist noch ein Zitat.« Sie weichen einem (anderen?) Pärchen aus, als sie zu der Plakette schlendern, die Ailsa Seb zeigen will. Dort steht: »Das Leben bleibt dem Menschen auch dann lieb und teuer, wenn es ihm als Last erscheint.« Darunter ist ein Herz zu sehen.

»Bilder mit Herzen drauf sind wahrhaftig nicht immer niedlich«, sagt Seb.

»Das mit dem Wetter war wirklich kein Scherz.« Seb holt eine Mütze aus seiner Tasche und zieht sie sich über die Ohren.

Ailsa lacht. »Ich habe dich gewarnt. Juni in Edinburgh ist wie März in London.«

Seb legt den Arm um ihre Schultern. Sie beginnt schon, sich daran zu gewöhnen. »Ich weiß«, sagt er. »Aber ich bin nun mal ein Optimist! Außerdem gibt mir das einen Grund, mich an dich zu schmiegen und mir etwas von deiner Wärme zu klauen.«

»Du Dieb«, sagt sie.

Vom Bahnhof aus machen sie eine Besichtigungstour im offenen Doppeldeckerbus. Seb hebt die Augenbraue, als sie auf die Friedhöfe von St. John's und St. Cuthbert's hinunterblicken und der Tourleiter dabei Burke und Hare erwähnt (»Du bist bestimmt ein Fan«, sagt er. Sie versetzt ihm einen Stoß. »Spinnst du? Die haben Leute ermordet, um sie als Anatomieleichen zu verkaufen.«) Dann gibt der Tourguide die Story von Greyfriars Bobby zum Besten, dem legendären Hund, der nach dem Tod seines Herrchens jahrelang an dessen Grab wachte, bis er selbst starb. Seb verzieht das Gesicht, als ob er gleich weinen müsste, und Ailsa reicht ihm ein unsichtbares Taschentuch.

Als sie wieder aussteigen, sagt Seb: »Man erkennt gar nicht mehr, dass viele Straßen eigentlich Brücken sind. Krass.«

»Das nennt man clevere Raumnutzung.«

»Jedenfalls leichter, als einen Berg zu verschieben.«

Der Tourguide hat Seb erkannt und bittet ihn um ein Foto. Ailsa möchte nicht mit aufs Bild, also posiert Seb allein vor dem Bus, mit Sonnenbrille, Daumen hoch. Nun stehen sie wieder am Bahnhof. Es ist schon fast fünf.

Ailsa will gerade vorschlagen, dass sie zu ihr nach Hause fahren, doch Seb kommt ihr zuvor: »Ich könnte jetzt einen Kaffee vertragen, aber du kannst bestimmt keinen mehr sehen, oder? Wie wär's mit einem Tee? Wir könnten uns irgendwo aufwärmen.«

»Sollten wir dir nicht besser einen Pullover kaufen?«

»Ich würde lieber gern zuerst etwas Heißes trinken. Wo könnten wir hin? Willst du mir zeigen, wo du arbeitest? Oder hast du den Laden schon satt?«

Ailsa lacht. »Noch nicht. Das Café ist wirklich schön. Aber leider am anderen Ende der Stadt.«

Sie geht mit ihm ins Kaufhausrestaurant von Jenners; es ist direkt um die Ecke. Seltsam, mit ihm dort zu sein. Bisher war sie nur mit ihrer Mutter ins Jenners gegangen, wenn sie nach einer Shoppingtour ausnahmsweise keine Lust auf ihr Stammcafé in der Rose Street hatten.

»Was hast du?«, fragt Seb.

»Ich musste bloß gerade daran denken, dass ich noch nie einfach so Tee getrunken habe. Sondern immer nur nebenher. Zum Beispiel beim Lesen, oder im Wartezimmer.«

»Tee nebenher zu trinken ist völlig normal«, sagt Seb. »Man kann sich dabei zum Beispiel ganz entspannt mit jemandem unterhalten. Komm schon, Ailsa.« Ihr Name klingt anders, wenn ein Engländer ihn ausspricht, weniger weich – der Unterschied ist kaum hörbar, doch sie nimmt ihn wahr, wie einen winzigen Stromschlag. »Was ist los? Du bist heute anders als sonst. Hast du Skorbut?«

»Skorbut?«

»Oder ist das das falsche Wort? Was kriegt man noch mal, wenn man nicht genug Kohlenhydrate zu sich nimmt?«

Ailsa lacht. »Eine schlankere Figur? Skorbut kriegt man, wenn einem Vitamin C fehlt. Aber davon habe ich mehr als genug, glaub mir.«

»Was plagt dich dann? Rachitis? Weil dir Kalzium fehlt?«

»Nein, Rachitis habe ich auch nicht.«

»Das freut mich. Aber irgendetwas stimmt doch nicht, oder?«

Ailsa nimmt ihre Tasse in beide Hände und lehnt sich zurück. Wie soll sie erklären, wie sie sich fühlt? Sie kommt sich wie Treibgut vor, entwurzelt, verloren; sie weiß nicht mehr, wer sie ist.

Seb wartet geduldig, lehnt sich zurück und rührt seinen Tee um. Er nimmt seine Sonnenbrille ab. Dort, wo sie sitzen, ist es relativ dunkel. Noch vor einem Monat hätte er nicht auf die Brille verzichten können. Sein Auge heilt langsam, so wie ihr Körper. Ihre Kraft nimmt allmählich zu, und ihr Leben entfaltet sich Tag für Tag ein Stückchen mehr.

»Ich muss jetzt nicht mehr mit der Angst leben, dass ich jeden Moment tot umfallen könnte«, sagt sie. »Und das ändert alles. Meine Mutter war mein ganzes Leben lang für mich da, sie war wirklich großartig. Ich war ja auch immer darauf angewiesen, beschützt zu werden …«

Sie schweigt. Nach einer Weile sagt Seb: »Sogar mit nur einem Auge sehe ich, dass da ein Aber in der Luft schwebt.«

Ailsa seufzt. »Ich habe dir ja erzählt, dass ich sie besuchen wollte. Als wir uns gesehen haben, gab es wieder Streit. Ich habe jetzt einiges vor, und sie will nicht begreifen, dass das nicht heißt, dass ich sie weniger liebe, sondern einfach nur, dass mir das wichtig ist. Jetzt habe ich nämlich genug Zeit, bestimmte Dinge zu machen.«

»Was denn zum Beispiel?«

»Ich möchte meinen Vater kennenlernen. Aber sobald ich das erwähne, ist das Thema für sie beendet. Letztes Mal fing sie sogar an zu weinen. Später ging sie raus, um eine zu rauchen, und als sie wieder reinkam, sagte sie nur, es täte ihr leid, aber sie könne nicht über ihn reden, es ginge einfach nicht. Ich habe ihr dann gesagt, dass ich das verstehe, und es auch wirklich ernst gemeint, weil sie völlig fertig aussah. Sie hat nur einmal in meinem Leben mit mir über ihn geredet, und zwar, als ich so krank war, dass wir dachten, ich sterbe. Da konnte sie es mir nicht abschlagen.«

Seb nickt. »Warum ist sie denn so wütend auf ihn?«

»Er war nie da. Ich glaube, sie ist wütend, weil er uns verlassen und sich nie um uns gekümmert hat, und sie versteht einfach nicht, warum ich ihn jetzt kennenlernen will.«

»Vielleicht, weil sie alles gestemmt hat und er erst auftaucht, wenn es leichter wird? Irgendwie verständlich.«

»Mag sein. Jedenfalls findet sie, dass ich Besseres zu tun habe, als über meinen Vater und ›diesen Seb‹ nachzudenken.« Die Promi-Fuzzi-Bemerkung erspart sie ihm lieber.

»Tja, sie wäre nicht die erste Mutter, die etwas gegen mich hat. Was hält sie denn von deinem Plan, Einhorn-Anwältin zu werden?«

»Davon weiß sie noch gar nichts. Ich wollte mit ihr darüber reden, aber dann kam das Vaterthema dazwischen. Sie …« Wie kann sie es nur in Worte fassen, ohne dass es unfair klingt? »Sie ist Männern gegenüber einfach sehr misstrauisch, weil sie bisher kein Glück in Beziehungen hatte. Und ihr fehlte auch die Zeit, sich auf eine einzulassen. Als ich wieder mit dem Vaterthema anfing, ist sie natürlich an die Decke gegangen. Sie wollte wissen, warum mir das so wichtig ist. Der Grund ist schwer zu erklären. Eigentlich will ich es nur …«, sie sucht eine Weile nach dem richtigen Begriff, »… der Vollständigkeit halber.« Ja, das trifft es. Wenn man ein gesundes Herz hat, gehören bestimmte Dinge eben einfach dazu. Eine Arbeit zu haben. Pläne zu schmieden. Die eigenen Eltern zu kennen, auch wenn sie nicht mehr zusammen sind. Und in Bezug auf all diese Dinge eine eigene Meinung zu haben und eigene Entscheidungen zu treffen.

Seb greift über den Tisch nach ihrer Hand und drückt sie. Sein Lächeln sagt, dass er sie versteht. »Klingt wirklich nicht danach, als ob sie bereit wäre, sich mit deinem Vater zu versöhnen und die Vergangenheit loszulassen.«

Die Vorstellung, ihre Mutter könnte sich freiwillig mit ihrem Vater treffen, Küsschen hier, Küsschen da, und »Schwamm drüber« sagen, ist dermaßen absurd, dass Ailsa lachen muss. »Ich glaube, meine Mutter könnte die Vergangenheit selbst dann nicht loslassen, wenn man ihr eine Kalaschnikow auf die Brust setzen würde.«

»Das hast du aber schön ausgedrückt. Und was hast du jetzt vor?«

»Ich habe einen Blog-Beitrag geschrieben«, sagt sie. »Ich kann ihn dir zeigen, wenn wir bei mir sind. Vielleicht magst du mir ja deine Meinung dazu sagen?«

Seb nickt. »Klar.« Dann kommt wieder dieses unwiderstehliche Grinsen. »Heißt das, ich übernachte bei dir?«

Schön cool bleiben, Ailsa. »Habe ich das in meinen E-Mails nicht erwähnt? Ich wollte für uns kochen.« Wenn sie zusammen essen gehen, besteht Seb jedes Mal darauf, die Rechnung zu bezahlen, aber das möchte sie nicht. Seit sie ihr eigenes Geld verdient, fällt ihr erst recht auf, wie teuer alles ist. Um sich eine Mittagssuppe und ein Mineralwasser in der Northbridge Brasserie leisten zu können, muss sie zwei Stunden lang arbeiten. Sie muss sparsamer sein. Außerdem will sie vermeiden, dass Seb erkannt und mit ihr zusammen fotografiert wird. Sie will nicht schon wieder ein Bild von sich in der Zeitung sehen. Es war nett von dem Tourguide, um Erlaubnis zu fragen, bevor er Seb fotografierte, aber wer tut das schon; die meisten Aufnahmen werden heimlich gemacht.

Seb strahlt sie an, als hätte sie ihm einen Preis überreicht. »Wirklich?«

»Freu dich nicht zu früh«, sagt Ailsa. »Ich bin keine Sterneköchin. Wir können auch irgendwo essen gehen, wenn dir das lieber ist …«

»Kommt gar nicht infrage«, sagt Seb. »Du bist der einzige Mensch, den ich kenne, der kochen kann! Außer Yusef, aber den habe ich seit Februar nicht gesehen.«

»Machst du Witze?«, sagt Ailsa. »Kennst du wirklich niemanden, der kochen kann?«

»Ich rede natürlich nicht von Schinkensandwich und Rührei, das kriegt schließlich jeder hin«, sagt Seb. »Meine Schwester kann ziemlich gut Pasta kochen, auch wenn sie die Pasta natürlich nicht selbst herstellt. Aber ansonsten kaufen alle, die ich kenne, Take-away oder Fertiggerichte von Waitrose.«

Ailsa lacht. »Ich kenne niemanden, der selbst Pasta herstellen kann.« Nein. Stimmt nicht. Lennox hatte es als Student von seinem WG-Kumpel gelernt und darüber gestaunt, wie einfach es war; das hatte er ihr einmal erzählt, als sie ihn im Krankenhaus besuchte. Plötzlich fühlt sie sich beim Lügen ertappt. Wie schnell das geht, an jemanden, der gestorben ist, nicht mehr zu denken. Ob Lennox das wohl auch bei ihr passiert wäre, wenn sich die Dinge anders entwickelt hätten?

»Yusef weiß, wie das geht«, sagt Seb. »Ich muss ihn dir unbedingt vorstellen, wenn er wieder zurückkommt.«

Seb geht offenbar davon aus, dass seine Beziehung zu ihr langfristig ist und sie jetzt öfter nach London kommt. Aber er meint sicher keine Paarbeziehung, nur eine Freundschaft. Er scheint jedenfalls mit vielen seiner Affären befreundet zu sein. Oder er hat gern Sex mit Frauen, mit denen er vorher schon befreundet war. Vielleicht will Seb etwas anderes als sie, jedenfalls hat Emily das gesagt. Ailsa weiß es nicht. Ihr gefällt die Vorstellung, Zeit mit Seb zu verbringen, sich auf ihn zu freuen und ihn zu sehen. Aber sie weiß eigentlich gar nicht, wie das geht, sich auf jemanden oder etwas zu freuen. Noch nicht. Apple scheint zuversichtlich zu sein. Ailsa kennt Verliebtsein bisher allerdings nur so, dass entweder sie selbst todkrank war oder der andere.

Schnell zurück auf sicheres Terrain. »Deine Ansprüche an selbst gekochtes Essen sind also eher niedrig«, sagt sie. »Hauptsache, es schmeckt.«

»Richtig. Wer keine hohen Ansprüche hat, wird auch nicht enttäuscht«, sagt Seb. »Dann müssen wir jetzt nur noch schnell einen Säbelzahntiger erlegen.«

»Das könnten wir tun«, sagt Ailsa. »Wir könnten aber auch auf dem Weg zu mir beim Supermarkt vorbeischauen. Wie du willst.«

»Supermarkt«, sagt er. »Ich habe meinen Speer nicht dabei.«

Also gehen sie in den Supermarkt. Man könnte wirklich fast glauben, sie wären ein Paar.

Trotz allem ist es ungewohnt für Ailsa, jemanden in der Wohnung zu haben. Erstaunlich, wie schnell sie sich an Hayleys Abwesenheit gewöhnt hat. Sie steht in der Küche und bereitet das Essen zu, doch jedes Mal, wenn sie ein Geräusch hört, hält sie unwillkürlich inne und lauscht, zum Beispiel wenn Seb durch den Flur läuft, die Klospülung betätigt oder sich im Wohnzimmer aufs Sofa wirft. Sein Angebot, ihr zu helfen, hat sie dankend abgelehnt (»Nicht, dass du dir den Finger abhackst. Roz würde mich umbringen.«), damit sie in Ruhe das Gemüse für die Ratatouille schnippeln kann. Das Ganze braucht eine Stunde im Ofen; danach brät sie die Schweinekoteletts. Nichts Besonderes also. Seb scheint allerdings fest entschlossen, sich beeindrucken lassen zu wollen. Ihr soll es recht sein.

Sie hört, wie er die Rollos herunterlässt, damit er seine Sonnenbrille abnehmen kann. Dann raschelt die Zeitung, aber nicht lange, wahrscheinlich ist es ihm zu anstrengend, sie zu lesen. Er ruft: »Oh, deine Jura-Broschüre!«, kurze Zeit herrscht Ruhe, dann ertönt ein Stoßseufzer.

»Mach ruhig den Fernseher an, wenn du willst«, ruft Ailsa. »Ich bin gleich bei dir.«

»Wolltest du nicht, dass ich mir etwas über deinen Dad durchlese?«, ruft er.

Eigentlich wollte sie ihm den Entwurf erst später zeigen, aber jetzt ist eigentlich auch ein guter Zeitpunkt. Sie geht zu ihm ins Wohnzimmer. »Bitte nenn meinen Vater nicht so«, sagt sie. »Ein

Dad ist jemand, der dir das Radfahren beibringt und dir bei den Hausaufgaben hilft. Erzeuger wäre passender.«

»Alles klar«, sagt Seb. »Entschuldige.«

»Kein Problem. Willst du den Entwurf am Bildschirm lesen, oder soll ich ihn dir ausdrucken?«

»Ausdrucken, bitte. Und die Schrift schön groß.«

Sie öffnet ihren Laptop, schaltet den Drucker ein, bearbeitet die Datei und druckt alles aus. »Hier«, sagt sie.

Dann geht sie zurück in die Küche und versucht, nicht daran zu denken, dass Seb nebenan die Geschichte über den Anfang ihres Lebens liest.

Sie legt den Deckel auf die Auflaufform, stellt sie in den Ofen und aktiviert den Timer auf dreißig Minuten, damit sie nicht vergisst, zwischendurch nachzuschauen. Anschließend spült sie das Messer und das Brett ab und stellt den Thymian zurück in den Schrank. Danach gibt es wirklich nichts weiter zu tun. Außer, nach nebenan zu gehen und sich anzuhören, was Seb zu sagen hat.

Apple schlägt ruhig und regelmäßig. Ailsa holt tief Luft.

BLUEHEART-BLOG
(ENTWURF – UNVERÖFFENTLICHT!

Soll ich, oder soll ich nicht?

Warnhinweis: Dieser Beitrag enthält Kraftausdrücke (ihr wisst, normalerweise fluche ich nicht).
Es gibt eine Sache, bei der ich einfach nicht weiterweiß und eure Hilfe brauche.
Damit ihr mir bei der Entscheidung helfen könnt, braucht ihr jedoch zuerst ein paar Hintergrundinformationen. Und zwar darüber, wie meine Eltern sich kennengelernt haben.
Als meine Mutter und ihre zwei besten Freundinnen mit der Uni fertig waren und ihre ersten Jobs an Land gezogen hatten, zogen sie zusammen in eine WG. Mein Vater wohnte allein in der Wohnung unter ihnen. Er arbeitete in einer Bank; Mum, Tamsin und Una konnten die Uhr danach stellen, wann er morgens wegging und abends wieder heimkam. Sie machten sich über ihn lustig, weil er so langweilig und normal aussah – so wollten sie niemals werden. Aber samstags riss er am Vormittag regelmäßig die Fenster auf, hörte bei voller Lautstärke Usher – und backte. Er kochte nicht, er backte: Kuchen, Kekse, alles Mögliche. Die drei Chaotinnen aus der Wohnung über ihm waren um diese Zeit natürlich noch völlig verkatert, und sie hatten wie üblich vergessen einzukaufen. In ihrem Kühlschrank herrschte also jedes Mal gähnende Leere, und zu allem Überfluss stieg ihnen auch noch der Backduft in die Nase. Meine Mutter lag meistens in der Wanne und bekam Hunger, weil es sogar im Badezimmer nach Vanille und Schokolade roch. Und eines Samstags, als

Tamsin und Una gerade nicht da waren, ging meine Mutter nach unten, klopfte bei meinem zukünftigen Vater an die Tür und sagte: »Entschuldige, aber wenn du bei offenem Fenster backst, musst du deinen Nachbarn auch was von deinem Kuchen abgeben. Sonst ist das verdammt sadistisch.«

Daraufhin sagte er: »Entschuldige, aber wenn du dich mitten in der Nacht vor lauter Lachen nicht einkriegst, musst du deine Nachbarn auch mal mitlachen lassen. Sonst ist das verdammt unhöflich.«

Er war groß und mager, hatte blaue Augen und glattes braunes Haar, »wie ein Lehrer« (keine Ahnung, was das heißen soll). Meiner Mutter gefiel er jedenfalls. Und kaum war das nächste Blech im Ofen, wurden sie auch schon ein Paar. Er war nett. Er wirkte wie ein Erwachsener, während sie sich noch immer wie ein Kind fühlte, obwohl sie längst Geld verdiente und Miete zahlte. Meine Großeltern schickten ihr regelmäßig Esspakete aus Inverness und kamen oft an den Wochenenden vorbei, um beim Renovieren alter Flohmarktmöbel zu helfen, damit sie ein paar Sachen für die Eigentumswohnung hatte, für die sie sparte.

Als meine Mutter ihnen meinen Vater vorstellte, schüttelten sie ihm die Hand und unterhielten sich mit ihm über Immobilienpreise. Und Mum dachte: Ich bin erwachsen geworden. So ist das wahre Leben.

Einmal fragte ich Mum, ob sie ihn jemals geliebt hat. Sie dachte lange nach, und dann sagte sie: »Schon möglich. Schwer zu sagen, nach all der Zeit.«

Nach einigen Monaten hatte sie auf die Hälfte der Anzahlung für eine Eigentumswohnung gespart, und meine

Großeltern steuerten die andere Hälfte bei. Sie bekam eine Hypothek, und die einzige Wohnung, die sie sich leisten konnte, ist mein heutiges Zuhause. Die Gegend, in der sie liegt, ist inzwischen ziemlich begehrt, aber in den Neunzigern wollte dort niemand wohnen, so heruntergekommen war es.

Mein Vater half ihr, die Wohnung zu renovieren.

Und dann wurde meine Mutter schwanger.

Falls sie je über eine Abtreibung sprachen, hat sie es mir nicht gesagt. Sie beschlossen, dass Mum bei ihm einzog und ihre Eigentumswohnung vermietete, wenn sie fertig renoviert war. Mum dachte, einen verlässlicheren Mann hätte sie gar nicht finden können. (Wenn sie das erzählt, lacht sie jedes Mal, aber es klingt sehr bitter.)

Mein Embryo-Ich wuchs heran, der Bauch meiner Mutter wurde kugelrund, und mein Vater kochte und kümmerte sich um seine schwangere Freundin.

Sie machten eine Namensliste. Wenn ich ein Junge geworden wäre, hätte mein Vater mich gern Liam genannt, aber meine Mutter lachte sich schlapp, als sie den Vorschlag hörte. Sie meinte, es sei das einzige Mal gewesen, dass er stinksauer geworden wäre. Sie hätte mich Hal genannt. Sie wollte mir einen Namen geben, den man nicht abkürzen konnte. (Manche Leute versuchen es bei Ailsa, aber wenn man »Ails« sagen will, läuft man Gefahr, sich die Zunge zu verheddern. Versucht es mal, dann versteht ihr, was ich meine.)

Und dann kam mein Vater eines Tages nach Hause und sagte, man hätte ihm die Leitung einer Filiale angeboten, aber dafür würde er nach Guildford ziehen müssen. Meine Mutter war einverstanden. Es sprach nichts dagegen, und letztlich war es ihr gleich, ob sie mich in Guildford oder

Edinburgh aufzog. Doch mein Vater schaute weg und meinte, er fände es besser, wenn er zunächst allein dorthin zöge. Er müsse dort erst einmal Fuß fassen. Sie könne dann ja später nachkommen. Da stellte sie ihn zur Rede. (Angeblich sagte sie: »Du bist kein verdammter Pionier, der den Wilden Westen erobern und dann seine Frau nachholen will! Entweder komme ich mit, oder aber du hast die Eier zuzugeben, dass du es dir anders überlegt hast!«)

Da sagte er, er habe es sich anders überlegt.

Und das war's dann.

Er zog nach Guildford.

Soweit ich weiß, hat er mich nie gesehen und auch nie nach mir gefragt. Unterhalt hat er aber bezahlt.

Als ich noch sehr krank war, fehlten mir die Zeit und die Energie, über Leute nachzudenken, denen ich egal war. Doch jetzt, da ich statt Atemnot eine Zukunft habe, bin ich neugierig geworden.

Ich habe mich damit abgefunden, dass ich nie erfahren werde, wem Apple gehört hat. Wo sie herkommt, bleibt ihr Geheimnis; die Leute, die zugestimmt haben, dass ich sie bekomme, möchten anonym bleiben.

Ich habe jetzt eine relativ lange Lebenserwartung. Und ich möchte endlich erfahren, von wem die andere Hälfte meiner Chromosomen stammt. Es gibt bestimmte Dinge, die ich einfach wissen muss.

Der Mann, dem schon meine Geburt scheißegal war, interessiert sich bis heute nicht für mich. Ich bin in der Eigentumswohnung aufgewachsen, die meine Mutter sich zulegte, kurz bevor sie schwanger wurde, und dort wohne ich bis heute. Er hat mir nie Briefe oder Geburtstagskarten geschickt.

Aber meine Eltern waren erst vierundzwanzig, als ich geboren wurde. Ich bin achtundzwanzig und schaffe es noch nicht einmal, dafür zu sorgen, wenigstens eine saubere Jeans im Schrank zu haben.
Wenn ich eines Tages auf die Entscheidungen, die ich heute treffe, zurückblicke, werde ich dann wohl das Gefühl haben, alles richtig gemacht zu haben? Oder werde ich mir wünschen, dass ich mich anders entschieden hätte?
Nun kommt meine Frage. Ich weiß wirklich nicht, wie ich mich entscheiden soll. Ich kann zwar auflisten, was dafür und dagegen spricht. Aber Apple kann mir in diesem Fall nicht helfen.

Soll ich meinen Vater ausfindig machen?

Um mit JA zu stimmen, *hier* klicken.
Um mit NEIN zu stimmen, *hier* klicken.

Ihr habt eine Woche Zeit.

»Die Ratatouille ist jetzt im Ofen«, sagt Ailsa. Sie schaut auf die Uhr. Besser, sie rechnet noch etwas mehr Zeit ein, falls sie die Auberginenscheiben zu dick geschnitten hat. »Sie müsste um acht fertig sein. Willst du noch ein Bier?« Sie hat darauf bestanden, die Zutaten fürs Essen zu kaufen, aber Seb wollte es sich nicht nehmen lassen, die Getränke zu besorgen: Wein, Cider, Bier. So viel Alkohol hat sie noch nie in der Wohnung gehabt. Das hat sie ihm auch gesagt. Er meinte nur, sie müssten ja nicht alles an einem Abend trinken.

»Im Moment nicht, danke«, sagt er.

»Okay.« Sie setzt sich neben ihn, und er legt die Arme um sie, wie oben auf dem Doppeldeckerbus.

»Ich habe deinen Entwurf gelesen«, sagt er. »Ich kann verstehen, warum du darüber nachdenkst.« Er lehnt seine Wange an ihren Kopf, streichelt ihre Schulter. Dann fragt er: »Willst du das wirklich in deinem Blog veröffentlichen?«

»Ich habe mich noch nicht entschieden.«

»Nein?«

»Nein.« Am schlimmsten fand Ailsa die Ärzte, die versuchten, ihre Entscheidungen zu manipulieren. Sie sagten zum Beispiel: »Willst du wirklich wieder nach Hause? Wo es dir in den vergangenen Tagen so schlecht ging?« Oder: »Glaubst du wirklich, dass deine Mutter das gut finden würde?« Hoffentlich ist Seb nicht auch so. Auf diese Art von Freund kann sie nämlich gut verzichten. Wenn Hayley Seb hören könnte, würde sie ihn bestimmt gleich sympathischer finden.

Er zuckt mit den Schultern. »Deine Entscheidung. Aber du hast ja letztens erlebt, wie das ist, wenn dein Privatleben öffentlich gemacht wird. Und wie sich das anfühlt.«

»So richtig privat ist das gar nicht. Meine Mutter braucht nur zwei Gläser Wein zu trinken, dann bindet sie die Geschichte jedem auf die Nase, Kraftausdrücke inklusive.«

»Unser Tango war auch nicht richtig privat. Wir waren an einem öffentlichen Ort.«

»Wenn du das sagst …« Sie weiß natürlich, dass er recht hat. Und sie weiß auch, dass sie den Beitrag nicht veröffentlichen wird, auch wenn sie sich das eingeredet hat. Es stinkt ihr zwar, dass Hayley noch immer über ihr Leben bestimmen will, aber das würde sie ihr nicht antun.

Sie seufzt. Er drückt ihr einen Kuss aufs Haar. Einen Moment lang herrscht Stille. Dann fragt er: »Essen um acht?«

»Das ist der Plan.«

»Aber Ratatouille kann nicht zerkochen, oder?«

»Ich dachte, du kennst dich damit nicht aus.«

»Stimmt. Aber ein Kumpel von mir hatte die männliche Hauptrolle in dem Stück *Rita will es wissen,* und daher weiß ich, dass Ratatouille selbst dann nicht zerkocht, wenn es in der Hölle schmort.«

»Sag bloß.« Sie steht auf, nimmt seine Hand und führt ihn ins Schlafzimmer. Auf dem Weg durch die Küche schaltet sie den Timer aus. Sie muss ja nicht unbedingt zwischendurch nachschauen.

Die Ratatouille ist tatsächlich nicht zerkocht. Sie essen um neun, bei Kerzenschein und Musik. Fürs Reden ist später noch genug Zeit.

Als sie am nächsten Morgen aufwacht, ist das Erste, was sie sieht, sein schläfriges Grinsen. Er hält sich das operierte Auge mit einer Hand zu und blinzelt sie mit dem anderen an. »Blue-Heart. Müssen wir wirklich schon aufstehen?«

»Wir müssen um zehn los«, sagt sie und schmiegt sich an ihn. »Allerspätestens um Viertel nach.« Sie muss um elf bei der Arbeit sein, er um halb zwölf im Dragon's Nest. Er könnte sie natürlich zum Café begleiten und dort noch etwas trinken, bevor er zu seiner Probe geht. Vorgeschlagen hat sie es ihm aber nicht, weil sie das eigentlich nicht möchte. Bei der Arbeit ist sie einfach nur Ailsa, eine ganz normale Kollegin. Und sie genießt es, dass niemand sie dort als BlueHeart kennt. Wenn sie Seb mitbringen würde, wäre sie keine normale Kollegin mehr, sondern »Ailsa, die diesen Schauspieler kennt, der mal bei *StarDance* war«.

»Fährst du nach der Probe direkt nach London zurück?«

Seb setzt sich auf und räkelt sich. »Ja, mein Zug geht um sechs. Wir werden nach der Probe wahrscheinlich noch etwas trinken. Die anderen kommen fast alle aus Edinburgh oder Glasgow. Roz will sicher, dass wir uns noch etwas besser kennenlernen. Aber wenn du möchtest, können wir uns am Bahnhof treffen.«

»Ich muss bis sechs arbeiten«, sagt Ailsa.

Seb hält mit dem Räkeln inne und schaut auf sie hinunter. Aus der Froschperspektive sieht er ziemlich lustig aus, wie eine Zerrspiegelversion seiner selbst. »Kannst du nicht früher gehen?«

Sie lacht. »Der Kaffee macht sich leider nicht von allein.«

»Schade. Ich hatte gehofft, du kommst gegen Ende der Probe noch vorbei, und dann zeigen wir allen, wie man Tango tanzt.«

»Du willst, dass wir Tango tanzen? Vor den anderen? Ich kann mir nichts Schrecklicheres vorstellen!«

»Na, vielen Dank«, sagt Seb. Hoffentlich ist er jetzt nicht beleidigt. Schon komisch, wie gut sie ihn zu kennen glaubt, nur weil sie Sex mit ihm hatte und er bei ihr übernachtet hat. Sie greift nach seiner Hand. Sie ist wärmer als ihre.

»Versteh mich nicht falsch, aber ich bin es nicht gewohnt, im Mittelpunkt zu stehen. Und gut tanzen kann ich auch nicht. Wenn du ihnen zeigen willst, wie Tango geht, brauchst du eine Partnerin, die besser ist als ich.«

Er drückt ihre Hand. »Aber wir sind wirklich gut zusammen. Tango mit dir fühlt sich toll an.«

»Ich weiß.« Sie denkt daran, wie sie Herz an Herz getanzt haben, an seine Art, sich zu bewegen und ihr dadurch die nächsten Schritte zu signalisieren. Dann fällt ihr das Foto wieder ein. »Mit dir fühlt es sich auch toll an. Aber ich finde wirklich nicht, dass ich mich zum Vortanzen eigne. Und ich mag es nicht, wenn Leute mich anstarren.«

»Ach, daran gewöhnt man sich schnell«, sagt Seb. »Wir können ja noch ein bisschen üben.« Er zieht sie auf seinen Schoß und lässt die Hände über ihren Körper gleiten, schaut ihn dabei an, als wolle er ihn sich einprägen. Sie beobachtet sein Gesicht, will sehen, ob sein Blick oder seine Berührungen bei der Narbe ins Stocken geraten, aber nein.

Sie lacht. »Das fühlt sich aber nicht wie Tango üben an.«

»Nein«, sagt er. »Aber mindestens genauso gut.«

Als sie schließlich um halb elf anfangen, sich anzuziehen, und sie sich an ihm vorbeidrängeln will, um ihren Kleiderschrank zu öffnen (trotz Doppelbett ist im Schlafzimmer eigentlich nur für eine Person genug Platz), legt er die Arme um ihre Taille und zieht sie zu sich.

»Ich habe dir ja schon gesagt, dass du wie das blühende Leben aussiehst, aber ich kriege einfach nicht genug von deinem Anblick.«

Seine Haut ist noch nass vom Duschen, seine Haare hat er mit dem Handtuch trocken gerubbelt; sie sind wild zerzaust. In diesem Moment sieht er zur Abwechslung nicht so aus, als wäre er gerade von der Leinwand gesprungen. Ailsa hat bereits Unterwäsche und Strumpfhose an; sie will sich den violetten Rock aus dem Schrank holen. Normalerweise trägt sie Jeans bei der Arbeit, aber sie hat die Waschmaschine gestern nicht angemacht, weil sie keine feuchten Klamotten auf die Heizungen legen wollte.

Sie schmiegt sich einen Moment an ihn, dann stupst sie ihn weg. »Ich muss mich beeilen, sonst komme ich zu spät.«

Er lässt sie los. »Kannst du wirklich nicht früher von der Arbeit weg?«

»Nein, das geht nicht.«

»Warum nicht?« Bildet sie sich das nur ein, oder klingt er ein wenig gereizt?

»Weil es mein Job ist.«

Er zieht erstaunt die Brauen hoch. »Du bedienst in einem Café. Kann nicht jemand für dich einspringen?«

»Darum geht es nicht. Ich muss Geld verdienen.« Sie hört Hayleys Stimme im Kopf: *Ich habe dich bestimmt nicht so weit gebracht, damit du dich einem verdammten Promi-Fuzzi an die Brust wirfst.*

»Es wäre doch nur heute.«

»Ich bin froh über diesen Job. Er ist im Moment alles, was ich habe.« Sie zieht den Reißverschluss ihres Rocks zu, zieht sich ein Oberteil über und streicht es glatt. Seb ist noch immer nackt, abgesehen von dem Handtuch über den Schultern. Tja, wenn er nicht fertig ist, muss sie eben ohne ihn los.

»Du hast doch auch mich«, sagt er schmollend. Soll das ein Witz sein? Ein Windstoß lässt das Fenster laut rattern. Es könnte aber auch Hayleys Gelächter sein, das von Glasgow herübergeweht ist und hämisch an die Scheiben klopft.

Sie gibt Seb einen Kuss. Es ist herrlich, so begehrt zu werden und selbst zu begehren. Trotzdem hat sie ein eigenes Leben. »Ich weiß. Aber wir hatten nicht ausgemacht, dass wir uns später noch treffen. Und was soll ich überhaupt dort, während ihr probt? Unten im Pub sitzen? Euch Getränke servieren?«

Er schlüpft in seine Boxershorts und Jeans, knöpft sie zu, dann dreht er sich zu ihr. »Ich dachte, du würdest dich freuen, Zeit mit mir zu verbringen.«

Er klingt verletzt. Aber dazu hat er kein Recht. Sie schaut auf die Uhr. »Die Zeit, die wir hatten, haben wir doch ziemlich gut genutzt, oder?« Sie greift nach seiner ausgestreckten Hand, lächelt ihn an. »Ich muss jetzt wirklich los.«

Und plötzlich ist alles wieder gut. Mehr oder weniger. Es liegt keine Spannung mehr in der Luft; er lächelt ebenfalls, berührt ihre Wange, schaut ihr in die Augen, sie kann das unregelmäßige Zickzackmuster der Naht erkennen. »Ich glaube, das kam gerade alles falsch rüber. Tut mir leid. Ich fände es einfach nur schön, wenn wir den Tag zusammen verbringen könnten.«

»Ich doch auch«, sagt sie. Am liebsten würde sie hinzufügen: Lass uns das nachholen, wir finden sicher einen Tag, an dem wir beide Zeit haben. Aber Apple flüstert ihre eine Warnung zu. Sie kennt ihn schließlich noch nicht lange. Sie hat erlebt, wie er auf der Straße erkannt und um Selfies gebeten wird. Und sie hat gesehen, dass er den Frauen, mit denen er sich fotografieren lässt, das Gefühl gibt, nur für sie da zu sein, auch wenn es nur fünfzehn Sekunden sind. Sie muss sich wirklich in Acht nehmen. Nicht nur, weil ihre Mutter es sagt.

SIEBTER TEIL

Anfang Juli 2018
Noch plaudern wir

BLUEHEART-BLOG

2. Juli 2018

Soll ich, oder soll ich nicht?

Meine lieben treuen Leserinnen und Leser, der heutige Beitrag ist kurz und knackig.
Ich stecke in einer Zwickmühle und brauche eure Hilfe.
Ich serviere euch diesen Beitrag sozusagen als Espresso, weil es nicht anders geht.
Mit einem kleinen Keks Hintergrundinfo:
Ich kenne meinen Vater nicht. Und lange Zeit war ich auch nicht daran interessiert, ihn kennenzulernen. Doch seit einiger Zeit denke ich darüber nach.
Soll ich mit ihm Kontakt aufnehmen? Wie denkt ihr darüber?
Ihr habt bis zum 8. Juli Zeit.

Um für »*Ja*, Ailsa, er ist Teil deiner Geschichte« zu stimmen, *hier* klicken.
Um für »*Nein*, Ailsa, du hast es bisher ohne ihn geschafft, also brauchst du ihn auch in Zukunft nicht« zu stimmen, *hier* klicken.

73 Kommentare

Ergebnisse:
JA 82 %
NEIN 18 %

PROMI-NEWS ONLINE

1. Juli 2018

Romeo und Julia auf Stippvisite in London

US-Fernseh- und Bühnenstar Meredith Katz kam diese Woche nach London, um gemeinsam mit TV-Liebling Sebastian Morley an einer Spendenauktion zugunsten einer Kinderklinik teilzunehmen. Im August werden Morley und Katz in einer Shakespeare-Inszenierung beim Edinburgh Festival Fringe als Romeo und Julia zu sehen sein.

Morley, dessen neues Markenzeichen seit einer Hornhauttransplantation Anfang des Jahres eine Sonnenbrille ist, gelang es bei der Spendenauktion leider nicht, den Zuschlag für einen Helikopterflug über London zu erhalten. Dafür ersteigerte Katz ein maßgeschneidertes Hemd für den neuen Hauptdarsteller an ihrer Seite. »Er muss schon ein wenig mehr Stil zeigen, wenn er mit mir gesehen werden will«, witzelte sie. »Ich weiß ja, wie sehr die Briten Marks & Spencer lieben, aber ohne Wow-Faktor geht bei mir gar nichts.«

Morley, der einst für eine Guess-Jeans-Werbekampagne modelte und dafür den Titel »Knackarsch des Jahres« einheimste, antwortete lachend: »Ich habe Meredith zwar gesagt, dass mein Blick bei der Kleiderwahl derzeit ein wenig getrübt ist, aber das wollte sie mir natürlich nicht abkaufen.« Das Paar nahm anschließend ein Taxi Richtung Chelsea, wo es später beim Tête-à-Tête in einer Weinbar gesehen wurde.

2. Juli 2018

Ailsa hat vergessen, ihr Handy mit zur Arbeit zu nehmen. Als sie um kurz nach drei nach Hause kommt, hat sie neun verpasste Anrufe und zwei SMS, beide von ihrer Mutter. In der einen steht »WTF«, in der anderen, die zwanzig Minuten nach der ersten versendet wurde: »Hab um 2 Feierabend, wir sehen uns um 4.«

Sechs der verpassten Anrufe sind ebenfalls von Hayley, die anderen drei von Tamsin. Auf ihrem Anrufbeantworter wurden zwei Nachrichten hinterlassen. Die erste ist von Hayley: ein gemurmeltes »Verdammte Scheiße«, die zweite auch: »Ruf mich an, sobald du diese Nachricht hörst.« Sie klingt sehr aufgeregt, aber vor allem wütend.

Oh, Gott. Dafür kann es nur eine Erklärung geben. Ailsa klappt ihren Laptop auf und schaltet es ein. Während es hochfährt, ruft Tamsin an.

»Hallo, Tante T, wie geht's dir? Was ist denn mit Mum los? Ich habe heute vergessen, mein Handy zur Arbeit mitzunehmen, und gerade erst gesehen …«

»Deine Mutter ist auf dem Weg zu dir. Ich dachte, ich gebe dir besser Bescheid. Sie ist stocksauer.«

»Den Eindruck hatte ich auch«, sagte Ailsa. Dann fragt sie: »Was ist denn los?« Auf dem Dashboard ihres Blogs kann sie allerdings schon sehen, wo das Problem liegt. Scheiße, scheiße, scheiße.

»Sie hat deinen Blog-Beitrag gesehen. Was hast du dir nur dabei gedacht? Sie hat sich furchtbar aufgeregt und ist verdammt wütend auf dich.«

»Ich wollte sie heute Nachmittag anrufen und warnen, bevor ich den Beitrag veröffentliche. Aber aus irgendeinem Grund ist er schon online.«

»Du wolltest sie warnen? Du hättest sie vielleicht vorher fragen sollen, ob sie damit einverstanden ist!«

»Ich dachte, ich hätte den Veröffentlichungszeitpunkt auf heute Abend eingestellt, aber irgendetwas muss ich wohl falsch gemacht haben. Seit ich arbeite, habe ich nicht mehr so viel Zeit dafür, ich hab's auf die Schnelle gemacht ...« Ailsa weiß, dass es keinen Sinn hat, sich zu rechtfertigen, aber wie soll sie sonst vor der Lawine wegrennen, die sie losgetreten hat?

»Tja, jetzt ist es zu spät.«

»Ja.«

»Du hättest besser zuerst mit ihr reden sollen.«

»Ich hatte schon seit einigen Wochen vor, den Beitrag zu posten. Das war keine spontane Entscheidung. Und sie ist dem Thema jedes Mal ausgewichen. Jedes Mal. Und ...« Ailsa weiß, wie lächerlich und kindisch sich das anhört, was sie als Nächstes sagen wird, aber sie muss es einfach loswerden, und das ist auch ihr gutes Recht, sie ist schließlich erwachsen, und sie hat es wirklich satt, ständig wie ein Kind behandelt zu werden: »... das ist einfach nicht fair!«

»Ach, Ailsa. Du müsstest doch am besten wissen, dass nicht immer alles fair ist.«

Ailsa schließt die Augen. Sie ist es so dermaßen leid ... »Stimmt. Aber es geht auch nicht immer nur um sie!«

»Trotzdem hat sie ein Recht auf Privatsphäre. Was glaubst du, wie ihr dabei zumute ist, wenn du ihr Leben in deinem verdammten Blog ausbreitest? Zweiundachtzig Prozent der Leute, die bei deiner Umfrage mitgemacht haben, haben dafür gestimmt, dass du mit deinem Vater Kontakt aufnehmen sollst. Zweiundachtzig Prozent! Dabei kennen sie die Hintergründe gar nicht.«

»Es geht hier auch um mein Leben.«

»Aber es dreht sich auch nicht immer alles nur um dich! Herrgott, Ailsa. Du bist jetzt nur noch ein ganz normaler Mensch, so wie wir alle, und die Regeln, nach denen wir uns zu richten haben, gelten jetzt auch für dich!«

Ein Teil von Ailsa würde jetzt am liebsten in Tränen ausbrechen. Der andere Teil von ihr will Tamsin sagen: Ich habe ein Recht darauf, meine eigene Geschichte zu kennen – und das hat nichts mit Egoismus zu tun, auch wenn es so aussehen mag, sondern damit, dass es mir jetzt, da ich ein neues und voraussichtlich langes Leben habe, ein wichtiges Bedürfnis ist, meinen Vater kennenzulernen! Doch ihre Kehle ist wie zugeschnürt, und sie kann nichts weiter tun, als die verwahrlosten Blumenkästen auf dem Fenstersims anzustarren. Hayley hatte sich immer um die Blumen gekümmert.

»Ich weiß, dass es nicht leicht ist«, fügt Tamsin hinzu. »Für euch beide nicht. Aber du weißt nicht alles. Und das ist nicht der richtige Weg.«

»Ich weiß nicht, was ich machen soll, Tante T.«

Schweigen am anderen Ende der Leitung. Ailsa wartet. Dann sagt ihre Tante, nun etwas sanfter: »Sie wird gleich bei dir sein. Sei nett zu ihr. Sie hat viel für dich durchgemacht. Du weißt ja, wo ich bin, wenn du mich brauchst.«

Den letzten Satz hat Ailsa schon oft von Tamsin gehört. In den Wochen vor der Transplantation – und damals sah es wirklich so aus, als würde sie bald sterben – kam Tamsin fast täglich ins Krankenhaus. Sie versuchte, Hayley dazu zu bringen, mal an die frische Luft zu gehen oder sich eine warme Mahlzeit zu holen, aber Hayley ließ sich nicht überreden. Zum Abschied gab Tamsin Ailsa jedes Mal einen Kuss, und dann legte sie Hayley die Hände auf die Schultern, sah ihr in die Augen und sagte: »Du weißt ja, wo ich bin, wenn du mich brauchst.« Aber daran mag Ailsa jetzt wirklich nicht erinnert werden.

Um zehn vor vier klingelt Hayley an der Tür. Ailsa drückt auf den Türöffner, hört, wie sie langsam die Treppe hochkommt. Ihre Mutter riecht nach Zigarettenrauch, und an einem Auge ist ihre Wimpertusche verschmiert. Sie war bestimmt fuchsteufelswild, als sie in Glasgow losgefahren ist, scheint sich aber beruhigt zu haben. Heute trägt sie ihren blau-grünen Schal mit dem Pfauenfedermuster, das man allerdings nur sehen kann, wenn man den Stoff ausbreitet. Er ist schon ganz verschlissen vom vielen Tragen. Als Hayley ihn einmal abnahm, um ihn auszuschütteln, sagte ihr eine Krankenschwester, dass es Unglück brächte, Pfauenfedern mit hereinzubringen. Hayley erwiderte: »Tja, wenn das stimmt, ist dieser Schal meine Art, dem Schicksal ›Fick dich‹ zu sagen.«

»Mum«, sagt Ailsa.

»Ailsa.« Hayley klingt nicht wütend, sondern ruhig. Emotionslos.

»Ich wollte dich anrufen, bevor der Beitrag online geht. Ich dachte, ich hätte die Veröffentlichung erst auf heute Abend eingestellt.«

Hayley streift sich die Schuhe ab – eine alte Gewohnheit aus der Zeit ihres Zusammenlebens, auf die Ailsa inzwischen verzichtet –, geht ins Wohnzimmer und setzt sich aufs Sofa. Ailsa folgt ihr.

»Das war ein Schock, das kann ich dir sagen.«

»Es tut mir leid. Ich wollte dich wirklich warnen.«

»Aber veröffentlicht hättest du das Ganze so oder so.« Hayley klingt noch immer ruhig. Ailsa ist verunsichert. Sie hatte sich auf einen wutentbrannten halbstündigen Monolog gefasst gemacht, aber nichts dergleichen.

»Ja, das stimmt.« Sie nimmt neben ihrer Mutter Platz und schaut sie an. »Ich weiß, dass du die Umfragen nicht gut findest. Und den Blog auch nicht. Aber es ist mein Blog. Und es ist mein Vater.«

»Ich habe dir alles über ihn gesagt, was du wissen musst.«

Ailsa holt tief Luft. Ihre Lungen weiten sich, warten; dann schickt Apple mit einem Herzschlag Sauerstoff durch ihren Körper, als würde sie verstehen. »Die Entscheidung darüber liegt aber nicht bei dir. Ich will nicht mehr beschützt werden. Außerdem geht es hier nicht um einen gefährlichen Keim. Die Hälfte meiner Gene stammt von ihm!«

Hayley nickt. »Das mag sein. Aber …« Sie wirkt erschöpft und enttäuscht. Ailsa kennt das. Sobald sie ihren Vater erwähnt, geht es automatisch und ausschließlich um die Gefühle ihrer Mutter. Sogar Seb dachte beim Lesen ihres ursprünglichen Beitrags zuerst an die Gefühle ihrer Mutter.

»Die Entscheidung liegt bei mir, Mum. Es tut mir leid, dass dir das nicht gefällt. Aber ich muss … Ich habe das alles nicht zusammen mit dir durchgemacht, um weiter in Watte gepackt zu werden.«

Hayley wirkt noch immer ruhig. Es hat fast schon etwas Unheimliches. »Ich bin es nun einmal gewohnt, dich zu beschützen. Das war immer meine Aufgabe.«

»Ich weiß«, sagt Ailsa. »Aber jetzt brauche ich deinen Schutz nicht mehr.«

»Wir alle brauchen Schutz, Ailsa.«

»Und wer hat dich beschützt? Als du dreiundzwanzig warst?«

Endlich funkelt es in Hayleys Augen, und ihre Kiefermuskeln zucken. »Niemand. Ich hielt mich für erwachsen. Du siehst ja, was dabei herausgekommen ist.«

»Danke. Leider ist es jetzt schon etwas zu spät, mich dafür zu entschuldigen, dass ich geboren wurde.« Ailsa steht auf; sie ist so angespannt, dass sie es einfach nicht mehr aushält, neben ihrer Mutter zu sitzen. Sie muss sich ablenken, den Blick von diesen müden Augen, diesem Unglücksschal abwenden. Wie sagt Eliza immer? »Drückt eure Gefühle beim Tanzen aus. Lasst sie heraus.

Genau das macht den Tango aus.« Wenn Ailsa jetzt tanzen würde, könnte sie einen wahren Sturm entfesseln.

»Du hättest mich einfach fragen können, wenn du ihn wirklich sehen willst«, sagt Hayley.

O nein. Damit kommt ihre Mutter nicht durch. »Ja, das hätte ich wohl«, sagte sie. »Aber dann hättest du gesagt: ›Wo war er denn all die Jahre? Und jetzt, wo die schlimmen Zeiten hinter uns liegen, willst du ihn auf einmal kennenlernen?‹ Oder: ›Dir ist aber schon klar, dass er dich jederzeit hätte besuchen können, oder? Die Adresse müsste er ja noch haben!‹ Damals im Krankenhaus hast du mir zwar einiges über ihn erzählt, aber seinen Nachnamen weiß ich bis heute nicht! Wenn ich dich gefragt hätte, hättest du mir das Gefühl gegeben, dass ich mich zwischen dir und ihm entscheiden muss und dass ich dich im Stich lasse, wenn ich mich mit ihm treffe.«

»Ailsa …« Hayley ist ebenfalls aufgestanden. Ihre Augen glitzern; vielleicht sind es Tränen, vielleicht kündigt sich aber auch einfach nur der erwartete Wutanfall an.

»Nein«, sagt Ailsa. Ihre Stimme scheint zu zittern, doch in Wahrheit summt sie, als stünde sie unter Strom. »Hör auf. Ich kann das nicht mehr hören. Ich weiß, wie sehr du gelitten hast. Ich habe eben mit Tamsin telefoniert, und sie hat mir gesagt, wie schwer es für dich war. Ich verstehe das. Und wehe, du sagst mir, dass ich es nicht verstehe, weil ich nie erlebt habe, wie es ist, wenn ein geliebter Mensch im Sterben liegt, denn ich habe das sehr wohl erlebt. Bei Lennox. Ich weiß, wie das ist.«

Sie fängt an zu weinen. Kein Wunder. Es ist einfach unmöglich für sie, von Lennox und vom Sterben zu sprechen, ohne dabei in Tränen auszubrechen.

Hayley streckt die Hand nach ihr aus, aber sie weicht zurück. Sie will keinen Trost, sondern loswerden, was ihr auf dem Herzen liegt. »Aber all das ist vorbei. Lennox ist tot. Ich lebe. Und du hast kein Recht, mir vorzuschreiben, wie viel ich trinken darf, mit wem ich ins Bett gehe und ob ich meinen Vater kontaktieren darf. Das ist allein meine Sache!«

»Ich versuche doch nur, dich vor einer Enttäuschung zu bewahren«, sagt Hayley. »Kannst du das denn nicht sehen? Ich bin doch auf deiner Seite.«

Hayley legt ihrer Tochter die Hand auf den Arm, doch Ailsa schüttelt sie ab. Sie wischt sich die Tränen weg. »Ich weiß«, sagt sie. »Aber …« Die einzigen Worte, die ihr einfallen, lauten: *Es ist nicht fair.* Und das mag sogar stimmen, aber wenn es einen Menschen auf der Welt gibt, der vielleicht noch besser als sie weiß, was diese Worte bedeuten, dann ihre Mutter.

Hayley stößt einen Seufzer aus, der aus ihrem tiefsten Inneren zu kommen scheint. »Sei so nett und mach mir einen Tee«, sagt sie. »Einen starken, bitte. Dann erzähle ich dir alles, was du wissen willst.«

Als Ailsa mit dem Tee zurückkommt, sitzt Hayley wieder auf dem Sofa und liest irgendetwas. Ailsa stellt ihr die Tasse hin und nimmt Platz. Der Frieden ist zwar nicht wiederhergestellt, aber wenigstens fliegen keine Dolche mehr. Waffenstillstand. Ein ganz normaler Tag in Verona.

»Das ist interessant«, sagt Hayley.

»Was denn? Oh.« Ihre Mutter hält die ursprüngliche Fassung des Blog-Beitrags in der Hand, die Ailsa Seb gezeigt hatte. »Das hätte ich auf keinen Fall veröffentlicht.«

»Aber du hast es geschrieben.«

Hayley klingt auch jetzt nicht wütend, eher neugierig. Vielleicht bringt es ja etwas, einfach ehrlich zu ihr zu sein. »Das war nur ein erster Entwurf. Ich habe Seb gebeten, ihn zu lesen und mir seine Meinung zu sagen. Er meinte, das wäre zu persönlich, als würde ich dein Privatleben in der Zeitung veröffentlichen. Und nach der Sache mit dem Foto von ihm und mir wüsste ich ja, wie sich das anfühlt. Ich glaube, ich habe ihm den Entwurf gezeigt, weil ich nicht sicher war, ob ich ihn posten soll.«

Hayley nimmt einen Schluck aus der blau-grünen Tasse; Ailsa hat sie ihr gebracht, weil sie zu ihrem Schal passt. »Tja. Ob du etwas postest oder nicht, ist wohl die einzige Entscheidung, die du nicht deinen Blog-Lesern überlassen kannst.«

Ailsa nickt. »Das ist wahr.«

»Und hat deine Umfrage schon etwas ergeben?«

»Bisher haben schon achtzig Prozent für Ja gestimmt.«

Hayley seufzt abermals. »Und? Machst du's?«

»Sieht ganz so aus.«

»Wir sollten mal über das hier reden«, sagt Hayley und wedelt mit dem Entwurf.

Ailsa nimmt ihn ihr aus der Hand. »Warum? Habe ich irgendetwas falsch wiedergegeben?«

Hayley schüttelt den Kopf. »Nein, Schatz. Da steht genau das, was ich dir erzählt habe. Aber das ist nicht die ganze Geschichte. Einiges weißt du nämlich noch nicht.«

»Wie bitte?«, fragt Ailsa, aber ihr ist sofort klar, dass sie sich nicht verhört hat. Sie kann es nicht fassen – ihre Mutter hat ihr damals im Krankenhaus doch nicht die ganze Wahrheit gesagt. »Hast du mich in der Nacht, als wir dachten, ich sterbe, etwa angelogen?«

»Ailsa, du hättest Lennox auch angelogen, wenn die Wahrheit seine letzten Tage noch schlimmer gemacht hätte, als sie ohnehin schon waren. Manchmal ist es besser, nicht schwarz-weiß zu denken, auch wenn das bedeutet, dass man nicht ganz ehrlich ist.«

»Das sehe ich anders«, sagte Ailsa. Oder hätte sie Lennox doch die Wahrheit verschwiegen, wenn ihn das glücklich gemacht hätte? Sie kennt die Antwort.

»Darf ich aus dem Fenster eine rauchen?«, fragt Hayley.

»Von mir aus.« Normalerweise bittet sie Hayley, nach draußen zu gehen, um zu rauchen, aber sie will jetzt nicht länger warten, sondern endlich die volle Wahrheit über ihren Vater hören. Den Zigarettengestank wird sie schon irgendwie los. Das Fenster klappert, als Hayley es hochschiebt. Sie setzt sich auf die Fensterbank, die breit genug ist. Bei schlechtem Wetter nannte sie das immer »auf dem Balkon eine rauchen gehen«. Sie zündet sich eine Zigarette an und hält sie nach draußen. Ab und zu lehnt sie sich hinaus, um einen Zug zu nehmen und den Rauch auszuatmen.

»Wir sollten zum Ultraschall kommen. Ich war in der fünfunddreißigsten Woche. Du warst in Steißlage, und sie wollten nachschauen, ob du dich gedreht hast, obwohl ich ihnen gesagt hatte, dass es keine Veränderung gegeben hätte.« Hayley zuckt mit den Schultern, zieht an der Zigarette, stößt eine Rauchwolke aus. »Der Termin war morgens um neun. Dein Vater sagte also Bescheid, dass er später zur Arbeit käme, und fuhr mit mir zur Klinik. Und zuerst lief es ganz entspannt, das Übliche: Hallo, wie geht's, haben Sie sich schon für einen Namen entschieden, na, dann schauen wir mal, was die Kleine so treibt – und dann wurde die Ärztin, die den Ultraschall machte, auf einmal sehr ernst.«

»Hat sie etwa damals schon gesehen, dass etwas nicht stimmte? Vor meiner Geburt?« Ailsa weiß zwar, dass Herzfehler schon beim Ultraschall erkannt werden können, aber sie hatte immer angenommen, dass ihrer übersehen worden war.

Hayley nickt. »Die Ärztin bat uns, zu warten, und dann kam sie mit einem anderen Arzt herein, der sich das mal ansehen sollte. Ich fragte die ganze Zeit ›Ist etwas nicht in Ordnung?‹, und dein Vater hielt meine Hand. Schließlich sagten sie das, was sie einem immer sagen, wenn sie wissen, dass etwas nicht stimmt, es dir aber noch nicht erzählen wollen: eine kleine Unregelmäßigkeit, wir müssen uns das erst näher anschauen, und so weiter.«

Ailsa kennt diese Floskeln nur zu gut. Als sie noch im Krankenhaus lag, meinte ihre Mutter immer: »Wenn sie verkünden, dass sie auf den Arzt warten, heißt das in Wahrheit ›Ihr seid am Arsch‹.«

»Dieser Ultraschall damals war das Schlimmste, was ich bis dahin erlebt hatte«, fährt Hayley fort. »Aber alles ist relativ.« Ailsa hat Fotos von sich gesehen, auf denen sie erst wenige Tage alt war, mit Schläuchen bedeckt und einem großen Verband auf der Brust. Da hatte sie bereits ihre erste lebenserhaltende OP hinter sich; ihr Herz war gerade mal so groß wie ein Pfirsichkern.

»Es wurde schließlich noch ein Ultraschall gemacht, und dann mussten wir warten, bis wir schließlich zu Frau Dr. Elliott gerufen wurden. Da waren wir schon sechs Stunden lang in der Klinik. Dr. Elliott war deine erste Ärztin. Sie erklärte uns, du hättest einen Herzfehler, genauer gesagt, nur eine funktionsfähige Herzkammer, und bis vor Kurzem wäre das noch ein Todesurteil gewesen, aber es gäbe eine neue Technik, die man nach deiner Geburt ausprobieren könnte.« Hayley schüttelt den Kopf. »›Es gibt da eine neue Technik, die wir ausprobieren könnten.‹ Als ich das hörte, wäre ich fast zusammengebrochen; ich war noch nie in meinem Leben so verzweifelt gewesen.« Sie hält inne, um sich wieder zu sammeln, und schaut Ailsa an. Ihr Blick sagt: *Diese tiefe Verzweiflung wurde zu meinem ständigen Begleiter und ging erst wieder weg, als dein neues Herz kam*. Nach einer Weile erzählt sie weiter. »Als die Ärztin mit uns redete, konnte ich deine Tritte spüren, als wolltest du ihr sagen: ›Hör auf, über mich zu reden!‹ Sie malte etwas auf ein Blatt, rote Linien für sauerstoffreiches Blut, blaue für sauerstoffarmes. Ein normales Herz auf der einen und dein Herz auf der anderen Seite. Ich versuchte, mich zu konzentrieren, aber du hast die ganze Zeit mit deinen winzigen Füßen gegen meinen Bauch gestrampelt, hier.« Hayley legt sich die Hand auf die linke Seite, und ihr Gesicht verzieht sich, als wäre sie wieder hochschwanger und würde die Tritte ihres Babys spüren. »Als wolltest du protestieren.«

Ailsas Hände zittern. »Ich wusste gar nicht, dass ich in Steißlage war«, sagt sie.

»Tja, weil du vor deiner Geburt doch noch den richtigen Dreh gefunden hast«, sagt Hayley. »Aber du hast dir viel Zeit damit gelassen. Als es passierte, lag ich gerade in der Badewanne. Das sah aus wie ein Schäferhund, der in einem Kissenbezug steckt und versucht, sich umzudrehen.«

»Warum hast du mir das alles nicht schon früher erzählt, Mum? Das ist … ich bin fassungslos.«

Hayley drückt ihre Zigarette im Blumenkasten aus und zieht das Fenster wieder zu. Dann redet sie weiter, als hätte sie Ailsas Frage gar nicht gehört. »Nach dem Gespräch mit der Ärztin war ich völlig fertig. Dein Vater auch. Wir sind dann nach Hause gefahren. Er hat kaum etwas gesagt. Und ich habe nur geheult.«

»Oh, Gott, Mum.« Ailsa weiß gar nicht, welche Version ihrer Geburt sie schlimmer finden soll – diejenige, die sie eben gehört hat, oder diejenige, die sie schon kannte. Wenn man sich auf ein gesundes Baby freut und erst bei seiner Geburt von seiner schlimmen Erkrankung erfährt, ist das schließlich auch ein Albtraum.

»Erst am folgenden Abend haben wir darüber gesprochen«, sagt Hayley. »Dein Vater ging am nächsten Tag arbeiten. Ich blieb im Bett und dämmerte vor mich hin, bis er zurückkam. Und als er dann heimkam, war es, als wäre etwas in ihm erloschen. Wir sprachen über dich und über das, was die Ärztin gesagt hatte. Ich ging alles durch, woran ich mich erinnerte, und schrieb es auf. Dann fragte ich ihn, woran er sich erinnert. Für ihn war alles Positive auf meiner Liste etwas Negatives. Danach sprach er von sich aus nie wieder von dir. Und wenn ich anfing, über dich zu reden, schüttelte er nur den Kopf. Jedes Mal. Als ich sagte, dass ich dich Ailsa nennen wollte, weil das der zweite Name meiner Mutter war und ›Sieg‹ bedeutete, meinte er nur: ›Nenn sie, wie du willst, Hayley.‹ Und mir wurde klar, dass er trotz allem, was die Ärztin gesagt hatte, fest davon überzeugt war, dass du sterben würdest. Während ich zwar große Angst davor hatte, aber gleichzeitig fest entschlossen war, um dich zu kämpfen. Als ich ihn deswegen zur Rede stellte, meinte er, ich würde den Kopf in den Sand stecken. Ich sagte, er hätte dich aufgegeben. Er erwiderte, ich wäre unrealistisch, und meine Hormone würden mich blind machen. Da bin ich dann explodiert.« Ailsa lacht unwillkürlich auf; sie kann sich nur allzu gut vorstellen, wie ihre Mutter zur Furie wurde.

»Das klingt …« Sie sucht nach dem passenden Wort. Schrecklich? Herzzerreißend? Unmöglich?

»Ja«, sagt Hayley, als hätte sie Ailsas Gedanken gelesen. »Wir waren glücklich gewesen, hatten uns beide gefreut, aber von da an stritten wir nur noch.«

»Oh, Mum.«

Hayley ist blass geworden, und ihre Augen glänzen; sie scheint weit weg, in einer anderen Zeit, an einem anderen Ort. Sie erinnert Ailsa an jemanden. An wen nur?

»Du kamst drei Tage zu früh. Es war ein herrlicher Tag. Als die ersten Wehen kamen, war es acht Uhr morgens, die Sonne schien durchs Fenster, und David war gerade zur Arbeit gefahren. Ich saß am Küchentisch und dachte: So, Baby, jetzt ist es so weit. Ich schrieb deinen Namen auf, um ihn mir anzuschauen. Dann lief ich herum, nahm ein Bad und machte all die Sachen, die man machen soll. Nachmittags nahm ich dann ein Taxi zum Krankenhaus. Ich wollte David zuerst gar nicht anrufen, weil ich dachte, dass er nicht dabei sein wollte, aber dann tat ich es doch. Und er kam auch.«

Wieder Stille. Als Ailsa Hayley anschaut, wird ihr klar, dass ihre Mutter sie an Ruthie erinnert, als sie ihnen am Tag von Lennox' Geburtstagsfeier sein altes Zimmer zeigte. Sie wartet.

»Es mag albern klingen, aber wir hatten richtig Spaß, als ich in den Wehen lag. Lachgas ist wie Gin Tonic. Ich hatte solche Angst um dich, aber die Wehen lenkten mich vom Grübeln ab. David brachte sogar ein kleines Picknick mit ins Krankenhaus – Schweinekoteletts, Apfelsinen, Schokoladenkuchen – und schnitt alles in kleine Häppchen für mich. Außerdem hatte er ein Rätselheft dabei, und eine Wärmflasche, die er mir auf den Rücken legte. Und er brachte mich zum Lachen. Und da wusste ich wieder, warum ich ihn liebte.«

»Hatte er den Schokoladenkuchen selbst gebacken?«, fragt Ailsa und würde sich für diese dämliche Frage am liebsten ohrfeigen. Andererseits ist die Tatsache, dass ihr Vater gern backt, so ziemlich das Einzige, was sie über ihn weiß. Insofern …

Hayley lächelt. »Nein. Und er sagte auch mehrmals, der Kuchen könne mit seinem nicht mithalten, aber dass ich mich bestimmt aufgeregt hätte, wenn er zuerst nach Hause gefahren wäre, um einen zu backen.«

»Womit er wahrscheinlich recht hatte.«

»Ja«, sagt Hayley. »Es war beinahe so, als hätte es die Wochen davor nicht gegeben, und wir würden nun unser Baby bekommen, so wie wir es uns gewünscht hatten. Ich dachte, er hätte sich wieder gefangen. Und er dachte es vielleicht auch.« Sie seufzt. »Aber dann … Tja. Das Geschrei und Geflucne und den Dammriss erspare ich dir lieber.«

Ailsa verzieht das Gesicht, und für eine Weile sind sie wieder auf sicherem, vertrautem Terrain. »Dammriss? Oh, Gott. Das will ich lieber nicht wissen …«

»Danach siehst du untenrum wie ein Flickenteppich aus.« Hayley grinst, boshaft, aber liebevoll. Einen Herzschlag lang ist sie ganz bei Ailsa, und dann kehrt sie wieder an den Ort zurück, wo sie all diese Erinnerungen aufbewahrt.

»Um kurz vor Mitternacht kamst du dann endlich zur Welt. Sie nahmen dich sofort beiseite, um dich zu untersuchen, und ich schrie: ›Geht es ihr gut? Geht es ihr gut?‹ David ging zu ihnen hinüber, damit er einen Blick auf dich werfen konnte. Als er zurückkam, sagte er …« Zum ersten Mal, seit Hayley angefangen hat, die Wahrheit zu erzählen, senkt sie den Kopf, um ihr Gesicht vor ihrer Tochter zu verbergen. »Er sagte, du würdest ›ziemlich normal‹ aussehen. Dann brachten sie dich zu mir herüber, damit ich dich auch sehen konnte, ganz kurz nur. Ich dachte: Wie schön du bist, und wie kostbar. Ich fühlte mich … keine Ahnung …, als hätte mich eine Riesenwelle der Liebe erfasst. Du warst das Schönste, das Beste, was ich je in meinem Leben gesehen hatte. Und alles, was er zu sagen hatte, war, dass du ›ziemlich normal‹ aussahst. Schon da hätte ich ihn zum Teufel jagen sollen.«

Diesmal bleibt Hayley so lange still, dass Ailsa sie zum Weiterreden drängen muss. Ihr ist klar, dass es kein Happy End geben wird, aber sie hat trotzdem ein banges Gefühl. Ihr Magen krampft sich zusammen, ihre Kiefermuskeln spannen sich an. Auch Apple wartet atemlos auf das, was kommt.

»Und dann?«

»Und dann brachten sie dich auf die Säuglingsstation. Sie hatten mir das schon angekündigt, es wäre nötig, um dich zu versorgen und dir zu helfen. Es hörte sich freundlich und beruhigend an. Aber was sie wirklich damit sagen wollten, war, dass sie alles tun würden, was in ihrer Macht stand, um dich am Leben zu halten. Die erste Woche war der absolute Albtraum. Du wurdest zum ersten Mal operiert. Ich war die ganze Zeit bei dir und konnte gar nicht mehr aufhören, zu weinen. Die Krankenschwestern mussten ständig meine Kissenbezüge wechseln, weil sie so nass waren. Du sahst so winzig und schwach aus, und ich konnte überhaupt nichts tun, um dir zu helfen.«

»Und … was hat mein Vater gemacht?«

Hayley seufzt. »Um fair zu sein, und das fällt mir wirklich schwer: Ich glaube, er hat's versucht. Die meiste Zeit war er da. Er kam zu den Untersuchungen. Er hielt meine Hand, redete mir gut zu. Wenn ich ihn abends anrief, war er immer da. Er brachte etwas zu essen mit, damit ich wenigstens eine Kleinigkeit zu mir nahm, und richtete mir Nachrichten von meinen Eltern aus, mit denen er jeden Abend telefonierte. Und er saß bei mir, wenn ich bei dir war. Aber er saß nicht bei *dir*, verstehst du?« Ailsa nickt stumm. »Und wenn wir dich halten durften, machte er nur Fotos. Ich glaube, er versteckte sich hinter der Kamera, damit er dich nicht direkt anschauen musste.« Hayley sieht aus, als würde sie gleich weinen. »Ich wollte dir ersparen, dass du das alles erfährst«, sagt sie.

Ailsa schweigt. Sie weiß nicht, ob sie nicken oder den Kopf schütteln soll; einerseits hat sie Mitgefühl für ihre Mutter, andererseits ist sie trotz allem empört darüber, so lange von ihr belogen worden zu sein. Schließlich sagt sie: »Ich dachte immer, Tamsin hätte die Fotos gemacht. Aber so war es gar nicht.«

»Ich weiß, du denkst, ich hätte dir von Anfang an die Wahrheit sagen sollen. Aber …«

»Was passierte dann?«, fragt Ailsa. Ihr Vater ist zwar ein weitaus größerer Mistkerl, als sie bisher dachte, aber das rechtfertigt trotzdem nicht, dass ihre Mutter die Wahrheit einfach für sich behalten hatte.

Hayley holt tief Luft, bevor sie weiterspricht. »Als du zehn Tage alt warst, hatten wir ein weiteres Gespräch mit Dr. Elliott. Sie sagte, die erste Operation wäre den Umständen entsprechend gut verlaufen. Dann kam sie auf deine Zukunft zu sprechen. Sie sagte, wir müssten dich beschützen und es gäbe vieles, worauf wir achten müssten. Dein Vater saß da und hielt meine Hand. An dem Tag war es sehr heiß im Krankenhaus, aber er hatte trotzdem eiskalte Finger. Ich weiß noch, dass ich schließlich meine andere Hand auf seine legte, um ihn zu wärmen.« Sie holt wieder Luft, atmet zitternd aus. »Er gab mir zum Abschied einen Kuss, nahm die Liste mit den Sachen mit, die ich brauchte, und ging. Später brachte Tamsin mir die Sachen vorbei. Sie sagte, er hätte angerufen und sie darum gebeten, weil er etwas Schlaf bräuchte. Doch er kam nie wieder. Weder am nächsten Tag noch danach.«

»Und das war es dann?«, fragt Ailsa ungläubig. Dieses Ende kommt etwas zu abrupt. Es gab doch sicher ein Nachspiel, einen Streit. Vielleicht hat Hayley ihren Vater damals ja erwürgt und seine Leiche mit Tamsins Hilfe im Meer versenkt. Aber so, wie Hayley auf ihren Wunsch reagierte, den Mistkerl kennenzulernen, scheint er ja noch zu leben.

»An dem Tag habe ich ihn zum letzten Mal gesehen«, sagt Hayley. »Ich wusste einfach keinen Weg, es dir zu sagen, ohne dich zu verletzen.«

»Das verstehe ich«, sagt Ailsa. Und in gewisser Weise kann sie es auch nachvollziehen. Warum sein Kind mit der wahren Geschichte belasten, wenn man ihm eine Version erzählen kann, die weniger schmerzlich ist? Aber wenn es nach Hayley gegangen wäre, hätte Ailsa die Wahrheit nie erfahren. »Lennox kannte nur die erste Version, die du mir erzählt hast. Er ist mit einer Lüge gestorben.«

»Es tut mir wirklich leid, Schatz.« Hayley greift nach ihrer Teetasse und nimmt einen Schluck. Ailsa schaut ihr regungslos zu. Der Schock lähmt sie. Und tief in sich spürt sie, dass ihre Welt ins Wanken geraten ist. Apple spürt es auch.

»Ist der Tee inzwischen nicht kalt?«, fragte Ailsa schließlich.

»Doch«, sagt Hayley. »Aber das macht nichts.«

»Und das war alles?«, fragt Ailsa. »Mein Vater ist einfach von der Bildfläche verschwunden?«

»Nicht ganz«, sagt Hayley. »Ich habe ihn zwar nie wiedergesehen. Aber einige Tage später bekam ich einen Brief von ihm. Tamsin brachte ihn mir ins Krankenhaus; sie hatte meinen Schlüssel.«

»Hast du den Brief noch?«, fragt Ailsa. Sie ist aufgewühlt, fängt gerade erst an, zu begreifen, was ihre Mutter alles tun musste, worum sie sich alles kümmern musste, ganz allein, all die Jahre, während er genau wusste, was auf sie zukommen würde. Trotzdem will sie sehen, wie seine Handschrift aussieht, will das Papier anfassen, auf das er geschrieben hat.

Hayley schnaubt. »Du machst wohl Witze.«

»Aber was darin stand, weißt du doch noch, oder?«, fragt Ailsa. So einen Brief kann sicher niemand vergessen.

»Tja. Darin stand, dass er mit der Situation nicht zurechtkäme. Dass er keine Verbundenheit zu dir spüren würde, weil er damit gerechnet hätte, dass du stirbst, auch wenn er das natürlich nicht gewollt hätte. Und dass ihm dann klar geworden wäre, wie kompliziert dein Leben werden würde. Und dass er uns besser jetzt im Stich lässt als später. Für ihn hörte sich das wohl logisch an.«

Jetzt schnaubt Ailsa. »Ich hätte nicht gedacht, dass du ihn verteidigst.«

»Oh, ich verteidige ihn nicht, Ailsa. Er war ein Feigling. Er fand es allerdings erst nach deiner Geburt heraus. So wie ich erst herausfand, was in mir steckte, als ich mich um dich kümmern musste.«

»Heißt das, du hast nie wieder mit ihm gesprochen?« Auf einmal fallen Ailsa zig Fragen ein. Sie versucht, sich auf die dringendsten zu beschränken, weil sie sieht, dass sie nicht alle wird stellen können. Hayley wirkt erschöpft, sitzt mit hängenden

Schultern da, hält sich an der Teetasse fest, schließt immer wieder die Augen. Nicht lange, und sie wird das Gespräch für beendet erklären und ein Glas Wein verlangen oder verkünden, dass sie Hunger hat. Schwer zu sagen, ob diese Offenheit eine einmalige Sache war oder ob ihre Mutter sich auf weitere Gespräche einlassen wird.

»Richtig, ich habe nie wieder mit ihm gesprochen«, sagt sie mit einem bitteren Lachen. »Aber ich hab's versucht. Immer wieder. Ich hab ihn bei der Arbeit angerufen und ihm zu Hause auf den Anrufbeantworter geheult. Ich hab ihn förmlich angebettelt, sich zu melden. Er hat mir das Herz gebrochen. Ich wusste, dass er mit der Situation haderte, aber ich hätte niemals gedacht, dass er mich verlässt. Dass er uns verlässt. In der Klinik gab es ein Münztelefon, das man mit aufs Zimmer nehmen konnte. Und wenn ich nicht bei dir war, hing ich am Telefon. Tamsin hat sich irgendwann geweigert, mir Kleingeld zu bringen. Eines Abends ging es dir plötzlich wieder schlechter, du warst blau angelaufen, und als ich bei dir saß, allein, dachte ich auf einmal nur noch darüber nach, wie ich mich in Zukunft um dich kümmern und dich beschützen würde. In dieser Nacht muss mir wohl ein Rückgrat gewachsen sein, denn danach hörte ich auf, ihm hinterherzutelefonieren.«

Ailsa nickt. So etwas hat sie auch schon erlebt. Um drei Uhr nachts, in der Dunkelheit, scheint alles anders. Wenn es hell wird, ändert sich das meist wieder. Doch ab und zu ist man am nächsten Morgen tatsächlich ein neuer Mensch.

»In dem Brief stand noch, dass er mit seinem Arbeitgeber gesprochen hätte und bereits versetzt worden wäre. Er würde erst Anfang November zurückkommen, und das würde mir hoffentlich ausreichend Zeit geben, meine Sachen aus seiner Wohnung zu holen und in meine eigene zu ziehen. Also musste ich meinen Mietern kündigen und auch noch den ganzen Umzug organisieren, damit ich dir überhaupt ein Zuhause bieten konnte.« Beim Reden zieht Hayley mit der Hand Schlangenlinien durch die Luft, wie ein hilfloser Fahrer, der die Kontrolle über seinen Wagen verloren hat. »Während die Ärzte im Krankenhaus weiter um dich kämpften, versuchte ich, das Chaos in meinem Leben in den Griff zu kriegen. Ich war fest entschlossen, wie eine Erwachsene mit der ganzen Situation umzugehen. Meine Eltern wollten nach Edinburgh kommen. Ich versuchte, sie so lange wie möglich davon abzuhalten, aber als du knapp drei Wochen alt warst, bekam deine Grandma allmählich Angst, dass die fünfhundert Wollsocken, die sie für dich gestrickt hatte, dir zu klein werden könnten. Also musste ich den Umzug noch schneller hinkriegen, damit sie in meiner neuen Wohnung übernachten konnten. Wir hofften alle, dass man dich endlich aus der Klinik entlassen würde, wenn sie zu Besuch kamen. Als ich in die Wohnung deines Vaters kam, um meine Sachen zu holen, fiel mir auf einmal auf, was er alles hatte. Das Regal voller Bücher, seine ganzen Hemden, alle frisch aus der Reinigung. Ich dachte daran, wie schwer wir beide es haben würden, du und ich. Also räumten Tamsin und ich ihm kurzerhand die Bude aus und verkauften alles an Secondhand-Läden.«

»Das habt ihr nicht gemacht!«

»Und ob! Das meiste jedenfalls. Ein paar Sachen haben wir aber behalten. Tamsin wollte das Kochgeschirr von Le Creuset, das bei ihr in der Küche steht. Aber ich habe mir lieber Zeug geschnappt, das nicht lange hält. Schließlich wollte ich nicht bis in alle Ewigkeit an ihn erinnert werden. Aber ich hatte damals keine Ahnung, wie ich an Geld kommen sollte. Ich wusste nicht, ob ich überhaupt Zeit haben würde, arbeiten zu gehen, oder ob ich Anspruch auf Sozialleistungen hatte. Ich wusste auch nicht, ob man Kinder mit Herzfehler in einen Hort geben kann oder ob du es wegen deines Kreislaufs besonders warm haben musstest und ich dann beim Anblick der Heizkostenrechnung in Ohnmacht fallen würde.«

Ailsa stellt sich vor, sie müsste selbst für ein krankes Baby sorgen. Sie wäre völlig überfordert. Es wäre ihr ja schon zu viel, sich um ein Kätzchen zu kümmern. »Und was für Zeug war das?«

Hayley zuckt mit den Schultern. »Lebensmittel. Putzsachen. Klopapier. Shampoo, Duschgel, Druckerpapier. So was halt.«

Das ist Hayley, wie sie leibt und lebt. Sie fährt fort, als gäbe sie Urlaubserinnerungen zum Besten. »Als ich damals aus dem Krankenhaus entlassen wurde, musstest du noch einige Wochen dortbleiben. Tamsin holte mich also morgens in meiner Wohnung ab, dann fuhren wir zu seiner Wohnung und luden das Auto mit seinen Sachen voll. Danach setzte sie mich am Krankenhaus ab, damit ich bei dir bleiben konnte, und fuhr mit seinem Zeug in die Stadt, um es an Secondhand-Läden zu verticken. Wenn sie fertig war, kam sie ins Krankenhaus, um dir Hallo zu sagen, und dann brachte sie mich nach Hause und sorgte dafür, dass ich abends keinen Nervenzusammenbruch bekam. So ging es Tag für Tag, bis seine Wohnung leer war.«

»Im Ernst? Ihr habt sie komplett leer geräumt?«

»Die Möbel ließen wir drin, weil es zu umständlich gewesen wäre, sie zu transportieren. Und die Elektrogeräte ließen wir auch drin, weil Secondhand-Läden Toaster und dergleichen nicht annehmen. Dafür haben wir seine Schallplattensammlung mitgenommen und der Britischen Herzstiftung geschenkt. Die Matratze wollten wir eigentlich auch verschenken, aber das war mir dann doch zu blöd. Aber die Markenbettwäsche und anderen Luxuskram haben wir Oxfam gespendet; seine Eltern hatten ziemlich viel Kohle. Ich hab mir dann vorgestellt, wie er bei seiner Rückkehr nach Edinburgh aus dem Bahnhof kommt, bei Oxfam vorbeispaziert und denkt: Wow, die haben aber schicke

Sachen, der Anzug sieht ja wie meiner aus! Und das Geschirr da habe ich auch zu Hause …«

Ailsa bricht in schallendes Gelächter aus; vielleicht, weil es so absurd klingt, vielleicht ist es aber auch der Schock. Schließlich fragt sie: »Und wie hat er darauf reagiert?«

Hayley, die mitgelacht hat, wird schlagartig wieder ernst. »Gar nicht. Er hat's einfach geschluckt. Wahrscheinlich, weil er ein schlechtes Gewissen hatte. Ich dachte, vielleicht taucht er ja bei mir auf, aber Fehlanzeige. Dabei hätte ich ihm eine Menge zu sagen gehabt, zum Beispiel, dass ihm seine verdammten Backförmchen wichtiger sind als seine eigene Tochter, aber das wollte er wohl nicht hören. Seinen Wohnungsschlüssel hab ich am Krankenhaus in eine Mülltonne geworfen, damit ich nicht in Versuchung komme, bei ihm vorbeizuschauen, wenn er wieder nach Edinburgh zurückkam. Aber ich wollte, dass er Angst hat, dass ich's vielleicht mache.«

Dann wird sie still. Nach einer Weile sagt Ailsa: »Mum. Du hättest mir das alles schon viel früher erzählen sollen.« Fast fügt sie hinzu: Dann hättest du diese Last nicht so lange alleine tragen müssen. Aber der sanfte Ausdruck in Hayleys Gesicht verrät ihr, dass es nicht nötig ist.

»Ich weiß. Aber ich wollte nicht, dass du glaubst, es wäre deine Schuld. Das glauben Kinder nämlich immer, wenn ihre Eltern sich trennen.«

»Ach, Mum.« Apple ist still in Ailsas Brust, als horchte sie auf Hinweise, wie sie sich fühlen soll; sie schlägt langsam, vorsichtig.

Hayley schaut ihre Tochter an, streicht ihr über die Wange. »Das ist alles Schnee von gestern, Ailsa. Er hat uns schließlich über einen Anwalt Geld angeboten. Ich wollte es nicht, aber deine Großeltern haben mich schließlich überredet, es doch zu nehmen. Sie haben mich auch dazu überredet, Unterhaltsbeihilfe für behinderte Kinder für dich zu beantragen, obwohl ich dir diese Schublade ersparen wollte, um dir nicht das Gefühl zu geben, benachteiligt zu sein. Ich wollte dir lieber das Gefühl vermitteln, dass du alles schaffen kannst. Als du zwei warst, bekam ich dann einen weiteren Brief von seinem Anwalt. Darin stand, er hätte seine Wohnung verkauft und würde mir den gesamten Erlös überlassen, wenn ich damit einverstanden wäre, dass seine Verpflichtung zur Zahlung von Kindesunterhalt damit abgegolten ist. Zuerst wollte ich ihm sagen, dass er sich die Kohle in den Arsch schieben soll, aber dreißigtausend Pfund sind eine Menge Geld, und ich konnte die Hypothek damit bezahlen. Doch die Tatsache, dass in dem Brief noch nicht einmal dein Name erwähnt wurde, macht mich bis heute so wütend, dass ich den Mistkerl am liebsten vierteilen würde. Er hat kein einziges Mal nach dir gefragt, wollte nie wissen, wie es dir geht, und auch kein Foto von dir haben.«

Sie seufzen beide gleichzeitig.

»Es tut mir leid, dass ich dir das alles erzählen musste«, sagt Hayley schließlich.

»Das muss dir nicht leidtun, Mum. Ich finde, ich habe es verdient, die Wahrheit zu erfahren.«

»Ach, Kind. Wenn alle bekämen, was sie verdienen, wäre die Welt perfekt.« Die Bemerkung ist natürlich auf ihren Vater gemünzt, doch Ailsa muss sofort an Lennox denken. Niemand hätte eine Transplantation mehr verdient als er. Dann wäre die Welt wirklich perfekt gewesen. Tief durchatmen, Ailsa.

»Du hättest mir das nicht verschweigen sollen, Mum. Aber es tut mir leid, dass du das alles durchgemacht hast. Ich kann mir höchstens ansatzweise vorstellen, wie schlimm das für dich gewesen sein muss.«

»Ich habe immer mein Bestes getan«, sagt Hayley. Ailsa nimmt ihre Hand und drückt sie. Sie haben sehr viel zusammen durchgemacht, und das schweißt sie zusammen. Als Ailsa sich im

Krankenhaus von der Transplantation erholte, fragte sie sich mehr als einmal, ob das Spenderherz wohl dank der beispiellosen Sturheit ihrer Mutter den Weg zu ihr gefunden hatte. Aber es war wohl doch eher Liebe gewesen. Eines steht jedenfalls fest: Diese Sache werden sie auch noch überstehen.

»Ich weiß«, sagt sie. »Und egal, welchen Eindruck ich von ihm haben werde, er wird niemals mein Dad sein.«

Hayley blinzelt mehrmals hintereinander; das macht sie immer, wenn sie verblüfft ist. »Heißt das etwa, du lässt die Blog-Umfrage weiterlaufen?«

»Ja, Mum. Und ich werde tun, was die Mehrheit entscheidet. So läuft das nun mal. Das weißt du doch.«

Ailsa spricht so sanft, wie sie nur kann, aber einen Moment lang befürchtet sie, dass Hayley ihr eine Ohrfeige verpasst. Doch es kommt noch schlimmer: Ihre Mutter beginnt zu weinen. Dann wühlt sie schluchzend in ihrer Tasche herum. Sie holt Stift und Notizbuch hervor, kritzelt etwas hinein, reißt das Blatt heraus und reicht es Ailsa. Nur ein Wort steht darauf: »Twelvetrees.«

»Sein Nachname. Ist bestimmt ein Kinderspiel, ihn zu finden.«

»Mum …« Ailsa seufzt. Sie weiß, sie sollte sagen, dass es ihr leidtut. Und irgendwo in diesem gespenstischen Nebel, der die Stelle einhüllt, wo sich früher die Gewissheit befand, tut es ihr vermutlich auch leid. Sie sitzt da, wartet, dass etwas passiert. Wäre Apple doch nur ihr eigenes Herz. Dann wüsste sie, was jetzt richtig wäre.

Von: Seb
Gesendet: 6. Juli 2018
An: Ailsa
Betreff: Hallo?

Hallo BlueHeart,
du lässt gar nichts mehr von dir hören.
Heute ist Mittwoch – ich hoffe, du führst dein Herz zum Tanzen aus.
Pass auf dich auf,
Seb x

Von: Ailsa
An: Seb

Hallo Romeo,
ehrlich gesagt, bin ich gerade nicht so gut drauf. Aber behalt es bitte für dich – wenn man ein Spenderherz bekommen hat, darf man nämlich nicht schlecht drauf sein.
Mein Leben besteht größtenteils aus Arbeiten, Tanzen und Schlafen. Einmal pro Woche genieße ich den Nervenkitzel der Kontrolluntersuchung. Außerdem gehe ich weiter der Sache »Jura-Abschluss für Quereinsteiger« nach. Und der Sache mit meinem Vater/Erzeuger. Ich weiß ja, dass du sehr mit Proben beschäftigt bist, und wollte dich nicht ablenken.
Ailsa

Von: Seb
An: Ailsa

Von dir lasse ich mich gern ablenken, Babe. Jederzeit.
Ich habe die Blog-Umfrage über deinen Vater/Erzeuger und das Ergebnis der Abstimmung gesehen. Ich bin froh, dass du deinen Beitrag geändert hast. Das war die richtige Entscheidung.

Du kannst dich jederzeit melden. Wir proben zwar die ganze Woche (nur ich, Meredith und Roz, weil Meredith nicht bei allen Edinburgh-Proben dabei sein kann), aber ich rufe dich auf jeden Fall zurück.

Von: Ailsa
An: Seb
Meine Mutter hat mir die Umfrage trotzdem übel genommen. Aber sie hat mich besucht und mir die Wahrheit über ihn erzählt. Und die unterscheidet sich ein wenig von dem, was in dem Entwurf stand, den du gelesen hast. Immerhin.

Von: Seb
An: Ailsa
Es heißt ja immer, es sei gut, die Wahrheit zu kennen, aber du klingst nicht gerade begeistert. Du hast doch nicht etwa erfahren, dass Mel Gibson dein Vater ist, oder?

Von: Ailsa
An: Seb
Danke – ich habe gerade zum ersten Mal seit einer Woche gelacht.
Nein, Mel Gibson ist nicht mein Vater. Sean Connery auch nicht. Und auch sonst kein Filmstar, der Schotte ist oder mal einen Kilt auf der Leinwand trug.

Von: Seb
An: Ailsa
Obwohl es irgendwie gepasst hätte. Brave Heart, der Daddy von BlueHeart.

Von: Ailsa
An: Seb
Hm. Vielleicht ist Mel Gibson ja doch mein Vater.
Aber für den Fall, dass er es nicht ist, googele ich gerade »David Twelvetrees«. Wahrscheinlich finde ich ihn im Handumdrehen.

Von: Seb
An: Ailsa
Du bist nicht verpflichtet, ihn zu kontaktieren, wenn du nicht willst. Das weißt du, oder? Mach es nur, wenn du es wirklich willst. Und wenn nicht, dann lass es. Deine Blog-Umfragen sind klasse, aber deine eigene Meinung zählt mehr.

Von: Ailsa
An: Seb
Ich will es.

Von: Seb
An: Ailsa
Alles klar. Deine Entscheidung.
Die Proben beginnen am 2. Juli. Ich hoffe, wir können uns dann sehen.

Von: Ailsa
An: Seb
Werden Meredith und die anderen dich nicht brauchen? Eure Arbeit ist doch bestimmt sehr intensiv. Wie das bei Schauspielern halt so ist.

Von: Seb
An: Ailsa
Stimmt, es kann und wird intensiv werden. Das ist auch notwendig, weil man einander vertrauen muss. Wie bei einem sehr komplizierten Tango. Auf Eis.
Die Proben werden allerdings ziemlich unregelmäßig stattfinden, weil Roz (Bulgarien) sich ja danach richten muss, wann die Darsteller Zeit haben. Romeo ist natürlich die wichtigste Figur des Stücks, aber sie wird mich nicht ständig brauchen. Sie hat mir übrigens angeboten, bei ihr zu übernachten.
Meredith kommt prima alleine klar. Roz hat ihr ebenfalls eine Übernachtungsmöglichkeit angeboten, aber sie geht lieber in ein Hotel.

Von: Ailsa
An: Seb
Es wäre schön, wenn wir etwas Zeit zusammen verbringen könnten.
Aber mit mir ist momentan wirklich nicht viel anzufangen. Ich hatte zwar schon oft Streit mit meiner Mutter, aber richtig verkracht haben wir uns nie. Doch diesmal fühlt es sich wie ein Bruch an.
Ich habe sogar vergessen, nach deinem Auge zu fragen.

Von: Seb
An: Ailsa
Es wäre himmlisch, BlueHeart. Ich kann mich noch gut an das letzte Mal erinnern.
Wenn du magst, bleibe ich auch über Nacht.
Meinem Auge geht's so weit gut. Nächste Woche werden die nächsten Fäden gezogen. Ich habe das Gefühl, dass es mit dem Licht besser wird. Aber es ist schwer zu sagen, weil alles so langsam geht.

7. Juli 2017

Letztes Jahr um diese Zeit

»Ich habe gute Neuigkeiten«, sagt Hayley lächelnd. »Es geht aber nicht um ein Herz«, fügt sie rasch hinzu.

Ailsa hat gerade gedöst. Momentan döst sie viel. Sie redet sich ein, dass die Hitze daran schuld ist. Doch natürlich liegt es an ihrem immer schwächer werdenden Herzen, dass sie es kaum noch aus dem Bett schafft. Sie setzt sich auf. Hayley ist sofort zur Stelle und legt ihr die Kissen zurecht.

»Worum geht es dann?« Eigentlich ist jede Nachricht, die kein Spenderherz bedeutet, eine schlechte Nachricht.

»Du darfst das Krankenhaus übers Wochenende verlassen. Wir können einen Ausflug machen.«

Ailsa ist hin- und hergerissen zwischen dem Wunsch, herauszukommen – der Himmel, den sie vom Krankenhausgarten aus sehen kann, ist nicht groß und weit genug, um ihrem sterbenden Herzen zu genügen –, und der ungeheuren Anstrengung, die sie aufbringen muss, um aufzustehen, sich vom Tropf und von den Monitoren loszumachen und das Zimmer zu verlassen. Doch die Miene ihrer Mutter sagt ihr, dass sie so tun muss, als ob sie sich freut. In seiner letzten Woche hatte Lennox gesagt: »Es geht nicht mehr um mich.« Jetzt begreift sie, was er damit meinte.

»Super! Wo willst du hin?«

»Entscheide du, Schatz.«

Ailsa zwingt sich zu einem Lächeln. »Disney? Ich wollte schon immer mal Mickymaus treffen.« Fast fügt sie hinzu: Welches todkranke Kind träumt nicht davon? Lennox hätte den Witz verstanden.

»Ich fürchte, die Versicherung dafür können wir uns nicht leisten.«

»Na gut«, sagt Ailsa. »Wie wär's mit …« Und dann bekommt sie auf einmal Panik und schnappt nach Luft, weil sie begreift, dass sie über den vermutlich letzten Ausflug ihres Lebens redet. Bald wird sie zu krank für ein Spenderherz sein.

Hayley nimmt ihre Hand. »Alles ist gut, Ailsa. Langsam atmen.«

»Wo möchtest du denn hin, Mum?«, fragt Ailsa, als sie sich wieder beruhigt hat. Doch Hayley schaut weg, denn für sie ist die Entscheidung genauso schwer. Wohin soll sie den allerletzten Ausflug mit ihrer Tochter machen?

»Wir sollten deine Blog-Leser fragen.«

Ailsa lacht. »Du magst den Blog doch nicht, schon vergessen?«

»Ach, mir fällt gerade auch nichts Gutes ein«, sagt ihre Mutter mit fröhlicher Stimme, doch ihr Blick ist so traurig, dass Ailsa nicht hinschauen kann. »Nächstes Jahr um diese Zeit brauchst du den Blog sowieso nicht mehr«, fügt Hayley hinzu.

Und im Geiste hört Ailsa Lennox sagen: Das stimmt, so oder so.

Von: David
Gesendet: 7. Juli 2018
An: Ailsa
Betreff: Schön, von dir zu hören

Liebe Ailsa,

was für eine Überraschung, von dir zu hören. Eine schöne Überraschung, will ich damit sagen. Bevor ich anfing, diese Antwort zu schreiben, habe ich im Internet nach dir gesucht. Ich kann dir gar nicht sagen, wie froh ich bin, dass es dir so gut geht. Ich habe deinen Blog vom Anfang bis zum Ende gelesen. Du hast Unglaubliches durchgemacht.

Ich weiß nicht, was deine Mutter dir erzählt hat. Doch ich fange lieber nicht mit der Vergangenheit, sondern mit der Gegenwart an. Das scheint mir das Beste zu sein.

Ich bin vierundfünfzig und wohne in Leatherhead, in Surrey. Ich bin Bankangestellter und verheiratet, meine Frau heißt Gemma. Wir haben uns kennengelernt, als ich nach Guildford gezogen bin, etwa um die Zeit, als du geboren wurdest; wir waren in derselben Filiale beschäftigt. Wir haben zwei Söhne, George und Thomas, sie sind siebzehn und fünfzehn. George geht vollkommen in seiner Musik auf; wir versuchen, ihn zu einem Studium zu bewegen, aber das Einzige, das in interessiert, ist seine Band. Ehrlich gesagt ist uns schleierhaft, woher er sein Talent hat. Gemma und ich lieben Musik, bekommen selbst jedoch keinen richtigen Ton heraus. Thomas ist schwerer Legastheniker und liebt Tiere, weshalb wir zu Hause einen regelrechten Zoo mit Kreaturen haben, die er gerettet hat; darüber hinaus hat er noch seinen eigenen Labrador. An den Wochenenden engagiert er sich ehrenamtlich in einem Tierheim. Gemma hat drei ältere Schwestern; wir haben so viele Verwandte, dass wir an Weihnachten eine Kirche mieten müssen, damit für alle genug Platz ist!

Ich habe mit Gemma gesprochen, und sie ist auch der Meinung, dass ich dich besuchen sollte. Sie hat von Anfang an von dir gewusst, falls du dir diese Frage gestellt hast.
Die Reise von Guildford nach Edinburgh ist zwar recht weit (sechs Stunden mit dem Zug, inklusive zweimal umsteigen!), aber ich mache sie natürlich trotzdem gern. Wir sind zeitlich relativ eingespannt; die Jungs sind sehr aktiv, Gemma ist in einer Amateurtheatergruppe; und ich spiele Golf. Gemma behauptet allerdings, dass ich das nur als Vorwand benutze, um meine Ruhe zu haben. Wenn du mir Bescheid gibst, wann ein guter Zeitpunkt für dich wäre, werde ich versuchen, das hinzubekommen. Am besten schickst du mir zwei oder drei Terminvorschläge.
Mit den allerbesten Wünschen
David (Twelvetrees)

BLUEHEART-BLOG

10. Juli 2018

Der nächste Schritt?

Morgen gehe ich zum Tango. Und ich liebe Tango, aus vielerlei Gründen. Ich liebe die sanft pulsierende Musik, die ohne Schlagzeug auskommt. Ich liebe es, einfach nur einen Schritt nach dem anderen zu machen und auf die Signale zu achten, die mein Partner mir durch die Bewegungen seines Körpers gibt. Ich liebe es, mich darauf zu konzentrieren; in meinem Kopf ist dann kein Platz mehr für andere Dinge. Im Grunde ist Tango eine Form der Entspannung. Und ich liebe das Gefühl, den Tango zusammen mit Apple zu lernen und auf einer Wellenlänge mit ihr zu sein. Wenn ich tanze, herrscht Harmonie in mir.

Und das kommt nicht oft vor.

Denn in meinem Kopf finden fast rund um die Uhr Gespräche zwischen Ailsa 1 (die Abenteuerlustige) und Ailsa 2 (die Apathische) statt.

Ailsa 1: Hey! Lass uns was Cooles unternehmen!

Ailsa 2: Ich bin müde. Ich will Schokolade.

Ailsa 1: Nein, du bist nicht müde! Und du willst auch keine Schokolade! Lass uns das Beste aus diesem Tag machen!

Ailsa 2: Na gut. Was schlägst du vor?

Ailsa 1: Keine Ahnung – irgendwas halt! Denk nur an die ganze medizinische Forschung und Anstrengung, die es gekostet hat, dich am Leben zu halten! Ganz zu schweigen von all den Menschen, die geholfen haben!

Ailsa 2: Das gibt mir das Gefühl, dass nichts, was ich heute tun könnte, gut genug sein wird.
Ailsa 1: Hey, du hast sogar das Herz einer Toten bekommen!
Ailsa 2: Das hilft mir jetzt auch nicht weiter.
Apple: Stimmt. Das war ganz schön taktlos.

Keine Ahnung, ob das normal ist. Vermutlich schon. Vielleicht sollte ich mal mit jemandem darüber reden, aber bisher habe ich das nicht gemacht, weil ich die Antwort bereits kenne. Denn Ailsa 3 (die Aufgeklärte) mischt ebenfalls mit, und sie sagt: Halt durch! Du stehst doch erst am Anfang. Es wird noch ein Weilchen dauern, bis sich alles eingependelt hat. Vergiss nicht, dass du den Großteil der vergangenen achtundzwanzig Jahre krank gewesen bist. Außerdem hast du gerade privaten Stress. Gib dir die Chance, deine eigene Wohlfühlstrategie zu entwickeln. Sei sanft zu dir selbst, wie damals, als du dein krankes Herz noch hattest. Du machst bereits Fortschritte, du kannst sie nur noch nicht sehen.
Gleich geht Ailsa mit den anderen Ailsas tanzen. Und demnächst werden sie sogar zusammen auf einer Bühne stehen. Ja, wirklich!

Meine heutige Umfrage lautet: Wie verbringt man am besten Zeit mit einer Person, die eine gewisse Bedeutung für einen hat, die man aber noch nicht persönlich kennt und bald zum ersten Mal treffen wird, wobei es passieren könnte, dass man nicht mit der Person klarkommt.
Ich gebe euch eine Woche.

Spazieren gehen: Damit lässt sich peinliches Schweigen prima überbrücken, und du musst die Person nicht anschauen.

Essen gehen: Die zuverlässigste Methode, um herauszufinden, ob du die Person wiedersehen willst oder nicht.

Freund mitbringen: Das nimmt den Druck aus der Begegnung heraus und macht es dir und der betreffenden Person leichter, sich zu entspannen.

Zu sich einladen: Dein eigenes Territorium gibt dir Sicherheit, und wenn es nicht gut läuft, kannst du die betreffende Person zum Gehen auffordern.

7 Mal geteilt
39 Kommentare

Ergebnisse:
SPAZIERGANG 60 %
ESSEN 22 %
FREUND 18 %
ZU SICH EINLADEN 0 %

ACHTER TEIL

Juli 2018
Ein Unglück ahnend Herz

11. Juli 2018

Im Saal über dem Dragon's Nest spricht Roz gerade mit den Schauspielerinnen und Schauspielern, die ihr aufmerksam zuhören. Ihr blondes Haar leuchtet unter einem der Scheinwerfer, während sie ihre Worte mit lebhaften Gesten unterstreicht und diverse Kreise in die Luft malt. Nach einer Weile ertönt Gelächter, dann löst die Gruppe sich auf; die Leute recken und strecken sich, greifen nach ihren Taschen, checken ihre Handys.

Heute haben Edie und Eliza zum ersten Mal mit dem Schauspielensemble gearbeitet. Ailsa sucht vergeblich nach Hinweisen, wie es gelaufen ist; die Tango-Schwestern haben ihr typisches Lächeln aufgesetzt. Sie würden es sich niemals anmerken lassen, wenn sie genervt wären, selbst wenn sie eine Horde Trampeltiere unterrichten müssten.

»Edie hat das Ensemble eingeladen, noch zu bleiben«, sagt Venetia, »und die Hälfte bleibt wohl hier.«

Ailsa nickt. Von der Einladung weiß sie bereits; Seb hat ihr vorhin eine SMS geschickt, aber das behält sie lieber für sich. »Wahrscheinlich will sie, dass wir anfangen, uns aneinander zu gewöhnen«, sagt sie.

»Viel Zeit, ihnen noch etwas beizubringen, haben wir jedenfalls nicht«, sagt Venetia augenzwinkernd. Natürlich macht sie einen Witz; wenn es hier jemanden gibt, der noch etwas zu lernen hat, dann höchstens die Kursteilnehmer. Ailsa muss jetzt noch den Kopf über Sebs Vorschlag schütteln, seinen Schauspielkollegen zu zeigen, wie man richtig Tango tanzt, ausgerechnet mit ihr als Partnerin. Seitdem hatte sie zwar vier weitere Unterrichtsstunden und war bei zwei Milongas, aber die Idee ist noch immer absurd.

Seb legt den Arm um die Schulter eines älteren, stämmigen Kollegen (Capulet? Bruder Lorenzo? Einige haben Doppelrollen) und sagt etwas zu ihm. Der Mann reagiert mit dröhnendem Gelächter und versetzt Seb einen kräftigen Schlag gegen die Brust, bevor er sich abwendet und Richtung Ausgang geht. Ailsa zuckt unwillkürlich zusammen, als wäre sie selbst von der Faust getroffen worden; sie spürt förmlich, wie Apple nach hinten gegen ihr Rückgrat geschleudert wird. Ein Brustkorb ist längst nicht so robust, wie er aussieht. Aber über so etwas macht der Mann sich wohl kaum Gedanken.

Seb spricht mit Roz und anschließend mit Meredith, die fast genauso groß ist wie er und sehr schlaksig wirkt. Auf den Fotos, die Ailsa bisher von ihr gesehen hat, kam sie gar nicht so rüber. Da trug sie allerdings auch andere Klamotten, nicht Leggings und T-Shirt. Seb und Meredith sind ganz in ihr Gespräch vertieft, als sie Richtung Treppe gehen und dabei auf Ailsa zusteuern; sie wollen anscheinend nach unten in den Pub. Oh, Gott, was soll sie jetzt machen?

Meine Güte, jetzt reiß dich zusammen. Als die beiden plaudernd an ihr vorgehen, sagt sie: »Seb! Schön, dass du wieder da bist.«

Er wendet sich ihr zu, Meredith ebenfalls; er lächelt, Küsschen, Küsschen, seine Bartstoppeln kratzen ein wenig. »Hallo, du.«

»Hallo.« Er ist so wie immer, einfach nur er selbst. Sie kann nichts weiter tun, als ihm zu vertrauen und sich ebenfalls treu zu bleiben.

Er fasst sie einen Herz-/Wimpernschlag lang an den Schultern, dann sagt er: »Meredith, das ist Ailsa. Sie fährt genauso gern Bus wie ich.«

»Hallo«, sagt Meredith lächelnd, als wäre es völlig normal, wenn einem jemand auf diese Art vorgestellt wird, vielleicht hat sie aber auch gar nicht zugehört. Ailsa soll es recht sein; bei der Arbeit versucht sie ohnehin gerade, die Kunst des Small Talks zu perfektionieren.

»Hallo«, sagt sie. »Freut mich, dich kennenzulernen.«

Meredith nickt nur beiläufig, dann wendet sie sich wieder Seb zu. »Ich muss jetzt gehen.«

»Ich bring dich raus«, sagt Seb. Dann wendet er sich Ailsa zu und sagt: »Warte kurz hier. Ich bin gleich zurück, und dann schau ich dir tief in die Ochos, Kleines.«

BLUEHEART-BLOG

12. Juli 2018

Edinburgh oder Fernuni?

Hallihallo, meine Freundinnen und Freunde,
ihr glaubt nicht, wie gut es tut, einen Blog-Beitrag mit dem Satz »Sorry, dass ich mich jetzt erst melde, aber ich hatte so viel zu tun« zu beginnen. Das fühlt sich viel besser an, als schreiben zu müssen: »Sorry, aber ich war so krank, dass ich sogar zu schwach war, die Augen offen zu halten.« Unter anderem habe ich deshalb so viel zu tun, weil ich arbeite und außerdem beim diesjährigen Edinburgh Festival Fringe mitmache. Ich habe zwar nur eine sehr kleine Nebenrolle in einem Stück, aber sie hält mich trotzdem ganz schön auf Trab. Anfangs war ich mir gar nicht sicher, ob ich überhaupt mitmachen sollte. Ich dachte, ich bin bestimmt nicht gut genug; ganz zu schweigen davon, dass ich mich noch nie auf eine Bühne getraut habe, wo die Leute mich so sehen, wie ich bin. (Die Ärzte im Krankenhaus, die mich mit meiner Narbe gesehen haben, zählen nicht.) Aber aus irgendeinem Grund habe ich mich dazu entschieden, doch mit von der Partie zu sein. Wahrscheinlich läuft das im normalen Leben oft so. Und jetzt bin ich sehr froh, dass ich mich dafür entschieden habe.

Ich gehe regelmäßig zum Tanzunterricht und nehme außerdem an Proben teil, wo ich lerne, wie man richtig schreit. (Es gibt dafür nämlich eine besondere Technik, um die Stimme zu schonen.) Und zum ersten Mal in meinem Leben habe ich das Gefühl, Teil eines Teams zu sein. Als ich noch krank war, hatte ich zwar ein großes

Team von Leuten um mich, aber das war etwas anderes, denn sie haben sich rund um die Uhr um mich gekümmert. Doch jetzt bin ich selbst aktiv und arbeite mit anderen Leuten zusammen auf ein bestimmtes Ziel hin, und das gefällt mir sehr. Es tut mir gut, zu erleben, dass ich mit anderen Menschen mehr gemeinsam habe als das Kranksein und das ganze Elend, das damit zusammenhängt. Denn krank zu sein bedeutet, einsam zu sein, auch wenn man in Gesellschaft von anderen Kranken ist.

Das Leben fühlt sich gerade richtig gut an, es ist einiges los – und ich fühle mich endlich ein wenig normal. Und genau das habe ich mir ja immer gewünscht.

Ich gehe aber nicht nur arbeiten und tanzen, sondern denke inzwischen sogar ernsthaft über meinen nächsten beruflichen Schritt nach (wobei mir auch wieder eine nette, normale Tätigkeit vorschwebt). Zwei Erkenntnisse liegen dem zugrunde:

1. Wenn man sehr krank ist, wird man von anderen Menschen beschützt. Manchmal verschweigen sie einem etwas, weil sie nicht wollen, dass man sich Sorgen macht. Oder sie vereinfachen die Wahrheit, weil sie möchten, dass man nachts schlafen kann. Mir geht es inzwischen jedoch so gut, dass ich die ganze Wahrheit vertragen kann. Ich finde gerade heraus, wie die Welt in Wirklichkeit ist. Und seit ich nicht mehr pausenlos kämpfen muss, wird mir bewusst, dass ich nicht die Einzige war, die gekämpft hat.
2. Die Welt ist ungerecht. Und es gehört zum Erwachsenwerden dazu, diese Tatsache irgendwann zu akzeptieren, auch wenn ich bezweifle, dass mir das jemals gelingen wird. Viele Schwerkranke wissen, dass ihnen

ein qualvoller Tod bevorsteht, doch Beihilfe zur Selbsttötung ist verboten (außer man hat die Möglichkeit, in die Schweiz zu reisen). Wenn jemand sich zu Lebzeiten als Organspender zur Verfügung gestellt hat, können die Hinterbliebenen sich gegen diese Entscheidung stellen, indem sie sich mit der Organentnahme nicht einverstanden erklären. Das sind nur zwei Beispiele, bei denen gerechtere Regelungen notwendig sind. Doch es gibt noch viel mehr: Kranke, die keinen Zugang zu dringend benötigten Medikamenten haben, Eltern, die ihre Verantwortung nicht ernst nehmen, usw.

Durch Apple habe ich die Chance bekommen, über meinen eigenen Tellerrand zu schauen – und das, was ich sehe, gefällt mir nicht. Ich weiß, dass viele Menschen gute Menschen sind und es gut meinen, aber oft reicht das nicht. Also habe ich beschlossen, etwas dagegen zu unternehmen.

Da ich Immunsuppressiva einnehmen muss, bleibt mir eine Karriere als Superheldin leider verwehrt (gegen radioaktive Supererreger kann ich leider nichts ausrichten). Doch ich bin auf jeden Fall stark genug, um mich als Anwältin zu engagieren.

Der Weg dorthin ist allerdings lang. Zuerst muss ich einen speziellen Studiengang belegen, um einen Jura-Abschluss für Quereinsteiger zu erlangen.

Dafür werde ich mir ein Darlehen besorgen müssen, und falls ich Glück habe, bekomme ich ein Stipendium. Von irgendetwas muss ich jedenfalls leben (ohne mich jetzt beklagen zu wollen). Aus praktischen Gründen werde ich hier in der Gegend bleiben müssen. Es gibt zwei Möglich-

keiten für mich. Entweder belege ich den Präsenzstudiengang für Quereinsteiger, der mit einem Jura-Abschluss für schottisches Recht endet. Oder aber den Studiengang für Quereinsteiger an der Fernuniversität, bei dem ich den Jura-Abschluss für das Recht des Vereinigten Königreichs erwerben kann. Für welche Alternative soll ich mich entscheiden? Einerseits würde ich gern in der Lage sein, nicht nur in Schottland, sondern auch in England, Wales und Nordirland Gutes zu tun. Andererseits ist Schottland meine Heimat; hier lebe ich. Möglicherweise habe ich diesen Gedanken aber auch nur, weil ich mich durch eine unsichtbare Nabelschnur weiterhin mit dem Krankenhaus verbunden fühle und deshalb in der Nähe bleiben will, falls Apple aus irgendeinem Grund aufhört zu schlagen oder ich vergesse, meine Pillen einzunehmen, oder weil sonst etwas Schlimmes passieren könnte. Vielleicht wird dieses Gefühl irgendwann verschwinden, wie der Damenbart. (Den ich genau genommen entfernt habe, aber zum Glück wächst er nicht mehr nach.) Oder aber es gefällt mir hier einfach. Ja, das trifft auf jeden Fall zu.
Helft mir.
Ich gebe euch eine Woche.

Edinburgh: Bleib deinen schottischen Wurzeln treu. Mach den Präsenzstudiengang, da kannst du deinen Dozenten und Kommilitonen persönlich begegnen und Vorlesungen in richtigen Hörsälen besuchen. Karrierechancen gibt es genug. Und selbst falls du später woanders hinziehst, kannst du als Anwältin für schottisches Recht tätig sein. Das geht auch virtuell.

Fernuni: Gehe neue Wege und schau noch weiter über den Tellerrand hinaus. Mit dem Abschluss von der Fernuni bist du flexibler, was Arbeits- und Verdienstmöglichkeiten angeht. Und ein Fernstudium bedeutet ja nicht, dass du nur noch virtuell unterwegs bist und kein wirkliches Leben mit persönlichen Kontakten mehr hast.

2 Mal geteilt
11 Kommentare

Ergebnisse:
EDINBURGH 27 %
FERNUNI 73 %

21. Juli 2018

»Tut gut, wieder hier zu sein«, sagt Seb. »Ich habe unsere Stammkneipe schon vermisst.«

Ailsa lacht. »Das letzte Mal ist doch erst zehn Tage her.« Nach dem ersten gemeinsamen Tangotraining mit dem Ensemble waren sie und die übrigen Kursteilnehmer anschließend noch mit Roz, Seb und ein paar anderen Schauspielern in der Northbridge Brasserie gewesen.

»Kommt mir viel länger vor«, sagt Seb. »Theaterarbeit ist echt hart. Macht zwar Spaß, ist aber nicht so wie beim Fernsehen, wo man gemütlich im Catering sitzt, während das Licht eingestellt wird.«

»Und heute hast du auch erst zum zweiten Mal in dieser Woche frei«, sagt Ailsa. Sie grinsen beide. Es kommt immer häufiger vor, dass sie sich gegenseitig aufziehen. Was sich liebt, das neckt sich eben.

»Ich habe heute gar nicht frei«, sagt Seb. »Ich soll mir über Romeo Gedanken machen, während die Damen ihr mysteriöses Lady-Ding durchziehen. Was denn? Warum zeigst du mit dem Messer auf mich? Das ist unhöflich.«

»In Schottland ist das eine Geste der Zuneigung. Warum habe ich das Gefühl, dass du mich gerade auf den Arm nehmen willst?«

»Ich habe nicht die geringste Ahnung. Aber vielleicht kommt dir ja gleich die Erleuchtung.«

»Sei nicht so gemein!«, lacht sie.

»Es macht mir aber Spaß, dich auf die Palme zu bringen«, sagt er.

»Das ist mein Text!«

»Sprach das Einhorn …« Er lacht und stupst sie unter dem Tisch sanft mit dem Fuß.

Eigentlich hätte Seb ja bei Roz übernachten sollen, aber dazu kam es nicht. Inzwischen gehört er bei Ailsa fast schon zum Inventar. Vom Tangotanzen abgesehen, vermeiden sie Körperkontakt in der Öffentlichkeit, berühren sich höchstens verstohlen, so wie gerade im Restaurant. Doch wenn sie ganz unter sich sind, können sie kaum die Finger voneinander lassen. Ailsa weiß gar nicht genau, wann sie ein Paar geworden sind und ob sie das wirklich möchte, und ob es eine richtige Beziehung ist oder nur eine vorübergehende. Aber sie fühlen sich wohl miteinander. Manchmal scheint er sogar ihre Gedanken lesen zu können …

»Ich bin gern mit dir zusammen. Kommt es dir auch so vor, als ob wir uns schon ewig kennen?«

»Das wollte ich auch gerade sagen.«

»Schon seltsam.« Seb lehnt sich vor, streichelt die Innenseiten ihrer Knie unter dem Tisch. »Ich dachte immer, es würde langweilig werden, mit jemandem zusammenzuleben, sobald der Reiz des Neuen verflogen ist. Aber sich besser kennenzulernen ist irgendwie … sexy. Findest du nicht auch?«

Ailsa lacht. »Wie gesagt. Es sind gerade mal zehn Tage.«

»Hast du schon mal zehn Tage mit jemandem zusammengelebt?«

»Nein. Du?«

»Nein.« Er lächelt und setzt sich zurück. Ihre Knie fühlen sich kalt an, dort, wo bis eben noch seine Hände waren.

»Wie kommt ihr denn mit den Proben voran?«, fragt sie. »Läuft es gut?«

»Ich weiß es nicht.« Er klingt nicht gerade besorgt. Wenn Ailsa Schauspielerin wäre, würde sie seine Reaktion bestimmt verstehen. Aber sie ist keine.

»Wäre es denn nicht besser, du wüsstest es?« Bis zur Premiere sind es nur noch zwei Wochen. Manchmal freut sie sich so sehr darauf, dass sie ein Dauergrinsen im Gesicht hat, aber sie bekommt immer öfter Lampenfieber, und dann wird ihr so schlecht, als wäre sie gerade aus einer Narkose erwacht. Seb wirkt zwar gelassen, doch er schläft unruhig. Und als sie heute Morgen ihr Handy vergaß und in die Wohnung zurückmusste, reagierte er gereizt.

»Roz meint, das weiß man erst dann, wenn man vor Publikum spielt. Es macht keinen Sinn, sich vorher den Kopf darüber zu zerbrechen.«

»Klingt plausibel«, sagt Ailsa. Davon überzeugt zu sein, etwas zu schaffen, und es tatsächlich zu schaffen, ist ein Riesenunterschied.

»Hast du eigentlich schon ein Treffen mit deinem Vater vereinbart?«, fragt Seb.

»Nächsten Montag.« Wieder einer dieser immer häufigeren Momente, in denen ihre Gefühle füreinander eine besonders intensive Nähe zwischen ihnen entstehen lassen.

Seb nickt. »Und wie geht es dir damit? Hast du schon mit deiner Mutter gesprochen?«

»Ich bin ziemlich nervös. Nein, dazu hatte ich noch keine Zeit.« Seb durchschaut sie natürlich, wie ein Arzt, dem man weismachen will, dass es einem gut geht. »Ich weiß nicht, was ich von meinem Vater erwarten soll«, sagt sie schließlich. »Aber dafür weiß ich genau, wie meine Mutter reagieren wird.« *Das hast du dir selbst eingebrockt,* wispert Apple. Sebs Blick sagt dasselbe. Na toll. Jetzt verbünden sie sich auch noch gegen sie.

»Ich kann schon ein wenig nachvollziehen, warum sie sauer ist«, sagt er vorsichtig. »Aber ich kann auch verstehen, warum du ihn sehen willst.«

»Mhm«, sagt sie. Eigentlich will sie ihren Vater gar nicht sehen. Aber sie kann das Ganze jetzt schlecht abblasen, schon allein des Blogs wegen nicht. »Können wir bitte das Thema wechseln?« Sie reibt ihren Fuß an seinem, um zu signalisieren, dass sie ihn nicht zurückweisen will.

Seb beugt sich lächelnd zu ihr. Ailsa spiegelt ihn unwillkürlich. »Klar«, sagt er. »Soll ich dir ein Geheimnis verraten? Roz hat es mir erzählt. Ich darf es dir eigentlich gar nicht sagen. Versprichst du mir, dass du es nicht an die Presse weitergibst?«

Ailsa versucht, so ernst wie möglich zu schauen. »Hoch und heilig.«

»Kennst du Shakespeares *Verlorene Liebesmüh?*«

»Nur vom Hörensagen.« Als sie noch studierte, lag Ailsa einmal mit Grippe im Bett und bekam Besuch von Emily, die einen Aufsatz über das Stück schreiben musste und ununterbrochen fluchte. »Ist wohl kein Meisterwerk.«

»Ich kannte das Stück bis vor Kurzem gar nicht«, erwidert Seb. »Aber zu Shakespeares Zeiten war es anscheinend sehr beliebt, die Elisabethaner müssen sich vor Lachen gekugelt haben. Das heutige Publikum braucht allerdings einen Übersetzer, um die Witze zu verstehen. Und jetzt kommt der Clou: Roz wird das Stück nächstes Frühjahr in London inszenieren! Am Wheat Warehouse. Zunächst für eine Spielzeit von sechs Wochen, und wenn es gut läuft, folgt eine Tournee. Das wird ein richtig großes Ding. Mit angemessener Gage, an einer renommierten Bühne.«

»Warum hat sie sich kein populäreres Stück ausgesucht? Will sie dich dabeihaben?«

Seb lacht. »Das Verblüffende an Roz ist, dass sie mit allem Erfolg hat, selbst wenn sie ein Stück über Zahnschmerzen auf die Bühne brächte. Aber sie weiß eben auch immer genau, was sie will. In ihrer Inszenierung soll es darum gehen, wie stark die Welt von heute vom Schwarz-Weiß-Denken geprägt ist. Jeder muss eine Meinung haben. Entweder man findet etwas richtig gut oder im Gegenteil überhaupt nicht gut. Es muss immer ein Ja oder Nein geben, Unentschiedenheit ist nicht erlaubt. Du kannst es dir nur dann leisten, in der Öffentlichkeit zu stehen, wenn du nichts zu verbergen hast, denn wehe, die Presse bekommt Wind davon. Die Welt wird immer komplizierter. Es gibt zu viele Geheimnisse, und auch zu viele unrealistische Erwartungen. Die Gesellschaft ist in zwei Lager geteilt. Roz findet das Thema sehr wichtig und will deshalb eine ›Schwarz-Weiß-Produktion‹ machen; so nennt sie es. Keine Ahnung, was genau sie vorhat. Aber sie freut sich schon.«

»Und welche Rolle gibt sie dir?«

»Berowne«, sagt Seb. »Ausgerechnet. Er hält die längste Rede in allen Shakespeare-Dramen. Da werden wir beide viel zu tun haben.«

»Das ist ja toll!«, sagt Ailsa. »Ging es vorhin bei dem Anruf darum?« Als sie aus der Dusche kam, stand Seb kerzengerade vorm Fenster und telefonierte in geschäftsmäßigem Tonfall.

»Ja. Wilkie ist dagegen.«

»Wieso das denn?«, fragt sie verwundert. Man hört ja oft, dass die meisten Schauspieler händeringend Arbeit suchen und froh sein können, wenn sie ein Engagement an Land ziehen. Sebs Agent scheint das allerdings anders zu sehen.

»Wilkie ist der Meinung, dass ich meine besten Jahre nicht auf der Bühne verschwenden sollte. Wenn meine Zeiten als TV-Liebling vorbei sind, hätte ich noch genug Zeit für Shakespeare.«

Schauspieler haben wahrlich kein leichtes Leben. An dem Tag, als die Kampfszene geprobt wurde, kam Seb kreidebleich und mit blauen Flecken übersät in die Wohnung zurück. Ailsa hatte sofort an Hayley denken müssen; daran, wie ihr wohl immer beim Anblick ihrer leidenden Tochter zumute gewesen war. Dazu die ständigen Untersuchungen, das ewige Warten. Aber Hayley und Ailsa hatten sich das nicht ausgesucht. Wenn sie mit Hayley wieder normal sprechen kann, will sie mit ihr darüber reden. Sie tut ihr Bestes, um Brücken zu bauen, aber so richtig weiterkommen damit wird sie wohl erst, wenn sie ihren Vater kennengelernt hat.

»Kommt dir das nicht ein wenig unfair vor?«, fragt sie. »Dass du in diesem Stück mitspielst und dein Agent gar nicht richtig hinter dir steht?« Da beginnt Seb zu grinsen. Aber sie hat doch gar nichts Lustiges gesagt. »Was ist denn so komisch daran?«

»Entschuldige. Ich war nur überrascht, dass dir mal etwas unfair vorkommt, was einem anderen Menschen passiert.«

Ailsa setzt sich empört zurück. »Das ist …«

»Was? Gemein?«

Grüne Augen funkeln blaue Augen an. Das könnte in einem Streit enden. Oder auch nicht. Ihre Entscheidung. Sie lacht. »Mistkerl.«

»Das kam falsch rüber«, sagt Seb. »Ich wollte dich bloß aufziehen. Manchmal bin ich wohl etwas zu flapsig.«

»Schon gut«, sagt Ailsa. Kaum zu glauben, wie schnell die Zeit vergeht, wenn sie mit Seb zusammen ist. Wenn doch die Tage im Krankenhaus auch im Flug vergangen wären. Und diese überschwängliche Freude – wenn man sie doch dosieren könnte, damit sie länger anhält.

Er lehnt sich zurück, signalisiert dem Kellner, die Rechnung zu bringen. »Hast du nicht gesagt, du musst um eins bei der Arbeit sein? Wenn du willst, bringe ich dich hin.«

»Sag mal, bin ich wirklich so?«, fragt sie.

Seb sieht sie ernst an. »Nein. Aber du hast deine Momente.«

Sie nickt. »Da hast du wohl recht.«

Die Rechnung kommt. Seb wirft einen Blick darauf, legt dreißig Pfund für das Brunch auf den Tisch und holt seine Sonnenbrille hervor, um sich für draußen zu wappnen. Drinnen trägt er sie nur noch ganz selten. Dann zögert er, greift nach Ailsas Hand und schaut ihr in die Augen. So tief, dass sie vergisst, nach den vertrauten V-förmigen Nahtschnipseln auf seiner Hornhaut zu suchen, die zeigen, wie seine Genesung voranschreitet.

»Eigentlich bist du ganz in Ordnung«, sagt er.

Manchmal versteht Ailsa nicht sofort, wie er etwas meint. Dann muss Apple es ihr übersetzen – und diesmal hüpft sie vor Freude. »Ist das ein englisches Kompliment?«

Seb setzt sich die Sonnenbrille auf, steht auf und wartet darauf, dass sie ebenfalls aufsteht und ihre Tasche nimmt. Dann gibt er ihr einen Kuss auf die Stirn, eine zärtliche Geste, der ein Versprechen innewohnt. »Als wüsstest du das nicht längst«, sagt er und führt sie hinaus in die Sonne.

Der Weg ist nicht weit, zehn Minuten zu Fuß, fünfzehn, wenn man bummelt, und das Wetter lädt zum Bummeln ein. Seb trägt seinen Trilby zur Sonnenbrille. Vielleicht hat er ja das Gefühl, dass ihn so niemand erkennt und er deshalb von ihrer stillschweigend vereinbarten Öffentlichkeitspolitik abweichen kann; jedenfalls legt er den Arm um ihre Schulter, und sie gehen nun fast im Gleichschritt, Hüfte an Hüfte. Ailsa kann inzwischen ohne Verschnaufpause zur Altstadt hochlaufen, aber zum Reden hat sie nicht genug Luft; Seb ist auch still, schaut sich um, schaut hoch. Sie denkt darüber nach, was er gerade gesagt hat und was es bedeutet. Sie redet sich ein, dass sie noch nicht bereit ist, zu lieben; dass sie nur ein kleines Abenteuer hat, mehr nicht. Aber Apple hört gar nicht zu; sie weitet sich jubilierend in ihrer Brust, und das Gefühl ist so schön und stark, dass es beinahe ausblendet, wie sehr ihr Hayley fehlt.

Die kurze Strecke von der North Bridge zur Bank Street führt durch das hektische Stadtzentrum; die Royal Mile ist wie üblich voller Touristen. Jemand spielt Dudelsack, ein Touristenpaar beugt sich konzentriert über einen Stadtplan. Seb weicht ihnen aus, bugsiert Ailsa auf die Straße, dann zurück auf den Bürgersteig.

»Beim Fringe ist hier bestimmt die Hölle los, oder?«, sagt er.

»Allerdings«, erwidert Ailsa. »Aber es ist trotzdem toll.« Letztes Jahr, als sie mit der Trauer um Lennox und der Erkenntnis fertigwerden musste, dass ihr selbst nicht mehr viel Zeit blieb, hatte das Fringe frischen Wind in ihren grauen Alltag gebracht. Das Wetter war herrlich gewesen. Ihre Freundinnen hatten sie für ein paar Stunden aus dem Krankenhaus entführt, um etwas mit ihr zu unternehmen: Mit Emily war sie zu einer Comedyshow gegangen; mit Christa hatte sie Limonade trinkend vorm World's End gesessen und dem bunten Treiben zugeschaut. Damals war sie überzeugt gewesen, ihre letzten schönen Tage zu erleben.

Als Seb mit ihr Richtung Café abbiegt, zögert sie. Er schaut sie fragend an. »Du bist eigentlich auch ganz in Ordnung«, sagt sie.

»Da bin ich aber froh«, sagt er, fasst sie am Kinn und küsst sie zart auf Stirn, Nasenspitze und Mund, dann zieht er sie an sich. An das letzte Mal, als er sie auf der Straße küsste, mag sie lieber nicht denken; es war an dem Abend gewesen, als sie in London zusammen Tango getanzt haben und sie später Panik bekommen und ihm einen Korb gegeben hat. Wie sich die Dinge doch ändern können. Sie schmiegt sich an ihn, und er schließt sie noch fester in seine Arme.

»Darf ich auf einen Kaffee mit reinkommen?«, fragt Seb. »Ich benehme mich auch, versprochen. Ich werde mich ganz still in eine Ecke verziehen und Shakespeare lesen.«

»In Ordnung«, sagt Ailsa. Ihre Kollegen bemerken ihn gar nicht oder tun zumindest so; diverse Schriftsteller, Musiker und andere Promis haben das *Full of Beans* bereits zum Stammcafé erkoren, weil die Mitarbeiter sie wie ganz normale Kunden behandeln und ansonsten in Ruhe lassen.

Als sie durchs Fenster schaut, entdeckt sie plötzlich ihre Mutter, die mit einer gefalteten Zeitung und einem Stift in der Hand an einem der Ecktische sitzt. Wahrscheinlich ist sie gerade mit einem Kreuzworträtsel beschäftigt. Früher haben sie oft zusammen Rätsel gelöst. Schon merkwürdig, was man vermisst.

»Da drüben sitzt meine Mutter.«

Seb schaut ebenfalls durchs Fenster. »Meinst du die Frau dort in der Ecke? Die mit dem gelben Schal? Ihr seht euch jedenfalls sehr ähnlich.«

»Seit sie mir die Wahrheit über meinen Vater erzählt hat, haben wir uns nicht mehr gesehen.« Sie haben zwar telefoniert und sich SMS geschickt, aber keine von ihnen hat ein Treffen vorgeschlagen.

»Dann ist es doch gut, dass sie hier ist, oder?«, sagt Seb.

»Schätze schon«, sagt Ailsa, holt tief Luft und drückt die Tür auf.

Das Geräusch lässt Hayley aufblicken. Sie erhebt sich. »Ailsa.« Sie stehen sich gegenüber, einen halben Meter voneinander entfernt, als hätten sie vergessen, wie man sich in die Arme nimmt.

»Ich wusste gar nicht, dass du kommst«, sagt Ailsa. »Meine Schicht beginnt in zehn Minuten. Das ist jetzt wirklich nicht der richtige Zeitpunkt, um …« Ihr liegt einiges auf der Zunge, aber das behält sie besser für sich. Stattdessen sagt sie: »Ich habe jetzt wirklich keine Zeit, um mich wieder mit dir über den Blog zu streiten oder dir zu erklären, wie sauer ich darüber bin, dass du mir die Wahrheit verschwiegen hast, oder dir zu sagen, wie sehr ich dich vermisse.«

»Schon gut, Schatz«, sagt Hayley. Ihr Blick verrät, dass sie versteht, wie verletzt ihre Tochter ist. Und das reicht Ailsa, um zumindest die räumliche Entfernung zu ihrer Mutter zu überbrücken, sie doch noch in die Arme zu schließen und sich ebenfalls umarmen zu lassen. »Tamsin hat in der Nähe einen Termin bei einem Händler, also dachte ich, ich schaue kurz vorbei, um Hallo zu sagen. Ich wollte mich nur vergewissern, dass es dir gut geht.« Hayley tritt einen Schritt zurück, um ihre Tochter in Augenschein zu nehmen; hat sie bläuliche Lippen, hat sie im Gesicht zugenommen? Bisher machte das Ailsa immer etwas aus. Diesmal nicht. Nächste Woche um diese Zeit wird sie ihrem Vater zum ersten Mal begegnet sein, und danach wird sie Hayley anrufen, und sie können einen neuen Versuch starten. *Jetzt wäre auch ein guter Moment*, flüstert Apple ihr zu. Doch sie beschließt, Apple zu ignorieren.

»Das ist Seb«, sagt sie zu ihrer Mutter.

»Freut mich, Sie kennenzulernen, Ms Rae«, sagt Seb. Zum Glück strahlt er nicht wie eine Hundert-Watt-Birne.

»Hallo«, erwidert Hayley.

»Darf ich mich zu Ihnen setzen?«

»Wenn's sein muss«, sagt Hayley. »Nenn mich ruhig Hayley. Aber glaub bloß nicht, dass ich mich von dir um den Finger wickeln lasse.«

Seb nimmt seine Sonnenbrille ab und zieht den freien Stuhl vom Ecktisch. »Keine Sorge. Nichts läge mir ferner.«

Eins zu null für Seb. Ailsa stupst ihn am Arm, lächelt ihm und ihrer Mutter zu. Dann nimmt sie ihre Schürze und beginnt mit der Arbeit.

THE SUN

22. Juli 2018

Wer ist Romeos wahre Julia?

Frauenschwarm Sebastian Morley hält sich derzeit in Edinburgh auf, wo er für seine Rolle als Romeo probt. Doch wie es scheint, hat er sein Herz nicht an seinen gertenschlanken Co-Star Meredith Katz verloren, sondern an die geheimnisvolle Mollige, mit der er bereits vor einigen Wochen beim Tangotanzen gesehen wurde.

Seit damals hat die Unbekannte zwar etwas abgespeckt, aber auf Seb macht sie immer noch schwer Eindruck. Gestern kamen die beiden lachend und eng umschlungen aus der Northbridge Brasserie geschlendert, und kurze Zeit später küssten sie sich an einer Straßenecke. Sebs Geschmack hat sich offenbar geändert; man könnte fast sagen, er ist ziemlich in die Breite gegangen.

Bislang wurde allgemein vermutet, dass Seb mit seiner *Star-Dance*-Partnerin Fenella Albright liiert ist, doch seit er die Show letztes Jahr krankheitsbedingt verlassen und sich einer Hornhauttransplantation unterziehen musste, wurde das heißblütige Tanzpaar nicht mehr zusammen in der Öffentlichkeit gesehen. Vielleicht muss Fenella ja ein wenig zulegen, damit Seb wieder ein Auge auf sie wirft?

22. Juli 2017

Letztes Jahr um diese Zeit

Ailsa und Hayley unternehmen ihren Wochenendtrip schließlich in die Scottish Borders. Bei der Blog-Umfrage hatten 43 Prozent für Süden, 23 Prozent für Norden und 34 Prozent für Westen gestimmt. Den Osten wollten sie eigentlich ausschließen, weil sie die Gegend bereits kennen, von der Küste mal abgesehen. Doch es darf nicht zu weit von Edinburgh entfernt sein, weil es zu riskant wäre, und außerdem fühlt Ailsa sich einer mehrstündigen Fahrt auch nicht gewachsen. Tamsin bringt sie hin, Emily wird sie nach drei Tagen wieder abholen, und Hayley lässt sich erklären, wie sie die Infusionen legen muss, obwohl sie das längst im Schlaf beherrscht. Als die diensthabende Schwester sie von der Station entlässt, sagt sie: »Nächstes Jahr um diese Zeit liegen Sie bestimmt auf Teneriffa in der Sonne.« Aber allein das Aufstehen und Anziehen ist für Ailsa so anstrengend, dass sie sich am liebsten sofort wieder hinlegen würde.

Doch die Mühe lohnt sich. Wirklich. Das Hotel ist ein Schloss; sie haben eine lichtdurchflutete Suite in einem Erkerturm, und wenn sie die schweren Vorhänge zuziehen, ist es schön dunkel, sodass sie beide so gut schlafen wie seit Monaten nicht mehr. Vormittags spazieren sie langsam über das Gelände, nachmittags faulenzen sie im Spa, und abends sitzen sie in ihrer Suite am Erkerfenster, laben sich an den köstlichsten Gerichten und genießen die späten Sonnenuntergänge an diesen längsten Tagen des Jahres.

An ihrem letzten Abend schauen sie über die friedliche, mit Heide und Schafen besprenkelte Hügellandschaft; auf den Straßen steuern die weißen Wohnwagen der Sommerurlauber im

Schneckentempo ihren Zielen entgegen. Ailsa hatte sich eigentlich fest vorgenommen, optimistisch zu bleiben und weiter zu hoffen, doch sie muss trotzdem an Lennox denken. Sein Tod schmerzt noch immer, wie eine Wunde, die nicht heilen will, und jeder Schlag ihres schwächer werdenden Herzens erinnert sie daran, dass Lennox vergebens auf Rettung gewartet hat. Sie weiß, was ihrer Mutter bevorsteht, und auch ihr selbst.

»Ich habe Angst, Mum«, sagt sie, überrascht von ihren eigenen Worten. Ist es jetzt schon so weit, dass ihr Herz noch nicht einmal mehr die Kraft hat, ihr solche elementaren Dinge mitzuteilen?

»Ich weiß, Schatz«, sagt Hayley mit zitternder Stimme. »Ich auch.«

»Wie sollen wir das bloß schaffen?«, fragt Ailsa und weiß selbst nicht, ob sie ihren Tod oder das Weiterleben im Wartezustand meint. Die Hoffnung auf ein Spenderherz wird mit jedem Tag kleiner.

Hayley steht seufzend auf und öffnet das Fenster, um sich eine Zigarette anzuzünden. Eigentlich ist Rauchen verboten, aber das Hotel scheint ein Auge zuzudrücken. »Ich weiß es auch nicht. Aber schau dir das an. Wir haben diese herrliche Aussicht, wir haben Sauerstoff getankt und gerade ein opulentes Dinner vertilgt, von dem die meisten Menschen nur träumen können. Jetzt gerade geht es uns doch gut, oder? Nur der Moment zählt.«

Ailsa lächelt. »Stimmt«, sagt sie. »Jetzt gerade geht es uns gut.«

Hayley bläst Rauch aus dem Fenster. »Tamsin meint, ich würde eine gute Buddhistin abgeben.«

»Dann müsstest du allerdings zuerst mit dem Rauchen aufhören. Und mit dem Fluchen.«

»Scheiß drauf.«

Es täte Ailsa sicher gut, den Moment zu genießen, doch sie schafft es einfach nicht. Denn jedes Mal, wenn sie ihre Mutter ansieht, geht ihr eine Frage durch den Kopf, und ihr Bedürfnis, die Antwort zu kennen, wird immer größer. Sie kann nicht mehr länger warten. »Was wirst du tun, Mum? Ich meine, falls … falls ich nicht rechtzeitig ein Spenderherz bekomme?«

Hayley drückt langsam ihre Zigarette auf dem steinernen Fenstersims aus. Ein kaum merkliches Zucken durchläuft ihre Schultern. Als sie sich zu Ailsa umdreht, hat sie Tränen in den Augen. »Ich lebe lieber von Moment zu Moment, Schatz.«

23. Juli 2018

»Kann es sein, dass du nervös bist?« Seb wirft ihr mal wieder diesen forschend-liebevollen Blick zu, bei dem sie sich sofort durchschaut fühlt.

»Schon möglich. Wieso?« Es klingt schärfer als beabsichtigt, und sie streicht ihm entschuldigend über den Arm.

»Du hast dich eben zum dritten Mal heute Morgen umgezogen. Das will was heißen!«

Ailsa seufzt, wirft sich neben ihm aufs Sofa. »Ja, das will heißen, dass es deinem Auge schon viel besser geht.«

Er lacht. »Eins zu null für dich. Aber jetzt mal im Ernst: Egal, was deine Blog-Leser sagen – du weißt selbst, was am besten für dich ist.«

»Du klingst schon wie meine Mutter.« Der Gedanke an Hayley tut weh. Ailsa ist noch immer wütend darüber, so viele Jahre von ihr belogen worden zu sein. Trotzdem vermisst sie ihre Mutter. Aber sie darf jetzt nicht darüber nachdenken, sonst verliert sie die Fassung.

»Wilkie rief an, als du dich umgezogen hast«, sagt Seb. »Rate mal, welche Neuigkeiten er hatte.«

»Dass du der nächste James Bond wirst?«

Seb lacht. »Knapp daneben. Ich kann wieder bei *StarDance* einsteigen.«

»Wow«, sagt Ailsa. »Gratuliere!« Eigentlich hat sie jetzt gar keinen Kopf dafür, aber der Themenwechsel lenkt sie wenigstens ab.

»Danke, BlueHeart«, sagt Seb. »Schon seltsam. Als mir die Show letztes Jahr angeboten wurde, war das für mich wie Geburtstag und Weihnachten zusammen. Aber jetzt freue ich mich wesentlich mehr über *Verlorene Liebesmüh*.«

»Und über deine Premiere als Romeo auch, oder?«, sagt sie.

»Nein, was die angeht, mache ich mir fast in die Hose.«

Sie schaut ihn verblüfft an. »Wirklich? Das höre ich zum ersten Mal von dir. Du wirkst gar nicht so, als ob du Angst hättest.«

»Angst würde ich es nicht nennen, eher wachsende Anspannung. Das passiert mir jedes Mal. Vor jeder Show von *StarDance* und *O holder Romeo* hatte ich furchtbares Lampenfieber, weil alles live vor Publikum stattfand. Da kannst du nicht einfach von vorn anfangen, wenn du einen Fehler machst, wie bei Dreharbeiten.«

»Ich bin immer angespannt, wenn ich zur Kontrolluntersuchung ins Krankenhaus muss. Und vorm Tango auch.«

Seb zieht sie näher an sich. »Das mit dem Krankenhaus verstehe ich. Aber warum vorm Tango? Wegen der Aufführungen?«

»Nein«, sagt Ailsa. »Wegen dem Tanzen an sich. Sobald ich anfange, geht die Anspannung weg. Aber kurz davor fühle ich mich …« Sie hält inne, schüttelt den Kopf. »Ich weiß, es klingt total albern. Es ist schließlich nur ein Tanz. Und ich liebe Tango! Jedenfalls, sobald er losgeht.«

Seb drückt ihre Hand. »Das ist die Angst vor dem Unbekannten. Du bist zwar gut vorbereitet, kennst deinen Text, die Schritte, was auch immer. Doch es kann trotzdem schiefgehen.«

»Genau.« Ailsa lehnt sich an ihn. Es fühlt sich schön an, dass er sie so gut versteht, auch wenn es ihr ein kleines bisschen Angst macht.

»Soll ich dich hinbringen?«, fragt er.

Sie lacht. »Bist du sicher, dass du überhaupt noch auf den Bürgersteig passt, wenn du neben mir läufst? So mollig, wie ich bin?«

Über den Artikel, der gestern erschien, haben sie schon einige Male gewitzelt. Seb hat recht: Mit der Zeit wird es leichter – und wenn sie sich gemeinsam darüber lustig machen, so wie jetzt gerade, können ihr die Gehässigkeit und Dummheit des Artikels gar nicht mehr so viel anhaben. Der Seb, über den die Presse schreibt, ist ganz anders als der Seb, der bei ihr in der Wohnung ist und sich über das Image lustig macht, das ihm angedichtet wird, zum Beispiel, indem er sie – so wie jetzt gerade – mit einer dramatischen Geste packt, einen Kuss auf den Mund drückt und mit tiefer Stimme ruft: »Mein sexy Playboy-Herz schlägt nur noch für dich, Ailsa Rae!« Mit den Boulevardblättern wird sie schon fertig, denn das, was sie behaupten, stimmt einfach nicht.

»Aber jetzt mal Scherz beiseite«, sagt Seb. »Bist du sicher, dass du klarkommen wirst?«

»Ja.« Sie ist tatsächlich fest davon überzeugt. Sie weiß einfach, dass sie jetzt stark genug ist, die Begegnung mit David zu bewältigen. Und die Brücke weiterzubauen, deren Fundament vor zwei Tagen im Café gelegt wurde, als Hayley sich zum ersten Mal mit Seb unterhielt und Ailsa zum Abschied umarmte. Ailsa atmet tief durch, schließt die Augen und schmiegt sich wieder an ihn.

Seb gibt ihr einen Kuss auf die Stirn und flüstert: »Ich habe Wilkie jedenfalls gesagt, dass ich Fenella nicht mehr als Partnerin haben will.«

23. Juli 2018

Ailsa erkennt David sofort. Er sieht ihr sehr ähnlich. Sie haben die gleiche Stirnpartie und Augenfarbe, und auch die Form der Hände stimmt überein, wie ihr bei der Begrüßung auffällt. Auf dem Weg zum Treffpunkt hatte sie sich gefragt, ob sie beim Anblick ihres Vaters vor lauter Rührung wohl in Tränen ausbrechen oder in freudig umarmen würde. Doch schließlich reicht sie ihm einfach nur die Hand, und er schüttelt sie unbeholfen.

»Hallo«, sagt sie. Ihre Stimme klingt fester, als sie gedacht hat. Und ihr Herz klopft ruhig und gleichmäßig. Der Mann, der ihr die Hand schüttelt – einen halben Kopf größer als sie, breite Schultern, Wampe, gut gekleidet –, wirkt dagegen wie das reinste Nervenbündel.

»Ailsa.« Er betont die Silben, als wäre ihr Name eine Beschwörungsformel. »Freut mich, dich kennenzulernen.«

Sie hatte ihm vorgeschlagen, sich an der Blumenuhr zu verabreden, weil der Ort leicht zu finden ist und die eindeutige Botschaft vermittelt, sich auf einen Spaziergang zu treffen. Ein Sightseeing-Bus fährt vorbei. Wer weiß, vielleicht ist es sogar derjenige, auf dessen Oberdeck sie vor vier Wochen mit Seb gesessen hat. Wie weit sie inzwischen gekommen ist, mit ihrem Job und ihrer Zukunftsplanung. Und wie schnell sie sich daran gewöhnt hat, nicht mehr mit ihrer Mutter zusammenzuwohnen. Sie legt sich unwillkürlich die Hand aufs Herz, als könnte sie sich dadurch davon abhalten, sich nach Hayley zu sehnen.

»Die Blumenuhr hat mir schon immer gefallen«, sagt David. »Sie ist faszinierend, oder?« Sein Akzent klingt eintönig, irgendwie charakterlos.

»Ja.« Früher war die Blumenuhr für sie wie ein Wunder. Wenn Hayley und sie im Café in der Rose Street ihre Milchshakes getrunken hatten, kamen sie oft hierher, um die Zeit zu betrachten.

David nickt. »Sie benutzen Sukkulenten für die Uhr, weil die kaum Pflege brauchen. Sieht schön aus und ist auch noch praktisch.«

»Ja, eine praktische Uhr würden sie bestimmt nicht aus Blumen machen.« Ailsa lächelt – ein Signal, dass sie in friedlicher Absicht gekommen ist. Sie kommt sich vor wie an ihrem ersten Arbeitstag; da war sie ebenfalls bemüht, einen guten Eindruck zu machen.

David nickt. »Stimmt.«

»Ich dachte, wir gehen am besten spazieren. Ich soll mich nämlich viel bewegen.« Ihre Herztransplantation wird sie trotzdem nicht unter den Teppich kehren.

Sie machen sich auf den Weg. Die steil ansteigende Böschung zur Princess Street zu ihrer Rechten ist mit Unmengen von roten und gelben Blumen, silbernen und grünen Blattpflanzen, Disteln, Heidekraut und Farn bepflanzt; ein nur scheinbar chaotischer, in Wahrheit aber sorgfältig zusammengestellter Mix. Zu ihrer Linken, den Hang hinunter, sind Bäume, etwas formaler gestaltete Blumenbeete und mit Menschen besprenkelte Rasenflächen zu sehen.

»Der Park muss ja eine Menge Arbeit machen«, sagt David.

»Es gibt zum Glück viele Gärtner, die sich um ihn kümmern«, erwidert Ailsa. Sie schaut auf den Weg, eine Art Kieselrauputz, beobachtet, wie jeder Fuß sich vor den anderen setzt. Mit dieser Methode kann sie alles schaffen.

Sie betrachtet seine Schuhe. Sie sind aus dunkelgrauem Wildleder; Schuhe von der Sorte, die auf der Rückseite der Sonntagsmagazine beworben werden, die sie am Ende ihrer Schicht ins Altpapier gibt. Ihr Blick wandert zu seiner Kleidung. Er trägt

Jeans und Polohemd, dazu ein Sakko. Ein respektabel wirkender Mann. Sie selbst trägt ebenfalls Jeans, dazu silberne Turnschuhe, ihr Wolkenherz-T-Shirt und eine königsblaue Wickelstrickjacke, die Tamsin ihr geschenkt hat; fast schon wie ein Mantel, wenn es kühl wird.

Sie machen Small Talk, plaudern über Davids Anreise, Ailsas Job, das Wetter in Schottland (natürlich), die einzigartige Skyline von Edinburgh. Ailsa wartet darauf, will geradezu erzwingen, dass sie irgendetwas fühlt. Die Zusammengehörigkeit, die ihr geschuldet wird. Dass ihre Gene sich an diese Verbundenheit erinnern. Irgendetwas, das rechtfertigen kann, wie sehr sie ihre Mutter verletzt hat.

Vor dem Kriegerdenkmal zu Ehren der Schotten, die im Ersten Weltkrieg fielen, bleiben sie stehen. David liest die Inschrift laut vor: »Wenn mich das Leben erwartet, werde ich als ewiger Sieger hervorgehen. Wenn es der Tod ist, werde ich endlich sterben, stolz und frei.« Er steht einen Moment reglos da, bevor er Ailsa einen Blick zuwirft – bisher haben sie sich kaum angesehen. »Schön.«

»Finde ich nicht«, sagt Ailsa. »Der Tod ist alles andere als glorreich, wenn man ihm ins Gesicht schaut.«

»Da hast du recht.« David scheint allem zuzustimmen. Fast so wie Dennis, der kopfschüttelnd »Alles, wenn du nur endlich Ruhe gibst« sagt, wenn Ruthie ihn mal wieder zu irgendetwas überreden will. Aber bei Dennis ist es als Witz gemeint.

Plötzlich fühlt sie sich erschöpft. Sie setzt sich auf eine Bank. Die Plakette auf der Rücklehne erinnert an Maisie Sietsema, Mädchenname Stirling, geboren 1919 in Edinburgh, gestorben 1966 in Massachusetts. Manche Menschen kommen wirklich weit im Leben.

David setzt sich neben sie. »Vorhin sagte ich: Freut mich, dich kennenzulernen. Aber eigentlich hätte ich sagen müssen: Freut mich, dich wiederzusehen.« Er lacht leise. Sie sind beide nervös; das darf sie nicht vergessen.

»Ich erinnere mich nicht an das letzte Mal«, sagt sie.

»Ich schon«, sagt David. Er schüttelt den Kopf. »Es war furchtbar. Entsetzlich. Wer hätte gedacht, dass du heute hier sitzen würdest?«

Du jedenfalls nicht, denkt sie, aber sie verkneift sich die Bemerkung. Sie ist hierhergekommen und fest entschlossen, das Beste daraus zu machen. »Mir geht es jetzt gut«, sagt sie. »Jeden Tag ein bisschen besser.«

»Es ist lange her, seit ich zuletzt in Edinburgh war«, sagt er. Meine Güte, sie muss sich wirklich zusammenreißen, um keine sarkastische Bemerkung vom Stapel zu lassen. »Und heute ist wirklich herrliches Wetter, für schottische Verhältnisse«, fügt er hinzu.

»Mhm«. Ailsa steht auf und setzt sich langsam wieder in Bewegung. David folgt ihr.

»Dann geht es dir also gut?«, fragt er.

Ailsa nickt. »So gut, wie man es erwarten kann. Ich muss jede Woche zur Kontrolluntersuchung. Aber bisher läuft alles nach Plan.«

»Gut«, sagt David. Er legt sich die Hand auf die Brust. »Meins hat mir dieses Jahr auch einen Schrecken eingejagt. Ein Hoch auf die private Krankenversicherung. Alle Untersuchungen wurden innerhalb von einer Woche gemacht.«

»Ach ja? Was stimmte denn nicht?«, fragt Ailsa. Herzprobleme sind nicht gerade ihr Lieblingsthema, aber wenn es hilft, das Eis zu brechen …

David lacht auf. »Tja, das war vielleicht eine Geschichte. Wie sich herausstellte, lag es an der Verdauung! Aber ich hatte furchtbare Schmerzen auf der rechten Seite, bis in den Arm hinunter. Und ich habe geschwitzt wie ein Schwein. Ich dachte wirklich, mein letztes Stündlein hätte geschlagen.«

»Es lag an der Verdauung?« Oha – jetzt melden sich ihre Gefühle doch noch, und zwar so heftig, dass sie sich mit jeder Faser ihres Körpers von hier wegwünscht. Am liebsten säße sie jetzt im Zug nach Glasgow, auf dem Weg zu ihrer Mutter.

»Ich weiß.« David lacht wieder. Nein, er gluckst regelrecht. Wie ein Mann, der es gewohnt ist, stets jemanden an der Seite zu haben, der sich über seine Witze amüsiert. »Gemma hat mich natürlich ordentlich in die Mangel genommen. Chili con Carne darf ich jetzt nicht mehr essen.«

Ailsa schweigt. Ihr fällt wirklich nicht das Geringste ein, was sie sagen könnte. Stattdessen hört sie Apple klar und deutlich fragen: *Meint der das etwa ernst?*

Vor einem Beet bleibt David stehen. »Ich habe versucht, die da drüben bei uns anzupflanzen«, sagt er und zeigt auf irgendwelche gelben Blumen; sie hat keine Ahnung, wie sie heißen. »Aber dort, wo wir wohnen, ist der Boden leider nicht dafür geeignet. Zu lehmhaltig. Der Boden hier ist sicher torfiger.«

»Ich interessiere mich nicht für Gartenarbeit«, sagt sie. Höflichkeit scheint zwecklos.

»Hast du keinen Garten?«

»Es ist nicht lange her, da wäre ich beim Hinhocken oder Aufstehen noch in Ohnmacht gefallen. Nein, ich habe keinen Garten. Erinnerst du dich nicht mehr? Ich habe nur Blumenkästen.«

David schaut ihr zum ersten Mal richtig ins Gesicht. »Du wohnst doch nicht etwa noch immer in dieser Wohnung?«

»Doch«, sagt Ailsa. »Die Wohnung ist toll. Wirklich. Und sie steckt voller Erinnerungen. Jedenfalls für mich und meine Mutter.«

David zuckt mit den Schultern und zieht die Augenbraue hoch, als wollte er sagen: »Wenn du meinst.« Sie kann nicht fassen, dass er den wichtigsten Ort ihres Lebens einfach so abtut, und zugleich ist sie schockiert darüber, seine Geste als ihre eigene wiederzuerkennen. Sie hat sie offenbar von ihm geerbt. Kein Wunder, dass sie ihre Mutter damit ständig auf die Palme bringt.

»Wir haben fast einen halben Hektar«, erzählt er weiter. »Gemma liebt das Gärtnern ebenfalls, es ist also unser gemeinsames Hobby.«

»Schön«, erwidert Ailsa, weil ihr keine andere Antwort einfällt.

»Es tut mir leid«, seufzt David. »Ich stelle mich wirklich sehr ungeschickt an. Aber ich weiß nicht, was ich sagen soll.«

»Warum sagst du mir nicht einfach, warum du dich nie gemeldet hast?« Ailsa war zwar fest entschlossen, keine Erwartungen zu haben, aber sie ist trotzdem von ihm enttäuscht. Und sie spürt Neid – hässlichen, eitrigen Neid – auf den jüngeren Sohn, der seine geretteten Tiere behalten darf und jede Unterstützung erhält, die er als Legastheniker braucht. Warum wurde er anders behandelt als sie? Warum bekam er einen Labrador, und sie nur Desinteresse und Gleichgültigkeit?

»Nun ja«, sagt David. »Ich … Ich war davon ausgegangen, dass du nicht überlebt hattest. Deine Chancen standen nicht gut.«

Es ist schrecklich, ihn so kalt und nüchtern darüber reden zu hören, obwohl sie ja selbst immer darauf besteht, es unsentimental zu betrachten. Sie hat allerdings auch das Recht dazu. Er nicht.

»Das weiß ich«, sagt Ailsa. »Aber eine Chance hatte ich trotzdem. Ich verstehe nicht, dass du nie nach mir gefragt hast. Oder hast du gedacht, meine Mutter würde dir verschweigen, wie es mir geht?«

David seufzt. »Sie war wütend auf mich. Und …«, er hebt den Zeigefinger, als fürchtete er, Ailsa wolle ihm ins Wort fallen, »… dazu hatte sie auch allen Grund. Das habe ich akzeptiert. Nach der Sache mit meiner Wohnung – ich weiß nicht, wie viel sie dir erzählt hat …«

»Sie hat mir alles erzählt.« Ailsa ist mit einem Mal unendlich stolz auf Hayley, auf ihre Tapferkeit und Ehrlichkeit. Dass sie viel zu lange gebraucht hat, um Ailsa die Wahrheit zu verraten, ist auf einmal gar nicht mehr so wichtig.

David hebt wieder die Augenbraue. »Hat sie dir auch gesagt, dass sie sich den Creuset von meinen Eltern genommen hat?«

Ailsa weiß nicht, ob sie lachen oder weinen soll. Sie hat wirklich alles falsch gemacht, was sie nur falsch machen konnte. Warum hat sie nicht ihrer Mutter vertraut, die sich unermüdlich für sie eingesetzt hat und mit ihrem Urteil fast immer richtigliegt?

»Ich wollte ja nach dir fragen«, sagt David. Jetzt klingt er defensiv. »Aber es schien nie der richtige Zeitpunkt dafür zu sein. Du weißt doch, wie das ist.«

»Nein, eigentlich nicht.« Ailsa bemüht sich, ruhig zu bleiben, obwohl sie am liebsten schreien würde. »Ich konnte es mir nicht leisten, Dinge aufzuschieben, weil ich immer damit rechnen musste, dass mir nicht genug Zeit blieb.«

Er geht gar nicht darauf ein. »Ich wollte deiner Mutter Zeit geben, damit sie sich wieder beruhigt. Ich dachte, sie würde sich melden, als ich die Wohnung verkauft und ihr das Geld überwiesen hatte. Aber das hat sie nicht getan. Und als wir dann George bekommen haben …« David fummelt in seiner Tasche herum. Will er ihr jetzt etwa Familienfotos zeigen? Er hatte ihr eine Facebook-Freundschaftsanfrage geschickt, aber sie wollte erst einmal abwarten, wie das Treffen läuft. Er holt jedoch keine Fotos hervor, sondern ein Taschentuch, und dann nimmt er seine Brille ab und beginnt, sie zu putzen. Offenbar will er ihrem forschenden Blick ausweichen, aber sie hat nichts zu verlieren.

»Du meinst, du warst zu beschäftigt?«

»Nein, nein, überhaupt nicht!« Er wirkt aufrichtig zerknirscht. »Ich habe oft vorgehabt, nach dir zu fragen. Ich habe es nur einfach nie …«

»Nie geschafft?«

Er schaut ihr direkt ins Gesicht. Irgendwie befremdlich, dass er die gleichen Augen wie sie hat. »Ich war mir sicher, dass du nicht überlebt hast, aber ich wollte keine Gewissheit haben. Ich … fühlte mich dem einfach nicht gewachsen. Ich weiß, wie lächerlich das klingt. Ich weiß, dass ich dich und deine Mutter im Stich gelassen habe, und wie schlimm das für euch war, Ailsa. Ich bin wirklich nicht stolz darauf.«

»Da bin ich aber froh, das zu hören. Ich glaube allerdings, du hast nicht die geringste Vorstellung davon, wie schlimm das tatsächlich für uns war.«

Sie gehen weiter. Wie das wohl ist, wenn er mit Gemma, ihren drei Schwestern und deren Männern und Kindern zusammen ist? Das ist bestimmt keine perfekte Familie, sondern ein brodelnder Kessel voller Meinungsverschiedenheiten und ungelöster Konflikte.

Er holt tief Luft. »Ailsa, es gibt keine Entschuldigung dafür. Ich hätte für euch da sein sollen, aber ich habe dich und deine Mutter im Stich gelassen. Als ich deine Nachricht bekommen habe, war das wie ein Wink des Schicksals. Ich war so froh, dass du lebst.«

»Das waren schwere Zeiten.«

»Ich weiß, Ailsa. Vor allem, seit ich deinen Blog gelesen habe. Du hast wirklich Glück gehabt.«

Wie bitte??? Ailsa weiß jetzt schon – und Apple ist vollkommen ihrer Meinung –, dass sie diesen Mann nie wiedersehen will, und am liebsten würde sie sofort das Weite suchen, bevor er noch auf die Idee kommt, sie als die von den Toten zurückgekehrte Tochter/Stieftochter/Halbschwester in seine Sippe integrieren zu wollen. Aber so einfach will sie ihn nicht davonkommen lassen.

»Ja, ich hatte Glück, aber ich wollte es auch unbedingt schaffen. Das war und ist harte Arbeit. Und meine Mutter ist großartig. Sie war immer für mich da und hat niemals aufgegeben.«

Nimm das, du Mistkerl.

»Vielleicht war Glück das falsche Wort. Ich bin leider kein geborener Kämpfer. Deine Mutter hat mich dazu gebracht, eine Weile gegen meine Natur zu handeln. Aber als es hart auf hart kam … Manchmal stößt man eben an seine Grenzen. Das versteht du doch sicher, oder?«

»Wie kommst du denn darauf, dass ausgerechnet ich das verstehen könnte?«, fragt Ailsa. (*Genau,* flüstert Apple.) Sie wird sich niemals verzeihen, dass sie wegen dieses Mannes die Beziehung zu ihrer Mutter aufs Spiel gesetzt hat. Am liebsten würde sie auf der Stelle in Tränen ausbrechen.

»Na, wegen deiner Blog-Umfragen. Als ich die gesehen habe, dachte ich: Ja, das klingt nach meiner Tochter. Es ist doch gut, sich andere Meinungen einzuholen und sich nach der Mehrheit zu richten, oder etwa nicht? So machen Gemma und ich es auch immer. Man sollte nichts Unüberlegtes tun, schon gar nicht heutzutage.«

Ailsa beginnt, schneller zu laufen, in der Hoffnung, die Wucht dieses verbalen Faustschlags dadurch abzumildern. David bleibt ihr auf den Fersen.

»Ailsa?«

»Ehrlich gesagt, bin ich mir gar nicht sicher, ob das so gut ist«, erwidert sie schließlich. »In manchen Situationen hört man besser auf sein Bauchgefühl, oder nicht? Wenn du damals hundert Leute gefragt hättest, ob du deine Tochter im Stich lassen sollst, weil sie einen Herzfehler hat, hätten dir wahrscheinlich alle geantwortet: Nein, auf gar keinen Fall! Aber du hast es trotzdem getan.«

»Das finde ich jetzt aber nicht ganz fair«, sagt David. »Und außerdem …«

»Ich bin noch nicht fertig«, unterbricht sie ihn. *Genau, Ailsa. Sag, was du auf dem Herzen hast.* »In deiner Mail hast du geschrieben, dass Gemma von Anfang an von mir wusste. Wissen deine Söhne auch von mir?«

»Äh …« Er schaut sie verblüfft an. Gemma hat bestimmt ein Alkoholproblem, weil er sein ältestes Kind ständig unter den Teppich kehrt. »Gemma meinte, wir sollen erst einmal abwarten, wie dieses Treffen läuft. Und dann könnten wir dich in die Familie einführen. Schrittweise.«

»Und wie stellt ihr euch das vor?«, fragt Ailsa. »Zuerst erzählt ihr, ich wäre eine Freundin, dann eine Cousine, und wenn alle dafür stimmen, dass ich nett genug bin, darf ich deine Tochter werden? Tut mir leid, David, aber unser Treffen war ein Fehler. Komm gut nach Hause.« Und dann dreht sie sich um und marschiert davon, leicht panisch zwar, doch hoch erhobenen Hauptes.

Sie schaut auf ihr Handy. Noch eine Stunde, bis die Probe anfängt. Hoffentlich geht Hayley ans Telefon.

Aber stattdessen meldet sich Hayleys Anrufbeantworter. Nun, da ihre Tochter nicht mehr todkrank ist, kann sie ihn ja guten Gewissens einschalten. Ailsa läuft weiter, sie ist schon ganz außer Atem, wird angestarrt. Sie setzt ihren Weg trotzdem fort, bis zum Friedhof von St Cuthbert, der an den Park grenzt, und bleibt erst wieder stehen, als ihre Wut – auf sich selbst, David und diese verdammte, bescheuerte Welt, die sogar dann kompliziert bleibt, wenn man endlich normal sein kann – verraucht ist.

Blasses Sonnenlicht dringt durch das Laub der Friedhofsbäume. Ailsa setzt sich schließlich auf eine niedrige Mauer. Von hier aus ist Edinburgh gar nicht mehr zu sehen, fast, als versteckte sich die Stadt vor ihr. Sie könnte überall sein. Selbst die Gräber drehen ihr den Rücken zu. Sie hört Stimmen von Leuten, die in der Nähe vorbeilaufen, doch abgesehen von einer Möwe, die sie vorwurfsvoll anstarrt, ist sie allein. Mehr oder weniger. Abgesehen von ihr und der Möwe sind da natürlich noch Apple und wer weiß wie viele Tote.

Tief ein- und ausatmen. Sie schließt die Augen und hebt den Kopf zum Himmel. Als sie die Augen wieder öffnet, ist der Himmel nicht mehr graublau, sondern blaugrau. Eine kleine, aber entscheidende Veränderung.

Gerade, als sie Hayley abermals anrufen will – und sei es auch nur, um ihre Stimme auf dem Anrufbeantworter zu hören –, klingelt ihr Handy.

»Ailsa?«

»Mum. Es tut mir leid«, schluchzt sie.

»Geht es dir gut, Schatz? Langsam atmen. Beruhige dich. Regst du dich etwa über diesen blöden Zeitungsartikel auf?«

Hayley hatte ihr deswegen schon eine Nachricht hinterlassen, aber bisher ist sie nicht dazu gekommen, zurückzurufen, oder hat sich das zumindest eingeredet. In Wahrheit wollte sie einen weiteren Streit mit Hayley über David vermeiden.

»Nein. Der Artikel ist mir egal. Ich habe mich eben mit David getroffen.«

»Mit wem? Oh«, sagt Hayley. Sie klingt schockiert, ihre Stimme zittert. »David? Und wie ist es gelaufen?«

»Er ist … ich dachte, ich würde irgendetwas fühlen, aber …« Sie kramt nach einem Taschentuch. Ein Paar geht vorbei, die Frau schaut besorgt zu ihr herüber, hält sich jedoch an die ungeschriebene Friedhofsregel, weinende Leute in Ruhe zu lassen.

»Hat David dich so aus der Fassung gebracht? Dieser verdammte Mistkerl. Ehrlich, Ailsa, wenn ich gewusst hätte, dass du ihn heute triffst, hätte ich …« Hayley hält wütend inne. Wer weiß, was sie getan hätte.

»Ja, aber was mich am meisten aus der Fassung gebracht hat, ist die Erkenntnis, wie recht du hattest.«

Hayley seufzt. Weint sie etwa auch? »Ach, Ailsa. Das alles tut mir so leid. Ich wollte dich unbedingt davor schützen. Aber dadurch habe ich deine Neugier nur noch mehr angefacht.«

»Es war mein Fehler, Mum«, sagt Ailsa. »Ich hätte …« Sie weiß gar nicht, wo sie anfangen soll, denn es gibt so vieles, was sie hätte tun können. Ihrer Mutter glauben, dass er die Mühe nicht wert war. Nicht nach ihm fragen. Auf die Blog-Umfrage verzichten. Das Umfrageergebnis ignorieren. Der Liebe vertrauen, mit der ihre Mutter jedes Mal reagierte, wenn sie Fragen stellte, die sie viele Jahre nicht stellen konnte.

»Tja«, schnieft Hayley, »wir machen alle mal Fehler, Schatz. Geht es dir gut? Was hast du jetzt vor?«

Am besten lenkt sie sich jetzt ab. »Ich habe gleich Probe. Seb übernachtet bei mir. Ich schaffe das schon.«

»Bist du sicher?«

»Ja«, sagt sie. Obwohl es gar nicht stimmt. Aber anscheinend gehört es zum normalen Leben dazu, dass man sich nicht immer sicher ist.

BLUEHEART-BLOG

25. Juli 2018

Es tut mir leid

Dieses Jahr habe ich oft darüber berichtet, wie ich lerne, was »normal sein« bedeutet. Ihr habt sicher gelacht, als die gute alte BlueHeart herausgefunden hat, dass manche Nachmittage sich wie Kaugummi ziehen, und wie öde es ist, die Wäsche zu erledigen. Ebenfalls amüsant für euch waren vermutlich meine Erkenntnisse, dass das eigene Körpergewicht nicht unwesentlich davon abhängt, was man futtert, und dass schlaue Leute trainieren, bevor sie Berge erklimmen.

Nachfolgend zähle ich euch einige Dinge auf, die ich mir in meinem alten Leben als dem Tod Geweihte noch erlauben konnte, in meinem neuen, »normalen« Leben allerdings nicht mehr (meistens jedenfalls):

~ bei einer Unterhaltung einschlafen
~ jemanden bitten, mir nachts um drei ein Sandwich zu machen (und damit rechnen, dass die Person es sogar macht)
~ in Selbstmitleid baden
~ nicht an die Zukunft denken/nichts vorausplanen
~ davon ausgehen, dass meine Wünsche/Bedürfnisse stets Vorrang vor denen anderer Menschen haben
~ behaupten, dass das Leben nicht fair ist, und Mitgefühl erwarten
~ zusammengefasst: mich generell so verhalten, als ob ich wichtiger als alle anderen wäre

Ihr sollt heute meine Zeuginnen und Zeugen sein, wenn ich folgende Erklärung abgebe: Ich sehe ein, dass ich keine entschuldbaren Gründe mehr habe, mich schlecht zu benehmen. Ich kann mich nicht länger damit rechtfertigen, erschöpft, angsterfüllt und sterbenskrank zu sein. Und das Argument, dass meine Medikamente nicht richtig eingestellt sind, kann ich auch nicht mehr vorbringen, denn das haben wir inzwischen gut im Griff.
Wenn ich mich also einem geliebten Menschen gegenüber unhöflich, rücksichtslos oder respektlos verhalte, habe ich keinen Freibrief mehr dafür. Eigentlich hätte ich niemals davon ausgehen dürfen, dass ich für irgendetwas einen Freibrief habe, doch ich tat es. Wenn man im Sterben liegt, ist es am einfachsten, den Schmerz derjenigen, die einem dabei zuschauen müssen, zu ignorieren.
In den vergangenen Wochen habe ich meine Mutter unverzeihlich schlecht behandelt. Ich war unhöflich und gemein, und ich habe mich bewusst der Tatsache verschlossen, dass gewisse Dinge, die ich unbedingt schwarzweiß sehen wollte, es nicht sind.
Ihr erinnert euch vielleicht noch, dass ich vorhatte, mich mit meinem Vater zu treffen. (Zum Glück hattet ihr dafür abgestimmt, dass ich einen Spaziergang mit ihm machen soll. Das hat mir nämlich ermöglicht, im wahrsten Sinne des Wortes die Flucht zu ergreifen.) Ansonsten gibt es dazu nur noch eines zu sagen: Ich werde mich nie wieder mit ihm treffen.
Und nun werde ich mein Bestes tun, um die Beziehung zu dem einzigen Elternteil, den ich jemals hatte und der wirklich immer für mich da gewesen ist, zu kitten. Das braucht Zeit.
Doch jetzt habe ich ja Zeit.

Und den Anfang mache ich auf diese Weise: Es tut mir leid, Mum. Ich liebe dich. Du hast recht – manche Dinge sind privat und gehen niemanden etwas an. Aber dass es mir leidtut und dass ich dich lieb habe, kann die Öffentlichkeit ruhig erfahren.

17 Mal geteilt
72 Kommentare

NEUNTER TEIL

August 2018
Es ist die Lerche, die so heiser singt
Und falsche Weisen, rauen Misston gurgelt

30. Juli 2018

Kostümprobe. Morgen ist Premiere.

Alle sind da: die acht Ensemblemitglieder, die drei Musiker und die Tänzerinnen und Tänzer – insgesamt ungefähr dreißig Leute. Bei jeder Aufführung werden sich acht Mitglieder des Tangoklubs unters Publikum mischen.

In den vergangenen Wochen ging es immer lustig und entspannt bei den Proben zu. Doch heute Abend ist es anders. Als hätten alle erst jetzt begriffen, worauf das Ganze eigentlich hinausläuft.

Die Schauspielerinnen und Schauspieler tragen Jeans und weiße Hemden, dazu gelbe Tücher für die Zugehörigkeit zum Klan der Montagues und grüne für den Klan der Capulets. Die Tänzerinnen und Tänzer tragen Schwarz (Ailsa passt wieder in ihr altes Kleid), und auf den für sie reservierten Stühlen im Zuschauerraum liegen Masken und darüber Schals, die sie sich um den Hals oder das Handgelenk binden. Die Schals sind rot – was sonst. Ailsa bekommt eine Gänsehaut. Hätte sie sich doch bloß nicht gemeldet, um mitzumachen. Hätte sie die Entscheidung doch bloß ihren Blog-Lesern überlassen, dann bliebe ihr jetzt das Gefühl erspart, einen Fehler zu begehen. *Alles gut?*, fragt Apple, ihr Herz. Seit wann ist Apple eigentlich ihre Kummerkastentante? Wahrscheinlich, seit sie anfing, ihr zu vertrauen.

Die Tanzfläche in der Mitte wurde zu einer Bühne umfunktioniert, an einer Seite davon sind Blöcke zu einer Treppe gestapelt, in der Mitte zu einer größeren Tür, an der anderen Seite zu einer kleineren. Weitere Blöcke sind einzeln an den Rändern der Tanzfläche verstreut. Als die Balkonszene geprobt werden sollte, wollte Meredith, dass Roz zuerst alle Bewegungsabläufe mit ihr zusammen auf der Bühne durchging, um sich von der Sicherheit zu überzeugen; das weiß Ailsa von Seb, und jetzt kann sie nachvollziehen, warum Meredith dieser Punkt so wichtig war.

Roz tritt mit einem Lächeln vor. »Hallo zusammen!«, sagt sie. »Heute sind wir zum letzten Mal gemeinsam hier, bevor die Premiere stattfindet. Ich hoffe, ihr freut euch. Dazu habt ihr nämlich allen Grund! Wir haben hart gearbeitet, und ich bin stolz auf das, was wir geschafft haben!«

Applaus ertönt, angeführt von Eliza. Roz hebt die Hand, damit wieder Ruhe einkehrt, und fährt fort: »Wir zeigen hier keine Schulaufführung, sondern die professionelle, genau durchdachte Inszenierung eines englischen Klassikers. Wir haben intensiv geprobt und setzen unseren guten Ruf auf diese Produktion. Ich stehe nicht hier, um euch zu sagen, dass ihr auf die Bühne gehen und Spaß haben sollt. Stattdessen fordere ich euch auf, das Beste, Stärkste und Mutigste in euch zu finden und es bei jeder Aufführung hier auf die Bühne zu bringen. Werdet euch selbst gerecht, und zugleich euren Bühnenkolleginnen und -kollegen, euren Lehrerinnen, Shakespeare und natürlich dem Publikum.«

Eliza macht Anstalten, erneut zu applaudieren, doch Edie hält ihre Schwester davon ab. Alle Anwesenden haben denselben ernsten und zugleich freudigen Gesichtsausdruck. Auf einmal ist Ailsa zum Weinen zumute, einfach nur, weil sie auch hier sein kann und Teil des Ganzen ist. Sie sitzt nicht mit bläulich verfärbten Lippen und Fingernägeln am Rand und schaut zu. Nein – diesmal ist sie mittendrin.

Und sie weiß, dass sie es schaffen wird.

Roz wartet, bis es so still ist, dass man eine Stecknadel fallen hören könnte. Dann spricht sie mit leiser Stimme weiter. »Ihr seid keine Amateure, nur weil ihr keine Gage bekommt. Bitte kommt pünktlich, spielt so, wie wir es geprobt haben, und werdet nicht nachlässig. Das Publikum will jedes Mal von Neuem erobert werden. Jede einzelne Aufführung verdient es, dass ihr wirklich alles von euch gebt, mit Herz und Leidenschaft. Nach jeder Aufführung werde ich eine Nachbesprechung mit euch machen. Aber ich möchte euch jetzt schon sagen, dass es eine Ehre für mich ist, mit euch allen zu arbeiten. Diejenigen von euch, die vorher schon mit mir zu tun hatten, wissen, dass es nicht gerade zu meinen Gewohnheiten zählt, so etwas zu sagen.«

Gelächter ertönt, mit einem Mal entspannt sich die Atmosphäre. »Noch eine Sache, bevor Edie euch das Briefing für heute Abend gibt. Unser Romeo hat es wieder einmal in die Zeitungen geschafft, und es kann passieren, dass euch Vertreter der Klatschpresse ansprechen werden. Sie geben sich allerdings nicht als solche zu erkennen. Wenn euch später in der Bar jemand zu einem Drink einlädt und fragt, wie es läuft, könnt ihr gern über euch selbst reden, aber bitte sprecht nicht über eure Kolleginnen und Kollegen oder über Dinge, von denen ihr keine Ahnung habt.«

Die Blicke aller Anwesenden wandern erst zu Seb, dann zu Ailsa. Seb sieht Roz an, Ailsa schaut zu Seb hinüber, dann hinunter auf ihre Füße. *Ruhig durchatmen.*

»Meredith und Seb werden morgen Nachmittag ein paar Fernsehinterviews geben. In den Sonntagszeitungen werden einige Beiträge über Meredith erscheinen. Wir haben keine Vereinbarungen mit der Klatschpresse getroffen. Falls jemand auf euch zukommt und trotzdem etwas Derartiges behauptet, sagt diese Person nicht die Wahrheit.«

»Kaum zu glauben, oder?«, sagt Seb, und leises Gelächter ertönt.

»In fünf Minuten fangen wir an«, sagt Roz, und der Kreis der gebannt Zuhörenden löst sich auf.

Ailsa starrt wieder auf ihre Füße. Hoffentlich erinnern sie sich noch an alles. Sie tanzen wahnsinnig gern, aber sie sind völlig geschlaucht. Als Ailsa aufschaut, steht Seb vor ihr.

»Na du«, sagt er. »Roz hat mich mit ihrer Ansprache total nervös gemacht. Gut, dass wenigstens einer von uns beiden weiß, was ich sagen muss.«

Sie berührt seine Wange, lächelt. Dann ruft jemand nach ihm, und er wendet sich ab.

Als Montagues und Capulets sitzen Ailsa und die anderen Tänzerinnen und Tänzer im (heute noch imaginären) Publikum, um in der Kampfszene aufzuspringen und die Streithähne anzufeuern beziehungsweise auszubuhen. Ailsa mag kaum hinschauen, weil die Kämpfe so echt wirken. Doch am beeindruckendsten ist die Kraft der Worte.

Sie kennt das Stück fast auswendig. Nicht nur Romeos Text, auch die Zeilen davor und danach; sie könnte alles problemlos niederschreiben, auch den Großteil von Julias Text. Der Rest des Stücks, den sie natürlich auch gelesen hat, ist ihr durch die Verfilmungen und durch Sebs Erzählungen von den Proben vertraut geworden. Als hätte sie den Text jeden Morgen und Abend zusammen mit ihren Immunsuppressiva eingenommen. Sobald sie die Worte hört, reagieren sämtliche Fasern ihres Körpers, wie Gänseblümchen, die sich zur Sonne drehen.

Vor der Musik, die den Tänzerinnen und Tänzern den Beginn der Feierszene signalisiert, kommt Romeos Monolog. Er versetzt sie zurück in Sebs Wohnung, wo sie auf seinem Sessel saß und ihm zuhörte, als er sich mit Romeos letzten Zeilen abplagte, bevor dessen erste Begegnung mit Julia stattfindet. »Heute nacht bei dieser Lustbarkeit den furchtbarn Zeitlauf beginnen.« Als sie Seb beim Üben half, war es bloß Text, den er auswendig lernen musste, doch nun klingt es wie Poesie, voller Leben und Liebe.

Seb beherrscht jedes Wort. Und Ailsa wird bewusst, dass das neue Herz tatsächlich ihr eigenes ist, denn es kann kaum erwarten, den Rhythmus der Silben in sich aufzunehmen:

»Zu früh, befürcht ich; denn mein Herz erbangt
Und ahnet ein Verhängnis, welches, noch
Verborgen in den Sternen, heute Nacht
Bei dieser Lustbarkeit den furchtbarn Zeitlauf
Beginnen und das Ziel des lästgen Lebens,
Das meine Brust verschließt, mir kürzen wird
Durch einen schnöd verwirkten frühen Tod.
Doch er, der mir zur Fahrt das Steuer lenkt,
Richt auch mein Segel! – Auf, ihr lustgen Freunde!«

Und dann beginnt die Musik: eine schlichte, traditionelle Melodie in einem langsamen Tempo; zum lauten, starken Klang des Bandoneons mischen sich die klagenden, flehenden Töne zweier Violinen. Ailsa erhebt sich, geht zur Bühne, Murray schaut sie an, nimmt ihre Hand. Und obwohl sie sich einen roten Schal ums Handgelenk binden musste *(erstens geht es hier nicht um dich, und zweitens bist du keine Amateurin)*, funktioniert jeder Schritt, und jede Bewegung fühlt sich wahrhaftig an.

Vielleicht ist der Bann nun gebrochen.

31. Juli 2018

Eine halbe Stunde nachdem Seb sich auf den Weg zum Theater gemacht hat, ruft er Ailsa an. Bestimmt hat er etwas vergessen. Sie muss jetzt zur Arbeit, aber vielleicht kann sie das, was er liegen gelassen hat, ja mitnehmen und ihm unterwegs irgendwo geben. Doch als sie seine Stimme hört, weiß sie sofort, dass etwas passiert sein muss.

»Was ist denn los, Seb?«

»Hast du es nicht gesehen? Hat dich noch niemand angerufen?«

»Nein. Wovon redest du überhaupt?« Sofort kommt ihr der Gedanke, dass Hayley etwas zugestoßen ist, aber das kann eigentlich nicht sein, das wüsste sie doch längst.

»Da steht wieder etwas in der Zeitung.«

»Na und? Ich weiß, wie mein Hintern aussieht, darüber rege ich mich nicht mehr …«

»Fenella hat der Presse etwas zugespielt. Es ist schon online. Ich schicke dir den Link.«

»Ich dachte, zwischen dir und Fenella ist es aus …«

»Ja, das stimmt. Und jetzt hat sie erfahren, dass ich sie nicht mehr als Partnerin bei *StarDance* haben will, und offenbar beschlossen, sich dafür zu rächen.«

»Aber …«

»Schau es dir einfach an. Es tut mir leid. Es hört sich schlimm an. Und es ist auch schlimm. Aber …« Im Hintergrund ruft jemand nach ihm. »Ich muss jetzt gehen. Ailsa, du weißt, dass ich dich liebe, ja?« Es klingt wie ein Flehen. Und dann legt er auf, bevor sie die Chance hat, etwas zu erwidern.

THE MIRROR

31. Juli 2018

Ungalanter Romeo: Morley trampelt ins Fettnäpfchen

Fans von Seb Morley dürften über das aufsehenerregende Video schockiert sein, das Sebs ehemalige Tanzpartnerin Fenella Albright heute im Internet veröffentlicht hat.
Das Video war letztes Jahr während der zweiten Show von *StarDance* mit Albrights Handy aufgenommen worden, als das Tanzpaar auf seinen Auftritt wartete. Morley ist auf dem Video zwar nicht zu sehen, aber laut und deutlich zu hören.
Als Promi-Gärtnerin Isabella Dun gerade die Rumba mit ihrem Partner Benjii Angelo tanzte, spottete Morley: »Das schafft der nie im Leben, die zu heben. Die hat Beine wie Baumstämme, da bräuchte er einen Kran.« Dann fügte er hinzu: »Technisch gesehen mag sie ja gut sein, aber es sieht trotzdem unelegant aus, weil sie einfach zu dick ist. Es wird zwar nicht laut ausgesprochen, aber tanzende Pummelchen will wirklich niemand sehen.«
Isabella Dun, die damals im Viertelfinale ausscheiden musste, reagierte empört. »Sebastian Morleys Äußerungen sind diskriminierend und unverschämt, aber nichts Neues. Leider müssen sich viele mollige Frauen, die durchtrainiert und fit sind, solche Beleidigungen anhören. Durch meine gute Performance bei *StarDance* konnte ich hoffentlich auch fülligere Frauen (und Männer!) dazu inspirieren, den Mut zu haben, die eigenen Träume zu verwirklichen, unabhängig von ihrer Kleidergröße. Ich würde lügen, wenn ich behaupten würde, dass mir solche Beleidigungen nichts ausmachen, aber letztlich sagen sie mehr über die Person

aus, die sie äußert, als über die Person, gegen die sie gerichtet sind. Ich habe kein Problem damit, mit meiner Figur zu tanzen. Aber es ist respektlos, andere Menschen als Pummelchen zu bezeichnen. Mr Morley sollte nicht so herablassend sein. Ich bezeichne ihn schließlich auch nicht in aller Öffentlichkeit als Vollidioten.«

Morley selbst hat sich bisher nicht dazu geäußert, doch sein Agent teilte mit: »Seb bereut seine unbedachten Äußerungen zutiefst. Er hatte natürlich keine Ahnung, dass sie aufgenommen wurden. Aber wir alle sagen gelegentlich Dinge, die wir später bereuen, besonders, wenn wir unter großem Druck stehen.«

Morley und Albright waren während ihrer Teilnahme an *StarDance* für kurze Zeit ein Paar. Seit Morley sich Anfang des Jahres einer Hornhauttransplantation unterziehen musste, wurden sie allerdings nicht mehr zusammen gesehen. Dafür tauchte Morley in den letzten Wochen mehrmals in Begleitung einer geheimnisvollen Molligen auf, die jetzt vermutlich das eine oder andere Hühnchen mit ihm zu rupfen hat.

Romeo und Julia mit Seb Morley und dem neuen Chanel-Gesicht Meredith Katz in den Hauptrollen soll heute Abend in Edinburgh Premiere feiern.

31. Juli 2018

»Danke, dass du gekommen bist, Mum.« Bevor Ailsa ihre Vormittagsschicht in Angriff nahm, schaute sie sich das Video drei- oder viermal an, nur um sicherzugehen, dass sie alles richtig verstanden hatte. Da war es bereits Twitter-Trend – #tanzendesPummelchen – und auch sonst überall Thema, und es besteht kein Zweifel daran, dass das Ganze tatsächlich passiert ist. Die Freude über Sebs Liebeserklärung ist vergessen. Liebe ist schließlich kein Freibrief für schlechtes Benehmen, ebenso wenig wie eine schwere Herzkrankheit oder eine Transplantation.

Irgendwann kam Hayleys SMS: *Gerade das Video gesehen. Alles okay bei dir?* Ailsa schloss sich sofort auf der Mitarbeitertoilette ein, atmete mehrmals tief durch und rief Hayley an, um sie um Hilfe zu bitten. Ihre Mutter hat heute frei und sich sofort auf den Weg gemacht. Sie wartet schon in der Wohnung.

Ailsa fällt ihr um den Hals. »Danke«, bringt sie hervor.

»Kein Problem, Schatz. Das kennen wir doch von früher. Zum Glück bleiben uns jetzt wenigstens die Defibrillatoren erspart.«

Nicht an die Decke gehen, flüstert Apple.

Die vergangene Nacht war ungewöhnlich heiß; alle Fenster stehen offen, und eine warme Brise weht durch die Wohnung.

»Hast du schon gegessen?«, fragt Hayley.

»Ein Sandwich in der Arbeit.«

»Du hast deine Paleo-Diät unterbrochen? Dann muss es wirklich schlimm sein. Du hast ja geweint, Schatz.« Hayley nimmt auf dem Sofa Platz, und Ailsa setzt sich zu ihr und legt den Kopf auf den Schoß ihrer Mutter, so wie früher, als sie noch krank war. »Jetzt erzähl mal.«

»Was soll ich sagen? Er ist es tatsächlich, er hat es nicht abgestritten. Er hat mich sogar extra angerufen, um mich vor dem Video zu warnen, und mir den Link dazu geschickt. Und später hat er mir noch auf die Mailbox gesprochen.« Ihr kommen schon wieder die Tränen. Es ist so demütigend. Sie ist Ailsa, das Pummelchen, mit dem Seb tanzte, nachdem er sich über tanzende Pummelchen lustig gemacht hatte – als wollte er sie bloßstellen und so davon ablenken, dass er selbst nicht mehr Mister Perfect ist. Aber sobald sein Auge wieder gesund ist, wird er wieder zum Knackarsch-Casanova mutieren und wie ein glitzernder Einhorn-Hengst mit seiner makellosen neuen Tanzpartnerin davongaloppieren. Und selbst wenn seine Liebeserklärung ernst gemeint war: Sie hat keine Lust, sich so zu fühlen, als wäre sie bloß zweite Wahl für ihn.

Hayley reicht ihr ein Taschentuch. »Komm schon, Schatz. Wir haben Schlimmeres durchgemacht. Was hat er denn gesagt?«

Ailsa setzt sich auf, wischt sich die Augen und legt sich die Hand auf die Brust. Bildet sie sich das nur ein, oder schlägt Apple unregelmäßig? Hoffentlich ist das kein Symptom für eine Abstoßungsreaktion. Sie atmet ein paarmal tief ein und aus, bis sie sich einigermaßen beruhigt hat.

»Er sagte, er hätte sich damals wie ein Vollidiot verhalten«, fährt sie schließlich fort. »Er hätte nicht nachgedacht. Er wäre sehr angespannt gewesen und hätte das Gefühl gehabt, alle anderen wären besser als er, und er hätte versucht, auf diese Art sein Selbstwertgefühl aufzupolieren.«

»Tja«, sagt Hayley.

»Tja? Was soll das heißen?«

»Dass jeder ab und zu Mist baut«, sagt Hayley.

»Wie bitte?«, erwidert Ailsa. Das kann ihre Mutter ja wohl nicht ernst meinen. David hat sich geweigert, ihr Vater zu sein, und Seb hat sie die ganze Zeit getäuscht! »Warum sagst du mir nicht, dass alle Männer Mistkerle sind? So wie sonst immer?«

»Würde dir das helfen?«

Ailsa glaubt ihren Ohren nicht zu trauen. »Das hast du mir doch sonst immer gepredigt. Und du hast gesagt …«

Hayley fällt ihr ins Wort. »Was ich dir immer gepredigt habe, ist, dass du keine von diesen Tussis werden sollst, die sich Promi-Fuzzis oder anderen Idioten an den Hals werfen. Aber da hätte ich mir überhaupt keine Sorgen zu machen brauchen.« Kurzes Schweigen. »Du bist nicht die Einzige, die Grund hat, sich zu entschuldigen.«

Ailsa greift nach der Hand ihrer Mutter. »Aber du hattest recht damit, dass er versucht, Frauen um den Finger zu wickeln.«

»Das tut er auch. Aber wie du ja schon gesagt hast, bin ich nicht unbedingt eine Expertin darin, Männer richtig einzuschätzen.« Hayley klingt sarkastisch, aber nur ein bisschen. Nicht so sarkastisch wie sonst. »Und es gibt Schlimmeres, als Frauen um den Finger wickeln zu wollen.«

»Zum Beispiel ein Mistkerl zu sein, der sich nach Guildford verpisst hat«, sagt Ailsa.

»Tja«, sagt Hayley. »Jedem das Seine.« *Oh, Gott*, denkt Ailsa. *Ich habe meine Mutter ins Mark getroffen. Warum tobt sie nicht?* Da schaut Hayley sie an und sagt: »Tamsin hat mir die Leviten gelesen. Unter anderem meinte sie, dass ich aufhören muss, mich wie eine Löwin zu verhalten.«

Ailsa nickt, doch ihr kommen schon wieder die Tränen. »Es gefällt mir aber, wenn du eine Löwin bist.«

»Es wird dir noch mehr gefallen, wenn du dich selbst wie eine Löwin fühlst, Schatz.«

»Ich bin aber keine«, sagt Ailsa. »Als ich dich nach meinem Treffen mit David angerufen habe, war ich gerade vor ihm geflüchtet.«

»Wirklich?«, fragt Hayley. »Oder hast du einfach nur die Kontrolle übernommen?«

Ailsa zuckt mit den Schultern. »Keine Ahnung. Was soll ich denn jetzt wegen Seb machen?«

»Musst du denn etwas machen?«

»Ich weiß nicht. Ich werde ihm ja später im Theater über den Weg laufen. Seine ganzen Sachen sind noch hier. Er meinte, er könnte heute bei Roz übernachten, aber er wollte vorher kommen, um seine Tasche abzuholen.«

»Wann?«

»Das wollte er mir noch schreiben.« Ailsa schaut auf ihr Handy. »Gegen halb drei. In einer halben Stunde.« Oh, Gott, oh, Gott, sie kann ihm unmöglich gegenübertreten. Seine Tasche hat sie schon an die Tür gestellt, aber sie wird sie ihm ja geben müssen. »Ich habe zwei verpasste Anrufe von ihm. Und einen von seinem Agenten. Und noch ein paar andere, bestimmt von irgendwelchen Reportern.« Ein unwillkürlicher, heftiger Schluchzer bricht aus ihrem tiefsten Inneren heraus. »Ich habe mit keinem von denen gesprochen.«

»Das ist sicher am besten.«

»Was soll ich denen auch sagen?« Noch ein Schluchzer, und noch einer, und Hayley hält sie fest, bis sie sich wieder beruhigt hat. Es gab Zeiten, da ging es um Leben und Tod, wenn sie so herzzerreißend weinte. »Warum sagst du nicht, dass alle Männer Mistkerle sind? Ich würde dir diesmal nämlich zustimmen.«

»Seb hat Mist gebaut, aber das macht ihn nicht gleich zum Mistkerl.«

»Ich fasse es nicht, dass du ihn auch noch verteidigst.«

»Ich verteidige ihn doch gar nicht, Ailsa. Er hat sich zum Idioten gemacht, aber das war, bevor er dich kennengelernt hat. So etwas passiert Leuten nun mal, und andere Leute verzeihen ihnen dann. Und dass es sowieso nur auf das Innere ankommt, weißt du doch längst, oder? Wenn nicht, wäre ich als Mutter wirklich eine Niete gewesen.«

»Mein Inneres gehört mir noch nicht mal.«

»Also, wenn du damit dein Herz meinst: Wem soll es denn sonst gehören, außer dir?«

Ailsa stützt den Kopf in die Hände. Ihr Haar fühlt sich fettig an den Wurzeln an. Sie sehnt sich nach einem Bad, nach Schlaf. Und nach Seb. Nein, nach ihm sehnt sie sich nicht. Aber sie muss heute Abend ins Theater. Sie hat zugesagt. Sie ist Teil eines Teams. Sie ist nicht mehr der Star des Dramas *Solo für eine todkranke Herzpatientin.*

»Ich werde mir das nicht gefallen lassen«, murmelt sie.

»Das klingt schon mehr nach meiner Tochter«, sagt Hayley. »Denn was bedeutet dein Name?«

»Sieg«, sagt Ailsa mit kläglicher Stimme.

Hayley schaut sie an, streicht ihr übers Haar. »Soll ich dir einen Tee machen?«

Ailsa schüttelt den Kopf. »Nein. Ich nehme jetzt ein Bad.«

»Soll ich dir Wasser einlaufen lassen?«

»Danke, Mum. Aber ich bin nicht mehr krank.«

»Ich weiß. Trotzdem kannst du dich ab und zu ruhig von deiner Mutter verwöhnen lassen.«

Da klingelt es an der Tür. Ailsa springt auf, als hätte sie einen Schlag bekommen, schaut aus dem Fenster und zuckt zurück.

»Es ist Seb.«

»Soll ich ihm aufmachen?«

»Er soll verschwinden.«

Hayley wirft ihr einen langen Blick zu. So hat sie Ailsa und Lennox früher immer angeschaut, als sie noch Teenager waren und behaupteten, nach oben gehen zu wollen, um Musik zu hören. »Gut, ich sag's ihm.«

»Danke, Mum.« Sie wird sich später in eine Löwin verwandeln, wenn sie mit Seb auf der Bühne stehen und sich von all den Leuten anstarren lassen muss, die das Video gesehen haben. Und tanzen muss, weil sie keine Amateurin ist, nicht bei dieser Aufführung und auch nicht in diesem Leben, denn all das, was hinter ihr liegt, hat sie bestimmt nicht durchgemacht, um das, was noch kommt, halbherzig anzugehen.

Ailsa steht draußen vor dem Dragon's Nest und atmet tief ein und aus. In der Ruhe liegt die Kraft. Mit der einen Hand berührt sie die Stelle unter ihrem Hals, wo ihre Narbe anfängt, und mit der anderen die Stelle, wo die Narbe aufhört, um sich bewusst zu machen, wie gut sie sich seit dem Eingriff erholt hat. Dann betritt sie den Pub. Dort wimmelt es bereits von Theaterbesuchern, die auf den Einlass warten. Noch fünfundvierzig Minuten bis zum Beginn der Premiere. Sie geht die Treppe hoch, meldet sich bei Eliza, wechselt ihre Schuhe und setzt sich auf einen der Stühle im Zuschauerraum, auf denen ein Schal liegt. Guy, einer ihrer Tanzkollegen, hat bereits auf der anderen Seite der Bühne Platz genommen. Er winkt ihr zu, und sie winkt zurück.

Edie kommt zu ihr herüber, fragt nur: »Hallo, wie geht's dir?«, und sofort richtet Ailsas Wirbelsäule sich auf, so wie immer, wenn eine der Gardiner-Schwestern sie anspricht. Sie senkt die Schultern, findet ihre Mitte, fokussiert sich darauf, um ruhig zu bleiben.

Allerdings kann sie nur dann wirklich Ruhe finden, wenn sie das Gefühl hat, das Richtige zu tun. Sie steht wieder auf und geht in den durch einen Vorhang abgetrennten Bereich, der als Gasse und Greenroom fungiert. Es ist noch Zeit. Sie will Seb eine Nachricht hinterlassen. Doch dann sieht sie, dass er auch schon da ist, er unterhält sich gerade mit Mercutio. Als er sie bemerkt, leuchten seine Augen auf, und er kommt sofort zu ihr herüber.

»Ailsa«, sagt er vorsichtig, als könnte bereits das Aussprechen ihres Namens sie wieder verjagen.

Sie schüttelt den Kopf, um zu signalisieren, dass sie jetzt nicht mit ihm über die Sache reden will.

»Ich wollte dich nicht unterbrechen«, sagt sie. »Ich wollte dir nur …«, sie verkneift sich gerade noch rechtzeitig, ihm Glück zu wünschen, denn das brächte ja Unglück, »… sagen: Mögen die Einhörner mit dir sein.«

Er nickt. »Danke. Ailsa, lass mich erklären …«

Sie hat Tränen in den Augen. Sie trägt die Schuhe, die er ihr geschenkt hat. Aber sie kann jetzt unmöglich mit ihm darüber reden, es geht einfach nicht. Sie kann es kaum ertragen, vor ihm zu stehen, seinen Duft einzuatmen und sich daran zu erinnern, wie sie sich ihm mit Leib und Seele anvertraut hat. Schließlich stellt sie sich auf die Zehenspitzen und gibt ihm einen Kuss auf die Wange, bevor sie sich wieder von ihm abwendet, weil es zu schmerzvoll wäre, ihm in die Augen zu sehen.

Die Vorstellung beginnt pünktlich, wie Roz zuvor angekündigt hat. In der ersten Szene findet ein Straßenkampf statt; die Tänzerinnen und Tänzer stampfen mit den Füßen, schlagen auf die Tische und schreien »Montague!« oder »Capulet!«. Ailsa bringt ihre Sitznachbarin dazu, vor Schreck zusammenzufahren; ein kleiner Triumph. Hinter sich hört sie eine andere Stimme – Tom? – laut grollen, und sie ahmt sein Grollen nach, um die Wirkung zu verstärken. Als die Szene vorbei und wieder Ruhe eingekehrt ist, betritt Seb die Bühne. Romeo, der zugleich Seb ist, weil er eine Rolle spielt, die ihm Angst macht, weil er jetzt keine Wahl mehr hat; er ist gezwungen, so als ob zu tun, obwohl ihm gerade überhaupt nicht danach zumute ist. Und anstatt sich zusammenzuziehen, womit sie eigentlich gerechnet hat, geht ihr das Herz weit auf.

Julia ist unsicher, ob sie Graf Paris heiraten soll. Anschließend macht Romeo sich mit Mercutio und Benvolio auf den Weg zum

Fest. Romeo sagt, Mercutio sei so leicht von Sinn, als leicht beschuht, doch ihn selbst drücke ein Herz von Blei. Seb wirft Ailsa einen Blick zu, während das Publikum lacht. Dann setzen die drei Schauspieler sich auf drei Blöcke, die sie zur Bühnenmitte ziehen, und die Zuschauerinnen und Zuschauer recken die Hälse, um alles sehen und hören zu können.

Von dieser Szene war Ailsa bei der Kostümprobe besonders fasziniert gewesen, weil sie so lebendig gewirkt und sie an Edinburgh im Sommer erinnert hatte; an die kleinen Studentengruppen, die plaudernd und lachend in den Parks saßen und kaum merkten, wie der Tag zum Abend wurde. Sie war bisher nur selten im Theater und ist umso mehr davon beeindruckt, wie Roz die drei Darsteller platziert hat: nämlich vom Publikum abgewandt, das sich umso gespannter nach vorn beugt. Seb sitzt mit dem Profil zu ihr; Stirn und Nase heben sich vor dem Scheinwerferlicht ab. Es schmerzt sie, ihn zu sehen, doch noch mehr schmerzt sie die Erkenntnis, wie leichtfertig und rücksichtslos er Frauen wie sie verurteilt hat, bevor er ihr begegnete. Und obwohl sie weiß, dass das Leben komplizierter ist, als es vom Rand aus betrachtet den Anschein hat, bleibt das Gefühl, dass er nicht ganz ehrlich zu ihr ist.

Doch ehe sie sichs versieht, kommt das nächste Signal für die Tänzerinnen und Tänzer. Sie steht auf, geht auf Capulet zu, nimmt die Hand, die ihr gereicht wird, und ruft sich ins Gedächtnis, dass sie einfach nur gehen muss, immer weiter, einen Schritt nach dem anderen. Das Licht ist heller und die Musik lauter, als sie es gewohnt ist; und sie spürt Apple in ihrer Brust, die im Takt der Musik schlägt und begeistert mittanzt.

Und dann hört sie, dass Apple ein Lied für sie singt: *Das bedeutet Leben! Darin liegt der Sinn. Spür mein Leben in dir leuchten. Jetzt bist du nicht mehr bloß Zuschauerin.*

Von: Libby
Gesendet: 3. August 2018
An: Ailsa
Betreff: Kalender

Liebe Ailsa,

ich hoffe, es geht dir gut.

Ich wollte dir nur Bescheid geben, dass ich dir einen Kalender geschickt habe. Er ist toll geworden, und wir sind sehr stolz darauf. Ich möchte dich allerdings auf das Titelmotiv vorbereiten, damit du keinen Schreck bekommst (so wie ich), weil es eine Collage aus Fotos von Lennox ist.

Wenn du uns in irgendeiner Form unterstützen könntest, Werbung für den Kalender zu machen, wären wir dir sehr dankbar.

Beste Grüße

Libby

Von: Ailsa
Gesendet: 4. August 2018
An: Libby
Betreff: Re: Kalender

Liebe Libby,

vielen Dank für den Kalender und auch für die Warnung. Du hattest mit beidem recht. Der Kalender ist wirklich schön geworden. Doch als ich Lennox auf all den Fotos sah, kam die Trauer wieder hoch. Ich werde ihn niemals vergessen – nicht nur, weil er meine erste Liebe war und ich so viel Zeit mit ihm zusammen verbringen durfte, sondern auch, weil ich ohne ihn nicht der Mensch wäre, der ich heute bin. Letztes Jahr um diese Zeit war ich noch sehr wütend auf ihn, weil er starb und mich allein mit meinem eigenen nahenden Tod zurückließ. Doch nun bin ich dankbar, dass er ein Teil meines Lebens war.

In den nächsten Tagen werde ich einen Blog-Beitrag schreiben, und den Kalender, den du mir geschickt hast, werde ich meiner Mum geben, wenn ich sie am Wochenende sehe.
Alles Liebe für dich und deine Familie
Ailsa x

THE SCOTSMAN

4. August 2018

Lang leben Romeo und Julia

»Besorgt euch unbedingt eine Karte, und wenn ihr eine Niere dafür geben müsst!«, twitterte ein begeisterter Shakespeare-Fan zu der mit Spannung erwarteten *Romeo und Julia*-Inszenierung von Roz Derbyshire, die vergangene Woche im Dragon's Nest, Newington, im Rahmen des Edinburgh Festival Fringe Premiere feierte. Dieser Tweet mag etwas extrem klingen, doch bisher sind Zuschauer und Kritiker gleichermaßen von der Aufführung begeistert, die als moderne Mafia-Familienfehde im schwülen Buenos Aires angelegt wurde – und diese Besprechung bildet keine Ausnahme.

Selbst die Hitzewelle hält das Publikum nicht davon ab, in die Vorstellungen zu strömen und ein Ensemble zu erleben, das im Schweiße seines Angesichts wirklich alles gibt. Derbyshire setzt die tragische Liebegeschichte nicht als Kostümschinken, sondern unkonventionell vor karger Kulisse in Szene, was jedem Blick, jeder Geste, jeder Berührung der Darstellerinnen und Darsteller eine besondere Intensität verleiht. Dem hervorragenden Ensemble gelingt es dabei, auf melodramatisches Pathos zu verzichten und Shakespeares Klassiker in eine moderne Erzählung zu verwandeln, mit der sich jeder identifizieren kann.

Wer annimmt, die beiden Hauptdarsteller Sebastian Morley und Meredith Katz wurden vor allem wegen ihres Aussehens und ihrer Popularität anstatt ihrer schauspielerischen Fähigkeiten engagiert, wird rasch eines Besseren belehrt. Beide sind großartig. Katz, der sowohl auf der Bühne als auch hinter den Kulissen kühle Distanziertheit nachgesagt wird, überzeugt als fröhliche und zugleich düstere Julia, die in leidenschaftlicher Liebe entbrennt und aus tiefster Verzweiflung den Freitod wählt. Morley, der vor zehn Jahren durch die TV-Castingshow *O holder Romeo* bekannt wurde und dort den zweiten Platz erreichte, zeigt eindrucksvoll, wie er sich seit der damaligen Einschätzung der Jury, zu jung für die Rolle gewesen zu sein, weiterentwickelt hat. Er stellt eine Reife und Ernsthaftigkeit unter Beweis, die man bisher noch nicht bei ihm gesehen hat. Er beherrscht seinen Text perfekt, besticht mit meisterhafter Intonation und überzeugt als tragischer Romeo, dem die Last des Schicksals auf den Schultern liegt, als ahnte er voraus, was ihm bevorsteht.

Beide werden durch ein glänzendes Ensemble unterstützt, wobei die Doppelrollen manchmal etwas verwirren, da sämtliche Darstellerinnen und Darsteller Jeans und weiße Hemden tragen (vermutlich, weil es sich um eine typische Fringe-Produktion mit äußerst schmalem Budget handelt); die einzigen Unterscheidungsmerkmale sind verschiedenfarbige Tücher für die Zugehörigkeit zum Clan der Montagues oder Capulets sowie ein Kreuz für Bruder Lorenzo und eine Schärpe für den Prinzen. Lediglich in der Feierszene im Hause der Capulets gibt es eine kleine Kostümvariation, nämlich schwarze Augenmasken, und für die Damen außerdem Tangoschuhe.

Denn der Tango ist ein weiterer viel gepriesener Aspekt dieser Inszenierung, die durch den selbstbewussten Auftritt der Mitglieder des Edinburgh Dance Clubs bereichert wird. Sie haben vielleicht nicht das Niveau von *StarDance*, aber darum geht es auch gar nicht: Der Umstand, dass es mit einem Mal sehr voll und lebhaft auf der Bühne wird, vermittelt den Zuschauenden das Gefühl, selbst mittendrin zu sein; ein Erlebnis, das nur wenige Bühnenproduktionen bieten können. Das Publikum kann aus unmittelbarer Nähe beobachten, wie der maskierte Romeo sich durch die Menge drängelt, um einen Blick auf Julia erhaschen zu können, wie die Capulets rätseln, wer sich hinter seiner Maske verbirgt, und wie es Romeo gelingt, Julia heimlich zu küssen. Mit dieser eigenwilligen und außergewöhnlichen Inszenierung ist Derbyshire eine fulminante Neuinterpretation des Shakespeare-Klassikers gelungen.

11. August 2018

»Ich habe Lennox' Kalender für dich«, sagt Ailsa.

»Ruthie hat schon erzählt, dass er fast fertig ist, als ich sie das letzte Mal gesehen habe«, erwidert Hayley und räkelt sich auf dem Sofa. Es ist ein heißer Sonntag, und sie ruhen sich noch ein wenig aus, bevor Emily sie abholt, um gemeinsam mit ihnen zur Aufführung zu gehen. Der Baumwollschal, den Hayley anstelle einer Jacke trägt, hat leuchtend gelbe Bommeln am Saum; sie hat ihn in Glasgow gekauft. Ailsa ist froh, aber irgendwie auch traurig, dass sie ihn heute zum ersten Mal sieht.

Sie nimmt neben Hayley auf dem Sofa Platz, und gemeinsam betrachten sie das Titelbild des Kalenders. Lennox im Dutzend. Seit der Kalender vor knapp einer Woche ankam, hat Ailsa sich das Cover schon oft angesehen, aber es versetzt ihr trotzdem jedes Mal einen Stich, weil es sie unweigerlich daran erinnert, dass Lennox nicht mehr da ist. Sie hatte zuerst überlegt, Hayley den Kalender mit der Post zu schicken, aber dann wäre er vielleicht verloren gegangen, und eigentlich fand sie es auch besser, wenn sie ihn sich zusammen anschauen.

Das Foto von seinem Marathon-Ziellauf ist dabei, und ein Bild von ihm bei einer Trekking-Tour während seines Auslandsjahrs. Und da ist sogar ein Ausschnitt aus einem alten Schulfoto, mit dem wuschelköpfigen, lächelnden Lennox, den Ailsa damals kennenlernte. Seine Augen strahlten immerzu, und sein Gesicht blieb rundlich, auch als er älter und sein restlicher Körper schlank und sehnig wurde, weil er täglich trainierte. Auf einem anderen Foto hält er Louisa, als sie noch ein Baby war, ein weiteres zeigt ihn mit Hut und Robe auf der Abschlussfeier, ein weiteres im Anzug. Es ist schwer für sie, so viele Versionen von Lennox zu sehen, doch noch schwerer fällt es ihr, zu akzeptieren, dass sie ihm nie wieder in die Augen schauen wird. Doch sich einzugestehen, dass sein Bild im Lauf der Zeit immer mehr verblasst, ist unmöglich.

Hayley seufzt und schüttelt den Kopf. »Er war wirklich ein feiner Kerl. Es ist einfach nicht recht.«

Und dann beginnt sie, die Seiten umzublättern. Auf dem Januar-Bild ist eine ältere Frau mit einem roten Bob zu sehen, auf deren Schild »DANKBAR« steht. Ailsa erscheint auf dem Februar-Bild. Sie sieht glücklich und gesund aus, die Wangen rosig statt leichenblass. Der rote Lippenstift, den sie sich nach der Fotosession abgewischt hat, sieht schön aus.

»Oh«, sagt Hayley staunend, als sie das Foto sieht. »Wie lebendig du aussiehst!«

Ailsa nickt. Es fühlt sich seltsam an, in Lennox' Kalender zu sein, denn die Aufnahme entstand genau in dem Moment, als Seb in den Garten kam und ihr einen Luftkuss zuwarf. Beim Anblick des Fotos wird ihr fast ein wenig unbehaglich, denn es ist nur zum Teil authentisch. Sie sieht sich selbst, und zugleich auch nicht. Oder vielleicht sieht sie eine Version von sich selbst, die sie nicht erkennt, weil es nicht die ist, die sie erwartet hat, als sie Apple und mit ihr die Aussicht auf hundert Prozent Leben bekommen hat. Hayley blättert weiter. Auf dem Juli-Bild lacht ihnen Seb entgegen, den Trilby aus der Stirn geschoben; der Schatten des Baumes im Hintergrund bringt das leuchtende Grün seiner Augen besonders zur Geltung. Ailsa wendet ihren Blick ab.

»Hast du schon mit ihm geredet?«

»Nicht richtig. Nur ganz kurz, vor der Premiere«, sagt Ailsa.

Wenn sie nicht bei ihm ist, könnte sie fast schon Verständnis dafür aufbringen, wie es damals zu der ganzen Sache gekommen ist. Doch wenn er vor ihr steht, geradezu lächerlich gutaussehend, der perfekte Partner für die gertenschlanke Meredith, erscheint es durchaus naheliegend, dass er über tanzende Pummelchen spottete. Bei den Vorstellungen, an denen sie bisher teilnahm, hat sie es stets vermieden, in seine Richtung zu schauen, wenn sie zusammen mit ihren Tanzkolleginnen und -kollegen aufgestanden ist. Obwohl sie sich insgeheim danach sehnt, dass er ihr die Hand reicht. Und bisher hat sie bei jedem Tanz ihre Gefühle zum Ausdruck gebracht; ihr Tango ist traurig, wütend, voller Schmerz. Roz hat sie dafür sogar gelobt. Wenn sie wüsste …

»Hast du es seitdem denn noch einmal versucht?«

»Nein.« Nachdem die Geschichte publik geworden ist, hat er am folgenden Tag seine Sachen abgeholt, während sie im Café war. Und in der Hektik vor den Aufführungen fehlt ohnehin die Zeit für ein Gespräch. Und was soll sie ihm überhaupt sagen? Sie hat keine Ahnung, wie man etwas wieder in Ordnung bringt.

»Warum ist das Leben nur so schwer?«, sagt sie. Es klingt erbärmlich, aber das ist ihr egal.

Hayley lacht. »Sterben ist schlimmer, Schatz.«

»Ich weiß.« Aber muss man denn wirklich ständig dankbar dafür sein, dass man noch lebt? Ist es tatsächlich so simpel? Sie sitzen schweigend zusammen. Das alte Gefühl der Verbundenheit kehrt allmählich zurück. Ein- oder zweimal haben sie über David gesprochen, aber das Thema ist eigentlich durch.

»Wie läuft es denn in deiner WG mit Tante T?«

Hayley erhebt sich lachend und geht zum Fenster, um sich eine Zigarette anzuzünden. »Der Reiz des Neuen ist noch nicht verflogen. Wir sitzen fast jeden Abend zusammen und reden über Gott und die Welt.«

»Gefällt es dir denn?« Diese Frage hat Ailsa schon eine ganze Weile stellen wollen, aber sie hat sich bisher nicht getraut. Weil sie Angst davor hat, dass die Antwort nein lautet. Oder ja. Oder dass ihre Mutter die Frage zurückgibt.

Hayley wirft ihr einen langen Blick zu. »Ich glaube schon. Und wie gefällt dir deine Unabhängigkeit?«

Ailsa lächelt. »Kann ich noch nicht sagen. Ich vermisse dich. Aber ich glaube, ich könnte mich daran gewöhnen.«

Hayley nickt. »So soll es auch sein. Ich überlege, mir eine feste Stelle in Glasgow zu suchen. Fünfundzwanzig Jahre als Vertretungsapothekerin reichen ja auch. Tamsin sieht das genauso. Und bezahlter Urlaub wäre auch mal ganz schön.«

»Das hört sich gut an«, sagt Ailsa. Es klingt wirklich gut. Allerdings ist es ein Schritt, mit dem sie nicht gerechnet hat. *Na und?*, flüstert Apple. *Wenn du jetzt machen kannst, was du willst, hat deine Mutter doch wohl dasselbe Recht, oder?*

Hayley lehnt sich aus dem Fenster, um ihre Zigarette auszudrücken. »Oh, da kommt Besuch für dich.«

»Wer ist es denn?«

»Na, wer wohl?« Als Hayley auf sie zukommt, steigt Ailsa der vertraute Geruch nach Zigarettenrauch und Seife in die Nase. Es gibt nichts Tröstlicheres als diesen Geruch; auch Apple versteht das inzwischen. »Jetzt gib dir einen Ruck. Er ist extra hergekommen, um mit dir zu reden.«

Ailsa steht seufzend auf und geht zum Fenster. Seb steht unten auf dem Bürgersteig und schaut zu ihr hoch.

»Ich habe den Kalender bekommen«, ruft er. »Wilkie hat ihn mir geschickt.«

Ailsa zögert, lauscht dem Klang seiner Stimme, der zu ihr heraufschwebt. Schließlich fragt sie: »Und wie gefällt er dir?«

»Ich habe Libby eine E-Mail geschrieben, dass ich sie gern dabei unterstütze, Werbung dafür zu machen.« Er sieht bleich und erschöpft aus. Er reibt sich die Stirn. Sie lehnt sich ein Stück aus dem Fenster, damit sie ihn besser sehen kann. Er macht einen Schritt auf sie zu. Es wäre so einfach, ihn heraufzubitten. Aber es geht nicht.

»Das ist nett von dir«, sagt sie, und sie meint es auch so.

Er nickt. »Dein Foto. Du siehst perfekt aus«, ruft er hoch. »So, wie du bist.«

Sie denkt an all das, was sie ihm jetzt sagen könnte und eigentlich auch sagen will – all die Dinge, die ihr eingefallen sind, als sie auf dem Weg zur Arbeit und auf dem Heimweg war, oder als sie ihm bei den Vorstellungen zuschaute und später erschöpft vom Tanzen im Bett lag. Aber sie sagt es nicht. Denn plötzlich kommt ihr – oder Apple vielleicht – die Erkenntnis, dass er gar nicht hätte herkommen müssen. Statt zu tun, was normal ist, nämlich den schwierigen Versuch zu unternehmen, die Sache in Ordnung zu bringen, könnte er etwas anderes tun. Er könnte sich mit Meredith vergnügen, mit Gott weiß wem flirten, er bräuchte nur ein Stöckchen zu werfen, und schon würden sich sämtliche Frauen darum prügeln, es ihm zu bringen. Aber er ist hier, er steht unten auf dem Bürgersteig und schaut hoffnungsvoll und traurig zu ihr hoch. Wenn es einen Baum vor ihrem Fenster gäbe, würde er bestimmt hochklettern.

»Danke«, sagt sie. Hoffentlich weiß er, dass sie es aufrichtig meint. Sie lehnt sich noch ein Stückchen weiter aus dem Fenster, damit der Abstand zu ihm ein bisschen kleiner wird. Sie setzt an, ihn zu fragen, ob er hochkommen will, als sie plötzlich einen unverkennbaren Duft wahrnimmt. Driftwood: Strand und Himmel, Liebe und Leid. Ein Zeichen des Einverständnisses oder des Protests? Es genügt, sie innehalten zu lassen.

Er breitet die Hände aus. »Ich weiß nicht, was ich sagen soll. Wenn ich es ungeschehen machen könnte, würde ich es tun. Ich weiß, dass ich nicht Lennox bin, und ich will es auch gar nicht versuchen. Aber ich versuche, ein besserer Mensch zu werden.«

Sie nickt unwillkürlich. »Ich auch«, bringt sie hervor, obwohl ihr Mund so trocken wie die Rinde eines Apfelbaums ist.

»Bitte gib uns jetzt nicht auf«, sagt er. »Wir fangen doch gerade erst an.«

Sie will etwas sagen. *Ich weiß, dass ich meinem Herzen trauen muss, doch es fällt mir wahnsinnig schwer. Und selbst wenn du das alles nicht so gemeint hast, war ein winziger Teil von dir vielleicht doch davon überzeugt.* Aber sie bringt kein Wort heraus.

Sie nickt. Apple zieht sich sehnsuchtsvoll zusammen, so wie es nur ein gesundes Herz vermag. »Bis später«, sagt sie.

Er nickt ebenfalls, schaut zu Boden, dann wieder hoch zu ihr und nimmt seine Sonnenbrille ab. Sie weiß, wie unangenehm das für ihn sein muss, an diesem gleißend hellen Nachmittag. Dann dreht er sich um und geht davon.

Hayley schlägt Ailsa vor, sich noch etwas auszuruhen, bevor sie sich zusammen auf den Weg zu der Vorstellung machen. Ailsa ist sicher, nicht schlafen zu können, aber dann döst sie doch ein. Und als sie von ihrer Mutter geweckt wird, schwebt sie einen Moment lang in einer anderen Zeit: Ihr ist, als hätte sie wieder ihr altes Herz in der Brust, und es wäre genauso schwach und angsterfüllt wie letztes Jahr um diese Zeit. Sie schreckt hoch und packt ihre Mutter am Arm.

»Alles gut«, sagt Hayley. Ailsa nickt, schluckt, spürt Apples regelmäßigen Herzschlag. Und weiß, was sie zu tun hat.

Als sie vor dem Beginn der Vorstellung hinter den Vorhang des Greenrooms schlüpft, sind die meisten Ensemblemitglieder schon da, doch Seb ist nirgends zu sehen. Die anderen nicken ihr zu und unterhalten sich weiter. Sebs Sakko hängt an einem der Kleiderhaken an der Wand, zusammen mit seiner Schärpe und der Maske, die er bei der Feierszene trägt. Ailsa holt ihr Einhorn-Stirnband aus der Tasche und hängt es über seine Maske, damit er es nicht übersieht. Hoffentlich versteht er ihre Botschaft: Jetzt habe ich begriffen, dass unser Handeln nicht immer damit übereinstimmt, wer wir sind.

Ailsa kann sich während der Vorführung kaum konzentrieren, weil Emily und Hayley neben ihr sitzen. Am liebsten würde sie sich ständig zu ihnen umdrehen, um in ihren Mienen zu lesen. Aber sie reißt sich zusammen. In der Kampfszene schreit sie wie gehabt, und Romeos Zeilen gehen ihr auch diesmal unter die Haut.

Dann kommt ihre Lieblingsszene mit Romeo, Benvolio und Mercutio, kurz bevor sie zu der Feier gehen. Die Szene läuft wie gewohnt ab, bis Seb plötzlich aus der Reihe fällt: Statt auf Mercutios Neckerei mit einem Stoß gegen die Brust zu reagieren, wendet er sich von ihm und seinem anderen Mitspieler ab, steht auf und schaut zu Ailsa hinüber. Er sieht ihr direkt in die Augen, als er weiter seinen Text spricht: »Ist Lieb ein zartes Ding? Sie ist zu rau, zu wild, zu tobend; und sie sticht wie Dorn.«

Mercutio springt spontan auf, verpasst Romeo eine nicht vorhergesehene Kopfnuss und zieht ihn zurück zur Bühnenmitte, während er seine nächsten Zeilen sagt.

Danach geht es wie üblich weiter, Romeo vergeht vor Liebeskummer, Seb beherrscht seinen Text perfekt und konzentriert sich wie bei den bisherigen Aufführungen auf seine Kollegen. Bis er sich ausgerechnet bei der Zeile vertut, die er schon beim Üben ständig vergeigt hat. Falls es den anderen auffällt, lassen sie es sich nicht anmerken.

Aber Ailsa fällt es sofort auf.

Sie hatte diese Zeile so lange mit ihm geübt, bis er sie im Schlaf beherrschte.

Ailsa holt Luft, spürt den perfekten Rhythmus des Herzens, das ihr geschenkt wurde, weil ihr eigenes Herz versagte. Sie hat Fehler gemacht. Sie hat Menschen, die sie liebt, verletzt. Sie hat die Wahl: Entweder sie läuft davon, oder sie ist tapfer.

Benvolio ruft nach den Trommeln, die übrigen Schauspielerinnen und Schauspieler erscheinen maskiert auf der Bühne, und Mercutio, Benvolio und Romeo setzen ebenfalls ihre Masken auf.

Es ist Zeit.

Ailsa setzt ihre eigene Maske auf. Guy erhebt sich auf der gegenüberliegenden Seite, betritt die Bühne und fordert die entzückte Amme zum Tanz auf. Hinter sich hört Ailsa Venetias Stuhl scharren, und rechts von sich sieht sie Eliza, die sich auf den winkenden Tybalt zubewegt. Ailsa steht ebenfalls auf, holt Luft, tritt vor, erinnert sich daran, zu lächeln und das Kinn zu heben (Roz sagt immer: »Gute Vorbereitung ist das A und O.«)

Und da kommt Seb auf sie zu: Er verbeugt sich lächelnd und schaut sie mit seinen nahezu perfekten Augen fragend an, bereit, sie in die Arme zu nehmen. Sie legt die linke Hand auf seine Schulter, schmiegt den Daumen an sein Schlüsselbein, spürt seine Hand auf ihrem Rücken, warm und stark. Seine andere Hand schließt sich um ihre rechte, und dann zieht er sie an sich. Sie wartet auf die übliche Nervosität, doch nichts geschieht. Diesmal ist sie ganz ruhig. Denn alles, was sie tun muss, ist, Herz an Herz mit ihm zu tanzen.

ZEHNTER TEIL

Oktober 2018
Harmonie sei süß

BLUEHEART-BLOG

10. Oktober 2018

Herzlichen Glückwunsch zum Geburtstag

Letztes Jahr um diese Zeit starrten meine Mutter und ich die Transplantationskoordinatorin ungläubig an, weil wir nicht fassen konnten, was sie uns mitgeteilt hatte.
Es gab ein passendes Spenderherz. Mein bläuliches Gerippe musste so rasch wie möglich in den OP gebracht und für die Transplantation vorbereitet werden. Wenn ich Glück hatte, würde ich wieder aufwachen. Und sogar darauf hoffen können, dass auf 2017 ein besseres Jahr folgte.
Uns blieb keine Zeit, Angst zu haben oder über die nächsten acht Stunden hinauszudenken. Das wäre auch Zeitverschwendung gewesen, denn ich hatte gar keine Vorstellung davon, wie es sein würde, nicht mehr Blue-Heart, sondern Ailsa zu sein. Normal zu sein.
In gewisser Weise wird es niemals vorbei sein. Ich werde für den Rest meines Lebens Medikamente nehmen müssen und von einer Narbe gezeichnet sein. Die Zeit, die ich im Krankenhaus mit Warten und Hoffen verbringen musste, ist unwiederbringlich verloren. Ich kann sie nicht aufholen.
Aber es gibt mich noch. Ich kann tanzen, so einigermaßen jedenfalls. Ich verdiene mein eigenes Geld. Ich will Anwältin werden. Ich habe mich einer Bergwandergruppe angeschlossen (als Edinburgherin kann ich wohl einfach nicht genug davon bekommen, täglich Hügel rauf- und runterzulaufen), weil ich eines Tages einen richtigen Berg besteigen will. Mein Freund Jacob heiratet nächstes Jahr,

und ich habe zum ersten Mal in meinem Leben einen Reisepass beantragt, damit ich zu seiner Hochzeit nach Frankreich fahren kann.
Diesen Sommer ist mir etwas klar geworden. Dadurch, dass ich so lange krank war und auf ein Herz warten musste, bin ich eigentlich immer ein Kind geblieben. Heute ist die Transplantation ein Jahr her, und ich kann endlich sagen: Ich bin erwachsen geworden.
Und ehrlich gesagt: Es gefällt mir nicht so gut, wie ich dachte. Es ist nicht so spannend wie erhofft. Vor allem das Normalsein ist manchmal unglaublich öde – wer hätte das gedacht! Doch der schwierigste Teil des Erwachsenwerdens war vielleicht die Erkenntnis, dass ich es manchmal vermisse, BlueHeart zu sein. Nicht das Kranksein. Aber das Gefühl, dass ich dadurch etwas Besonderes war.
So wie Julia, deren Existenz auch von Anfang an vom Tod überschattet ist. Aber so kann man nicht leben. Weil alles nach Asche schmeckt.
Seit das Theaterfestival vorbei ist, habe ich über vieles nachgedacht. Und mir ist klar geworden, dass es so etwas wie »normal« oder »besonders« eigentlich gar nicht gibt. Das »Besondere« ist etwas, das wir selbst erschaffen. Zum Beispiel, indem wir uns etwas trauen oder um Hilfe bitten. Wir machen unser Leben zu etwas Besonderem, indem wir uns dafür entscheiden, zu verzeihen, nach vorn zu blicken und nicht ständig uns selbst in den Mittelpunkt zu stellen. Und auch wenn wir uns der Musik und dem Tanz hingeben, sorgen wir dafür, dass etwas Besonderes entsteht.
In den vergangenen Wochen habe ich kaum gebloggt. In meinem Leben war einiges los, und das hat viel Zeit in Anspruch genommen, die ich mir auch gegönnt habe.

Ich habe nachgedacht.
Bei der Arbeit habe ich meine Stundenzahl erhöht.
Meine Kontrolluntersuchungen im Krankenhaus finden nur noch alle zwei Wochen statt.
Zusammen mit der Stiftung von Lennox (Habt ihr euren Kalender schon? Bestellen könnt ihr ihn *hier*.) werde ich ein Unterstützungs- und Mentoringprogramm für Patientinnen und Patienten ins Leben rufen, die eine Transplantation hinter sich haben.
Um den ersten Reisepass meines Lebens einzuweihen, habe ich meine Mutter gefragt, ob sie im Januar mit mir zusammen eine Woche Urlaub machen will. Wir werden uns auf Teneriffa in der Sonne aalen. Ich werde im Bikini am Strand liegen, und die Welt kann auf meine Narbe und meinen diätresistenten Schwabbelbauch schielen und von mir denken, was sie will. Es ist mir egal.
Übrigens habe ich beschlossen, den Quereinsteiger-Studiengang für schottisches Recht zu machen, und bewerbe mich gerade dafür. Ich weiß, ihr habt für die andere Alternative an der Fernuni gestimmt, aber Anwältin für schottisches Recht zu werden, ist eher mein Ding. Ich danke euch sehr für euren Input, aber ich habe mich entschieden, auf Apple und mein Bauchgefühl zu hören. Außerdem bin ich auf der Suche nach einer ehrenamtlichen Tätigkeit, bei der ich mich mit Rechtsfragen beschäftigen kann.
Ich lebe mein Leben. Ich habe gute und schlechte Tage. Es gibt Menschen, die ich vermisse, und Momente, in denen ich denke, dass ich Apple nicht verdient habe. Aber das ist normal. Und das macht mich froh.
Auch bei diesem Blog wird sich einiges ändern. Ich habe vor, ihn auf eine neue Webseite zu verlegen und ihm einen

neuen Namen zu geben, denn der Fokus soll nicht mehr auf meiner persönlichen Geschichte liegen, sondern auf den Themen Transplantation und Gesundheit ganz allgemein. (Was mit Sicherheit interessanter wird, als es sich anhört.) Meine bisherige Strategie, Dinge anzugehen, macht keinen Sinn mehr. Sie war an Menschen orientiert, die weit weg sind, und hat Menschen verletzt, die mir nahestehen. So möchte ich mein Leben nicht mehr führen. Ich werde mich jetzt bis 2019 abmelden.
Aber vorher gibt es noch eine letzte Umfrage. Ich weiß noch nicht, wie lange ich sie offen lasse. Ihr werdet sehen, warum.

Ist es an der Zeit, mit den Blog-Umfragen aufzuhören und stattdessen meine eigenen Entscheidungen zu treffen und dafür die Verantwortung zu übernehmen?

Ja, BlueHeart. Die Umfragen haben Spaß gemacht und ihren Zweck erfüllt, aber das Leben geht weiter.

Ja, Ailsa. Hör auf die Menschen, die dich lieben, aber entscheide selbst. Hab Vertrauen.

Das wär's dann fürs Erste, Leute. Macht's gut!
Ailsa x

Von: Seb
Gesendet: 11. Oktober 2018
An: Ailsa
Betreff: Mach's gut, BlueHeart

Hallo BlueHeart,

ich bin zwar etwas traurig, dass ich dich zum letzten Mal so nenne, aber nun ist der Tag gekommen. Ab heute bist du Ailsa. Oder Tango-Einhorn. Deine Entscheidung.

Ich weiß, wir haben vereinbart, nur einmal pro Woche zu telefonieren (ich kann es wie immer kaum erwarten) und es mit den E-Mails nicht zu übertreiben. Ich habe natürlich für JA gestimmt. Ich hoffe, Apple gefallen die Blumen. Sie sind natürlich NICHT für dich. ☺

Ich bin völlig k.o., Saskia ist gnadenlos; stell dir Roz vor, aber als Tanzpartnerin. Saskia sagt, wir dürfen uns nicht auf unseren Lorbeeren ausruhen, bloß weil wir am Samstag in die nächste Runde gekommen sind. Den Juroren-Kommentar »Trampeltier« hat sie natürlich mit Lippenstift auf unseren Probenraumspiegel gekritzelt. Wir üben gerade Wiener Walzer, der reinste Horror – gestern wurde mir so schwindelig, dass ich kotzen musste. Heute brachte sie mir einen Eimer mit, damit ich nicht schon wieder ständig aufs Klo renne und kostbare Zeit verschwende. Es sollte ein Witz sein, aber so ganz kaufe ich ihr das nicht ab.

Heute musste ich zum Glück nicht kotzen, aber nur, weil wir Kostümprobe hatten und mir der Walzer erspart blieb. Mir wurde ein hellblauer Frack mit silbernem Revers verpasst. Foto anbei. Meine Schwester meinte, ich sehe aus wie Ken (Barbie-Ken). Als ich Saskia davon erzählte, meinte sie: Wenn du doch nur so gut tanzen könntest. Das sollte wohl auch ein Witz sein. Saskias Schwester muss übrigens seit drei Jahren zur Dialyse. Ich glaube, ihr würdet euch prima verstehen (du und Saskia; ihrer Schwester bin ich noch nicht begegnet).

Nächste Woche ist der Tango an der Reihe. Wenn ich es in die nächste Runde schaffe, musst du unbedingt kommen. BITTE. Es würde dir bestimmt gefallen, wie Saskia sich über mich lustig macht (sie quält mich die ganze Zeit, auch wenn die Kameras nicht laufen). Tango ist ihre Spezialität, und sie ist schon ganz wild darauf, mich bei den Proben zu foltern. Auch wenn du nur zur Aufzeichnung kommen könntest (ich weiß ja, wie viel du zu tun hast), würde ich mich sehr freuen, dich zu sehen und dir alle vorzustellen. Ich würde auf keinen Fall erwarten, dass du bei mir übernachtest. Aber du wärst natürlich herzlich willkommen. Der kleine Seb würde jedenfalls gern etwas Zeit mit dir verbringen. Ich soll dir von ihm ausrichten (nur, falls es dich interessiert), dass er streng enthaltsam lebt.

Gestern habe ich Roz kurz gesehen. Ich soll dich von ihr grüßen. Sie führt momentan Gespräche wegen *Verlorene Liebesmüh*. Meredith hat einige Filmangebote für nächstes Jahr. Ich weiß gar nicht, ob Roz sie für *Verlorene Liebesmüh* angefragt hat. Als Julia war sie wirklich klasse, aber beim nächsten Stück wird viel intensiver geprobt, und sie hätte wahrscheinlich gar keine Zeit dafür. Ich habe Roz vorgeschlagen, ein offenes Casting zu machen. Sie meinte: Warum nicht gleich eine Casting-Show? Ich glaube, das war ironisch gemeint.

Wie geht es dir?

Darf ich dir sagen, dass ich dich vermisse?

Seb x

Von: Ailsa

An: Seb

Hallo du,

ich vermisse dich auch. Vor allem, wenn du mich mit deinen E-Mails zum Lachen bringst. Saskia hört sich wie meine Mutter an. (Meine Mutter ist für ein paar Tage hier, schöne Grüße.)

Samstagabend treffe ich mich mit einigen von der Arbeit; wir wollen uns *StarDance* anschauen. Bitte schick mir den neuesten Tratsch. Damit kann ich nämlich punkten.
Wie geht es deinem Auge? Bist du froh, dass die letzten Fäden jetzt gezogen sind? Ich habe an dich gedacht.
Danke für deine nette Reaktion wegen dem Blog. Ich habe bestimmt drei Wochen an dem Beitrag herumgefeilt. Ich bin zwar noch immer nicht ganz zufrieden, aber diese Version muss reichen. Und die Blumen sind wunderschön.
Mir geht es ganz gut. Mum hat eine feste Stelle in einem Vorort von Glasgow gefunden. Sie tritt die Nachfolge eines Apothekers an, der in Rente geht. Für den Anfang hat sie einen Dreimonatsvertrag, aber wenn es gut läuft, bekommt sie danach einen unbefristeten. Es gefällt ihr, dass sie die Leute näher kennenlernen kann. Und dass sie sonntags frei hat. Außerdem erwähnte sie, dass sie mit Tamsin zum Speed-Dating geht. Vielleicht habe ich aber auch nur schlecht geträumt. Ich habe ihr gesagt, falls sie jemals wieder nach Edinburgh zurückwill, ziehe ich aus. (Natürlich habe ich das nett gesagt; es war ja auch nett gemeint. Du siehst, ich mache Fortschritte.) Sie und Tamsin scheinen sich aber bestens zu amüsieren. Gestern kam Christa mit ihrer Partnerin Kate vorbei; sie wollen im Februar zur Untermiete einziehen. Sie gründen gerade eine Firma und müssen sparen. Und ich brauche mehr Geld. Das passt also perfekt. Außerdem können sie kochen.
Mein Vater/Erzeuger hat mir eine E-Mail geschickt; er würde sich gern ein weiteres Mal mit mir treffen und hat vorgeschlagen, dass ich nach Guildford komme, um alle kennenzulernen. Ich habe ihm geantwortet, dass ich nur käme, wenn ich meine Mutter mitbringen könnte. Damit dürfte die Sache dann wohl vom Tisch sein.
Diese Woche habe ich hauptsächlich versucht, für nächstes Jahr einen Praktikumsplatz in einer Kanzlei zu ergattern. Ich dachte, wenn ich anbiete, es umsonst zu machen, finde ich auf

Anhieb etwas, aber von wegen; es stehen schon Tausende vor mir Schlange.
Eine unserer Stammkundinnen (sie bestellt immer doppelten Espresso mit Bohnen aus Äthiopien und dazu dänischen Pekannussstrudel, wenn wir welchen haben) ist Anwältin. Ich habe beschlossen, mutig zu sein und sie um Rat zu fragen.
Die Bewerbungsfrist für den Studiengang läuft erst im März ab, aber ich versuche, das schon nächste Woche zu erledigen, dann habe ich es hinter mir. Anschließend kümmere ich mich um die Lennox-Webseite, Libby hat mich darum gebeten.
Ich bin gefragt worden, ob ich bereit wäre, im Dezember Vollzeit zu arbeiten. Vielleicht kann ich ja vorher ein paar Tage Urlaub nehmen und nach London kommen. Ich würde dich wirklich gern sehen. Aber ich meinte es ernst mit meinem Vorschlag, sechs Monate zu warten und zu schauen, wie es uns dann geht. Der August war unglaublich intensiv. Ich weiß, für dich ist das normal, aber für mich nicht. Ich möchte mir erst über meine Gefühle klar werden, bevor ich dich wiedersehe. Entschuldige. Ich muss mich erst noch sortieren. Und ich kann mich nicht besonders gut ausdrücken.
Ich hoffe, du brauchst den Eimer heute nicht.
Ailsa x
PS: Ich habe deine Anspielung auf den kleinen Seb bewusst ignoriert, denn wenn man Körperteilen Namen verpasst, wirkt das ziemlich … Oh, ich sollte mich vielleicht nicht so aus dem Fenster lehnen, wegen Apple.

Von: Seb
An: Ailsa
Eigentlich wollte ich dich gar nicht fragen, ob du zur Tango-Show kommen willst, aber ich konnte es mir dann doch nicht verkneifen, weil ich an nichts anderes mehr denken kann. Aber

ich kann verstehen, wenn du das Gefühl hast, dass es noch zu früh ist.
Heute war Kostümprobe. Saskia meinte, ich hätte schon schlechter getanzt, immerhin. Vor einigen Wochen habe ich ihr von deinem Blog erzählt. Sie hat ihrer Schwester den Link geschickt, und sie hat ihn von Anfang bis Ende gelesen. Ich habe ihr auch einen Kalender geschickt. Sie grüßen dich beide.
Hast du dir schon die DVD von *Verlorene Liebesmüh* angeschaut? Ich habe sie mir Freitagabend im Bett angesehen. Ich weiß. Rock 'n' Roll. Zwei Dinge sind mir aufgefallen. Erstens: Berowne ist mit Abstand der beste. Zweitens: Am Ende sagt er: »Nicht wie im alten Lustspiel endigt's heut.« Da musste ich sofort an uns beide denken. Als ich Roz das letzte Mal sah, meinte sie, das Happy End wird nur angedeutet, und in der Schlussszene ihrer Schwarz-Weiß-Inszenierung tragen die Frauen zum ersten Mal im Stück etwas Buntes.
Hoffnungsvoll
Seb x
PS: Erst wenn du »mein Herz« statt »Apple« sagst, höre ich auf, »kleiner Seb« zu sagen.

Von: Ailsa
An: Seb
Ich habe mir die DVD angesehen. Berowne hat definitiv die besten Zeilen. Und wenn mit dem alten Lustspiel R und J gemeint ist, umso besser.
»Schau meines Herzens Fenster, schau dies Auge.«
Meines Herzens. Mein Herz.
Vielleicht komme ich doch nach London. Ich habe mir übrigens neue Schuhe in Rot gekauft und dazu eine passende Tasche. Ich habe sie aber noch nicht eingeweiht.
Ailsa x

15. Oktober 2018

Lieber unbekannter Mensch,
ich weiß, dass ich eigentlich deiner Familie schreiben sollte, aber das bringe ich nicht über mich. Das ist ebenso unmöglich für mich wie die Vorstellung, wie es meiner Mutter wohl gehen würde, wenn ich gestorben wäre. Ich hoffe, dass deine Familie das verstehen wird, wenn die Transplantationskoordinatorin diesen Brief an sie weiterleitet.
Du hast dich registrieren lassen, um deine Organe zu spenden, und du hast eingewilligt, dass dir dein Herz entnommen werden darf. Und dadurch hast du mein Leben gerettet.
Doch du hast es nicht nur gerettet. Tatsächlich hast du es neu erschaffen. Denn das Leben, das ich zuvor hatte, war das Optimum, das die Medizin jemandem ermöglichen konnte, der 1990 mit dem Hypoplastischen Linksherzsyndrom geboren wurde. Ich bin dankbar für die Operationen, von denen die erste bereits wenige Tage, nachdem ich zur Welt kam, durchgeführt wurde, und auch für die unzähligen Kontrolluntersuchungen, bei denen Probleme stets frühzeitig erkannt wurden. Die Ärzte fanden immer wieder Wege, mich am Leben zu halten, letztlich in der Hoffnung – und es fühlt sich schrecklich an, so etwas überhaupt zu hoffen –, dass irgendwann ein Spenderherz kommen und mich retten würde.
Dank dir kann ich nicht nur weiterleben, sondern zum ersten Mal ein ganz normales Leben führen. Doch natürlich habe ich auch vorher schon versucht, das Beste aus meinem

Leben zu machen: Ich habe studiert, obwohl ich anfangs nicht wusste, ob ich überhaupt in der Lage sein würde, das Studium zu beenden. Wenn es mir gut genug ging, traf ich mich mit Freundinnen, um etwas zu unternehmen und so lange auszubleiben, wie mein Körper es erlaubte. Ich hatte einen wunderbaren Freund, ein paar aufregende Affären und einige Abenteuer, die ich lieber aus meiner Erinnerung streichen würde. Ich habe in einem Blog über meine Krankheit und die Transplantation geschrieben, damit andere Menschen, die das alles noch vor sich haben, eine Vorstellung davon bekommen, was sie erwartet, und dann vielleicht besser damit zurechtkommen als ich.
Ich fühlte mich vor allem machtlos. Wie ein menschliches Wrack mit einem zusammengeflickten, kaputten Herzen in der Brust, das überhaupt nicht wie ein Herz aussah. Ich konnte nichts weiter tun, als mit letzter Kraft auf den Jackpot zu warten: ein passendes Spenderherz, in der Hoffnung, dann noch fit genug für die Transplantation zu sein. Die Leute nennen so etwas Tapferkeit. Doch das trifft es nicht. Ich weiß nicht, wie man das bezeichnen soll.
Du hast mir dein Herz gespendet. Du warst mein Jackpot. Dein Unglück wurde zu meinem größten Glück.
Ich kann nicht in Worten ausdrücken, wie dankbar ich bin. Aber ich bin es. Meine Mutter auch. Wir haben nur einander. Das war von Anfang an so. Es gibt andere Menschen, die wir lieben und die uns lieben, aber die meiste Zeit meines Lebens war ich, bildlich gesprochen, das schwache Herz und meine Mutter die auf Hochtouren arbeitende Lunge, die dafür sorgte, dass ich weiterschlug.
Ich werde ehrlich sein. Ich habe dein Herz noch nicht ganz im Griff. Doch es vollbringt Wunder, pumpt das Blut energisch durch meinen Körper, sodass ich Treppen

steigen und alles andere tun kann, was normale Menschen tun.
Aber ich bin noch nicht die Frau, die ich zu sein hoffte. Doch ich arbeite daran. Rom wurde schließlich auch nicht an einem Tag erbaut. Ich hatte nicht erwartet, mich in eine Superheldin zu verwandeln. Aber ich hatte damit gerechnet, zumindest zu wissen, wie ich dieses neue Leben sinnvoll verbringen kann. Doch ich wusste es nicht. Inzwischen glaube ich jedoch, dass ich zumindest eine leise Ahnung habe.
Und die Tatsache, dass ich jetzt hier bin und es überhaupt versuche, verdanke ich dir.
Es tut mir leid um alles, was du nicht mehr tun oder verwirklichen konntest. Ich habe mich dazu entschieden, dass ich lieber nichts über dich wissen möchte. Vielleicht ist das feige; tapfer ist es bestimmt nicht. Ich glaube, ich habe Angst davor, etwas zu erfahren, das ich nie wieder vergessen könnte. Doch wer auch immer du bist, ich weiß genau, dass es einen kleinen Kreis von Angehörigen gibt, die dir für immer nahestehen und dich jeden Tag schmerzlich vermissen. Und dass es darüber hinaus weitere Menschen gibt – Freundinnen und Freunde, Kolleginnen und Kollegen, Bekannte –, die vielleicht ein bisschen weniger leiden als deine Angehörigen, aber ebenfalls um dich trauern.
Ich gebe mir jedenfalls große Mühe, deinem tadellos funktionierenden Herzen so gut ich kann gerecht zu werden. Es schlägt ganz schön laut. Kam es dir auch so laut vor? Vermutlich nicht. Aber vielleicht hast du es ja auch manchmal in deiner Brust gespürt. Manchmal liege ich nachts wach und stelle mir vor, wie es glücklich vor sich hin pocht. Sein beschwingter Rhythmus ist wie Musik, zu der man tanzen kann.
Ich danke dir.
Ailsa x

Dank

Es hat lange gedauert, bis ich meinen Weg in dieses Buch gefunden habe. Jackie Leach Scully, Monica Buckland und Lorraine haben mir den Schlüssel zu Ailsas Geschichte gegeben, die es ohne sie nicht gäbe.

Professor Martin Elliott, MD FRCS FRSA, hat mich an seinem Expertenwissen teilhaben lassen und mir mit großer Geduld geholfen, Ailsas Herzerkrankung zu verstehen. Kate Beales hat mir unzählige Fragen zu meiner imaginären Edinburgh-Inszenierung beantwortet. Toni Glitz hat mir die Geschichte von Pams Hornhauttransplantation erzählt. Julie Grey, Helen Dobson und Victoria Tremlett haben mit mir über verschiedene gesundheitliche Aspekte dieses Romans gesprochen. Viele weitere Menschen haben meinem Wissen in Bezug auf eine ganze Reihe von Themen auf die Sprünge geholfen: von Edinburgh über Tangotanz, Schauspielerei, Presseberichterstattung und Jurastudium bis hin zu Krankheit, Genesung und der Erfahrung, ein krankes Kind aufzuziehen. Ihnen allen gilt mein Dank, insbesondere Katy Bromberg, Jane Buffham, Ian Burdon, Jacq Kelly, Virginia Moffatt, Ann Ogbomo und all jenen, die mit mir nur unter der Bedingung sprachen, in der Danksagung namentlich nicht erwähnt zu werden – ihr wisst, dass ich euch meine. Danke auch an Meredith Katz sowie Edie und Eliza Gardiner, die mir erlaubt haben, ihre wunderbaren Namen zu verwenden.

Im Rahmen meiner Recherchen für dieses Buch habe ich Tango gelernt, aber Ailsa kann weitaus besser tanzen als ich. Danke an Angela und Andi von Tango on Tyne und die Teilnehmerinnen und Teilnehmer ihres wöchentlichen Kurses, die mir geduldig und hilfsbereit die einzigartige Faszination dieses leidenschaftlichen, lebensbejahenden Tanzes vermittelt haben.

Schreiben ist eine Tätigkeit, die größtenteils im stillen Kämmerlein stattfindet; an Unterstützung mangelt es dennoch nicht. Ich danke meinen leidgeprüften Familienangehörigen, Freundinnen und Freunden, die vieles in Kauf nehmen, damit ich mich meiner Schriftstellerei widmen kann. Besondere Erwähnung verdienen Alan, Ned, Joy, Mum, Dad, Tante Susan, Jude, Lou, Tom, Rebecca und Scarlet.

Meine Kolleginnen, die Romanautorinnen Carys Bray, Sarah Franklin und Shelley Harris, sind stets für mich da, um mir je nach Bedarf mit weisen Ratschlägen und/oder Humor zu helfen, und es ist eine Ehre für mich, dass sie mein Leben mit ihrer Freundschaft und Klugheit bereichern. Shelley, ich danke dir für unzähligen Momente, in denen du mir Mut gemacht hast.

Mein Agent Oli Munson ist ein Leuchtturm der Weisheit; meine Lektorin Eli Dryden motiviert mich unermüdlich dazu, immer besser zu werden, und beide sind gute Freunde. Die Mitglieder meines Verlagsteams bei A. M. Heath und Bonnier Zaffre sind überaus engagiert, professionell und kreativ, und es ist eine Freude, mit ihnen zusammenzuarbeiten. Ich danke euch allen.

Meine Betaleserinnen und -leser waren Joanne Baird, Kate Beales, Alan Butland, Jude Evans, Emily Medland, Tom Nelson, Jackie Leach Scully und Susan Young, und ihre Kommentare waren außerordentlich hilfreich.

Emily Field gibt es wirklich: Im Rahmen der Aktion #AuthorsForGrenfellTower hat sie eine großzügige Spende für die Opfer der Brandkatastrophe geleistet. Die echte Emily ist genauso wunderbar wie Ailsas beste Freundin, und beide tragen dasselbe Parfüm.

Manchmal kann ein Buch dein Leben für immer verändern.

STEPHANIE BUTLAND

Ich treffe dich zwischen den Zeilen

ROMAN

Mit ihren Piercings und tiefschwarz gefärbten Haaren versucht Loveday, die Welt von sich fernzuhalten. Sie umgibt sich lieber mit Büchern als mit Menschen und trägt die Anfangssätze ihrer Lieblingsromane als Tattoos auf dem Körper. Als sie Nathan kennenlernt, bekommt die Mauer, die sie um ihr Herz errichtet hat, Risse: Er nimmt Loveday mit zu einem Poetry-Slam, und die Gedichte öffnen beiden einen Weg, sich die Dinge mitzuteilen, für die ihnen sonst die Worte fehlen. Ihr dunkelstes Geheimnis behält Loveday aber weiterhin für sich. Doch als ein Buch sie zurück in ihre Vergangenheit führt, muss sie sich entscheiden: Will sie sich weiter verstecken und Nathan verlieren, oder findet sie mit seiner Hilfe endlich den Mut, über das zu sprechen, was sie einst so sehr verletzt hat?

KNAUR

Mit der Kraft der Kreativität zurück ins Leben

NATASCHA LUSENTI

Die Welt in meinen Farben

ROMAN

Mit wenig mehr als ein paar Kleidungsstücken und ihren geliebten Katzen zieht Emilia in ein anonymes Mietshaus. Nach einigen schmerzhaften Verlusten hat sich die sensible junge Frau vor der Welt zurückgezogen. Gleichzeitig sehnt Emilia sich nach einem Neuanfang, nach Kontakt zu anderen Menschen. So beginnt sie, ihre Gedanken und Gefühle in fantasievollen Nachrichten an die Pinnwand des Mietshauses zu heften.
Nicht alle sind erfreut über den »Missbrauch« der Pinnwand, eine der Nachbarinnen beschwert sich sogar bei der Hausverwaltung. Doch der kleine Nicola erkennt in Emilia eine verwandte Seele mit demselben feinen Gespür, derselben Freude an Fantasie und Farben. Er überredet seinen alleinerziehenden Vater, Emilia ab und zu auf ihn aufpassen zu lassen. Nach und nach schließt Emilia weitere Freundschaften im Haus, und es scheint fast so, als sei sie bereit für einen Neuanfang. Doch sie wird sich ihrem Schmerz stellen müssen, bevor sie erkennt, dass jeder Tag eine neue Chance bietet, wenn man nur Vertrauen hat.

»Ein Roman über die Kraft des Neuanfangs.« *Metro*

KNAUR